許されざる者

レイフ・GW・ペーション

国家犯罪捜査局の元凄腕長官ラーシュ・マッティン・ヨハンソン。脳梗塞で倒れ、一命はとりとめたものの、右半身に麻痺《まひ》が残る。そんな彼に主治医の女性が相談をもちかけた。牧師だった父が、懺悔《ざんげ》で25年前の未解決事件の犯人について聞いていたというのだ。9歳の少女が暴行の上殺害された事件。だが、事件は時効になっていた。ラーシュは相棒だった元捜査官や介護士を手足に、事件を調べ直す。犯人をみつけだし、報いを受けさせることはできるのか。スウェーデンミステリ界の重鎮による、CWA賞、ガラスの鍵賞など5冠に輝く究極の警察小説。

登場人物

ラーシュ・マッティン・ヨハンソン……国家犯罪捜査局の元長官
ボー・ヤーネブリング（ヤーニス）……ストックホルム県警の捜査課の元捜査官
パトリック・オーケソン（パト2）……県警の警部補
シェル・ヘルマンソン（ヘルマン）……県警の犯罪捜査部の警部
エーヴェルト・ベックストレーム……ヤスミン事件の捜査責任者
ピエテル・スンドマン……ミリヤムの知り合いの警部補
リサ・マッティ……公安警察局本部の局長補佐
ピア……ラーシュの妻
エーヴェルト……ラーシュの長兄
アルフ・フルト……ラーシュの妹の夫
マティルダ（ティルダ）……ラーシュの介護士
マキシム・マカロフ（マックス）……エーヴェルトから派遣されたロシア人
マッツ・エリクソン……経理士
ウルリカ・スティエンホルム……ラーシュの主治医
オーケ・スティエンホルム……ウルリカの父。牧師。故人

アンナ・ホルト……………………ウルリカの姉。検察官
ヤスミン・エルメガン……………二十五年前に殺された少女
ヨセフ（ジョセフ・シモン）……ヤスミンの父
ミリヤム……………………………ヤスミンの母
マルガリエータ・サーゲルリエド……オペラ歌手
ヨハン・ニルソン…………………マルガリエータの夫
ヴェラ・ソフィア・ニルソン……ヨハンの妹
スタッファン・レアンデル・ニルソン……ヴェラの息子
エリカ・ブレンストレーム………マルガリエータの家政婦

許されざる者

レイフ・GW・ペーション
久 山 葉 子 訳

創元推理文庫

DEN DÖENDE DETEKTIVEN

by

Leif GW Persson

Published by agreement with Salomonsson Agency
This book is published in Japan
by TOKYO SOGENSHA Co., Ltd.
Japanese translations rights
arranged through Japan UNI Agency, Inc.

許されざる者

第一部

目には目を……

（申命記十九章二十一節）

1　二〇一〇年七月五日（月曜日）の夜

〈ギュンテシュ〉は、ストックホルムのカールベリス通り六十六番にある、スウェーデンいちのホットドッグを出す屋台だ。その屋台の背後に立つのは、十九世紀末の栄華を漂わせる重厚な石造りの建物で、外壁のレンガ部分は職人がひとつひとつ丁寧《ていねい》に積み上げたものであり、モルタル塗りの部分には、出窓や古風な格子窓《こうしまど》がついている。広い歩道には芝生が広がり、まっすぐに並ぶ街路樹が特にこの季節は豊かに茂っている。一歩その建物の中に入れば、エントランスにも階段にも規則正しい模様の大理石の板が使われ、天井にはぐるりと化粧しっくい《スタッコ》の彫刻が施されている。おまけに壁には木のパネルがはまり、外壁の軒下は帯状装飾が取り巻いているときた。巾木《はばき》や扉はオーク材で、富とくつろぎを同時に感じさせる空間だった。

しかも〈ギュンテシュ〉は、世界でもっとも美しい首都のかつての関所内――つまり中心部に位置している。カールベリ城のすぐそば、カロリンスカ医科大学病院からほんの数百メートル南に行った、ストックホルムの北を走る二本の主要高速道路のほど近くにあった。

国家犯罪捜査局の元長官ラーシュ・マッティン・ヨハンソンは、本来ならストックホルムのすぐ北の海岸ぞい、ロースラーゲン地方にある別荘に滞在しているはずだったが、この朝にかぎっては、長兄と共同で行った森林の不動産取引の手続きを銀行ですませるために、車で首都へと向かったのだった。

首都へ出ると決まるやいなや、ありがちなことだが、それ以外の打ち合わせや用事——もっとプライベートな類《たぐい》のもの——が湧いて出てきて、それならついでに片付けてしまおうとするのが道理というものだ。やるべきことのリストはあっという間に長くなり、ロードマンス半島で待つ妻と夏の悦《よろこ》びへと戻ろうとする頃には、時刻はすでに夜の八時に近く、ヨハンソンは狼《おおかみ》のごとく腹を空かせていた。

車を北に進め、ロースラーゲンへ抜ける旧関所に差しかかったあたりで、空腹に耐えきれなくなった。すでに悲鳴を上げている腹を抱えてあと一時間も運転するなど、考えられない。そこで、スウェーデンいちのホットドッグの屋台へと少々寄り道をすることに決めた。スパイスの効いたユーゴスラビアン・ブラートヴルスト（ソーセージの一種）にオーランド産のピクルス、ザワークラウトにディジョンマスタード。それとも挽きたてのコショウとパプリカやオニオンの香ばしいジプシー・ソーセージにするか。はたまた自分の出身であるノルランド地方（スウェーデンの北半分を占める地方）に敬意を表し、軽く燻《いぶ》したヘラジカのソーセージに、〈ギュンテシュ〉特製マンデルポテト（アーモンドのような甘さのあるポテト）のマッシュポテトを添えようか——。

そんな切迫した問題を胸に、ヨハンソンは屋台からほんの数メートルのところに車を停めた。

ストックホルム県警の特殊部隊車両の真後ろに。その特殊部隊車両とまったく同じように、ヨハンソンも歩道に半分乗り上げた状態で、車を降りた。実際には三年前に引退した身であり、法を順守しているとは言えない行動だが、実際的だし、これでいいのだ。特に、通りを行き交う車のことを考えれば。五十年近く警察官として人生を送れば、その種の習慣は骨の髄《ずい》まで染みこんでいた。

それは七月初旬の、よく晴れた暑い日だった。夜になっても気温は下がらず、ホットドッグをほおばるには最適とは言いがたい天気だ。だからこそ、屋台に列をなしているのが、ストックホルム県警の特殊部隊所属の若き四人の部下だけだったのかもしれない。厳密に言えば元部下だが、彼らがヨハンソンに気づくのにそれほど時間はかからなかった。うなずいて挨拶をし、笑顔を浮かべ、隊長が短く刈りこんだ額の生え際まで右手を上げて敬礼する。制帽は腰のベルトに突っこんだままとはいえ。

「やあ、きみたち。調子はどうかね」元部下たちに声をかけながら、ヨハンソンは屋台から流れてくる天国のような香りを嗅ぎ、その瞬間に心を決めた。ヘラジカは猟が解禁になる秋までお預けだ。あの薫香《くんこう》、円熟した風味、ノルランドの逸楽には敬意を表するが、今宵《こよい》のような夜には、もっと重厚な代物がお似合いだ。かといって重すぎてもいけない――バルカン半島ほどには。つまり、パプリカ、オニオン、コショウ、そして軽く塩漬けにしてから粗く挽いた豚肉がちょうどいい。この天気と自分の精神状態を考えれば、それ以外の選択はなかった。

「今のところ落ち着いています。嵐が吹き荒れる前に、腹ごしらえをしておこうかと」隊長が答えた。「長官、どうぞお先に。我々は急いでいませんから」

「わしはもう年金生活の身だ」なぜかヨハンソンはそう言った。「きみたちはこれから大事な務めがある。空きっ腹では、いたずら小僧の相手はできんだろう」

「まだどれにするか決めかねているんです」特殊部隊の隊長は微笑《ほほえ》んだままうなずいた。「ですから長官、どうぞお先に」

「そうかね。それでは」ヨハンソンは店員の立つ窓口に向かった。「ジプシーを一本と、ザワークラウトにフランスのマスタード。冷たい飲み物もいるな。炭酸の入った水を一本くれ。ほら、いつものやつだ」

ヨハンソンは、〈ギュンテシュ〉のいちばん新しい店員に向かって励《はげ》ますようにうなずいてみせた。ルディーという名の若者で、創始者ギュンター（ギュンテシュは〝ギュンターの〟という意）と同じくオーストリア出身だ。ギュンターは十年近く前に亡くなっているが、今でも屋台の店員は必ず彼の母国から迎えている。ギュンターが亡くなる前に店を引き継いだ親戚のセバスチャン、古株のウド、たまにしかいないカトゥヤ。それと名前を忘れてしまった男のスタッフに、いちばん新しいルディー。ヨハンソンは全員と顔見知りだった。彼らのほうも、無数のソーセージを通してヨハンソンのことを知っている。ルディーがてきぱきと注文をこなす間に、ヨハンソンは若い部下たちと気持ちの良い立ち話を始めた。いや、厳密に言えば元部下か――。

「わしが警察に入りストックホルム県警の生活安全部に配属になってから、今年で四十六年になる」それとも四十七年だったか？　まあ、どうでもいい。

「当時はサーベルを携帯していたのですよね？」四人の中でいちばん若いと思われる隊員が、大きな笑顔を浮かべて尋ねた。

「そうだ。きみらも用心したまえ」見込みのありそうな若者だ。

「その後、捜査課に移られた」若いのの上司が続けた。どうやらヨハンソンの歴史に詳しいらしい。

「よく知っているな。そこで十五年だ」

「ヤーネブリングと一緒に」別の隊員も口を挟んだ。

「そのとおりだ。きみたち、昔のガキ大将のことを熟知してるじゃないか」

「自分もそこにいたんです。ヤーニス（ヤーネブリングの愛称）は上司でした」そしてつけ加えた。「今まででで最高の上司ですよ」

「長官、ソーセージはバゲットに入れますか？　それともトレイにのせます？」ルディーが、焼きたてのソーセージを掲げてみせた。

「いつものだ」ヨハンソンが答えた。「バゲットにしてくれ。パンの中身はむしって、そこにソーセージとザワークラウトとマスタードを入れてくれ」それを覚えておくのがそんなに難しいか？

「どこまで話したかな？」ヨハンソンは自分の親友を最高の上司にもった隊員に向きなおった。

「ヤーネブリング。ボー・ヤーネブリングです」

「そうか……」会話のテンポについていけないみたいに、ヨハンソンの語尾が無駄に長くなった。「ヤーネブリングか。やつも今はわしと同じ年金生活の身だ。六十五で退職したんだ。一年前にな。相変わらず元気だよ。ちょくちょく会っては、昔の思い出を大袈裟《おおげさ》に語りあっている」

「どうぞよろしくお伝えください。パトリック・オーケソン――パト2――からと。当時チームにパトリックが二人いて、自分のほうがあとに入ったもので。打ち合わせなどで無駄な誤解を招かないよう、ヤーニスがそう名づけてくれたんです」

「ヤーネブリングらしいな」ヨハンソンはそう言いながらうなずき、釣りとホットドッグとペットボトルの水を受け取った。そしてまたうなずいた。というのも、それ以上何を言えばよいかわからなくなったのだ。

「では、無事を祈る」そうつけ足した。「わしの時代とはずいぶん変わったようだからな」

全員が急に真剣な顔になり、ヨハンソンにうなずき返した。そして隊長が再度、短く刈りこんだ頭に手をやり、敬礼した。

わしの時代なら、制帽をかぶらずに敬礼などしたらクビになっていたぞ――。ヨハンソンは心の中でそうつぶやきながら、少々苦労して身体を運転席にもぐりこませた。飲み物を助手席との間のドリンクホルダーに入れ、ホットドッグを左手から右手へと移す。

その瞬間、首の後ろをアイスピックで刺されたとしか思えなかった。鈍い頭痛のような予兆は一切なく、突然、鋭く裂けるような痛みが後頭部全体を襲ったのだ。道路の雑踏が不明瞭になり、理解不能になり、最後には消えた。目の前で闇が閉じていく。まずは右目、それから左目。まるで誰かが、舞台の幕を四分の三ほど下ろしたみたいに。腕の感覚がなくなり、指が動かなくなった。ホットドッグが座席の間に転がった。

闇――そして静寂が広がった。

2　二〇一〇年七月五日（月曜日）の夜から七日（水曜日）の午後

ラーシュ・マッティン・ヨハンソンは意識不明だった。夜中過ぎに容体が安定すると、集中治療室から脳神経外科へと移された。万が一合併症《がっぺいしょう》を引き起こし、手術が必要になったときのために。

ヒュプノスはギリシャ神話の眠りの神だ。その双子の兄弟タナトスは死神で、二人の母親は夜の女神ニュクスだ。しかし三人のうち誰も、ニュクスでさえも、ヨハンソンの神になることはなかった。ヨハンソンには意識がなかったからだ。純粋に生理学的な見地から言えば、光には反応するが。白衣を着た医者たちが何度もベッドを訪れ、その一人がふと思いついてヨハンソンの瞼《まぶた》を開き、目を照らしたのだ。しかし意識がないのには変わりがない。

ヒュプノスも彼の神ではない。ヨハンソンは眠っているわけではないから。苦しい夢も、苦しみを癒してくれるような夢も決して見ない。夢を見るには登場人物やエピソードが必要であり、そういうものが欠如している場合は、唐突に現れた動物や命なきもの——緑の魚捕り網など——でもいいし、間違った色のものでもいい。もしくは子供の頃に乗った木のソリでも。しかし何よりも、夢というものは基準となる意識を必要とする。今のヨハンソンにはそれがなかった。

かといって死神タナトスがヨハンソンを支配しているわけでもない。ヨハンソンは生きているし、息をしているし、心臓は自力で動いている。その鼓動を安定させたり、血圧を下げたり、血液の粘度を下げるための機械は必要だが。痛みを和らげたり、麻酔《ますい》をかけたり、鎮静剤を与えたりするために、身体には何本も針や糸やチューブや管が挿しこまれている。それでもとにかく生きているし、夜闇の中でニュクスの元を訪れたとしてもさしつかえない。というのは、どうせ意識がないからだ。それでよかったのだ。というのもニュクスは神話の中でも決して快い女性とは言えないからだ。復讐の女神でもあるのだ。しかし、まともな人間ならラーシュ・マッティン・ヨハンソンを恨むようなことはないはずだ。

結局、いちばん近くにいるのはヒュプノスだろうか。古代の絵画では、ヒュプノスは手にケシの花をもった若者の姿で描かれている。その他に絵画が物語っているのは、大昔の古代ギリシャ人は、医学界や国際麻薬組織があと数千年は気づかないようなことをすでに知っていたという事実だ。自分の血管に何が流しこまれているのかを知れば、ヨハンソンもなるほどどうなずいただろう。だが、ヨハンソンは意識不明だった。死んではおらず、眠ってもおらず、確実に夢は見ていない。うなずくなどもってのほかだった。それに闇や光も、彼にとっては存在しなかった。

3　二〇一〇年七月七日（水曜日）の午後

後頭部の執拗《しつよう》な痛みに始まり、光の兆候のようなものがあり、時間や理由は不明だが、突然ヨハンソンは意識を取り戻した。そして自分がベッドに寝ていることに気がついた。どうやら右腕を身体の下敷きにして寝てしまったらしい。完全に痺《しび》れている。指に力が入らず、手を握ることもできない。ベッドの横には、金髪をショートカットにした白衣の女が座っている。その大きな胸ポケットに突っこんだ聴診器からして、職業は明白だった。

いったいどうなっているのだ——。

「いったいどうなっているのだ」ヨハンソンは白衣の女に尋ねた。

「わたしはウルリカ・スティエンホルムと言います」女はそう言って、首を斜めにかしげてヨハンソンを見つめた。「わたしはここカロリンスカ医科大学病院の准上級医師で、あなたはこの病棟に入院しているんです。まずは、ご自分の名前を覚えているかどうか確認させてください」

女は質問の奇妙さをやわらげるかのように、にっこりと微笑み、首をまっすぐに立て直した。

「わしの名前だって？」ヨハンソンは頭をひねった。いったい何が起きてるのだ――。

「ええ、あなたの名前です。覚えていますか？」

「ヨハンソンだ」ヨハンソンは答えた。「わしの名はヨハンソンだ」

「ファーストネームは？」女はうなずき、またにっこり微笑み、また首を斜めにかしげた。今度は反対側に。ただ、あきらめる様子はなさそうだった。

「ヨハンソン――ラーシュ・マッティン・ヨハンソンだ。国民識別番号を知りたければ、財布に免許証が入っている。いつも左の尻ポケットに入れているんだ。おい、いったい何が起きたのだ」

ベッドの脇に座る女の顔に、今度はもっと大きな笑顔が広がった。

「あなたがいるのはカロリンスカ医科大学病院の脳神経外科です。月曜に脳塞栓を起こしてここに運ばれてきたんです」女はまた首の角度を変えた。金髪のショートヘアで、細く長い首には皺《しわ》ひとつ見当たらない。

「今日は何日だ」ヨハンソンは尋ねた。この女はまだ四十の声は聞いていないはずだ――なぜかそんなことを思った。

「今日は水曜です。時間は午後の五時。あなたは二日前にここに運ばれてきたんです」

「ピアはどこだ。わしの家内だ」ヨハンソンは急に、自分が車に座っていたことを思い出し、訳のわからない強い不安に襲われた。

「大丈夫、奥様なら今こちらに向かっているところです。十五分前に電話で、あなたが意識を取り戻しそうだと伝えたの。だからもうすぐここに来るはずよ」スティエンホルム医師は今度ははっきりとうなずいてみせた。しかも二度も。今言ったことを再度確認するように。

「では、ピアは無事なんだな？」そしてつけ足した。「わしは車を運転していたんだ」すると、どこからきたのかわからない強い不安が、少し和らいだ。

「あなたは車に独りでした。奥様は別荘にいたから、あなたが救急に運ばれてきてすぐに連絡を入れました。それ以来、ずっとあなたのそばについてらしたわ。でも言ったとおり、奥様なら元気ですよ」

「教えてくれ。何が起きているのだ。いやつまり、何が起きたんだ」

「わたしの話を聞く元気はありますか？」女医はまたうなずいた。同情のこもった真剣なまなざしで。

「話してくれ。わしなら気分は最高《プリマ》だ。今までないくらいに」それから、念のためつけ加えた。「黄金の中の真珠《しんじゅ》のごとくだ」本当に、いったい何が起きているのだ――ヨハンソンは不思議になった。というのも、今度は急に訳のわからない興奮を感じたからだ。

「どうやら腕を下にして眠ってしまったようなのだ」そう続けたものの、なぜ腕が毛布から上がらないのか、薄々気づいてはいた。

「その話はあとにしましょう。心配はいりませんよ。一緒に頑張りましょう。そうすればきっと腕はよくなりますから」

4　二〇一〇年七月五日（月曜日）の夜そして七日（水曜日）の午後

ヨハンソンの身に起きたことに初めに気づいたのは、特殊部隊の運転手だった。座りっぱなしの足を少し伸ばそうと車を降りたところ、ヨハンソンが頭をハンドルにもたせかけたまま微動だにしないことに気づき、何があったのかと運転席のドアを開けてみると、意識不明のヨハンソンが中から転がり出てきた。とっさに受け止めていなければ、頭を道路に打ちつけていたことだろう。

そこからはあっという間だった。無線連絡で救急車があと五分は来ないことが判明し――実際にはその倍かかるのが常だし――特殊部隊の隊長は警察組織の伝説の人物をこんな理由で――しかも自分の腕の中で――死なせるつもりはさらさらなかったので、なんのためらいもなくヨハンソンを車両に運び入れ、床に寝かせ、エンジンをかけ、サイレンと青い回転灯もオンにして、最速でカロリンスカ医科大学病院へと向かったのだった。警察内の規定と完全には一致しない搬送活動ではあったが、これは仲間の緊急事態であり、どんな職務規定も指示書も後回しになるものなのである。

鳥が飛ぶルートであれば、カロリンスカの救急外来までは一キロもなかった。運転手はなるべくそれに近い道すじを走り、二分後には受付のドアの前でブレーキをかけた。ヨハンソンが生きてきた――そして今彼から離れていこうとしている――人生を考えれば当然ともいえる、大々的な登場になった。意識不明のまま担架《たんか》に乗せられ、特殊部隊の隊員と看護師に囲まれて、まっすぐに集中治療室へ運ばれたのだ。待合室でごく普通の人々が、広範囲な胸の痛みや、折れた腕や、痛めた膝や、中耳炎やアレルギー、一般的な風邪などの症状を抱えて座っている横を。

そのあとは普通の治療が続いた。そして四時間後、危篤《きとく》状態を脱し、診断も完全に下ったあと、脳神経外科へと移された。

「月曜の夜の担当だった医師の話では」女医が言った。「彼はあなたを運んできた部下とも話したらしいわ。大変な騒ぎになったみたいね」彼女はまたうなずいた。今度はちょっと微笑んでいる。首はかしげずに。

「騒ぎ?」

「あなたが誰なのか気づいた人がいて、腹部を撃たれたと思いこんだみたい」

「撃たれた?　腹を?」

「シャツにザワークラウトとマスタードがついていたから。それも大量に。しかもあの数の特殊部隊員でしょう。お腹から内臓が飛び出していると思った人もいたみたい」女医はさらに嬉しそうな顔になった。

「なんてことだ」いったいどこからそんな発想が――。

「カールベリス通りのホットドッグの屋台の前で道に転がったそうね。買ったばかりの不健康な塊をお腹に収める間もなく。ザワークラウト、マスタード、焼いた白いパンに脂ぎった太いソーセージ」

こいつはなんの話をしているんだ――。そうだ、〈ギュンテシュ〉のことにちがいない。わしは〈ギュンテシュ〉で車を停めたのだ。スウェーデンいちのホットドッグの屋台。それから若い部下たちと立ち話をしたことも思い出した。そこまでは覚えている。

「わたしにも、あの屋台の列に並んでいる最中に死んだ同僚がいるんです。心臓発作でね。医者なのに、ああいう食べ物で生きてたから」女医はまた首を斜めにかしげた。今度は真剣な表情をしている。

「ザワークラウトか……」ヨハンソンは言った。「ザワークラウトの何が悪い。実に健康的じゃないか」

「基本的に問題はソーセージね」

「おい、お前」ヨハンソンは急に説明のつかない怒りを感じ、同時に頭の中で激しい頭痛が始まった。「お前がうるさく言うそのソーセージを買わなければ、わしはもう死んでいたんだぞ」

女医はうなずいて、首の角度を変えただけだった。何も言わない。

「寄り道してソーセージを買わずに、そのまま車で別荘に向かっていたら、恐ろしいことになっていた」最悪の場合、他人を巻き添えしたかもしれないんだぞ――と心の中でつけ足す。

「その話は今度にしましょう」女医は少し身を乗りだして、ヨハンソンの腕を優しく叩いた。眠ってしまったのではなく、機能するのをやめてしまったほうの腕を。

「鏡はあるか」ヨハンソンが尋ねた。

以前にも同じ質問を受けたことがあるのだろう。女医はうなずき、白衣のポケットに手を突っこんだ。手鏡を出すと、ヨハンソンが差し出した左手にもたせる。

ラーシュ・マッティン、お前はひどい顔をしているぞ――。顔全体がだらしなくたわんでいる。口は斜めに垂れ下がり、目の下にはいくつも小さなあざができている。マチ針の頭ほどの大きさの青黒い斑点だった。

「死斑じゃないか……」

「点状出血よ」女医がうなずいた。「数分間息をしていなかったんですから。そこをあなたの部下が蘇生させた。警官になる前は、救急車に乗っていたと聞いたわ。プロの救急隊員だったのね。そう、あなたの言うとおりだわ。倒れたのがあそこで幸いだった」

「ひどい顔だ」ヨハンソンは言った。だがわしはまだ生きている。今までに見てきた、目の下に死斑のできた人間とは一線を画して。

「あら、奥様がいらしたようね。わたしは退席しますから、お二人でゆっくりしてください。寝る前にまた様子を見にきますね」

「おい、知っているか」

女医は首を横に振った。

「お前さんはリスにそっくりだ」なぜわしはそんなことを言うのだろう――。

「リス？」

「その話はまた今度にしよう」

5　二〇一〇年七月七日（水曜日）の午後

ピアはつかつかと夫のベッドに歩み寄った。口に笑顔を浮かべているものの、目は笑っておらず、座ろうとしてベッドの横の椅子をあやうく倒しかけた。椅子はそのまま足で脇へ押しやり、身体を屈めると、夫の身体に腕を回した。強く抱きしめ、夫の頭を自分の胸に押しつける。まるで小さな子供にやるように、優しく揺らしながら。

「ああラーシュ、ラーシュ……」ささやくような声だった。「今度はいったいどんないたずらを思いついたの」

「平気だ。ちょっと頭にゴミが詰まっただけで」

その瞬間、誰かに喉をぎゅっと絞りあげられ、ヨハンソンは泣きだした。ヨハンソンが泣くことなどありえないのに。もちろん、幼児期をのぞけばだが。数年前の母親の葬儀でさえも、そのさらに前の父親の葬儀でも、泣きはしなかった。全員が泣いていたのに。ヨハンソンのいちばん上の兄ですら、目の端をそっとぬぐい、手で顔を隠したのだ。でもヨハンソンは一度も泣いたことがなかった。今の今まで。しかもなぜ自分が泣いているのかわからなかった。わしは生きているじゃないか。なぜめそめそする——。

それから深く息を吸い、麻痺《まひ》していないほうの手で妻の背中を優しく撫で、腕を回してその胸に顔をうずめた。

「ティッシュをくれないか」本当に、わしはどうしてしまったんだ——。

それから元の自分に戻ろうと努力した。何度か大きく鼻をかみ、涙を拭こうとする妻の手を押しやり、自分の手の甲でぬぐった。斜めに垂れた口で笑みをつくろうとする。すると、頭の痛みが急に消えた。

「ああ、ピア。愛しいピア……。もう大丈夫だ。わしなら黄金の中の真珠のようにいい気分だ。すぐにスキップできそうだよ」

するとやっと妻が笑顔を浮かべた。今度は目と口の両方で笑っている。椅子から身を乗りだしたまま。

「わしは少し横にずれるから、お前もベッドに上がってきて、隣に横になりなさい」

しかしピアは頭を振った。ヨハンソンの麻痺していないほうの手を握り、もう一方の手を撫でた。眠ってはいないのに、まるで眠っているような手を。

それから妻を帰した。ヨハンソンは独りになりたい気持ちが今までになく強く、妻を街中のマンションに戻るよう説得したのだ。無駄に気を揉んでいる面々に連絡し、しっかり寝て、明日の午後まではここに戻ってくるなと伝えた。

「つまり、白衣陣からの攻撃がすべて終わってからだ。そうすれば落ち着いて話せるだろう」

「約束するわ」ピアは身を屈め、夫の首の後ろに手を回して引きよせた。普段は彼のほうからそうしているのに。ピアは夫にキスをし、最後にもう一度うなずき、病室を出ていった。

わしはまだ生きている——ラーシュ・マッティン・ヨハンソンは思った。頭痛がまた戻ってきたが、急に気分が明るくなった。なぜだかはわからない。頭は痛むのに。


そのあとは眠った。頭痛が和らぎ、誰かが彼の腕に触れた。四十路《よそじ》の春を迎えていないはずの女が、ベッドの脇の食事の盆に向かってうなずきかけた。濃い色の瞳と優しい口元で、ヨハンソンに微笑みかけている。

「よければお手伝いしますよ」

「平気だ。自分でなんとかする。スプーンをくれ」

三十分後、女医は戻ってきた。その間にヨハンソンは以下のものを腹に収めた。茹《ゆ》でた魚二さじ、白いソース半さじ、ルバーブの砂糖煮を三さじ。それに、水をグラスに一杯。

女医が戻ってきたときには寝たふりをして、相手はまんまと騙されたようだ。ヨハンソンはすでに〈ギュンテシュ〉のことを考えていた。スウェーデンいちのホットドッグを出す屋台。あの天国のごとき香りが感じられるようだった。窓口から数メートル前には漂ってくる、あの香りが。

それからまた別の白衣の若い女がやってきて、ヨハンソンの膀胱《ぼうこう》の中身を空にした。ヨハンソンは、次回は必ず自力でトイレに行くと自分に誓った。普通のまともな人間のように。動くほうの足で片足飛びしてでも。

そのうちに彼のリス――いや主治医がやってきた。

「単刀直入に訊くが、お前さんはいったい何歳なんだ」基本的には、食生活その他自分の惨めな現状についてしつこく小言を言われるのを避けるために質問したのだった。

「四十四歳だけど、なぜそんなこと訊くんです」

「ウルリカ・スティエンホルムよ、誓って言おう。お前さんが四十路の春を一度でも迎えたと信じる輩《やから》はひとりもいないだろうよ。リスのことについては、また今度話すことにしよう」

そしてまた眠ってしまった。

初めは不安な眠りだった。そして頭がまた痛みはじめた。しかしヒュプノスがゲームに首を突っこんだにちがいない。誰かがベッドの脇で動く気配がし、頭上の点滴の袋につながったチューブに触れたのをおぼろげに憶えている。それで頭の痛みが消え、ヨハンソンは夢を見はじめた。

心弾む夢、普通の頭痛以上の痛みを和らげてくれる夢。それは、まだ幼かった頃に大量に撃ち殺したリスの夢だった。北オンゲルマンランド地方の農場で、母エルナと父エーヴェルトの元で暮らしていたあの頃。事の始まりは、大伯父のグスタフがキッチンの長椅子に座り、リューマチの愚痴《ぐち》をこぼしたことだった。この痛みを和らげてくれるのは、昔風のチョッキだけだと。リスの毛皮を内側にして縫い合わせたチョッキ——。

「大伯父さんのために、ぼくが用意するよ」ラーシュ・マッティン・ヨハンソン少年がそう言った。薪箱の横のスツールに座っていた少年は当時、同じ部屋にいる人間の三分の一ほどの大きさだった。

「ラーシュ・マッティンよ、それはありがたい。ではわしの二二口径ライフルを使うがいい。去年のクリスマスに親父さんからもらった空気銃じゃあ、ずいぶんもたつくだろうからな」

「それはいい」父エーヴェルトもうなずいた。「この子は獲物を撃つのに関しては、キリスト教徒にあるまじき腕だからな。ライフルを貸してやってくれ。そうすりゃ、チョッキの一枚くらいすぐに用意してくれるさ」

リスの話はそれが発端だった。現実でも夢の中でも、大伯父の提案を父エーヴェルトは快諾した。あれから六十年経って、脳神経外科医であり准教授のウルリカ・スティエンホルムと出会ったことで、幼い日の思い出が蘇《よみがえ》ったのだ。四十四という歳を重ねた女。四十路の春を迎えたようには見えないのに。

6　二〇一〇年七月七日（水曜日）と八日（木曜日）の間の夜

ヨハンソンは自分が撃ったリスたちの夢を見ていた。それにリスの毛皮のチョッキのことも。一年も経たないうちに、大伯父グスタフのチョッキに必要な数のリスを撃ち殺したのだ。実際にはいささかズルをして、冬毛のだけではなく夏毛のも交ぜたのだが、毛皮職人の役を務めた母親のエルナは、そのくらいちっとも構わないとなぐさめてくれた。痛む背中側に冬毛を使えば問題ないというのが彼女の意見だった。

一年で五十匹近くのリスを撃った。というのも、親戚の男性の例にもれず、大伯父もまた巨大な背中と胸板の持ち主だったからだ。それに、撃つの自体には一分もかからなかった。

キラキラ光る小さな黒い瞳。アカマツの間を走りぬけ、幹を登ったり下りたりしながら、頭を上下させては回したりする。その最中にだしぬけに動きを止め——頭が上でも下でも構わずに——首を伸ばし、くるりと回し、世界を見つめる。少年のことも。躍動と好奇心に溢れつつも警戒した瞳。コショウの粒のように真っ黒で小さな瞳。照準を合わせ、あとは引き金を引くだけというときに、リスは必ずじっと立ちすくんだまま首だけかしげるのだった。そして少年は引き金を引く。ライフルの鋭い銃声が響くか響かないかのうちに、また一匹、リスよさらば。

獲物が落ちて枝にひっかかったことは、数えきれないほどあった。幼い少年は、それをヤマナラシやシラカバの小枝を落として作った棒でつついたものだ。もっと大きくなって、腕も長兄のエーヴェルトと同じくらい太くなると、木に登り、獲物をやすやすと手でつかんだ。冬になりアカマツが氷や雪にまみれて滑りやすくなっても、登ることは可能だった。ロープを腰と幹に巻きつけ、右手にもったモーラナイフを幹にぐさりと刺しながら登るのだ。

だがある日突然、リスを撃つのをやめた。常に動き続ける小さな頭。あの黒い瞳が、引き金を引くその瞬間もこちらをじっと見つめていた。自分が死を見つめていることを理解していないみたいに。それ以外のすべてのものを見つめるのと同じように、興味津々な目つきで。引き金を引いて何百匹というリスを撃つのには全部合わせても数分しかかからなかったが、その合間に、何百時間もじっと座ったまま彼らを観察してきた。

長い年月が過ぎて——別の人生で——彼はウルリカ・スティエンホルムに出会った。カロリンスカ医科大学病院の脳神経外科医。ショートカットの金髪で、首には皺ひとつない。茶色い毛やふわふわのしっぽの兆候も見当たらない。というか、リスにはまったく似ていない。顔を上げ、頭をかしげて彼を見つめるあの仕草以外は。

そのあたりでヨハンソンは目を覚ました。布団から腕を上げようとしたが、できなかった。腕はまだ眠っている。腕の持ち主ははっきりと目を覚ましているというのに。喉も渇いていて、水のグラスに手を伸ばしたが倒してしまい、夜勤の看護師を呼ぼうとしたが、ナースコールをとり落としてしまった。

「いったいどうなっているんだ!」ヨハンソンは思わず叫んだ。すると夜勤の看護師がやってきて、水の入ったグラスを渡してくれ、彼の右腕――もう眠ってしまった右腕――を優しく叩き、点滴の袋のねじをひとつ回すと、ヨハンソンはまた眠ってしまった。今度は夢を見ずに。

7　二〇一〇年七月八日(木曜日)から七月十三日(火曜日)

木曜にヨハンソンはトイレに行った。男の介護士とゴムのついた杖に支えられながらではあったが。まず車椅子を勧められたが、それには首を振った。歩行器も然り。しかし用を足すこと自体は自分でできた。点滴やだらりと下がったままの右腕、不安定な右足、それに頭痛はあるものの、強い幸福感に満たされた。あまりに強すぎて、鼻をすすりあげたほどだ。しかし涙は溢れてこなかった。

「めそめそするな」ヨハンソンは自分に向かってつぶやいた。どんどんよくなっているじゃないか。

でなければおかしい。というのも、今やヨハンソンは最先端の医学への挑戦とでも言うべき存在だった。それからの日々、ヨハンソンを乗せたベッドは考えうるあらゆる科へと向かい、ベッドから動かされ、戻され、別の針や糸やケーブルやチューブや管につながれ、また血液を採られ、レントゲンも撮られた。椀のような台に乗せられ、大きな音を立てる穴の中を出たり入ったりもした。あらゆる方向と角度から検査をされ、目に光を当てられ、脚や腕をつねられ、曲げられ、ひねられ、小さな金属のハンマーで膝を叩かれてから今度は柄のほうを足の裏にそって当てられたり、小さな針でつつかれたりもした。ひっきりなしに、考えうるあらゆる箇所を触られた。

それから理学療法士のところへ行き、手始めにいちばん簡単な運動を教わった。女の理学療法士は、「わたしたちふたりで」――特にその〝ふたりで〟を強調して――「もうすぐ右腕の感覚と動きと力を取り戻しますからね」と請けあった。力の入らない右脚もまた元のようになるし、顔に関してはすでに元の位置に戻りつつある。何もしていないのに、勝手に。魔法みたいだわ！　それ以外は、あとで読んでくださいといくつか小冊子を渡され、右手で握るための小さな赤いゴムボールをもらった。今質問はありますか？　なくてもたいした問題ではありませんよ。だって明日にはまた会うんですから。

ウルリカ・スティエンホルムは休暇をとって旅行に出たという。ほんの数日のこと、だからそのことも心配しなくていい。その間は主治医の同僚医師たちがヨハンソンの面倒をみることになっている。パキスタン出身の下級医師の若者に、偽の金髪に巨乳の中年女医。彼女は二十年前にポーランドからやってきて、人生の大半を脳神経外科医として働いてきた。二人とも、ちっともリスには似ていなかった。

ヨハンソンの妻は毎日のように見舞いにやってきた。自分で決められるものなら、夫の病室に越してきそうな勢いだったが、ヨハンソンのほうが断った。一日一度がちょうどよろしい。それ以外の態勢が必要な場合は、事前に知らせるからと。ヨハンソンは自分の健康状態についての質問も巧みに避けた。日に日によくなっている。間もなく元に戻る。それ以外に言うことは何もないと。

ところで、お前のほうは元気なのかい。無理はしないと約束してくれ。そうだ、携帯とノートパソコンと、こうなる前に読んでいた本をもってきてくれないか。タイトルは忘れたが、別荘のベッドサイドテーブルにあるはずだ。ピアは夫の言うとおりにした。本は、しおりを挟んである位置からして半分ほど読んでいたようだが、それ以上は手をつけられないままになった。なんの話だかさっぱりわからないからだ。もう一度最初から読む気力もなかった。少なくとも今は。元に戻ったら、読むかもしれない。

週末には子供たちがやってきた。まずは娘がその夫と、そして息子がその妻と。頼むまでもなく、孫たちは家で留守番だった。その代わりにメッセージやプレゼントを託していた。

いちばん年長の孫は十七歳で、来年の春には高校を卒業するのだが、長い手紙をしたためてくれた。〝大好きなおじいちゃん、ストレスを溜めずに、のんびりまったり過ごしてね〟書いた内容を裏づけるように、瞑想の本と〈リラックス・フェイバレット〉の違法コピーCDを贈ってくれた。

その妹は自分で描いた絵を送ってきた。ヨハンソンが白衣の人間に囲まれてベッドに寝ている絵だ。頭に大きな包帯が巻かれている。でも嬉しそうな顔をしていて、手まで振っている。〝おじーちゃんがはやくよくなりますように〟と書かれていた。

その二歳下のいとこは、柔らかなボーイソプラノの歌声を携帯に吹きこんでいた。さらに土曜日のキャンディの半分を譲ってくれた。バナナの形と味をしたソフトグミに、人形《ひとがた》のハードグミ。しばらく躊躇《ちゅうちょ》したのだろう、子供の手でべとべとになっている。そのさらに二歳下の双子の兄弟は珍しく仲良く一枚の紙に、丸い顔から手足の生えた生物と、おそらく太陽と思われる物体を描いていた。

夫として父として祖父として皆から愛されているヨハンソンは、できれば独りになりたかった。弱っているところを見られて、彼らの目に心配が宿るのを見たくなかったからだ。

それ以外の愛すべき親しい知人たちのことはピアがあしらった。ひっきりなしに電話してくるヤーネブリングに、毎朝毎晩電話してくる長兄。長兄はビジネスの話もあるのだろうが。それ以外の親戚、友人、知人、昔の仲間がとにかく常に状況報告を要求してくるのだ。

「お前もなかなかゆっくりできんだろう」ヨハンソンは妻の手を優しく叩いた。「だがそれも間もなく終わりだ。月曜には家に帰してもらえるよう頼んでみるつもりだからな。週明けには」

「その話はまた今度にしましょう」ピアは少しだけ笑みを浮かべた。

そのセリフは前にも聞いたことがあったので、とりあえず月曜日は無理なのだと悟った。どんどんよくなっているというのに――。チューブやケーブルや糸や針の数は半減し、頭が痛むことも減ってきた。色とりどりの錠剤は注意深く数えられて、小さなプラスチックカップに入ってくる。飲みこむのも、水で流しこむのも自分でやる。月曜には看護師から自分専用の薬ケースを渡された。薬を自分で管理するのは重要なんです。なるべく早くその習慣を身に付けたほうがいいからと。

　ヨハンソンはその夜すぐに薬ケースを妻に見せた。赤いプラスチックの箱は、細長い蓋をスライドして開くようになっている。合計で二十八個の小さな仕切りが、週七日分の朝・昼・夕・就寝前に分かれている。たっぷりと錠剤がつまった箱。一日あたり十粒ほどだった。

「メダルも年金も嬉しいが、まずはたっぷりの薬箱を」（「メダルは嬉しいが、まずはたっぷりの年金を」は一九五八年の選挙時の社民党のスローガン）

ヨハンソンはそう冗談を言って、斜めに笑ったが、最近はそれがまったく自然に見えた。

「そうね」と妻が答えた。「間違えないようによ」そして微笑んだ。目と口の両方で。初めてヨハンソンに微笑みかけたときのように嬉しそうだった。あなたを失わずにすんだことに感謝します――ピアは心の中ではそうつけ加えていた。

8　二〇一〇年七月十四日（水曜日）の午前中

水曜の午前中にウルリカ・スティエンホルムがやってきた。今回は何やら真っ黒に書きつけたノートを手にしている。

「判決を言い渡しにきたのか」ヨハンソンはノートに向かってうなずいた。

「聞く元気があるなら」

「続けてくれ」そう言った瞬間に、またそれが起きた。突然、どこからともなく強い感情が湧いたのだ。今回は興奮だった。


スティエンホルム医師は情報をきっちり整理し、説明もうまかった。ヨハンソンを襲ったのは左脳に詰まった血栓で、それが〝部分的な右半身の麻痺〟を引き起こし、右腕の〝運動能力を低下させ〟、右脚の〝感覚と運動能力と力を鈍らせた〟のだ。数分間呼吸をしていなかったからその系統の機能も短時間停止していたわけだが、その後遺症は見られないという。

「短時間の無呼吸状態は珍しいことではないんです。色々な理由で起きることがあるの」ウルリカ・スティエンホルムはそう説明した。

「わからんのは、なぜそれがわしに起きたかだ。わしは今まで頭に問題があったことはない。頭痛薬すら飲んだことがないんだ」それに前立腺も絶好調だ――と思ったが、それは相手には関係がないので心の中にとどめておいた。

「頭が問題なんじゃないんです。問題は心臓です」

「心臓だって?」こいつはいったい何を言っているんだ。確かに頑張りすぎると少し息が上がったり、少し胸が苦しくなったり、ひょっとすると鼓動が速くなることもあるかもしれないが。

急に立ち上がるとくらりとすることもあったが、だからどうだと言うんだ。何度か深呼吸して、ちょっと昼寝をすればいつもよくなった。

「残念ですが、あなたの心臓の状態はよくありません」女医は首の角度を変え、自分の言ったことを強調するために二度うなずいた。

「ということは、頭に詰まった血栓はボーナスってとこか」

「そういうふうに考えることもできますね」今度は微笑んでいる。そして女医は続けた。「では、説明しますね」

たいした一覧じゃない――女医の説明が終わるやいなや、ヨハンソンは思った。心房細動、不整脈、心臓肥大、大動脈拡大、速すぎるしリズムの乱れた心臓。その他もう忘れたもろもろ。すべては食べ過ぎ――しかも不健康な食事――運動不足、かなりの肥満、そしてストレスのせい。血圧も高すぎるし、コレステロール値に至ってはひどいものだった。

「この一連のドラマにおいて、いちばんの悪者は心房細動なんです。その震えによって血液が固まる、つまり血栓ができるの」そう説明する女医の表情から、彼の胸の中ではそれ以外の悪者も暴れているというのは疑いの余地がなかった。

「それで、どうするつもりなんだ」ヨハンソンが尋ねた。ここで引き下がるつもりはなかった。この長く苦労の多い人生で納めてきた税金を、医療サービスに使ってこなかったことを考えても。医療業界では、狡猾な輩が疑うことを知らない医者たちを利用して、その税金をふんだくっているのだ。

「薬です。血圧を下げ、血を薄め、コレステロール値を下げるための薬。それはもうすでに飲んでいます。でも長期的に本当に必要なことは、あなたが自分でやるしかないんですよ」

「食事を減らし、体重を減らし、ストレスを溜めず、運動をして、か……」そうすればお前が目の前に座って口うるさく言うこともなくなるのだろう。ということは、〈ギュンテシュ〉とはお別れか。

「そのとおり」スティエンホルム医師は笑顔になった。「ちゃんとわかってるじゃないですか。健康に気を使ってください。それ以上に難しいことじゃないわ」

「そうしたらクリスマスツリーをもらえるのか」ヨハンソンは尋ねた。これほどの幸福感を感じたのは久しぶりだ。まったく理解不能な状況だった。

「わたしは真面目に言ってるんです」ウルリカ・スティエンホルムはもうちっとも面白そうな顔はしていなかった。「ライフスタイルを変える――それも大幅に変えるつもりがないなら、死にますよ。薬をやめたり忘れたりしただけでも、そう遠くないうちに」

「だがわしの頭に詰まった血栓はちょっとしたボーナスのようなものなんだろう？　心臓が急に震えて、迷惑をかけたから」

「それは警告だったのよ。それにかなり軽くですんだ。わたしはもっと深刻な警告を受けた患者を何人も見てきました。あなた、心臓の問題はもうずっと前から抱えていたはずよ。主治医には何も言われなかったの？」彼女は促すようにヨハンソンを見つめた。

「定期的に医者の検診は受けている。毎年、心音を聞いたりもだ」ヨハンソンはつけ加えた。「だが、答えはノーだ。主治医はいつもわしの状態に満足している。何も言われたことはない」

「何も？」

「ああ。もう少しのんびりしろ、と言われるくらいで。だが薬の話など出たことはない」

「不思議だわ」

「ちっとも不思議ではない。そいつは昔からの猟仲間で、いつも故郷で一緒にヘラジカ猟をやるんだ。隣村の生まれでね。父親はクラムフォシュで獣医をしていた。本人はウメオの医大を卒業している。九月の猟の時期に、ついでにいつも検診してくれるんだ」

「しつこく訊いて申し訳ないけど、本当に心臓のこと何も言われたことはないんですか？」

「ないね」ヨハンソンはこの際限ない小言に疲れてきた。「前回会ったときには健康状態を褒められたほどだ。羨ましいと言われたよ。幸せなやつだと」

「褒められた？　何を？」

仕方ない。ヨハンソンはこの完全に無意味な会話に終止符を打つことにした。

「わしのイチモツと前立腺のことだ。なんて言ったかって？　本人の発言を引用するとだ、わしのイチモツと前立腺があれば自分も幸せだったのに、とな。しかも専門は泌尿器科だから、間違いはないだろう。現役時代には、通算何百キロものイチモツを見てきたのだろうからな」

さあ満足か。お前が訊いたんだからな。

スティエンホルム医師はご愁傷様という表情で金髪の頭を振っただけだった。不機嫌なようにも見える。

「ところで、お前さんのほうからは質問はないのかね」ヨハンソンは無邪気な表情で尋ねた。

「わたしのほうからの質問？　どんなことかしら」まだ不機嫌だ。

「例のリスのことはどうだ。聞く元気があるなら」突然燃え上がった怒りは、もう収まっていた。


そしてヨハンソンは少年時代に撃った数えきれないリスのことを語ってきかせた。リスたちの頭の動きのことを。それに、何百時間も座ってリスを観察していたことを。しかし頭の動き以外は、ましてやヨハンソンほどこの件に関して深い洞察をもたない凡人の目には、彼女はまったくリスには似ていない。

「チックみたいなものだと思うわ」ウルリカ・スティエンホルムは自分の発言を裏づけるためにうなずいた。

少し機嫌が直ったようだ。しかも笑顔を浮かべている。首はかしげずに。

「まったく話は変わるんですけど」女医が言った。「あなたのことじゃなくて……ええと、あなたの仕事のことなの」そして言いなおした。「昔の仕事ね。ちょうどいい機会だと思って。二人きりだし。訊きたいことがあるんです」

ヨハンソンはうなずいた。

「まだ元気はありますか？　かなり長い話なの」

「続けてくれ」ヨハンソンが言った。これがすべての始まりだった。少なくとも、ラーシュ・マッティン・ヨハンソンにとっては。それ以外の関係者にとっては、ずっと前に始まっていたことだった。

9 二〇一〇年七月十四日（水曜日）の午前

長い物語だった。長い序章、そのあとに無数の質問が続いた。女医の問いは単純だった。ヤスミン・エルメガン殺害事件のことを覚えています？　強姦されて絞殺されたとき、まだたったの九歳だった少女のことを。

まずは序章——それは、ヨハンソンの好みにしてはあまりに長く、とっちらかっていた。

ウルリカ・スティエンホルムには三歳上のアンナという姉がいた。検察官である姉にしてみればラーシュ・マッティン・ヨハンソンは雲の上の存在で、妹のウルリカにもヨハンソンにまつわる伝説を無数に語ってきかせた。

「姉はあなたが公安警察のボスだった時代に、数年間あなたの下で働いていたの。あなたには角の向こう側が見通せるっていつも言ってた。もちろん、こっそり向こう側を覗かずによ」

「そうでなければ意味がないだろう」この女の姉のことなど記憶にないが、いったいわしを誰だと思っているのだ。しかも、ボスとは――。ボスはボスでも、実行部隊の長官だったのだ。どこかの、書類をめくるのが仕事のボスとはまるでちがうのだぞ。

「父はオーケ・スティエンホルムといって、牧師でした。ブロンマ小教区を管轄する牧師だったんです。実はこれは父の話なんです。去年の冬、クリスマスの前に亡くなった父の。もう歳だったんだけど――八十五歳で、癌《がん》だった。もちろんすでに牧師の職は退いていたわ。一九八九年に定年退職したんです。六十五歳でね」

それがどうした――。ヨハンソンの心に、瞬《また》く間に苛立ちが募った。それがわしになんの関係があるんだ。

「説明が下手でごめんなさい」ウルリカ・スティエンホルムはそう言って不安そうに首をかしげた。「単刀直入に言いますね。ずっとあとになって父から聞いたのだけど――もう死ぬ数日前になってからのことなんです。長いこと苦しんできたことがあるって。小教区の信者が懺悔《ざんげ》の際に、父に話したらしいの。ヤスミン・エルメガンという名前の幼い少女を殺した犯人を知っているって。当時九歳で、その子もブロンマの小教区内に住んでいた。でも懺悔をした女性は、父に絶対に誰にも言わないでと頼んだ。懺悔中に聞いたことだから、父が黙っていることにも問題はなかった。あなたはもちろんご存じでしょうけど、牧師には例外なく、絶対的な守秘義務があるのよ。わたしたち医者とはちがってね。でもそのことが父をずっと苦しめてきた。というのも、犯人がみつかっていないから」

聞いたことがないほどとっちらかった話だ——。しかも頭痛が始まったから余計に始末が悪い。

「つまりわたしが言いたいのは……知りたかったのは……」

「紙とペンを貸しなさい」ヨハンソンが遮《さえぎ》り、相手をせかすように左手の指を鳴らした。しかしすぐにこんな考えが頭に浮かんだ。ちくしょう、いったいわしは、紙とペンで何をしようってんだ——。

「待ちなさい。お前さんが書いてくれ。メモをとるのだ。そう、新しいページを開いて。被害者の名前はなんだった。その九歳の、親父さんの小教区に住んでいたという」

「ヤスミン・エルメガンです」

「よし。ではこう書いてくれ。〝被害者：ヤスミン・エルメガン、九歳。ブロンマ小教区在住」

ウルリカ・スティエンホルムはうなずき、言われたとおりに書きはじめた。書き終えると顔を上げ、またうなずいた。

「いつの話だ」最近の話ではなさそうだからな。

「一九八五年の六月です。つい数週間前に新聞にその事件のことが載っていたの。起きてちょうど二十五年ということで、大きな特集記事が」

「待ちなさい」ヨハンソンが遮った。「六月のいつだ」そして念のためつけ加えた。「つまり、一九八五年の六月何日だ」こんなに訳のわからない情報提供者は、ここ数年で初めてだ。しかもこのクソいまいましい頭痛に、自分は引退した身である上に病人ときた。特別安静にしていなければいけないのに。おまけに近衛兵のように悪い言葉を使うようになってしまった。独りのときに思わずつぶやくだけでなく、基本的にはピア以外の全員にイライラさせられる。

「一九八五年の六月十四日に行方不明になったの。夏至祭の宵祭《イブ》の前の金曜日だった。そして一週間後に強姦され絞殺された状態でみつかった。夏至祭の宵祭の日にね。つまり、発見されたのは六月二十一日。シグチューナの郊外に埋められていた。犯人は、ほらあのおっかない黒のポリ袋に死体を入れて埋めたの」

「待ちなさい」またヨハンソンが遮った。「今日は何日だ」急に頭の中が空っぽになった気分だった。

「水曜日です」ウルリカ・スティエンホルムが助け船を出した。「今日は水曜日よ」

「ちがう。日付だ。今日は何日だ」ちくしょう、わしの頭の中でいったい何が起きているのだ――。

「今日は七月十四日です。二〇一〇年の七月十四日」

「ということはどのくらい経つ。その子が発見されてから」

「二十五年と三週間ちょっとね。わたしの計算が間違っていなければ、二十五年と二十三日」

「ということは、時効を迎えている」ヨハンソンは肩をすくめた。突然、右の肩も動くようになっていた。「ということは、わしのような人間にもどうしようもない。少女を殺したやつは素知らぬ顔で生き続け、わしはそいつと話すことすら叶わない」

「でも、その時効の法律は廃止されたでしょう。春に国会で通ったじゃないの。今は殺人事件に時効はないのよ。ほら、オロフ・パルメ首相殺害事件なんかも、永遠に時効にはならない」

「いいから聞きなさい」こやつめ、まったくクソよくしゃべる女だ。おまけに強情ときた。

「殺人や、それ以外の犯罪でも終身刑レベルの凶悪犯罪は、今年の七月一日を境に時効が廃止された。確かに春には国会で可決されたが、法律自体は七月一日から有効なのだ。つまり七月一日の時点ですでに時効を迎えている事件は、法改正とは無関係なのだ。永遠に葬り去られてしまう運命だ。わしの言うことが信じられないなら、検察官をやっているお姉さんに訊いてみるがいい」

「でも、じゃあ、パルメは？」

「パルメが殺されたのは一九八六年二月だ。今年の七月一日にはまだ時効を迎えていなかったから、法改正の対象になり、永遠に時効にはならない。しかしお前さんの言うヤスミンは一九八五年六月に殺されてしまった。法改正が行われた時点で、すでに時効を迎えていたのだ。そのくらいのちがいはわかるだろう」

「そんな……なんてひどいの。犯人がみつかったとして――あなたの部下たちがヤスミンを殺したやつをみつけたとして――今日みつけたとしてよ？　黙って行かせるしかないわけ？　警察は何もできないの？」

「ああ、イチモツもな」ヨハンソンはベッドで横になったまますなずいてみせた。そして念のため、もう一度繰り返した。「イチモツもできることはない」というのは、この女は法律はあまり得意ではなさそうだから。

「本当にひどいわ」ウルリカ・スティエンホルムは繰り返した。「今ならDNA鑑定とか色々あるのに」

「まったく、ひどい話だろう」ヨハンソンは急に訳のわからない興奮を感じた。

「ええ、本当にひどいわ」ウルリカもうなずいた。

「もっとひどいことを教えてやろうか」

「何です？」女医は金髪のショートカットを揺らした。

「わしの頭に半年前に血栓が詰まればよかったのだ。そうしなかったのは実に不用意だった。そうすれば、ゆっくりのんびりこの事件を解決することができたのに。時効になる前に、という意味だぞ。もしくはお前さんがもっと早く警察に話すべきだった。もしくは牧師の親父さんがそうすべきだった。さもなくば、ヤスミンを殺した人間がご親切にも、哀れな少女の命を奪うのをあと数週間遅らせてくれていれば……」

「ごめんなさい」ウルリカ・スティエンホルムは本気で申し訳なさそうだった。「あなたを苦しめるつもりは……」

「そんなことはクソどうでもいい。その情報提供者は――つまり、ヤスミンを殺したのが誰なのかを親父さんに話した女は――」

「ええ」

「なんという名前なのだ。その情報提供者は」

「知らないんです。父は一度も口外しなかった。言っちゃいけないんだもの。守秘義務があるんだから」

「ちくしょう、勘弁してくれ」この女はいったい何を言っているのだ。「その情報提供者が親父さんに告白したのはいつなんだ」

「わたしの理解が正しければ、ヤスミンが殺されて数年後だと思うわ。父が引退した一九八九年の夏以降ということはありえないから。話の内容からして、父の教区に住む年配の女性のはず。懺悔の際は、体調もかなり悪かったみたい」

「だが名前はわからないのだな？　心当たりは一切ないのか？」

「ええ、ないわ」

「ではなぜその女が真実を語っているとわかるんだ。単に頭がおかしいだけかもしれないだろう。もしくは注目を引きたかった。そういうことは珍しくないのだぞ」

「父が彼女を信じたんだもの。父はとても賢くて思慮深い人間だった。それに牧師としてありとあらゆる懺悔を聞いてきたのよ。そんなに簡単には騙《だま》されないはず」

「その女は犯人の名前を言ったのか？　親父さんはそう言っていたのか？」

「いいえ。言ってなかったわ。少なくともわたしには」

「その女の夫とか息子とか、親戚、近所の人や同僚の仕業だったんだろう？　知り合いが犯人だったんじゃないのか。そういったことを、親父さんはほのめかしはしなかったのか？」

「しなかったわ。でも、誰がやったのかは父に話したと思う」

「その女はなぜ知っていたのだ。その人間がやったということを」

「わからない。でも父は彼女を信じ、死ぬ間際までそのことですごく苦しんでいたのよ」

「わかった、わかった。では、親父さんから話を聞いたときのことを教えてくれ」話を始めに戻そう。お前にとっての始めに。


ブロンマ小教区の管轄牧師だったオーケ・スティエンホルムは、去年の十二月初めに八十五歳で癌でなくなった。亡くなるまでの数日、娘であるウルリカはずっとそばに付き添っていた。彼の妻――つまりウルリカの母親は十年前に亡くなっているし、長女とは折り合いが悪く、数年前から口もきいていなかった。そういうわけで次女のウルリカだけが、オーケ・スティエンホルムにとって真に近しい家族であり、愛娘だったのだ。

人生最後の数日間、牧師は基本的にずっと眠っていた。痛みを和らげるための強い薬のせいで。しかし死ぬ二日前に、数時間だけはっきりと意識を取り戻した。そのときに、娘にあることを話したのだ。

「父は開口一番、わざと薬を飲まなかったと言ったんです。意識をはっきりさせておくために。わたしに大事な話があるから、と言っていました」

「そうか。話はそれですべてなのか?」

「ええ。これじゃたいした手がかりにならないのはよくわかります。まだ時効を迎えていなかったとしてもね」

「寝ぼけたことを言うな。ウルリカ、ひとつ言っておこう。殺人の捜査をするなら、〝状況を受け入れる〟ほかないのだ。ああ難しい、ああ情報が少なすぎる、とくだらない愚痴を言っていても始まらない。本物の警官はそんなクソは言わないんだ。状況を受け入れるのみだ」

「ええ、でも本当に少ししか……」

「口答えをするな」ヨハンソンが遮った。「そんなことより、わかっていることをまとめよう。そうだ、メモをとりなさい」

ウルリカ・スティエンホルムはうなずいた。すでにノートとペンを手にしている。

「去年の十二月に亡くなる直前に、親父さんは小教区内の年配の女性信者から聞いた話をお前さんに語った。二十年ちょっと前に――つまりヤスミンが殺されて数年後に、自身も死を目前にしたときに、懺悔という封印の中で語った。それで正しいか?」〝懺悔という封印の中で〟

――その言葉をかみしめるがいい。

「ええ、そうです」

「それ以外に覚えていることは」

「ないわ」

「そうか。ということはいよいよ〝状況を受け入れる〟しかない。わかったか」

「それはわかりました。あとひとつだけ、言わせてください。あなたを最初に見かけた時点で思ったことがあるの。あなたがここに運ばれてきた翌朝のことよ」

「続けたまえ」

「この話は、父を苦しめてきただけじゃない。わたしもずいぶん苦しめられたの。特にここ最近は、頻繁に新聞に載っていたものだから。そんなときにあなたが突然現れた」

「それで？」

「父は非常に信心深い人だったわ」

「それは合理的だな。親父さんの職業を考えれば」

「わたし自身も、ちょっとそういうところがあるの。父のように――といっても父ほどではないけれど。父ならこんなときに、なんと言ったと思う？」

「わからん」わしにわかるわけがないだろう。

「不思議なことが起きたとき、父はいつもこう言った。説明のつかないような奇妙な偶然が起きたときなんかにね。それがいいことでも悪いことでも」

「なんだ」

「父はいつも『これはわが主の計り知れないお導きだ』と言ったわ」

「悪いが、わしには単なる出来事としか思えない」ヨハンソンはまた急に興奮を感じた。同時に、頭痛が吹き飛んだ。

「どういう意味です？」

「わが主が、二十五年前の古い殺人事件に正義をもたらすために、頭に血栓の詰まった意識不明の元警官をお前さんの元へ送ったとでも言うのか。さらには、たった数週間ちがいで新しい法律に間に合わず、時効を迎えさせたとでも？」よく考えてみると、この悲しい状況において、それが唯一の刺激的な点だった。

医学博士で、脳神経外科の准教授であるウルリカ・スティエンホルム四十四歳も――四十の春を一度も迎えていないように見えるのに――今度ばかりはその小さな頭をかしげることはなかった。

「わが主は計り知れないお導きをなさるんです」女医はまた言った。

「わしの問題は、もう角の向こう側が見通せないことだ。かろうじて周囲が見えるだけ。記憶から消えてしまったこともある。今日など、息子の嫁の名前を思い出すのに一時間もかかったのだぞ。おまけに、なんの秩序もなく、訳のわからないまま、一秒ごとに腹が立ったり、悲しくなったり、嬉しくなったり。おかしな発言をするし、汚い言葉を使ってばかりだ。お前さんの言うそのヤスミンの事件のことも実は覚えていない。正直、ひとかけらも記憶にないんだ」

「発作のせいよ。あなたと同じ状況の人は皆そうなるんです。それに、ご存じ?」

ヨハンソンは首を横に振った。

「あなたに関して言えば、一時的なものだと思うわ」

「腕の麻痺もか」ヨハンソンが尋ねた。ついでに訊いておこうと思ったのだ。

「腕もよ」ドクトル・スティエンホルムはうなずいた。

それから女医は立ち上がり、ヨハンソンの麻痺していないほうの手を軽く叩いた。

「じゃあ、お大事に。また明日」

彼女が病室を出てやっと、ヨハンソンはあることに気づいた。これは捜査上当然やるべきことのリストの一行目に書いてあるのに、誰かがそれを頭の中から消したのだ。

「くそっ！」ヨハンソンは大声を出した。「おい、お前、戻ってこい」

するとと女医がまた彼のベッドの脇に立った。「はい」

「親父さんは亡くなったとき、書類やメモを大量に残してはいなかったか」昔の牧師というのは、驚異的な量の紙を収集する癖があるからな。

「何箱もあります」

「何かみつからないかどうか、探してみろ」わしがお前のためにそれをやるつもりはないからな、とヨハンソンは心の中でつけ加えた。


それから女医は立ち去ったが、ドアのところまで行かないうちに、ヨハンソンは眠ってしまった。角の向こう側を見通せる男——。ヒュプノスが彼の麻痺していないほうの手を取り、優しく暗闇の中にいざなってゆく。その細く白い手には、緑色のケシの実があった。

10　二〇一〇年七月十四日（水曜日）の午後

ラーシュ・マッティン・ヨハンソンは、全盛期には警察内で〝角の向こうを見通せる男〟と呼ばれると同時に、〝歩く凶悪犯罪辞典〟とも呼ばれていた。いつどこで起きたか思い出せない古い事件があれば、まずはヨハンソンに尋ねるのが習わしだった。それによってパソコンの前で検索に果てしない時間を費やすのを回避できたし、ヨハンソンは問い合わせを受けたことを喜び、いつでも快く知恵を貸してくれ、その答えは細部まで正確だった。その上気味が悪いほど数字をよく覚えており、探している事件がみつからずに困り果てていた同僚に、事件の案件番号まで教えたこともたびたびあった。

しかしその脳みそに何かが起きた。たったひとりの息子の二人目の妻の名前を急に思い出せなくなったのはまだいいとしよう。それに、しばらくすれば思い出したのだから。

しかし、強姦され絞殺されたときにまだ九歳だったヤスミンの事件を思い出せないというのは、実に深刻だった。二十五年も前の事件だという事実も、ちっとも慰めにはならない。当時──つまりヨハンソンの全盛期に起きた殺人事件のことなら、むしろ最近の事件よりもよく覚えているはずなのだ。しかも話題になった事件なら、詳細まで覚えていてもおかしくはない。

強い不安──ほぼパニックに近い不安に襲われた。ヤスミン殺害事件を思い出せないからではなく、自分の頭に起きたことへの恐怖で。

思わず看護師を呼び、もっと薬をくれと頼もうかと考えた。薬を飲めば考えなくてすむ。自分を苦しめていることから距離を置くことができるし、気にもならない。それが何だったとしても、自分とは関係がなくなる。

しかし今回ばかりは――。

「しっかりしろ」ヨハンソンは大声で自分を叱責した。インターネットで調べてみよう。ひょっとすると、うちの小リスがいささか勘違いしているだけで、覚えていなくても不思議はないのかもしれない。そう思いつき、即座に決心し、そこから本格的な苦難が始まった。

やりにくい、ややこしい、難しい――。ベッドサイドテーブルからノートパソコンを持ちあげ、ベッドにいる自分の前に置き、パソコンのふたをつまんで開き、電源を入れ……という動作をすべて左手でやらなければいけないのだ。右手は邪魔なだけ。さあ、これでいい。あと一息だ。というところで、パソコンのパスワードを忘れたことに気づいた。あの朝、不幸という名の医者が病室に入ってきて彼の存在を複雑にするまでは、なんの問題もなかったのに――。自分のパソコンさえ使えないとは。すでに苦しんだ分ではまだ足りないとでも言うのか。

とりあえず、許されるだけの回数は試してみた。額に汗がにじむのを感じる。頭痛に胸の圧迫感。自分のパソコンへのログインを拒絶されるたびに、それが悪化する。くそ、くそ、くそ……とヨハンソンはつぶやいた。苛立っているのは、自分の使用言語の変化のせいだけではない。ヨハンソンは妻に電話をかけた。ピアは会議中だったが、すぐに電話に出た。電話してきたのが夫だとわかったからだ。その声にどれほど心配がこもっているかは、ピア本人もわかっていなかった。

「ラーシュ、何かあったの」

「パスワードが思い出せないんだ」

「パスワード？」

「このクソパソコンのパスワードだ」

「いやだわ、びっくりしたじゃないの」

「パスワードだ」ヨハンソンは繰り返した。この女、いい加減にしろ――。妻のことを〝この女〟などと思ったのは、これが初めてだった。知り合って二十年来、初めて。

「家にメモがあるわ。今夜もっていくわね。わたしも覚えていないから」

「なんだと！」ヨハンソンはわめいた。「お前はパソコンのパスワードも覚えておけないのか！」たった一秒で、この世の誰よりも何よりも愛する妻に対して理不尽な怒りが爆発した。

「ラーシュ。あなたがわたしに大声を出すことなんて今まで一度もなかったのに……。まるであなたじゃないみたい。原因はわかっているけれど、でもお願い。怒鳴らないで」

するとと今度は喉をぎゅっと絞られた。それもたった一秒で。

「すまん。許してくれ……」

ヨハンソンは電話を切ったが、頰をつたう涙のせいで、素早くとまではいかなかった。


シーツで顔を拭いた拍子にノートパソコンが床に落ちたが、もうどうでもよかった。パソコンなど、誰かが来て拾ってくれるまで、床に転がっているがいい。ヨハンソンは深呼吸を三回してから携帯を取り上げ、親友に電話をかけた。それなら短縮番号に入っているから、簡単だ。今度は左手と親指だけでうまくやれた。

「ヤーネブリングだ」二度目の呼び出し音でもうヤーネブリングが出た。

「やあ、ボー。わしだ」

「なんてこった。喜んでいいのか？　体調はどうなんだ。声は元気そうだな」

「ひとつ頼みがある。わしの家の鍵をもっているだろう。ちょっと寄って、ノートパソコンのパスワードを見てきてくれないか。パスワードを書いたメモが、秘密の場所に隠してある。例の場所だ」

「もちろんだ。では一時間後に」

「ところで、体調なら最高だ。黄金の中の真珠のように」

「確かに元気そうな声をしているな。ろれつが回らないわけでもないし、バカなことも言わん」

「今までになく元気だ」ヨハンソンはそう請けあってから、ふいにあることを思いついた。こんな重要なこと、ここしばらく思いついていない。それに加えて、もうひとつ同じ系統のアイディアがひらめいた。これはとびきりのボーナスだ。心臓の状態が悪いせいで頭に詰まったケチな血栓のことではなくて。

「おい、うちに寄るんならもうひとつ頼まれてくれないか。ブレンヴィーン（アクアヴィットやウオッカなどの、ジャガイモや穀物から作る強い蒸留酒）をもってきてほしいんだ。それからついでに、例の〈ギュンテシュ〉に寄って、大きなブラートヴルストにザワークラフトとマスタードがのっかったのを買ってきてくれないか。飲み物はいらない。水ならここにあるからな」

「ははは、ずいぶん飢えてるようだな」ヤーネブリングが理解を示した。「病院ってのはずいぶん不思議な食事を出す場所らしいからな」
「頼まれてくれるか」
「熊がクソをするのは森の中か（当然だろう、の意）？　ホットドッグとパスワード、ブレンヴィーンにザワークラウトだな。じゃ、一時間後に」

さすがわしの親友だ。しかしここでしんみりするつもりはなかった。ベッドの中で姿勢を正す。しかも、腹の上で両手を組むことさえできた。まったく意味不明なやり方でだが。頭痛もしないし、怒りも感じない。心配も。心が穏かだ——。やっと、平穏が訪れた。流浪の狩人のわしにも。

こんなふうに、ヨハンソンの人生が再開した。親友ボー・ヤーネブリングにとっても、それは新たな始まりだった。二十五年前にこの事件と出会って以来。

第二部

目には目を、歯には歯を……

（申命記十九章二十一節）

11　二〇一〇年七月十四日（水曜日）の午後

やってきたのはいつものヤーネブリングだった。ヨハンソンの病室のドア口で立ち止まり、まずは中を見回して安全を確保し、それから文字どおり部屋を占拠した。ドラッグの蔓延《まんえん》した地区での家宅捜索さながらだった。それからやっと、ベッドまでやってきてヨハンソンの隣に腰を下ろした。笑顔を浮かべて、頭を振っている。

「ラーシュ、お前、ひどい顔だな」それから自分の言ったことに気づいて、慌ててつけ足した。「だが、思ったよりずっと元気そうだ」

何かがおかしい――とヨハンソンは直感した。何かが足りない。今ヤーネブリングがベッドの上に置いた大きな茶色の袋には入りきらないはずのものが。しかもヤーネブリングからはアフターシェーブの匂いがする。アフターシェーブの匂いしかしない。今しがた〈ギュンテシユ〉に寄ってきた人間の匂いではない。

「わしのソーセージはどこだ」ヨハンソンが非難めいた声を出した。

「なあ、ラーシュ」ヤーネブリングはそう言って身を屈め、大きな手を親友の肩に置いて、強く抱きしめた。「お前はおれの親友だ。お前が生きていてくれて、どんなに嬉しいか……」

「こっちもだ。で、ソーセージはどこなんだ」それにブレンヴィーンは？

「ほら」ヤーネブリングがベッドの上に茶色の袋の中身を空けた。「リンゴ、洋ナシ、オレンジ、バナナ。チョコレートまで買ってきたんだぞ。ほとんどカカオでできてる健康的なやつだ」

「ソーセージはないのか」

「ソーセージはなしだ。ブレンヴィーンも」ヤーネブリングが請けあった。「自殺したいんなら、自力でやってくれ。おれは幇助《ほうじょ》するつもりはない。だが、パソコンのパスワードはもってきたぞ。それからお前が更生してここを出られたらすぐに、おれのジムへ連れていく。まともな状態になるまでつきっきりで面倒をみてやる」

「それはありがたい」こんな友人がいれば、敵など作る必要はなさそうだ。

「めそめそするな。可哀想なのはお前だけじゃないんだ。ピアもすっかりしょげかえっている。おれもだ。先週の月曜の夜、お前がここに運びこまれた直後に、アフトンブラーデット紙の間抜けな記者が電話してきて、お前が腹を撃たれて集中治療室にいると聞かされた。おれはそのとき妻と妹夫婦と四人で、庭で冷たいピルスナーを飲んでたんだぞ。せっかく年金生活を満喫してるときに、そいつが電話してきて、お前が撃たれて看板を下ろしかけているときたもんだ。おまけに、それについてコメントをもらえませんかと」

「コメントしたのか？」

「地獄へ落ちろとコメントしてやったよ。それから穴倉《グローベン》に電話して、何か知っているかどうか訊いてみた。そこにはまた別の間抜けがいて——しかもそいつのほうは同胞ときた。あんなのを指揮統制センターに配属するなんて、最近の人事課はいったいどういう仕事をしているんだ。特殊部隊がお前をカロリンスカの救急へ運んだというのを無線で聞いた以外は何もわからないと言うじゃないか。普通の救急車じゃ間に合わないくらい急を要していたらしいと。心配して当然だろ？　そこから急にあちこちに電話をかけまくるはめになった。だが医者はどいつも口をつぐみ、ピアには何度かけても話し中ときた。どれほど心配したかわかるか」

「お前も大変だったんだな」

「そうさ。大変だった。だが車に座ったとたんに——ピルスナーを三、四本飲んだあとだったが、どうしたってカロリンスカに駆けつけてお前に別れを告げなきゃいけないだろ？　そのときに昔の部下が電話してきて、事情を教えてくれたんだ。どうやらお前を搬送した張本人のようだ。今でも連絡を取りあっている部下なんだ」

「パト2のことか」パトリック・オーケソン——ヨハンソンは急に思い出した。

「おやおや。完全に記憶を失ったわけじゃないようだな。お前は腹を撃たれてなんかいなかった。ここ二十年来と同じことをしていただけだ。つまり、食べ過ぎで死にそうになったんだ。気絶して、豚の餌みたいなソーセージやソースやマスタードをまき散らし——」

「まあ、そんなところだ」気絶したって、誰がだ。

「話の腰を折るなよ。つまりおれが言いたいのはだ。もうソーセージはやめてもらう。だが、それ以外のことなら基本的になんでも頼まれてやる」

「そうか。ちょうどひとつ知りたいことがあるんだ。お前なら役に立つだろう」

「なんだ?」

「二十五年前の殺人事件だ。一九八五年の夏に起きた事件で、九歳の少女が強姦され、絞殺され、シグチューナの郊外に埋められた。ヤスミン・エルドガンという名前だ」

ヤーネブリングは驚いた顔になった。

「なぜそんなことを知りたいんだ」

「理由なんてどうでもいいだろう」それから口調をいくぶん和らげてつけ加えた。「その話はあとだ。で、その件のことは覚えているのか」

「ああ」ヤーネブリングはうなずいた。

「話してくれ」

「ヤスミン・エルメガンだ。エルドガンじゃなくて。手短に説明すると——イランで生まれ、まだ二、三歳の頃に両親と一緒にスウェーデンにやってきた。一九八五年の六月十四日、金曜の夜に、ソルナ市（ストックホルム市のすぐ北の市）の母親の自宅から行方不明になった。一週間後の六月二十一日火曜日、夏至祭の宵祭《イブ》に発見された。絞殺ではなくて、窒息死。解剖医によれば、かなり高い可能性で枕で窒息させられていた。というのも、咽頭から羽毛と白い布地の屑がみつかったんだ。死体は合計四枚の黒いポリ袋に入れられ、普通のガムテープで巻かれていた。犯人は少女をメーラル湖の芦原に捨てたんだ。スコークロステル城の北に数キロ行ったあたりだ。つまり、埋められてはいない。遺棄しただけで。死体発見現場までは車で入れる。犯人は死体を十メートルほど運べばいいだけだった。誰にだってできただろう。体重は三十キロもなかったんだから」

「なぜ知ってるんだ」わしは何ひとつ覚えていないというのに、なぜお前は何から何まで知っているんだ。

「不思議はないさ。おれの事件だったんだ。幼いヤスミンが殺された事件のことなら、なんでも知っている。わからないことはたったひとつだけ――」

「なんだ」そう訊きながらも、ヨハンソンはすでにその答えを予測していた。

「誰が気の毒な少女の命を奪ったかだ。そいつとは、一度じっくり話をしてみたい」

12　二〇一〇年七月十四日（水曜日）の午後

「さあ、今度はお前の番だぞ」ヤーネブリングが、さっきヨハンソンに差し入れたばかりのリンゴを大きく一口かじりながら促した。「なぜ二十五年も前の事件に興味をもつんだ。現場復帰でもするつもりなのか」

「いいや、そんなわけがないだろう。ただ、ここで働いている人間に訊かれたんだ。その事件のことを新聞で読んだらしくてな。それで、わしはその事件のことを何ひとつ覚えていないことに気づいた。暗澹たる気分だったぞ。このわしが、そんな事件を覚えていないなんて——」

「それならなんの不思議もない」ヤーネブリングはにやりと笑った。「あの当時、お前は国家警察委員会のほうにいたからな。書類の山に埋もれて、何も見えちゃいなかった」

「そうだったのか」

「わかるよ」ヤーネブリングはその広い肩をいからせた。「おれは医者じゃないが、今回のことが関係あるんじゃないかって思って焦ったんだろ？　頭の血管が詰まると本当に大変だからな。親父のことを思い出すよ。家族の顔もわからなくなって、残りの人生、座って泣いてるか、何を見ても誰を見ても大笑いしているかのどちらかだった。もう前と同じ人間ではなかったな」

「わしの忘れ方はもっと部分的で、頭の中に真っ白なシミがいくつも広がっているようなんだ。だがこの事件に関しては覚えていてもおかしくない。当時新聞に書きたてられたんだろう？　例えば、一九八九年にヘールビィで起きたヘレーネ・ニルソンの事件なら、今でも詳細までよく覚えている」

ヤーネブリングはきっぱり頭を振った。「ヘレーネの件とはかけ離れた扱いだったんだ。ヘレーネのほうが、ヤスミンよりも百倍多く新聞に載ったからな。ヤスミンの件は、行方不明になっていた一週間、新聞には一行も載らなかった。テレビやラジオでも取り上げられていない」

「なぜだ。金曜の夜に九歳の少女が家からいなくなったりしたら、目をむくような騒ぎになっただろう」

「いいや、基本的にはなんの騒ぎにもならなかったんだ。両親はその前の年に別居して、ヤスミンは一週間ごとに父親とその新しい彼女が住むエッペルヴィーケンの家と、ソルナにある母親の家を行き来して暮らしていた。ちなみに母親のほうは独り暮らしだった。その週、ヤスミンは母親の家で暮らす週だったわけだが、着いて数時間後には母親とけんかになった。ヤスミンは自分のリュックサックをつかむと、家から飛び出した。そのさらに数時間後、母親はソルナ署に通報したが、それでも娘は父親の家に戻ったものと思いこんでいた。もちろん元夫の家に電話はしてみたが、誰も出なかったんだ。電話を受けたソルナ署の担当者は、父親の家へパトカーを送った。母親がどうしても自分でそこに行こうとしなかったからだ。元夫のことをひどく恐れている様子でね。ところが父親の家は空っぽだった。そこは少しばかりおかしな話だった。というのも父親は職場の同僚たちに——警官が大学の同僚にも話を聞いたんだが——その週末は出勤すると言っていたからだ。なにしろ医者だからな。気味の悪い研究をしていて、自宅と職場を行ったり来たりの生活だったらしい。実験動物が元気にしているかどうか、確認しなきゃならないだろ？　最終的には命を奪うわけなんだが。だが父親はその金曜の夜、急にどこかへ雲隠れしてしまった。動物の番は同僚に頼んで代わってもらっていた。そういや、父親はここで働いていたんだぜ」

「ここ？　脳外科でか？」

「ちがう、カロリンスカでという意味だ。カロリンスカ研究所のほうだ。何かの実験をする学部の准教授だった」

「狭い世界だな」

「そうだな。というわけで、一般的な解釈としては、ヤスミンは父親の家に向かい、父親は娘の話を聞いて怒り狂い、娘を連れて国外に逃亡した。両親は離婚裁判中で、ひどくもめていたからな。一人娘のヤスミンの親権やら、他にも色々なことを巡って。だから娘を連れてスウェーデンを離れたのだろうと誰もが思った。おれたちも、ヤスミンの母親も、そう思ったんだ」

典型的なパターンだ——。捜査が冒頭からおかしくなってしまう、典型的なパターン。どう考えてもそのはずだ、自分たちが当然正しい、と思いこむ。実際には何もかも間違っているのに。

「だが夏至祭の宵祭になって死体がみつかり、状況が一変した。その時点でおれも捜査に加わることになったんだ。他の仲間も土曜の朝に呼びだされ、ソルナ署を手伝うよう指示された。残念ながら、そのあとも捜査はおかしな方向に進んでしまった。だがそれはおれのせいじゃなくて、捜査本部長だったあのおめでたいバカのせいだ」

「お前じゃなかったのか。さっき『おれの事件だった』と言ったじゃないか」

「おれは責任者代理だったんだ。本責任者は別の警官だった」

「いったい誰なんだ」

「聞きたくないと思うぞ」ヤーネブリングは満面に笑みを浮かべた。

「教えろ」

「エーヴェルト・ベックストレームだ」ヤーネブリングはそう言って、さらに笑みを広げた。

「なんということだ」ヨハンソンは言った。いやまったく、なんということだ――。

13　二〇一〇年七月十四日（水曜日）の午後

「水をもう一杯くれ」ヨハンソンはそう言って、ベッドサイドテーブルの上の水差しのほうにうなずいてみせた。

「ラーシュ、お前、顔が真っ赤じゃないか。お前に頼まれたとおりにすべきだったかもしれんな。ブレンヴィーンをもってくりゃよかったよ」

ヤーネブリングはグラスに水を注ぎ、ヨハンソンが差し出した手にそれを注意深くもたせた。ヨハンソンはごくごくと音を立てて飲んだ。白い錠剤など一粒も飲んでいないのに、平常心が戻ってきた。

「もう遅い」ヨハンソンはそう言って、唇の上の水滴をぬぐった。「つまり、ブレンヴィーンのことだ」

ヤーネブリングが空になったグラスを受け取りテーブルに戻すと、ヨハンソンは礼を言った。

「なあラーシュ、お前は信号機として働くといいんじゃないか？　交差点に据えておこう。誰かが言っちゃいけないようなことを言うと、とたんに赤になる信号機だ」

「いったいぜんたい、どういうことだ！」ヨハンソンは感情的になり大声を出した。心にかかった圧を速やかに抜く必要性を感じる。「エーヴェルト・ベックストレームをこんな事件の初動捜査本部長にするなんて正気の沙汰じゃない！　そんなアイディアが頭に浮かぶこと自体……」

「いや、これはエッベのせいなのさ」ヤーネブリングは心なしか満足げな表情を浮かべている。

「エッベのせいだと？　どこのエッベだ」

「エッベ・カールソンさ。ほら、おれたち本物の警官の仕事にいちいち首を突っこんできた、おかしなチビの編集者のことだよ。七五年の西ドイツ大使館占拠事件から――当時は法務大臣の主任広報官だったが――その十年後のオロフ・パルメ首相暗殺事件まで。そのときにはボニエール社（スウェーデンの二大大手出版社のひとつ）の社長になっていたな。出版業と殺人捜査がどう関係があるのかは知らんが。そもそも、当時ストックホルムの県警本部長だったあの間抜けな親父が、敬愛する首相様の暗殺事件の捜査責任者に自分自身を指名したせいさ。殺人捜査のやり方なんてこれっぽちも知らないくせに、仲良しのエッベだけを頼りにしてだ」

「それで、エッベがどう関係あるんだ」

「長いバージョンと短いバージョンとどっちがいい」

「長いほうにしてくれ」ヨハンソンはそう言いながら、しばらくぶりに身体に生気がみなぎるのを感じた。

「お前も覚えているだろうが、エッベはホモだっただろ」

「それがどう関係があるんだ」

「それがあるんだなあ」ヤーネブリングは皮肉な笑みを浮かべた。

「どんな関係だ」

「ヤスミンが殺される半年前、編集者エッベ氏は同じ性的嗜好《しこう》をもつ面々が集まるクラブで、水兵服を着た若い男と出会ったんだ。そいつを家に誘い——ほら、バーで知り合った相手をお持ち帰りするあれだ」そしてなぜかつけ足した。「ホモだろうとなかろうとな」

「で、どうなったんだ」

「ドナルド・ダックみたいな格好の若者は、実は盗人だった。エッベをしこたま殴ったあげくに、財布をはじめいろんなものを盗って逃げたんだ。その中にはエッベが以前オークションで落札したアンティークのドレスもあった。リタ・ヘイワース——ほら、アメリカの女優だ。知ってるだろ——が所有していたもので、とんでもない金額を払って手に入れたらしいぞ」

「なるほど」

「エッベは警察に被害届を出し、その捜査をベックストレームが担当するという、またとない幸運に恵まれた。ベックストレームは被害者であるエッベに、いい加減に態度を改めてまともな人間になれ、じゃなきゃこんな目に遭っても文句を言う筋合いなどないと説教したあげくに、あっという間に捜査を終了したんだ」

「まったく……」まったく、ため息しか出てこない。

「エッベは当然、激怒したさ。誰だってするだろう。暴行された上に、宝物を盗まれたんだ。

だから親友の県警本部長に電話して、チビのベックストレームの所業を話してきかせた。ベックストレームに〝ソーセージ乗り〟だとか〝アナル・アクロバット〟と呼ばれたことも、もれなく話した」

「本部長は怒り狂っただろう」

「ああ、控えめに言ってもだ。理性を失ったかと思うほど怒り狂い、まともな仕事ができないなら、殴り殺してやるとまで言った。ベックストレームはストックホルムの暴力課を外され、ソルナ署の初動捜査隊の夜勤で反省することになった。ヤスミンが行方不明になった夜は、ちょうどベックストレームが当直だったんだ。おまけに夏のバカンスの時期だったから、それ以外に使えそうなまともな同僚もいなかった。だから一週間後、やつが捜査本部長に任命されたんだ」

「それからどうなったんだ。つまりヤスミンの捜査は」愚問だった。答えはもう見えているのに。

「地下室まで真っ逆さまさ。だが正直言うと、それはベックストレームだけのせいじゃない」

「どういうことだ」

「これ以上聞く気力があるのか？」ヤーネブリングは時計を見た。「ピアがそろそろ来るんじゃないか？」

「来るのは三時間後だ。時間なら充分にある。さあ、話してくれ」

エーヴェルト・ベックストレーム警部補は、しょっぱなからもう事件の全体像は把握できたと思いこんでいた。母親とけんかをした少女。父親の家に戻り、父親が娘を連れて国外逃亡を図った。こじれた親権争いを終わらせるための簡単な方法だ。一週間後にヤスミンが殺されてみつかったときですら、ほんのわずかな方向転換を強いられただけだった。娘を連れ去っただけではなく、ついでに強姦して殺したのだろうと。ああいう男のやりそうなことだ――というだけの根拠で。

「アラブ人やイスラム教徒どもが、また例の〝名誉の殺人〟を犯しただけのこと。ベックストレームは、そういうことについては誰よりもよく知っている自信があったのさ」ヤーネブリングは暗い顔でうなずいた。

「だが強姦は。それについてはどう解釈したんだ。可哀想なヤスミンは強姦されたんだぞ」ヨハンソンは驚きのあまり、あきれたように頭を振った。

「その点もまったく問題なしだ。ベックストレームにかかれば、ヤスミンの父親のような男はわが子だけでなく、ヤギや羊とでも平気でヤるような男なんだ。それに残念ながら、ヤスミンの母親の主張にも引きずられてしまった。言ったとおり、事件当時ヤスミンの両親は離婚を申し立てていたが、母親はそれに加えて夫を複数回の暴行で訴えていた。その捜査はあっという間に打ち切られたが、おれはあの男は妻に何度も暴力を振るっていたはずだと睨《にら》んでいる」ヤーネブリングは考えに浸りながら言った。「事件のつい数カ月前に、母親はいろんなことをまとめて訴えたんだだが、その中に、父親が娘に性的暴行を加えているというくだりもあった。一言で言うと、親権争いが泥沼化していたんだ。両親とも親権を要求していて、別居してから判決が出るまでは、ヤスミンは一週間ごとに父親と母親の家に住むことになっていた。通っている小学校はストックホルムの中心部にあった。私立のいい学校で、そこに離婚前から通っていたんだ」

「父親が娘を襲ったというのは本当だったのか？」

「いいや。それについては絶対にちがったと思う。詳しくはあとで説明するが。だが奥さんに暴力を振るっていたというのはそのとおりだと思う。特に別居する前の時期はかなり頻繁にあったんだろうな」

「なんと、珍しいくらい暗澹たる話だな」ヨハンソンはため息をついた。

「この先はもっと悲惨になるぞ」

「続けてくれ」

「ヤスミンが死体で発見されたとき、父親の消息はまだわからなかった。丸々一週間姿をくらましていたわけだ。ところがその翌日、つまり土曜日の朝にラジオやテレビでヤスミンの死体発見のニュースが流れると、数時間もしないうちにソルナ署に姿を現した。ひどく取り乱した状態で」

「それでどうなったんだ」

「ひどいことになった。まったくひどかったさ。最初の事情聴取はベックストレームが担当したんだが、ヤスミンの父親があやうくチビの腕と脚を折る寸前までいき、中断された。父親は背の高い逞《たくま》しい男だったんだ。まあ、おれみたいな感じだ。だがベックストレームはそういう意味ではバカじゃないし、周りにはいくらでも警官がいた。だから父親はみっちりお仕置きを受けるはめになり、留置所に連れていかれたんだ。検察官は即刻身柄の拘束を決定した。そのときには検察官もベックストレームとまったく同意見だった。言っとくが、捜査官のほとんどがそうだったんだ。あのときは、おれでさえ父親がクロだと思いかけていた。この一週間どこにいたのかという話も嘘だったしな」

「どういう嘘だったんだ」

「小島の別荘で独り、人生とはなんぞやと思いめぐらせていたんだと。別荘を同僚から借りたという点は本当だったが、それ以外は何もかも嘘だった。ほら、昔からよくある典型的な理由だったのさ」

「左手のお遊びか」つまり新しい女と一緒にいたわけだ——。

「そのとおり。だがそれを自白させるまでに何日もかかった。ちょっと複雑な事情があってな」

「事情ってのはなんだ」おまけに、複雑ってのはなんだ。

「さっきも言ったとおり、父親には正式な彼女がいた。それも医者だ。同じ年頃のな。そういや、この話には医者が山ほど出てくるぞ。エッペルヴィーケンの一軒家で一緒に暮らしていたのがその女医だ。しかも家は彼女の持ち家だった。両親から譲り受けたらしい。二人は、父親がヤスミンの母親と別居する前からデキていた。ただ事件当時は、その女は旅行に出ていて不在だった。両親の住むスペインに二週間のバカンス。その隙に彼氏が浮気をしたわけだ。同じ研究所の将来有望な若い子をひっかけ、同僚に島の別荘を借りて、そのあとはご想像のとおりだ。朝も昼も夜も、獣のようにやりまくった。女はヤスミンの父親の半分ほどの年齢で、その子のほうも浮気だった。兵役に出ている婚約者がいたんだ」

「半分の歳か。だが娘を殺したのは父親じゃないんだろう」

「ああ、ちがう。ヤスミンを殺したのは父親じゃない。もちろん、女好きではあったし、すぐに手が出る性質でもあった。だが小児性愛者《ペド》ではなかった。おれやお前がそうじゃないようにだ。娘が殺されたとき三十四歳、おれの記憶が正しければ五一年生まれだ。別荘に連れこんだ女はまだ十九歳だったが、未成年ってわけじゃない（スウェーデンの成人年齢は十八歳）。金髪の若い美女だったんだ。おれだってお前だって、誘われたら断れないだろうよ」

「で、そのことを自白させたのはいつなんだ」ヨハンソンが尋ねた。誘われたら……というのはお前の話だろうが。

「おれが会いにいったらイチコロだった。父親は独房の中で朝から晩まで取り乱していた。数日おいてから、話をしにいったんだ。娘の身に起きたことに、やつは正気を失いかけていた」

「それは確かなのか」

「さっきも言ったとおり、そういうタイプの男じゃないんだ。何もかも腑に落ちなかった。結局、おれに対しては少しは心を開いてくれたよ。別荘ではもうひとり別の人間と一緒で、その人がアリバイを証言できると告白したくらいにはな。仕事関係の女性の知り合い——しかし名前までは言おうとしなかった。だからはっきり言ってやったんだ。言わないと、ろくなことにならないぞと。お前を被疑者から外せないかぎり、捜査班はゴミの上に立ったまま足踏みしているしかない。無実だと主張するなら、そこをよく考えろと。それでやっと女の名前を言わせることができ、おれはその女を訪ねてじっくり話を聞いた。やつの証言どおりだったよ。その頃には、他方面からもやつのアリバイを裏づける情報が入ってきていた。その日電話で話したと言う者、借りていた別荘で二人を見かけたと言う者——。まあ、よくあるパターンだ」

「それで、どうなったんだ」

「検察官とベックストレームに話をつけた。その頃には検察官も父親犯人説に確信がもてなくなり、勾留請求の期限が近づいていて焦っていた。父親の関与を裏づける具体的な証拠は何もなかったからな。ベックストレームのほうはいつものとおりさ。父親がやったことくらい、脳みそのついてるやつなら誰だってわかることだろうと言ってはばからなかった。突然現れて父親のアリバイを証言したやつらは、犯人をかばうために嘘をついている。もしくは頭がおかしいかのどちらかだ、ときた。

父親の勾留請求期限の日、鑑識から連絡があった。ヤスミンの身体や服から採取された精液は、父親の血液型と一致しなかったという報告だった。あの頃はまだＤＮＡ鑑定はなかったが、血液検査の結果で充分だった」

「それで検察官も完全に折れ、父親は自由の身になったというわけか」

「ああ。お前もそういう経験は何度もあるだろう。だがベックストレームだけは引き下がらなかった。ヤスミンを襲ったのが父親でないなら、ご馳走にありついたのはその友人にちがいないと言いだした。散々な話だろ？　その結果、まともな捜査が始まったのは被害者が行方不明になって十四日も経ってからだった。おまけに夏のバカンスシーズンで、人手が不足していた。普段の三分の一の配置だったんだ。この捜査をなんとか形にするために必要な人数の三分の一だぞ。頭のおかしなチビのデブが捜査を率い、任務を割りふるという現実を無視してもだ」

「ベックストレームはさらに捜査をかき乱したのか」

「もちろんだとも。聞く気力のあるやつにはこう話していたよ。少なくとも二人の人間が関与していたはずだ──と。父親と、まだ正体不明のお友達。その話を真に受けた記者が大勢いたんだぞ。真に受けない編集長のほうが多かったがな。ヤスミン殺害事件がそれほどメディアに露出しなかったのは、それもあるんだ。一家が移民だという背景や、母親が父親を訴えていたことも理由のひとつだ。名誉の殺人に女性に対する暴力、近親相姦に移民。そういうのは非常にデリケートな問題だからな」

「まったくだな。本題とはまったく関係ないゴミが状況を混乱させるんだ」

「それをおれに説く必要はないが、エーヴェルト・ベックストレームに理解させようとするのは時間の無駄だった。あの耳は何ひとつ聞いちゃいないからな」

「それ以外に何を期待していたんだ」

「とにかく、ひどくとっちらかった捜査だった」ヤーネブリングはため息をついて、悲しそうに頭を振った。「幼いヤスミンの殺人捜査は辛い思い出だよ。まったくひどい話だった」

ヨハンソンはうなずいただけだった。それから長いこと黙っていたので、ヤーネブリングは親友が眠ってしまったのではないかと心配になって、ちらりと盗み見したほどだった。さらに悪いことには、また血栓が頭に詰まったとか――。しかしそうではなかった。ヨハンソンは考えこんでいるようだった。心の奥深くに閉じこもり、考えを巡らせているような。

「では、初期段階のことをもっと知りたい」ヨハンソンが突然そう言った。「長いバージョンのほうで教えてくれ。その少女と家族についても。時間ならまだいくらでもある」そう言って、病室のドアの上にかかる時計に目をやったままうなずいた。

「本当に平気なのか」ヤーネブリングが尋ねた。だが、昔のこいつに戻りつつあるようだ――。ひどい顔色だし、顔の右半分が斜め四十五度に垂れ下がってはいるが。

「今までになく元気だ」そして心の中でつけ加えた。実際には、尻から洩らしたアップル・ソースみたいな気分だが。

「わかったよ。だが紙とペンと時間を五分くれ。その間に考えをまとめるから」

「看護師に頼むといい。その間にわしはもらったバナナでも食うかな」とりあえず形だけは〈ギュンテシュ〉の驚異的なポーランド・ブラートヴルストと同じだ。それ以外に類似点はひとつもないが。

14　二〇一〇年七月十四日（水曜日）の午後

「眠ったのか？」ヤーネブリングが尋ねた。

「いいや」ヨハンソンはベッドの中で背筋を伸ばした。「ちょっとうとうとしていただけだ」

「そうか。じゃあ始めるぞ。ヤスミンが行方不明になった日の天気からだ」

「続けてくれ」

「その日はスウェーデンの真夏日（日中の最高気温が二十五度以上）だった。空には雲ひとつなく、基本的に無風。気温は二十度から三十度の間。この週はずっとそんな天気で、おれはオフィスの中で死ぬほど汗をかいていた。お前も知ってるとおり、汗かきだからな」

「幼いヤスミンは天気に関しては運がよかったわけか」ヨハンソンはそう言ったが、普段心臓がある場所に、突然真っ黒な穴しか存在しなくなった。だが、涙を流すなど考えられない。というのも、やはり突然、憎しみもそこに存在したからだ。その憎しみがあまりにも強くて、愛も悲しみも、まともな人間が存在することさえも不可能に思えるほどだった。

　ヤーネブリングが驚きを隠せない表情で、ヨハンソンを見つめていた。

「ラーシュ、大丈夫か。この話はまた今度にしないか」

「何言ってるんだ。続けてくれ。あの子が行方不明になった日のことだ。金曜日だと言ったな?」

「一九八五年六月十四日だ」ヤーネブリングが請けあった。

「一九八五年六月十四日の金曜日か」ヨハンソンが繰り返した。スウェーデンの真夏日。今感じている憎しみなど、どうせなんの役にも立たない。考えてもみろ。もう角の向こう側が見通せないとしたら——。

15　一九八五年六月十四日(金曜日)

二十五年前、ヨセフ・エルメガン(三十四歳)が娘のヤスミン(九歳)と最後に言葉を交わしたとき、彼は嘘をついた。

夜六時頃に、ヤスミンの母親が住むソルナ市のハンネベリス通りのアパートの門の前で娘を降ろした。頬と額にキスをし、ママとけんかをしないと約束させ、自分は時間ができたら電話するからと約束した。でも仕事がたくさんあるから、二、三日は無理だと。それから、最近関係をもつようになった若い女を連れて海へ向かった。同僚から別荘を借りたのだ。数年前から住まいとベッドを共にしている女とはまた別の女だ。ヤスミンが夜寝ぼけたり、単に間違えて

「ママ」と呼んでしまう女ではなく。

ヨセフ・エルメガンが一週間以上経ってからそれをヤーネブリングに語ったとき、彼は娘を殺した疑いでソルナの警察署に身柄を一時拘束されていた。親に捨てられた子供のように、手がつけられないほどに泣きながら。ヤーネブリングは困り果て、肩を優しく叩いて「お前さんの話を信じるよ」と慰めた。するとヨセフはヤーネブリングの手をつかみ、それを両手で強く握りしめ、自分の顔に押し当てた。ヤーネブリングは「正直言ってすごく恥ずかしかった」が、そこはこれまでたいていのことなら――大袈裟《おおげさ》なジェスチャーも含めて――経験してきたヤーネブリングだ。できるかぎりさりげなく手を引っこめ、テーブルに身を乗りだしてヨセフ・エルメガンの肩をつかんだ。力をこめて相手の肩を押さえ、自分の話に耳を傾けさせようとした。だがヨセフはすすり泣き、嘆き悲しみ、ため息をつき――まるで手負いの獣のようだった。握りしめた拳《こぶし》で目を押さえ、テーブルに突っ伏す。ヤーネブリングはその背中を優しく撫でてやった。そして、「娘さんを殺した犯人を挙げるために力を貸してくれ」と頼んだ。するとヨセフは顔を上げ、顔を覆っていた手を外すと、こう言った。

「約束します。襟を正して、わたしの不埒な行いを告白します。あなたの力にならせてもらいます。娘の首に誓って」

ヤスミンが父親との約束を守っていれば、すべては起きることがなかった。なのにヤスミンとその母親ミリヤム（三十二歳）は、食卓につく前にはけんかを始めた。ヤスミンがリュックサックからコカ・コーラの缶を取り出して、もってきた雑誌を読みはじめたからだ。母親は小言を言った。「コカ・コーラなんて飲んじゃだめでしょう。歯に悪いんだから」母親は歯科衛生士だったから、虫歯に関しては父親よりもずっと詳しいと自負していた。コカ・コーラの缶を取り上げようとしたとき、ヤスミンがうっかり自分のブラウスにコーラをこぼしてしまった。二人は怒鳴り合いのけんかになり、ヤスミンは自分の持ち物が入った子供用のリュックサックをつかむと、バスルームに駆けこみ、鍵をかけて閉じこもってしまった。

母親は気にしないふりをした。出来上がった夕食をテーブルに並べてから、バスルームのドアを叩いて、「さあ食べましょう」と言った。するとヤスミンはバスルームから出てきた。さっきの白いブラウスは、ピンクのTシャツに着替えており、二人はテーブルにつくと不機嫌に黙ったまま食べはじめた。母親はそれでも、気にしていないふりをした。そのとき、電話が鳴った。母親は電話に出るためにリビングへ向かった。電話してきたのは職場の同僚だったが、今娘と食事しているところだからと、あとでかけなおす約束をした。電話を切ると同時に、玄関のドアが閉まる音が聞こえた。一九八五年六月十四日金曜日の夜七時前のことだった。母親が娘を叱ったりしなければ、すべては起きなかったはずなのだ。

母親はまずバスルームに駆けこんだ。あとでなぜそうしたのかと訊かれたが、自分でもわからなかった。洗面台の前の床に、首から下げられるようになった鍵が落ちていた。色つきの合皮を編んだ紐に母親のアパートと父親の家の鍵がついていて、いつもそれを首に下げているのだが、コーラで汚れた白いブラウスをピンクのＴシャツに着替える際に外したのだろう。母親に夕食だから出てきなさいと言われ、首に下げるのを忘れたのだ。

それからミリヤムはバルコニーに走り出て、大声で娘の名を呼んだ。しかし道に娘の姿はなかった。大人が何人か歩いているだけで、彼らは驚いて、バルコニーから娘の名を呼ぶミリヤムを見上げた。それから母親は靴をはき、階段を駆け下りた。道に飛び出そうとしたとき、同じアパートに住む警官とぶつかりそうになった。彼はミリヤムよりもかなり年上だったが、挨拶するときに彼女を見つめる目からして、好意をもっているのは明白だった。それもかなり。彼女と付き合いたいと望んでいたのかもしれない。スウェーデン人で、金髪で、警官で、ずっと年上なのに。一方のミリヤムはイランからの難民で、最近スウェーデン国籍を取得したばかりだった。

「おやおや、どうしたんだい」自分の胸に飛びこんできた女性に対して、ピエテル・スンドマン警部補は嬉しそうな表情で尋ねた。

「ピエテル、ごめんなさい」相手が誰だかに気づいたミリヤムは謝った。「娘が——ヤスミンが、家を飛び出してしまったの」

「ああ、つい今しがたの話だろう？　数分前に、地下鉄の駅に向かうヤスミンを見かけたよ。まさに今お母さんとけんかしましたという顔をしていたな。手を振ったんだが、気づいてもらえなかった。きっと父親の家に戻って、ママがどんなに意地悪だったかを話して慰めてもらうつもりなんだろう」

ミリヤムと元夫の仲がどういう状態か、ピエテル・スンドマンは知っていた。ミリヤム本人からも聞いたし、署内でも耳にしていた。若く美しい母親。聡明で教養もある。人生をやりなおしたいなら、いつでも手伝うつもりだった。

「でも、鍵ももたずに飛び出してしまったの」

「父親が在宅していれば、もちろん家に入れてくれるだろう？」ピエテル・スンドマンはそう言って、ミリヤムの腕を優しく叩いた。「きみのことを悪く言うチャンスでもあるんだし」

「でも、仕事で留守だったら？」

「職場に電話するだろうよ。でもまずはきみに電話してくるんじゃないかな。その頃には反省して、謝ってくるはずさ。うちでコーヒーでもどうだい？」

「うちにしましょう。もし電話がかかってくるようなことがあれば――いえ、電話がかかってきたら――すぐ出られるように」

それに、鍵を忘れて飛び出したりしなければ、すべては起きなかったはずなのだ。

電話はかかってこなかった。何杯ものコーヒーと数時間が過ぎた頃、ミリヤムとピエテルはあちこちに電話をかけはじめた。まずはピエテルが、ミリヤムの元夫の家に電話をかけた。というのもミリヤムが自分でかけることを拒否したからだ。それから元夫の職場へ。さらにミリヤムが、元夫の同僚数人とヤスミンの親友の家にもかけてみた。だが誰も出ないか、何も知らないかのどちらかだった。ヨセフの居所も誰も知らなかった。家にいないのなら職場にいるはずなのに。それとも、こんなに遅い時間なのに食事に出ているのだろうか。常に様子を確認しなければいけない実験動物がいるから、研究所と自宅を行ったり来たりするのは日常だった。

わたしが小言を言ったりしなければ——。うちではコカ・コーラ禁止なのを知っていて、あの男が買い与えたりしなければ。あの子が鍵を忘れてアパートを飛び出さなければ。もし、もし、もし——。

それから何カ月もの間、ミリヤムと元夫は、起きてしまったことが起きずにすんだ可能性を何百と思いついた。そんなことをしても、自分自身を、そしてお互いを、苦しめるだけなのに。

16　一九八五年六月十五日（土曜日）

夜中十二時前に、ピエテル・スンドマンはついにソルナ署に電話をかけた。出たのは、その日の夜七時頃に自分と交替した同僚の夜間責任者だった。同僚は、その電話を初動捜査隊の当直へとつないだ。電話に出た同僚の名前を聞いて、ピエテル・スンドマン警部補は心の中で大きなため息をついたのだった。

「こちらはベックストレーム。なんの事件だ」

ベックストレームとスンドマンはすぐに口論になった。なぜならベックストレームは、ママとけんかして、パパのところへ行くために家を飛び出したガキの面倒をみるより、ずっと大事な仕事を抱えていたから。「そんなことくらい、わかるだろうが」スンドマンはその通話を切ると、また夜間責任者に電話をかけ、父親の家にパトカーを向かわせた。パトカーは夜中十二時過ぎに到着したが、家は施錠され明かりもついていない。駐車場に車もないし、郵便受けは空っぽだった。パトカーはそれから周辺を一周してみたが、住宅街のどの家も暗く静かで、まるで廃墟のようだった。

ソルナ署に戻る道中、パトカーは父親の職場カロリンスカ研究所にも立ち寄った。明かりの灯った窓がいくつかあったが、呼び鈴を鳴らしてもインターフォンに応答はなかった。念のため病院の敷地内を回ってみたが、ヤスミンらしき子供の姿などまったく見当たらなかった。

夜勤が明けて交替する前に、パトカーは同じ道筋を逆にも回ってみた。しかし結果は同じだった。父親の職場のインターフォンに応える者はおらず、父親の住んでいる家もさきほどと同じ状態だった。駐車場も郵便受けも空っぽ。新聞配達はすでに来ている時間帯なのに、朝刊さえ入っていない。警官たちが新聞配達に尋ねると、新聞配達は配達リストを確認した。すると、父親の家はその週の月曜日から十四日間、新聞を止めていることが判明した。なお、不審なものは何も見ていないと言う。

「ここの人たちは、この時期もう別荘に引っこんでますからね」新聞配達はそのように説明した。

若い部下たちが行ったり来たりしている間に、夜間責任者は父親の自宅と職場に電話をかけた。責任者本人の話によれば、その夜の間に、二時間ほどの間隔を空けて少なくとも三回。だが誰も出なかった。その間ベックストレームが何をしていたかは未だに不明だ。とりあえず、夜間責任者が明け方三時頃に電話をしたときには応答がなかった。以上の話は、ヤーネブリングが事件発生の約一週間後に夜間責任者に会って聞いたものだった。

「あのチビのデブには腹が立つばかりだ。それに関しては、スンドマンとも意見が完全に一致していたよ。あいつと仕事をするくらいなら、痔になったほうがましだってな」

土曜の午前中、ピエテル・スンドマンは上司に相談し、上司がさらにベックストレームの上司に相談し、少なくとも正式な失踪届を出させるところまではこぎつけた。失踪したのは、ヤスミン・エルメガン（九歳）。しかし上司も、結局はベックストレームと同意見だった。「自主的な家出。犯罪の疑いはなし」

何日かすれば必ず、父親と一緒に元気いっぱいに現れるはずだ。そして両親の間には新たな惨劇が始まる。こういう場合よくあるように、お互いへの非難と被害届が雨のように降り注ぐのだ。こういう背景をもつ親の子供が家出した場合は、毎回そうなのだから。そんなこと、本物の警官なら誰でも知っていることだ。

しかし、今回はそうならなかった。

17　二〇一〇年七月十四日（水曜日）の午後

「こともあろうに、最初の一週間は何もしなかったも同然なんだ。七月二十一日の夜に――その日は夏至祭の宵祭だったんだが――死体がみつかるまで」ヤーネブリングはそう言って、自分のメモに目をやった。

「続けてくれ」

「よくあるパターンだ。死体発見者は、夜、飼い犬を散歩に連れ出した飼い主さ。これまでに、犬の散歩中に発見された死体というのは何体くらいに上るんだろうなあ……」

「そうだな。犬を飼うのは悪くない。犬はいいぞ」

それを聞いたヤーネブリングは、心配そうな表情で親友を盗み見た。ラーシュ・マッティンは確実に何かが変わってしまった――。だがそれに対して自分にできることはない。できることはもうすでにやっているのだ。

「とにかく、その男はスコークロステル城の近くに別荘を借りていて、犬を連れて湖に散歩にやってきたんだ。すると突然犬が走りだし、芦原に入ってしまった。そして狂ったように吠《ほ》えた。気の毒なヤスミンはよくある黒のポリ袋に入れられていたんだが、犬がその場で袋を破いてしまった。そのおかげで、飼い主にも袋の中身が見えた。当然、尻に火がついたみたいに驚いただろうよ。犬はその場につないで別荘に逃げ帰り、黒いポリ袋に入った死体を発見したことを９０－０００番に通報した。当時はそれが緊急通報番号だったからな。ところで、犬はプードルだった。〝ボッセちん〟という名前だったのを覚えてるよ。いったいぜんたい、何を考えて犬に〝ボッセちん〟なんて名前をつけるんだか……」

「お前の名前もボー（ボッセはボーの愛称）じゃないか」

「ああ」ヤーネブリングはにやりと笑った。「ラーシュ、やっとお前らしくなってきたな。氷の下に沈んでしまったのかと心配したよ」

「つまり、ヤスミンの死体は芦原に捨てられていた。埋められてはいなかったんだな？」

「ああ。犯人は死体を芦が密に生えているあたりまで数メートル引きずって、ぬかるみの中に袋を押しこんだか足で踏んで沈めたんだ。沼地だったから、犬がみつけなきゃかなり長い間発見されなかっただろうな」

「で、ヤスミンはどこに行ったんだ」ヨハンソンが訊いた。「つまり、母親の家を出てから」

「これから説明するところだ」ヤーネブリングは自分の細かいメモを人差し指でなぞった。

18　一九八五年六月十四日（金曜日）の夜

金曜の夜七時前に、ヤスミンは母親のアパートを飛び出した。アパートの門を出ると、かなりの確率で右へ進み――おそらく走っていったのだろう――ハンネベリス通りのアパートから約五十メートル離れた最初の交差路、つまりヒッテホルム通りと交差する地点に出た。そこでまた右に曲がれば、地下鉄の入口までは百メートルもなかった。地下へ消える二十メートル手前で、一人目の目撃者に目撃されている。ソルナ署の警部補ピエテル・スンドマンだ。

二人は十メートルほどの距離を隔ててすれちがった。スンドマンは挨拶をしたが、ヤスミンの目には入らなかったようだ。少女は意を決したように地下鉄の下り口へと歩を進め、回転ドアの中に消え、スンドマンの視界からも消えた。背筋をぴんと伸ばし、顎を上げ、上着を腰に巻いていた。小さなリュックサックを手にもち、その様子からは怒っているのと急いでいるのがありありと見てとれた。

また母親とけんかをしたのだろう――スンドマンはそう思い、一瞬、走って追いかけて、話を聞いてみようかとも思った。しかし頭を振り、苦笑いを浮かべた。そしてその数分後にアパートの門をくぐると、動揺した母親が胸に飛びこんできたのだ。

それから何カ月も、いや何年も、スンドマンはあのときのことを繰り返し考えた。あのとき、声をかけていれば——そう思わずにはいられなかった。唯一の慰めは、自分が、このような状況において現れるどんな目撃者よりもずっと優秀な目撃者だったことだ。自分にできるかぎりのことをやって、署の同僚たちが犯人を捕まえるのを手伝おうとしたのだ。

ストックホルムの捜査課の警官たち——つまりボー・ヤーネブリング以下五人の捜査官は、その他にもヤスミンを目撃した人間を四人みつけだした。四人とも、決して悪い目撃者ではなかった。そのうちの三人にいたっては、普通よりもずっとよかった。起きたことを考えればそれも、わずかとはいえ心の慰めになった。

二人目の目撃者は、ソルナ・セントルム駅の改札にいた駅員だった。ヤスミンと同様に彼もイランの出身で、改札に座っているときに何度かヤスミンを見かけたことがあった。ヤスミンの容姿に目を留め、一度などペルシャ語で「きみもイランの出身かい?」と尋ねたこともあった。少女はその質問には答えず、頭を振っただけだった。そして、そのまま地下鉄のホームへ消えていった。

ヤーネブリングはその駅員に関して徹底的に調べあげた。同僚であるスンドマンのことも調べたくらいなのだ。結果、駅員のアリバイはスンドマンのよりも完璧なくらいだった。その夜駅が閉まるまで改札に座っていたわけだから、それを証言できる人間は何人もいたし、通常の任務をこなしているだけでも、機械上や別の場所に痕跡がいくらでも残るのだ。

ヤスミンは地下鉄でソルナ・セントルム駅からフリードヘムス広場駅に向かい、乗り換えてアルヴィーク駅までたどり着いた。そこでノッケビィ行きの路面電車に乗りこんだ。三人目と四人目の目撃者に出会ったのはその電車だった。

三人目の目撃者はアルヴィーク—ノッケビィ間の路面電車の運転手で、ちょうどドアを閉めて発車しようとしたときに、ヤスミンが走ってきた。運転手は六〇年代にトルコからスウェーデンにやってきた男で、この路線を十年近く運転してきた。ヤスミンは数年前から通学のために彼の運転区間を利用していたので、顔には見覚えがあった。車両の中には四人目の目撃者もいた。七十五歳の年金生活者の女性で、ヤスミンの父親の家の近所に住んでいて、彼女もまたヤスミンの存在に気づいた。

運転手はヤスミンに声をかけた。「ちょうど間に合ってよかったね」ヤスミンは待っててくれたことに対して運転手に礼を言った。車内では、女性もヤスミンに声をかけた。「あらあらヤスミンちゃんじゃないの。お元気？」ヤスミンは笑顔を浮かべ、礼儀正しく頭を下げ、挨拶を返した。「ありがとうございます。とっても元気です」二人の目撃者とも、そのときに不審な点は何もなかったと証言している。

ヤスミンはいつものように、一駅だけ乗車した。その距離約五百メートル、時間にして一分ほどのことだ。それから礼儀正しく「さよなら」と挨拶すると、電車を降りた。そして家までの最後の道のりを徒歩で進んだ。それも五百メートルにも満たない距離だ。

半分ほど来たところで、第五の目撃者に目撃されている。それが最後の目撃者になった。その男性はエッペルヴィークス通りの一軒家に住んでおり、そこからヤスミンが父親とその新しい彼女と住むマイブロンメ小路までは数百メートルの距離だった。男性は「やっと週末になり」田舎の別荘に引っこんでいる妻子の元へ向かうところだった。ちょうど駐車場から車を出したときに、自宅の方向に歩いてゆくヤスミンを見かけたという。そこから自宅までは、わずか百メートル強だ。男性はヤスミンと知り合いだった。いちばん下の息子がヤスミンと同じ小学校に通っていたのだ。

男性はそれから、ヤスミンとは反対の方向に車を進めた。実は慌てていたのだ。約束の時間に数時間も遅れていた。すでに妻から電話があり、文句を言われた。それから基本的にずっと時計とにらめっこしていたのだった。ヤスミンを見かけたのは「七時四十五分頃だった」と証言している。少女に目を留めたのは、彼女がひとりきりで歩いていたのと、その夏その住宅街ではすでに何軒も泥棒に入られた家があったせいだった。そのあとに起きたことを考えると、男性が自分を責めない日は一日たりともなかった。あのとき車で追いかけて、せめてちゃんと家に入るのを見届けてやればよかった——。

つまりヤスミンは夜七時前に母親の家を出て、数分後には地下鉄のソルナ・セントルム駅のホームに下りた。おそらくフリードヘムス広場駅には七時十分頃に到着し、そこで乗り換えたのが七時三十五分。その六分後にアルヴィーク駅で下車し、ノッケビィ行きの路面電車に乗り換えた。その電車は時刻表どおりに、七時四十五分に発車した。一分後に次の駅で降り、さらに数分間徒歩で進み、自宅から百メートル手前で、生きているヤスミンを最後に目撃した人間と話している。そのとき時刻は「七時四十五分頃」だった。

19　二〇一〇年七月十四日（水曜日）の午後

「つまりスタートからゴールまで、基本的な足取りはわかっているわけだ」ヤーネブリングは満足げに言った。「父親と住む家までの最後の百メートル以外は。マイブロンメ小路という名前の通りで、エッペルヴィークス通りから派生した短い袋小路なんだ。足取りが判明したことには、おれも仲間も満足していた」

「いやちょっと待て」ヨハンソンが遮《さえぎ》った。「その最後の目撃者というのは？　どういうやつなんだ」

「なかなか面白いやつだぞ」ヤーネブリングは笑みを浮かべた。「お前らしくなってきたじゃないか、ラーシュ。さすがうちの官房長だ」

「最後の目撃者の話だ」ヨハンソンが繰り返した。「さあ、続けてくれ」

「最後の目撃者は四十二歳だった。結婚して十五年。教師をしている妻との間には十七歳、十五歳、十歳の子供がいた。保険会社の損害調査員で、住んでいた家は夫婦で十年前に購入したものだ。犯罪歴や未払いはなし。スピード違反さえもだ」

「で？」ヨハンソンは疑ぐりぶかい目で親友を睨みつけた。

「趣味は水泳。若い頃には国体チームに所属し、現役を退いてからも子供たちの指導や実行委員をやっていた。水泳連盟やクラブでも色々な役職に就いていたようだ。特にスポンサー集めに熱心だったらしい」

「子供たちの指導？　どういうことだ」

「そこだよ、面白くなるのは。水泳クラブで、七から十歳の女の子の指導をしていたというんだ。まさにヤスミンと同じ年頃だろう」

「ふうむ。そういう話は前にも聞いたことがあるぞ」

「おれもそう思ったんだ。おまけに奥さんと話してみると、夫が何時頃にトローサ郊外の別荘に着いたかはわからないと言う。通常なら一時間程度の距離なんだが、奥さんは九時頃には眠ってしまったそうなんだ。ひどい頭痛がしたから薬を二錠飲んで、ベッドに入った。子供たちはそれぞれ友達のところに泊まりにいっていた。目が覚めたのは朝になってからで、そのときには夫は隣に寝ていたらしい。まあおれの推測では、他にも色々飲んだんだろうな。頭痛薬だけじゃなくて」

「例えば？」

「近所の人たちによれば、かなり泥酔することがあったらしい。まったくそのとおりだと思うよ。おれは実際に彼女に会ったんだ。夫への疑惑がもちあがったとき、再度事情聴取をするためにな。ありゃあ、アル中の一歩手前とかいう可愛いもんじゃなかったぞ」

「ということは、その男にはアリバイがないのか」

「そういうわけじゃない。そいつは、嘘みたいに運のいい男なんだ」

「どういうことだ」

「八時二十分に、高速道路のセーデルテリエの南十キロのあたりで、スピード違反で捕まったんだ。エッペルヴィーケンの自宅を出て三十分後のことだ」

「さっき、小さなスピード違反さえなかったと言わなかったか?」

「ああ、なかった。というのも、そいつを捕らえた同僚は——そいつらにも話を聞いたんだが——口頭で注意するだけで済ませたらしい」

「いったいぜんたい、なぜそんなことに」

「同僚のひとりが元水泳選手でな……」ヤーネブリングはあきれたように天井を見上げた。

「それが判明するまでに、少々時間を要したが」

「車のトランクに入れていた可能性もあるだろう」ヨハンソンが続けた。「ヤスミンを、だ。まあ考えにくいとはいえ、妻の証言だと朝まで戻ってきていなくてもおかしくないわけだから」

「それがとことん運のいい男なんだなあ。ありえないくらいツイてるんだ。その三十分後に田舎の別荘に到着してみると、いちばん近い別荘の住人が、車を溝にはめてしまっていた。そこはストックホルムから百キロ南だから、時間帯はつじつまが合っている」

「信じられんな。金曜の夜にド田舎で車を溝にはめてしまっただと？」

「そうなんだよ。しかも酒は一滴も飲んでないと主張しやがった」ヤーネブリングはにやりと笑った。「もちろんそいつにも事情を聞いたさ。とにかく、話をまとめるとだ。男はまず隣人の車を溝から上げるのを手伝った。それから妻の待つ別荘に戻ったが、妻はすでに寝ていた。家にいたのは妻だけだ。だからさっき溝にはまった隣人の別荘に戻り、そこで朝まで、半ダースほどの共通の趣味をもつやつらとポーカーをしていたそうだ。皆そのあたりの別荘に滞在しているやつらだ。それから千鳥足で家に帰り、床についたんだと。おれはそいつのアリバイを信じた。お前ならどうした？」

「確かに、そのアリバイならのんだだろうな。それからどうなった。つまり捜査は」

「いつもやっていることをすべてやったさ。ヤスミンとその家族の過去を洗い、周辺人物は全員調べあげた。家族、友人、知人、近所の人、クラスメート、友達やその兄弟まで。近隣の家のドアを叩いて聞きこみを行い、住人の身元はすべて調べた。あとは新聞配達、郵便配達、大工職人、その場にいた可能性のある全員だ。ヤスミンが行方不明になった時間帯にその付近を通過したタクシーの発着まで調べたぞ。おなじみの性犯罪者も一人一人アリバイを確認した。この件と関連がありそうな、これまでに起きた犯罪も掘り返した。偉大なる探偵氏——つまり一般市民にも情報提供を要請したさ。おれと部下たちは——女の警官も何人かいたが——やるべきことはすべてやった。ルールブックどおりにだ。なのに、なんにもわかりゃしなかった。

犯行現場さえ特定できなかったんだ。死体や衣服の状態から、犯行が屋内で行われたことは間違いない。だが捜査官の数が足りなかったし、捜査が始まるのが遅かった。おまけに犯行現場もつかめないときちゃ、完全にお手上げだ。もう犯人がみつかることはない」

「死体は衣服を身につけていたのか」

「いいや」ヤーネブリングは辛そうに頭を振った。「裸だった。服もアクセサリーも、何もつけていなかった。そういうものはすべて、同じ芦原に捨てられていたんだ。死体から数百メートル離れたあたりにだ。翌日、警察犬がそれを発見した。六月二十二日土曜日のことだ。死体発見現場の周辺を捜索していたときにな。ヤスミンが身に着けていた衣服、靴、リュックサック、腕時計、指輪——記憶に間違いなければ指輪は二個。死体が入っていたのと同じようなポリ袋に入れられて、泥の中に沈められていた。鑑識によれば、同じロールのポリ袋らしい。ガソリンスタンドや売店でよく売ってる、十枚セットのやつだ。服の入っていた袋は口を縛ってあるだけだった。ちなみに単なる〝おばさん結び〟だ」

「同じロール？　どうやってそんなことがわかるんだ」

「鑑識のひとりがそれを証明したんだ。頭の切れる、優秀なやつだった。ヤスミンの死体と服は合計六枚のポリ袋に入っていた。ロールの最初の五枚と最後の一枚だ。その間の四枚はみつからなかった。犯人が現場を片付けるときに使ったんだろう。何に使ったかはわからん。結局発見されなかったからな」

「血のついたシーツを捨てたとか、そんなところだろうな」ヨハンソンも同調した。「で、べックストレームは？　やつは何をしていたんだ」

「いつもどおりさ。さぼってないときには、ヤスミンの父親の名前を連呼していたよ。どうしても父親が犯人だと思いたいらしく」

「なぜベックストレームのようなやつが警官になれたんだろうか」急にヨハンソンの興味が別の方向にそれた。

「親父さんも警官だったんだ」ヤーネブリングはにやりと笑った。「息子より、もっとひどかったらしいぞ。おまけに叔父も警官で、いとこも元白バイ警官――そいつもおめでたいほどのバカで、おまけに警察労働組合の組合長ときた。だから当然の結果だろう。警察隊にはそんなのがうようよいるんだ。ベックストレームがなしとげた唯一の偉業は、子供をごろごろ何人も作らなかったことだな。それが全員警官になったりしたら……」

「つまり捜査はお手上げの状態だったわけだな」

「最初から、何もかも間違った方向に行ってしまったんだ。さっきも言ったとおり、おれたちが助っ人に入ったときにはもう遅かった。手がかりは何もみつからなかったし、たぐりよせられる糸口さえみつからなかった。それでもその年の下半期じゅう頑張ったんだ。だが、お偉いさんたちの判断で捜査は尻すぼみになった。年明けのことだ。おれ自身はクリスマス前には外された。その数カ月後には首相が殺され、そうなるともう終わったも同然だった。暴力課と捜査課の全員がパルメ首相暗殺事件に駆りだされたんだから」

「そのことならよく知っている」ヨハンソンはうなずいた。お前よりも、警察の誰よりもな

――。

「そうだろうな」ヤーネブリングがにやりと笑った。

「それでも、何か不審な点はあったんだろう?」

「おれの記憶では、何もかも不審だったね。いちばんよく覚えているのは、あの晩ヤスミンの自宅付近で目撃された車だ。新しい型の赤いゴルフだった。きれいに洗車されていて、不良の乗るような車じゃない。まあ、よくある不審車目撃談さ。どんな捜査にも必ず寄せられるやつだ」ヤーネブリングは皮肉っぽく笑った。

「それで?」

「そこからも、手がかりは何もつかめなかった」

「それで?」またヨハンソンが訊いた。「それでもいいから話を聞かせてくれ」

20 二〇一〇年七月十四日(水曜日)の午後

近所に住んでいた年配の目撃者によると、ヤスミンが住むマイブロンメ小路に、赤のフォルクスワーゲンゴルフが停まっていたのだという。ヤスミンの父親の家から数軒しか離れていない、エッペルヴィークス通りと交差する角の手前に。

その男性はヤスミンが失踪した晩、それ以前に存在した数多くの目撃者と同様に、犬に用を足させるために散歩に出たのだった。その車に目が留まったのは「夜の九時から十時の間」だという。

そこからは手順どおりに捜査が進んだ。まずは該当の通りや、交差する通りおよびその付近の住人の車ではないかどうかを確認した。もしくは、別の形でその通りに用のあった人間のものでないかどうか。だが該当者はいないことが判明し、その手がかりは一気に面白味を増した。その周辺の住民や関係者でゴルフを所有している人間は何人もいたし、まさにその色のゴルフだったのに、その全員がシロだと判明したからだ。

次に、車両登録からストックホルム市内の赤のゴルフを洗い出した。個人、会社、リース会社、レンタカー会社に至るまで。最新型のゴルフに限定しても、何百台も該当した。

その間に目撃者は、やはりそれ以前に存在した数多くの目撃者と同様に、証言内容が揺らぎはじめた。まずは日付が怪しくなり、次に車種への自信を失くした。「いやあ、車の専門家じゃありませんからね」と言って、ついには色まで確信がないと言いだす始末だった。

その頃には、ヤーネブリングと仲間たちの元に、車両登録の写しを満載した段ボール箱が届けられた。その箱は、誰かがすべて目を通すような時間ができるまで、待ちぼうけをくらうことになった。しかし、それ以外に襲いかかってくる仕事のせいで、よくある結果に終わった。まずはソルナとブロンマの間のエリアに住んでいる車の所有者を選びだした。つまりヤスミンが母親の家から父親の家に移動する際に出会った可能性のある人間から調べることにしたのだ。

それから、犯罪歴のある人間。特に、ヤスミンが被害に遭ったような類《たぐい》の犯罪を犯した人間を。だが面白いものは何もみつからなかった。わずかに発見もあったが、どれも無関係だと判明した。ここまできたところで、車の調査は終了せざるをえなかった。少なくとも当面凍結という形になった。

「この車の捜索を、半年後のパルメ首相暗殺事件の捜査にこっそり混ぜなかったことを悔やむよ。そうしていれば、一点の曇りもなく洗い出せただろうに」

そんなふうに断言しないほうがいいぞ――実情をよく知るヨハンソンはそう思ったが、口には出さなかった。というのも、そのときある考えがひらめいたからだ。この状況からして、当然の思いつきだった。

「現場を見たい。ヤスミンが住んでいた家や移動経路を。ほら、線路に耳を当てて……というあれだ」

「現場へ？」ヤーネブリングがオウム返しに訊いた。おれの親友はまた微妙な状態に戻ってしまったようだ――そう感じて、憂鬱《ゆううつ》な気分になった。

「当然だろう」

「病院の白い布を被ったまま、スリッパで出かけると言うのか」ヤーネブリングはベッドの上のヨハンソンのほうにうなずいてみせた。

「そうだった。これはまずいな。明日来るときには服を頼む。しゃれたのでなくていいぞ。楽なズボンにブリーフ、シャツ。それに靴だ。靴をはかないと話にならん」

「そうだな」ヤーネブリングは本心よりも嬉しそうな声を出そうと努めた。

「感謝しろよ。ここ二十五年間、捜査になんの進展もないようじゃないか」

「まあな。だが少しはあったんだ。八九年の春に、南スウェーデンのスコーネ地方でヘレーネ・ニルソンが殺されたときに、捜査が再開されたんだ。ヘレーネとヤスミンの事件に関連がないかを調べる目的でな。だが、何もなかった。そもそも犯人の血液型がちがったし、ヤスミンを殺した犯人のDNAを鑑定してみると、まったくの別人だということが確定した。それで捜査はまた凍結されたんだ」

「それ以来何も進展はないのか」

「お決まりの定期チェックと、その後に起きた事件との比較くらいだな。この冬には、時効が成立する半年前ということで、ストックホルム県警の犯罪捜査部のコールドケース班が最後の望みをかけて努力することになっていたんだが、フッディンゲで検察官が頭を撃ち抜かれる事件が発生したもんだから、別の仕事ができてしまった」

「冷たくなった事件か――」ヨハンソンは鼻で笑った。「そんなもの扱ってどうする。捜査というのは生き物なんだ」

「いいこと言うじゃないか」ヤーネブリングはさらにつけ加えた。「実に賢い見解だ」

「あなたたち、今度はいったいどんな陰謀を企んでるの？」突然、ピア・ヨハンソンが病室の入口に立っていた。

21　二〇一〇年七月十四日（水曜日）の夜

ヤーネブリングはピアを抱きしめて挨拶を交わした。そのときピアはすでにベッドの脇に立ち、夫の頬を優しく撫でていた。ヤーネブリングは咳払いをすると、自分のメモをポケットに突っこんだ。

「そろそろ退散するよ」

「そうだな。ありがとうよ、ボー。ではまた明日。約束のブツを忘れるなよ」

「今度は何を約束したのかしら」ピアが興味を引かれてヤーネブリングを見つめた。

「ホットドッグでもブレンヴィーンでもないさ。様子を見に寄るだけだ。こいつはもう元に戻りかけてるから、目を離さないほうがいいだろう？」

そして親友にうなずきかけ、肩を軽く叩き、病室を出ていった。だがドア口で立ち止まり、またうなずいた。

「ボーはいつものあいつじゃないんだ」病室のドアが閉まったとき、ヨハンソンが口を開いた。

「ずいぶんショックだったんだろうな」わしはなぜそんなことを言うのだろう――。ヤーネブリングが普段とちがうのは、ピアだって一目でわかるだろうに。

ピアはベッドに腰かけた。夫に身を寄せ、その頬や額を撫でている。

「あなたの具合はどうなの？」

「元気だ」ヨハンソンはうなずいた。「多少疲れているし、気分も落ちこむが……。それでも、こんなに元気なのは久しぶりなくらいだ」

「この病棟の看護師と話したんだけど、あなた、あまり食べてないらしいわね。食べなきゃだめよ。わかるでしょう」ピアは真剣な表情で夫を見つめた。

「食べてるさ。ヨーグルトに果物に野菜に食物繊維に……。バナナを二本とリンゴも食べたぞ。ボーが山ほどもってきたからな」

「ソーセージはだめよ」

「ああ」ヨハンソンは頭を振った。「もうそういうものを食べたいとは思わない」

「ボーとは何を話したの？　午後じゅうずっとここにいたって聞いたけど」

「昔の思い出話さ。わしが忘れてしまった話だ。仕事関係のな」それからつけ加えた。「わしら夫婦には関係のないことだ」わしは、なぜそんなことを言うのだろう――。

「本当に何も食べたくない？」

「ああ、平気だ」

「少し眠りたい？」

「お前が一緒に寝てくれるなら」

「ちょっと端に寄って、いびきをかかないと約束するならね」

「約束するよ」

ヨハンソンはベッドの端に寄り身体を横にすると、ピアがその隣に身体を横たえた。麻痺《まひ》していないほうの腕を妻に回し、そっと抱き寄せる。そのまま眠ってしまった。ただ眠っているだけ。その夜は夢も見なかった。ヤスミンの夢を見てもいいはずなのに。

22　二〇一〇年七月十五日（木曜日）の午前

日が経つにつれ、秩序のある生活が戻ってきた。まずは、ゴムのついた杖を頼りによろよろとトイレに向かい、無事にたどり着くことができた。杖をつく手が利き手ですらないことを考えると上出来だ。看護師が心配そうにすぐ後ろからついてきたが、無視してやった。

それから薬を飲み、新しい習慣となった健康的な朝食をとった。ついでにうたた寝もしたのだろう。顔を上げると、ウルリカ・スティエンホルムがベッドの脇に座っていたからだ。こちらを見つめて微笑《ほほえ》んでいる。頭を少しかしげて――それ以外にこの女に何を期待すればいいというのだ。

「日に日に元気になっていくわね」

「みつかったのか?」

「何がです」

「例の情報提供者だ。親父さんの書類を確認すると約束したじゃないか」

「ええ。でも、まだみつかってません。探しはじめてはいるんだけど、父はかなり紙を溜めこんでいて、段ボール箱や紙袋が二十ほどあるの。あらゆる種類の紙よ。新聞の切り抜き、メモ、礼拝の説教の下書き、カレンダーに手紙——。特に手紙と葉書は山ほどあるわ」

「それは年代順に並んでいるのか?」

「考えたことなかったけど、そう言われてみればそうよね。そのときどきに集めたんでしょうから。それ以外はなんの秩序もない、全部ごちゃごちゃよ。でも、年代別にはなっているんでしょうね。昨日、大量の手紙を読みながら、そのことが頭をかすめたのよ。どれも同じ年のものだった。少なくとも、日付のついているものはね」

「親父さんが引退したのは何年だ」

「八九年の夏です。確か夏の初め頃だったわ。なぜです?」

「牧師をしていた最後の二年分を調べろ。八九年の夏から、八七年の夏まで。八九年から始めて、遡《さかのぼ》るんだ」

「一九八五年は?」ウルリカ・スティエンホルムが反論した。「ヤスミンが殺されたのは八五年でしょう。そこから始めるべきなのでは?」

「わしの言うとおりにしろ」こいつは仮にも准教授のはずだが。

「そう言われると、興味が湧くわ。なぜ遡って調べるんです？」

「そういうことを自白させるのはなかなか大変な仕事だぞ」こいつは到底、警官にはなれそうにないな――。


それからリハビリに行き、個人記録をふたつ更新した。ひとつは右手で小さな赤いボールを握るというもので、もうひとつは右腕を曲げることだった。理学療法士が横で声援を送る中、腕を半分まで曲げることができた。

「肩よ、ラーシュ。あなたならできるわ。頑張って！　肩までよ」

「明日だ」ヨハンソンは言った。明るい日と書いて明日なのだ。


とりあえず気分はよくなった。肩には手が届かなかったものの、昼食に出されたビーフ・ア・ラ・リンストレーム（ビーツの角切りが入ったハンバーグ）を食べようと思うくらいは機嫌がよくなった。しかしソースやポテトまで食べろというのは無理な注文だ。何事にも、限界というものがある。しかし、いい案配に間に合った。スタッフがお盆を下げた瞬間に、ヤーネブリングが脇に三冊も厚いファイルを抱えて現れたのだ。ただ、ズボンやシャツや靴は見当たらなかった。

23

二〇一〇年七月十五日（木曜日）の午後

ヤーネブリングはヨハンソンのベッドに腰を下ろし、ベッドの上にファイルを置いた。

「おい、これはなんなんだ」ヨハンソンがファイルを顎で指した。わしのズボンはどこだ——。

「シェル・ヘルマンソンのことは覚えてるだろ？　ヘルマンだよ」ヤーネブリングはヨハンソンを見つめた。「おれたちが捜査課にいた頃に、暴力課にいた若手だ」

「うるさいな。ヘルマンなら覚えている」それとわしのズボンがどう関係があるんだ——。

「いいやつだ。警官としても優秀だし。数年前から県警の犯罪捜査部にいるんだ。コールドケース班の責任者になっている」

「それで？」約束された服の手がかりは、まだ一向につかめない。

「お前がずいぶん興味をもっているようだから、そのヘルマンにも訊いてみようと思ったのさ。ヤスミンの捜査資料は彼の班に眠っていることが判明した。確かに、もう時効を迎えた事件だからな。数週間の差で、新法律の恩恵を被り損ねた。それで、ヘルマンと話をしたんだ。そうそう、お前によろしくと言っていたよ。それで、お前がいつも欲しがる捜査資料のファイルを貸してくれるよう頼んだんだ」

「いつも欲しがる捜査資料？」

「捜索願、犯行現場の捜査結果、鑑識結果、司法解剖の報告書、母親、父親、その他ヤスミンを目撃した人間の調書。聞きこみの結果をまとめたもの。つまり、いつものやつさ。わかるだろ？」

「わかるさ」

「こういうことだ」ヤーネブリングはひとつめのファイルを開いた。「ところで、めくりやすいようにクリップはすべて外しておいたよ。それと、メモをとりたいかもしれないと思って、一ページごとに白紙を挟んでおいた。そうすれば楽だろ？　お前の腕の状態を考えてのことだ。まず目次、それから捜索願、そしてその他もろもろ。いつもお前が欲しがるとおりの順番だ」

「ボー、恩に着るよ。そこまで慮《おもんぱか》ってくれたとは……」その瞬間、ヨハンソンの涙腺がまた緩んだ。

幸いなことに手の届く範囲にティッシュの箱があったので、音を立てて何度か鼻をかみ、最悪の事態は免れた。

「大丈夫か、ラーシュ」ヤーネブリングは心配そうな顔をしている。

「平気だ。ところで、わしの服はどうした。ヤスミンが住んでいた家を見に連れていってくれると約束したじゃないか。母親と父親の家の間の動線も。それに、発見現場も見たい。スコークロステル城付近の」

「ピアと話したんだ。それに、この病棟の看護師とも。二人とも、それはいい考えではないと言ってた」

「なんだって⁉　だからどうだと言うんだ。わしはとっくの昔に成人したと思ったが？　それともここは強制収容所なのか。お前もピアも他の全員も、そろそろわしを普通の大人だと認めてくれないか」

「おれはお前のことを〝普通の患者〟だと認めているよ。これ以上文句を言わなければの話だがな。じゃなきゃ〝普通のうざい精神病患者〟として扱うぞ。そんなことになったら、右手が動いていた頃のお前でも耐えられないだろうよ」

ヨハンソンは何も言わなかった。感情も特に湧かない。とにかく、泣きごとを言うつもりは絶対になかった。

「どこから始める」ヤーネブリングが尋ねた。

「どうやって死んだのかを教えてくれ」

「それについては、すべてこのファイルに入っている」ヤーネブリングは別のファイルを手に取った。「自分で読みたければという意味だ。その場合、すべてここにある。司法解剖の報告書、法医学鑑定書、国立科学捜査研究所《SKL》の報告書、発見現場の捜査結果、ヤスミンの衣服について等、すべてだ」

ヨハンソンは頭を振った。大量の書類をめくる気力はなかったし、読もうとしたとたんに頭痛が訪れるのだ。

「お前が説明してくれたほうがいい。どうやって死んだかを教えてくれ。ああところで、司法解剖は誰が担当したんだ？」

「シェーベリだ。ほら、あの老教授——伝説の老シェーベリだよ。死体を二体同時に解剖しながら、おれやお前のような警官に講義を行っていた。死体を切り刻みながらだぞ」

「あのじいさんなら、当時すでに引退していなかったか」

「ああそのとおりだ。だがあの夏にかぎっては、法医学者が足りなくて上を下への大騒ぎだったんだ。ほら、あの解剖医を覚えているだろう、売春婦を殺した疑いをかけられた。その前の夏の出来事だ」

「ああ、そいつなら覚えている」あの職場ではごくまともなほうだったとも言えるが。

「そいつが仕事を外され、その同僚も何人か辞め、シェーベリの後任も——ほら、ユーゴスラビア出身のド近眼で、朝出勤すると入口の観葉植物に挨拶していたやつだ」

「その男なら覚えている。だが、そいつがどう関係あるんだ」

「何もない」ヤーネブリングは頭を振って、自分の発言に余韻を残した。「研究のために外国に行ってしまった。おれの予想では、スウェーデンにいられなくなった本当の理由は研究じゃないんだろうがな。ともかく、もう誰も残ってなかったんだ。だからシェーベリは元職場に少しでも秩序が戻るようにとヘルプに入ってくれたんだ。お前も覚えているだろうが、幼い子供を強姦したり殺したりするようなやつらには、特に思い入れがあるじいさんだったからな」

「シェーベリか……。制約とは無縁の人物だった。彼が正しいときには、警官も検察官も裁判所も必要なかったな」これはなかなかよい滑り出しだ。「続けてくれ」ヨハンソンはそう言って、再びベッドに横になった。

24

一九八五年六月二十六日（水曜日）

ヤスミン・エルメガンの司法解剖は、二十二日の土曜日から二十三日の日曜日にかけて行われた。報告書はその三日後にあたる一九八五年二十六日に、医学博士で名誉教授のラグナル・シェーベリの署名入りで提出された。署名にしては珍しく判読可能で、バランスのとれた筆跡はわずかに手前に傾いている。実に複雑な人間性を表していた。

ヤーネブリングと仲間たちは、すでにそれよりも前に――六月二十二日土曜日の夜には――仮の報告書を受け取っていた。その数日後、正式な報告書を宅急便で送ったその日に、シェーベリはヤーネブリングに電話をかけ、研究室に来てくれれば「信頼に根ざしたざっくばらんな対話」をする心づもりがあると伝えてきた。エーヴェルト・ベックストレームは連れてこないという条件で。

「あの小さな愚か者のことは、見るのも嫌なのだ」シェーベリは説明した。「唯一の救いは、あの男がどんな最期を迎えるのかは想像がついていることだ。わしの長年の職場であるこの研究室に、司法解剖すら不可能な状態で運ばれてくるはずだからな」

神の存在を信じているかのような老教授の期待は、ヤーネブリングと仲間たちの印象に残った。その上で、伝説の老教授と実りある長い対話を行ったのだった。

ヤスミン・エルメガンは死亡時、「体重約三十三キロ」で「身長約百三十三センチ」だった。これ以上詳細に特定できないのは、ヤスミンの死体が死後一週間近く、その期間の大半を黒いポリ袋に入れられて、ウップランド地方にあるスコークロステル城の北西数キロの芦原の泥沼に遺棄されていたからに他ならない。

死因は窒息死だった。おそらく枕で窒息させられた。というのも、シェーベリ教授が被害者の喉に一本の羽毛、そして歯の間に白い糸くずを二本発見したからだ。

「犯人が枕を押しつけたときに、それを噛んだのだろう。だから羽毛と糸くずが残ったんだ」シェーベリ教授が言った。「念のため言っておくが、羽毛は芦原で喉に入ったわけではない。確かに犬は死体の入ったポリ袋を破ったが、それは足元の側だった。それに、羽毛がみつかったのは喉頭のかなり奥のほうで、まだ呼吸をしている間にしかそこまで奥には入らない」

窒息させられる前に、ヤスミンは強姦された。膣《ちつ》から挿入され、そこに残った傷は大人の男が幼い少女を襲ったときにつくものだった。膣内からは犯人の体液が採取できたが、そこに精子はなかった。精子のほうはヤスミンの腹部、胸部そして髪にたっぷりとついていた。ピンクのTシャツにも。

「射精する前に抜き、腹、胸、頭に向かって発射したんだな」教授はヤーネブリングと仲間たちにそう説明した。

しかしヤスミンの身体には抵抗した痕はなかった。その理由を、シェーベリ教授と法医学研究室の仲間たちはヤスミンの血液と内臓に発見した。強力で効き目の早い睡眠薬が検出されたのだ。ヤスミンの年齢と体重に見合った量の三倍だった。

「この悲しい事件で唯一慰めになるのは、被害者は襲われたときに意識がなかったという点だ」シェーベリ教授は厳かに言った。

「だが枕を押しつけられて、それを噛んだんでしょう?」ヤーネブリングが尋ねた。念のため訊いておいたほうがいいと思ったのだ。

「窒息しそうになったとき、人間の身体は反射的にそういう行動をとるものなのだ。最悪の場合、意識を取り戻しかけていたのかもしれない。犯人が行為を続けている間、下半身に痛みが走っただろうからな。もしくはその両方だ」シェーベリ教授はため息をついた。「しかしそれをのぞけば、完全なる健康体だった。過去に骨にヒビが入ったり炎症を起こしたりといった、子供ならたいていある痕跡すらなかった。超健康優良児と言えるな」

「どういう流れだったのか、なんとなく推測はつきますか」

「なぜわざわざきみたちを呼んだと思う」老教授はにやりと笑った。「いつもきみらがうるさく訊いてくる質問と、専門家なら紙に残すようなことはしない情報を、余すことなく教えようと思ってのことだ」

「恩に着ます」

「それに」シェーベリは肩をすくめた。「わしはもう隠居した身だ。誰がこんな老いぼれをつかまえてけんかをふっかけたいと思う？　まあとにかくだ、わしはこういうことだったのだと思う……」

まず犯人は少女を騙《だま》して睡眠薬を飲ませた。かなり苦い薬だから、甘くて強い味の飲み物に混ぜたのだろう。

「胃の残留物からして、コカ・コーラであってもおかしくないし、味の濃いジュースかもしれない。とにかく、薬の味が消えるような飲み物だ」

ヤスミンはそれから十分もしないうちに眠ってしまったはずだ。犯人は少女をベッドに寝かせ、服を脱がせた。服をすべてと、腕時計と指輪も。

「こういう輩《やから》は、必ずそうするものなんだ。きっちりその順番でな」シェーベリが説明した。「枕がベッドの存在を示唆しているし、やつらは獲物を全裸にすることにこだわる。仕事にかかる前に、しばらくじっと見下ろすんだ。舐めるように眺めまわして、ちょいと持ちあげたり裏返したりもしてみる。色々な角度から楽しむんだ。幼くか弱き存在――それが無防備な姿で目の前に横たわっている。まるで自分への捧げもののように。まずはその瞬間をじっくり味わうんだ」

それから犯人はヤスミンを犯した。膣に挿入して性交を完遂し、射精する前に抜いた。精子を被害者の腹、胸、頭にまき散らし、ピンクのTシャツで自分のものを拭いたのだ。

「犯人は比較的若いと推測できる。これだけの量の精液をまき散らしているからな。年寄りの出来心というわけじゃない」

「何度も犯したんですか」そう尋ねたのはヤーネブリングの仲間だった。

「それはないだろうと思う。一度目ですでに、被害者はかなりの出血をした。この手の人間の多くは、そういうのが苦手なんだ。本物のサディストなら別だが、この犯人は繊細なタイプの小児性愛者とみた。配慮のあるペド――以前わしが身体検査をしたことのある小児性愛者は、自分で自分をそう分析していたよ」

そして最後にヤスミンを枕で窒息させた。捕まりたくなければ他の選択肢はないことに気づいたのだろう。

「強姦だけでも、最低七、八年だ。ばれないことを願って、逃げるしかない。それ以外にも色色なことを計算に入れなければいけない。つまり、社会的な影響というやつだ。犯人は精神異常者ではなかった。被害者の首を絞めたり、首をナイフで切り裂いたりしたわけではない。頭をがんがん殴りつけたりもしていない。そうやったほうがずっと簡単だったのにだ。サディスト的な暴力の痕は見られなかった。枕で窒息させるという、もっとも人道的な方法を選んだんだ。そうすることで、窒息させている間被害者の顔を見ずにすむというのもある。さっきも言ったとおり、犯人は繊細な小児性愛者なんだ。普段は社会に溶けこんでいて、まさか彼にそんな嗜好があるとは誰も気づいていない。本人の解釈では〝どうしようもなかった〟ことであり、起きてしまったことは自分のせいではない。ただ、なぜかそうなってしまったというだけで」

「つまり一言で言うと、人間のクズってわけだ」そいつを殺してやる——とヤーネブリングは心に誓った。激情が神経の隅々まで行きわたるのを感じる。

「そのとおりだ」シェーベリ教授も言った。「逮捕の際にきみがうっかりそいつの腕や脚を折っても、わしが全力を尽くして犯人は自分で怪我をしたと主張しよう」

時間について何かヒントはありませんか。強姦や殺害が行われた時刻は？

シェーベリ教授によれば、ここまで説明したことはすべて、ヤスミンが失踪して間もなく起きたと思われる。つまり、同夜にはすでに死んでいた。六月十四日の金曜日だ。とりわけ胃の残留物がその事実を物語っていた。

死体遺棄のタイミングについては？

それについては確実なことはわからない。推測するならば、翌日の夜に死体を遺棄したのではないだろうか。可能性としては真夜中前後。その時間帯なら明るくてみつかりやすいということはないし、夏で真っ暗でもないから、運んでいる最中に何かにつまずいて転んで怪我をするというリスクもない。なにしろ繊細な男なのだから――。

25　二〇一〇年七月十五日（木曜日）の午後

「シェーベリ教授は本当にすごい人だった」ヤーネブリングが厳かに言った。「だが、ベックストレームの死体にメスを入れる夢は叶わず、十年前に亡くなられた。当時九十歳を過ぎてたから、最後まで望みを捨てきれなかったんだろうな。その日が来るまで生きていようとしたが、ついに力尽きたんだ」

「ベックストレームのようなやつの問題点は、不死身なことだ」ヨハンソンが言った。「だがあいつの話はどうでもいい。ヤスミンのことを教えてくれ。知らない人についていくような、陽気で人懐こくて他人を疑うことを知らないような子だったのか？」

「両親の話ではそうじゃない。そういうことは両親とも何度も娘に説明したという。知らない人には絶対についていってはだめ。知らない大人とは不必要に話してもいけない。それは相手が男でも女でもだ。子供や若者でも、信頼できるかどうかわからない場合はだめ。それにヤスミンは、歳のわりには賢く冷静な子だった。育ちもいいが、ちゃんと自分の意見があり、強い意志をもった子だった。ところで、すごく可愛らしかったんだ。お前のために、写真を何枚も挟んでおいたよ。浅黒い肌に、大きな茶色の瞳。長い黒髪。学校では優秀だったらしい。友達にも好かれていて、同級生の男子がこぞって憧れるような女の子だ。服装にもすごくこだわりがあった。ぶりぶりの可愛い女の子スタイルというのじゃなくて」

「両親の話では、か」

「お前の言いたいことはわかる。だが、担任も、他の知り合いも、皆同じ意見だったんだ」

「普通ならそのとおりなんだろうが、これはまったく普通の夜の出来事ではない。まずヤスミンは母親の家を飛び出した。そして父親の家についてみると、鍵がかかっていた。何も聞かされていなかったのに、パパは留守だった。その上、鍵を忘れたときた。電話もない。当時は携帯なんてなかったからな。普通ならやらないようなことをやってしまったという可能性を残しておこうじゃないか」

「お前の言うとおりだ。それで捜査が前に進むわけじゃないが」

「ところで、彼らはどういう経緯でスウェーデンにやってきたんだ。ヤスミンとその両親のことだ」ヨハンソンが尋ねた。頭の中では、そのずっとあとになって訪れる時間と人生のことだけを考えていたのに。ヤスミンは母親に連絡をとるために電話を借りようとしたのかもしれない。彼女がドアを叩いた家——自分を助けてくれるはずの信頼すべき隣人というのが、いわゆる繊細なタイプの小児性愛者だったのだろうか。その男は、ヤスミンが自分のベッドに全裸で横たわっているのを眺めながら、自慰行為をするだけのつもりだった。それが突然の欲求につき動かされた——。もちろんそれは、そいつのせいではない、そうだろう？　どうしようもなかっただけで。

「こういう政治がらみの話はおれの得意分野じゃないが……」

「なんだって？　今なんと言った。政治がどうしたって？」おいしっかりしろ、とヨハンソンは自分を戒めた。

「ヤスミンは両親とともに、イランから政治難民としてやってきたんだ。一九七九年の冬のことだ。ヤスミンはまだ三歳だった」

「なるほど」

こういう政治がらみの話は得意分野ではなかったが、それでもヤーネブリングはヤスミンの両親に話を聞き、彼らの主張にも耳を傾けた。それから、移民庁が作成した書類を読み下して、内容をつき合わせた。その書類とは、一九七九年の一月二十日に一家がスウェーデンにたどり着き、アーランダ空港に到着してすぐに政治亡命を申請したときに作成されたものだった。このときばかりは、双方の内容に一応の一致が見られた。ホメイニ師が支配するイランにおいて、彼らが政治的迫害を受けるリスクは、〝信憑性および緊急性の高いもの〟だと認定された。一家とその親族は少数派のキリスト教徒であり、イラン最後の皇帝パフラヴィー二世側についていた上流階級の一族だった。夫〝ユセフ〟――当時のイランのパスポートはそういう名前の綴りだった――と妻ミリヤム、そして三歳になる娘ヤスミンには速やかに滞在許可が下りた。

両親は二人とも高学歴だった。父親はテヘラン大卒の医者で、母親も同大学で医療技術を学んだ。その上、新しい母国となるスウェーデンにはすでに縁故があった。ヨセフ・エルメガンには――スウェーデンで永久滞在許可が下りるやいなや、ファーストネームの綴りをそのように変えたのだが――すでにスウェーデンに住んでいる親戚が何人もいた。例えば、著名な医師でありカロリンスカ研究所の医化学教授である叔父などだ。

「父親は確か、それから数年でスウェーデンの医師免許を取得したんだ」ヤーネブリングが説明した。「大学でいくつかコースを受講すれば、イランの医師免許を書き換えられたんだ。ヤスミンの母親は大学で歯科衛生士の資格をとっていたが、彼女もスウェーデンに来て数年のうちに書き換えをなしとげた。そして八五年二月には、一家全員がスウェーデン国籍を取得した。娘が殺されるほんの半年前のことだ。そのときに正式に離婚も申請した。その一年前からこっそり別居してはいたが、国籍取得の申請中だったからリスクを冒したくなかったのだろう」

離婚とそれとどう関係あるんだ、とヨハンソンは思ったが、口に出す代わりにうなずいただけだった。

「母親が父親を訴えていたという話は覚えているだろ？　暴力を振るわれているという。その話はしたな？」

「ああ」

「その被害届も、スウェーデン国籍を取得してから出してきたんだ」

「まあそれがいちばん現実的な方法だろうな。つまり、父親にとってだ。無駄に騒ぐ必要など一切ないんだから。おそらく、黙っている代わりに、親権やら多額の養育費やらを約束したんだろう」

また微妙な様子になってきた——とヤーネブリングは思った。何かがおかしい。

「それで、両親はどうなったんだ。まだ生きているのか」

「死んだとは聞いていない。だが二人とももうスウェーデンにはいない。父親は一九九〇年にはアメリカへと渡った。単独でだ。娘が殺された当時同棲していた女とは、あっという間に関係を清算したようだ。海の向こうではずいぶんうまくいっているようだぞ。ドナルド・ダックの伯父さんみたいに金持ちになったんだ。大きな製薬会社のオーナーで、もうずいぶん前からアメリカ国籍だ。ところで、渡米する前にジョセフ・シモンという名前に改名している。Ｐｈで終わるジョセフと、シモンは自分の父親のファーストネームだったらしい。英語読みにすると、ほら、サイモン&ガーファンクルのサイモンだ」

「母親のほうは」

「彼女はおかしくなっちまったようだ。九〇年代の中頃にイランに戻り、ムハンマド教徒になったんだ。ベールをかぶったりして」

「イスラム教に改宗したということか」

「ああ。ブルカだっけか？　そういうものをかぶりはじめたんだ」

「実際的だな」

「そうとも。お前が女で、そういう国に住むことになったら、基本的にそれは避けられないからな」

一人は生き延びたのか——。強い人間に生まれ変わり、襟を正して自分の不埒な行いを告白し、憎しみを糧に生き延びた。もう一人は地下に潜ってしまった。少なくとも今までの人生をすべて投げ出すという犠牲を払って。

「少し疲れた」ヨハンソンが言った。「ちょっとタイムアウトをとって、昼寝をしても構わないか」

「もちろんさ」

「また明日来てくれるな？」

「当然だ。期待しててくれ。明日の同じ時間、同じ場所で」

それから不思議なことが起きた。ヤーネブリングがベッドに屈みこみ、男らしく親友の肩を叩こうとしたとき、ヨハンソンが無意識に右手を差し出したのだ。さっきからずっと布団の上に寝ていた右手を持ちあげてだ。

ヤーネブリングはその手を握り返した。力強く——しかし、小さな子供にやるようにそっと。

「力をこめてみろ、ラーシュ。お前の握手の強さは覚えている」

「そのうち戻るさ」そのはずなのだ——。

「なあ、ヤーニス」ヨハンソンは、すでに病室を出かかっていた親友に声をかけた。「わしのズボンを忘れるなよ」

それからヨハンソンは眠りについた。普段どおりあおむけに、腹の上で手を組んで。脳みその血管にゴミが詰まる前は——それは心臓の状態が悪かったことのボーナスなのだが——いつもそうやって寝ていたのだ。

夜、妻のピアが見舞いに訪れたとき、ヨハンソンはすでに熟睡していた。ピアは夫のベッド脇の椅子に腰をかけた。そこに何時間も座ったまま、夫のことをじっと見つめていた。今夜はいびきひとつかいていない。麻痺していない左側に身体を倒して、静かに、身動きひとつせずに眠っている。

ピアはそっと夫の顔を、そして右腕を撫でた。しかしなんの反応もない。表情ひとつ変わらない。ピアは説明のつかない強い不安に襲われた。

彼は寝ているのよ。寝ているだけよ――。自分に繰り返し言いきかせる。これ以上、何も起きなければの話だが。

そして家に帰った。

26　二〇一〇年七月十六日（金曜日）

ラーシュ・マッティン・ヨハンソンの新たな人生の、また新たな一日が始まった。その日はしょっぱなから個人記録をふたつも更新した。まずは、右手で小さな赤いゴムボールを握っていられる時間が倍に延びた。それから、なんの躊躇《ちゅうちょ》もなく麻痺していた右手を上げて、右肩に触れることができたのだ。その上、ずっと右腕がむずむずするのを感じていた。それは期待に溢れた疼《うず》きだった。

「すごいわ、ラーシュ」理学療法士が言った。「すごいスピードで回復しているわ」

「まあそうだな」実はシャイで謙虚な性格のヨハンソンはそう答えた。「すごいスピードかはわからんが、正しい方向には向かっているようだ」

彼の主治医ウルリカ・スティエンホルムのほうは、そううまくはいっていないようだった。疲れきっているように見えるし、実際のところ疲れきっていた。ここ数日、夜勤のせいで最長でも四時間しか寝ていないのだ。

父親の書類にもほとんど手がつけられていなかった。それでも少しは頑張ったようだ。ヨハンソンに言われたとおり、一九八九年、一九八八年、一九八七年の書類が入った段ボール箱や紙袋を探し出したのだ。週末には本気でそれに取り組むつもりだった。

「まあそれで問題ない」それからヨハンソンはつけ加えた。「書類は逃げやしないからな」

「ありがとう」スティエンホルム医師は言った。「我慢強い人がひとりでもいてくれて嬉しいわ」

それにお前は法律も苦手だしな——とヨハンソンは心の中でつぶやいた。時間的にどのくらい急ぎかは、すでに説明したではないか。

それからヨハンソンは昼食をとったが、昼食はまさしくいつもどおりの味だった。それをバナナ一本とサクランボ半パックで強化し、こっそりチョコレートウエハースも食べた。口元から最後のかすを払ったとき、ヤーネブリングが病室に現れた。二人は病室にコーヒーをもってこさせた。ポットごと、温かいミルクも添えて。そして午後のほとんどを二人の共通の案件に費やした。

「ラーシュ、お前はどう思う。ヤスミン殺害事件のことだ」

「まずはお前からだ。お前の話を聞きたい。捜査に関わっていたんだからな」

「捜査は最初からおかしくなっていた。なぜそうなってしまったのか——。どちらにしてもそうなる運命だったんだと自分を慰めたよ。本当に、この件には心を蝕まれたんだ」

「どういう意味だ、どちらにしてもおかしくなる運命だったというのは」

「だって、あまりにも捜査しづらい件だった。被害者は母親の家に戻ろうとして——それしか考えられないだろ？　おれはずっとそう思ってきたんだが。そこでうっかり子供に発情するような精神異常者に出くわしてしまった。今まで会ったこともない、見知らぬ人間。それも、まったくの偶然に出くわしたんだ。ヤスミンは動揺していていつもの自分ではなかったから、男にうまくのせられた。警察にも解決しようがない事件だ。難しすぎるんだよ、ただ単純に」

「何を言ってるんだ、ボー」ヨハンソンはため息をついた。「まったく、お前のことが心配になるよ」

一方のヤーネブリングは心の中でこうつぶやいていた。おれのほうは、お前が元に戻ってきた気がするよ――。

「じゃあ教えてくれよ。おれは今も昔もただの平凡な警官だ。角の向こう側なんて見通せたことはなかった。だから、お前が教えてくれよ」

「わしにもわからん」今はまだ、だ。「だがひとつだけわかっていることがある」

「なんだ」

「こういう類の犯罪の場合、二十件中十九件は、犯人は被害者のごく身近に潜んでいる。社会的な意味での近さ――ほら、家族や親戚、友人仲間なんかだ。もしくは地理的に近いところにいる人間。つまり近所に住む人間、同じ地区に住んでいて、毎日登下校中の彼女を見かける――通りを渡ったところにある売店に勤めているかもしれない。もしくは、その両方かもしれん。つまり、社会的にも地理的にも近いところにいるんだ」

「待ってくれ、ラーシュ」ヤーネブリングは念のため、片手を上げてそれを振った。「じゃあ、まだ十歳だった少女エングラ――エングラ・ヘーグルンドの命を奪ったアンデシュ・イエクルンドはどうなんだ。被害者は、ダーラナ地方に住んでいた少女だ。アンデシュ・イエクルンドはそれまでの人生で一度も被害者に会ったことはなかったんだぞ?」

「それは二十件目の例だ。だがそいつのことなら今回は心配しなくていい。ヤスミンとは関係ない」

「どういう意味だ」

「アンデシュ・イエクルンドは睡眠薬も白い枕も使っていない。そのやり口は野蛮で愚かしく、まあ、あの小さな脳みそのサイズを考えれば無理もないんだがな。ダーラナの保安官に捕まるまで十二時間もかからなかった。ヤスミンの件に関しては、そういう類の犯人のことは完全に忘れていい」

「ウルフ・オルソンはどうだ。同じく十歳だったヘレーネ・ニルソンを殺したやつだ」

「典型的な二十分の十九だ。被害者と同じ地域に住んでいた。生まれてこのかたずっと。家族ぐるみで付き合いがあり、妹がヘレーネのいちばん上の姉と親友だった。ヘレーネとはもちろん顔見知りだったわけだ。捕まるまでに十六年もかかったのは、やつの手柄じゃない。こんなに簡単な事件を、スコーネ地方の警察が理解を超えて複雑にしたんだ。わしなら一カ月で解決できていたぞ」

そうだろうな、とヤーネブリングは思った。おれだって解決できていたかもしれないくらいだ。

「幼い少女ばかりを狙ったヨン・イングヴァル・レーフグリエンはどうだ。ほら、六〇年代半ばにストックホルムで事件を起こした」

「一九六三年だ。幼い少女二人が殺された。確かひとりは六歳で、もう一人はもっと幼かったな――記憶が正しければ四歳だ。犯行日は八月十二日。ストックホルム郊外のアスプウッデン。二件目は九月二日、セーデルマルムのヴィータベリス公園だ」

いよいよお前らしくなってきたな――とヤーネブリングは思った。

「だが、被害者と知り合いだったわけじゃない」ヤーネブリングはここであきらめては恥とばかりに食い下がった。

「知り合いになろうとしたんだ。レーフグリエンは三十二歳だった。だが知能は八歳程度で、大人の男の身体と性欲を有していた。昼間は公園をうろつき、一緒に遊んでくれる同じ年頃の女の子を探した。その結果強姦したり、強姦未遂になったり、被害者を殴り殺したりしてその場から逃亡した。レーフグリエンに比べれば、アンデシュ・イエクルンドなんかはまともな知能の持ち主だ。だがイエクルンドやレーフグリエンのような犯人のことは忘れるんだな。ことヤスミンに関しては、ウルフ・オルソンも忘れていい。やつはまとも以上の知能の持ち主だった――犯罪者を知能別に分類したければの話だが」

「ウルフ・オルソンまで？　なぜだ」

「オルソンはあまりにも特殊だからだ。偏屈で好訴《こうそ》妄想があり、出会う人ごとに揉めごとを起こした。典型的なことに、過去にばかげた罪を犯している。だからオルソンみたいなやつのことは忘れろ」

「じゃあおれたちが追っているのはどんな男なんだ」

「好感度が高く、協力的で、社交性があって人付き合いもうまい。同年代の男とも女ともうまくやれる。本当は子供とのセックスを望んでいるなどとは、誰も夢にも思わない。言うなれば、ちょっと飲みすぎるくらいか」ヨハンソンはそこでにやりと笑った。「だが飲んだからって、暴れたり人に絡んだりはしない」

「名前は？」ヤーネブリングは大きな笑みを浮かべて尋ねた。ついに元のラーシュ・マッティンに戻ったぞ――。

「一週間くれ。わしの頭にはゴミが詰まったことを忘れてくれるなよ。記憶があれこれ失われたんだ。常に、ああまた何か忘れていると感じるが、何を忘れたのかもわからないんだ。忘れたという事実しか」

「確かに」ヤーネブリングも同調した。「ここ最近、お前はまったくまともになってしまっていたもんな。人間的な情まで芽生えたようだし」

「だが忘れていないことが三つだけある」ヤーネブリングのコメントなどこれっぽちも気に留めない様子で、ヨハンソンは続けた。「これを忘れたらお終いだからな」

「それは?」

「状況を受け入れろ。無駄にややこしくするな。偶然を信じるな」

「ラーシュ・マッティン・ヨハンソンの〝殺人捜査の黄金の三カ条〟か。一週間と言ったな? 一週間後には名前を教えてくれるのか」

「犯人の名前を知ってどうするんだ。もうお前にはどうしようもないんだぞ」お前にも、わしにも――。

「好奇心に答えを与えてやりたいだけさ。そいつの家に押しかけて、ちょいと話をしてみてもいい。おれとそいつと二人きりでな。ついでに腕や脚をもぎとるかもしれんが」

「いい考えだな。だが一週間はくれ。まだ本調子ではないんだ」

27　二〇一〇年七月十六日（金曜日）の午後

午後は、ヤーネブリングにもらったファイルをめくって過ごした。ヤスミンの写真を手に取り、長いことそれを見つめていた。ごくありふれたポートレート写真は、おそらく学校で撮影したものなのだろう。胸から上の写真で、ヤスミンはカメラに向かって微笑み、瞳を輝かせている。まだほんの子供じゃないか。それも、幸福な子供――。ヤーネブリングが言ったとおり、非常に可愛らしい子だった。ヨハンソンの胸が痛みだした。写真をファイルに戻すと、痛みが少し楽になった。

司法解剖報告書はぱらぱらとめくった程度だった。そこに書かれていることは、すでに親友から聞いた内容と一致している模様だったからだ。代わりに発見現場の報告書をしらみを探すように丹念に読み、その他の鑑識結果も爪でほじくるようにして読んだ。鑑識が撮影した写真を念入りに観察し、いつもキーホルダーにつけている小さな拡大鏡が今ここにあればよかったのにと思った。だがこのような場所には拡大鏡くらいあろうと思い直し、呼び出しボタンを押した。

「どうしましたか」三十歳くらいの若い女がやってきた。明るくて元気で、目の保養になる。

こんな女は当然、拡大鏡くらいもっているはずだ。

「拡大鏡を借りたいのだが、もっていないかね」

「もちろんありますよ。受付のをお貸ししましょう」


ヤスミンを強姦して殺したあと、繊細な殺人鬼はかなりの時間と労力を費やして、死体を丁寧《ていねい》に梱包《こんぽう》した。

まず頭の側からポリ袋を二重にかぶせた。袋は頭頂部から上半身を包みこみ、腿の真ん中あたりまで届いた。さらに、もう二枚のポリ袋で足の側から腿、さらに腰まで包み、その先端は乳首のあたりまで届いていた。その順番で包んだのだ。足側の袋が頭側の袋の上にきていたから。

その後、袋の上からテープを巻いた。ありふれた茶色のガムテープだ。幅は五センチ。それが強く巻きつけられている。まず足と足首、そしてすねにきつく巻いた。次に膝、腿、鼠径部の手前。さらに腰と胸部にも。腕は身体にそわせてある。最後に首だ。どの箇所もガムテープを五、六周巻きつけてあった。一周で充分なのに。その結果、見た目も形も驚くほどミイラに似た仕上がりになった。もちろん、ポリ袋とガムテープの色を別にすればだが。

強い不安が臭ってくる――。自分がしでかしたことや、置かれた状況に対する不安だけではなく、もっと以前から存在する不安だ。お前はそれを制御することを覚えた。不安の制御が、お前という人間の基本を形作っているのだ。

その間、犯人はひとつも指紋を残していない。その代わりにゴム手袋をはめた指の痕があった。ピンクのゴムの粒子がガムテープの裏から採取されたのだ。

皿洗い用のゴム手袋だろう。ありふれたもので、おそらく使い古されている。ヒビが入り裂けはじめていて、そのせいでガムテープに痕跡が残ったのだ。そこが自宅だったとしても、手袋はお前のものではないだろう。こんな色を使うはずがない。それに、皿洗いをするようなタイプでもないはずだ。ましてや手袋をはめて洗うなんて――。そういうものを使うのは女性だ。つまり、お前の身辺には女性がいた。付き合っていた女か？　それとも母親や姉妹だろうか。もしくは単なる知り合いで、当時お前はひとりきりでその女の家にいた。急ぐ必要はなかったようだから。

お前はまだ生きているのだろうか。それとも、例の強い不安に命を奪われてしまったか。わしは、お前はまだ生きていると思う。状況を受け入れるしかない。お前は自分を愛してやまず、罪悪感など感じていない。どちらにしても、不安は制御できるのだ。それに、ヤスミンみたいな少女は他にいくらでもいる。常にお前の目に入ってくる。お前の意識は常に幼い少女たちに占領されているのだ。

ヨハンソンは夕食を食べるためにファイルを脇にやった。水をグラスに二杯飲み、全粒粉のパスタに野菜のペストソースがかかった料理を半分ほど食べた。基本的には、義務感からのことだった。彼の健康と迅速な回復に責任を負っている人々を無駄に心配させたくはないから。

それから眠ってしまった。目が覚めると、ピアがベッドの脇の椅子に座り、指で彼の頬から顎を優しく撫でていた。

「具合はどう? ずいぶん元気になったように見えるわ。昨日来たときにはずっと寝ていたわね。子供みたいに。いびきもかいてなかったわよ。ちょっと心配になったくらい」

「わしなら、金の中の真珠《しんじゅ》のような気分だ。だからわしのことは心配するな。それで、お前のほうはどうなんだ。話してくれ」

28　二〇一〇年七月十七日(土曜日)から十八日(日曜日)

週末ということで見舞客がやってきた。その前の週末とまったく同じように。だが子供たちの見舞は断った。念のため、息子と娘には電話までかけてこう説明した。

「どうせもうすぐ退院するんだ。みんなで家に集まって美味しいものを食べるほうがずっといいだろう。まともな人間がやるようにな」

「いい考えだ」息子はそう答えた。

「パパの言うとおりにするわ」娘のほうはそんな答えだった。それからなぜかこうつけ加えた。

「わたしはパパっ子だから、いつだってパパの言うことをきくのよ」

ただ、長兄のエーヴェルトだけは避けようがなかった。昼食の前にはもうずかずかと病室に入ってきた。ノルランド地方の森のアカマツの木のように大きく逞しく、傷らしい傷もなく、すっくと伸びている。ヨハンソン家の末息子ラーシュ・マッティンより十も年上だというのに。

いつものように自分のすべてに満足げな様子で、弟ラーシュ・マッティンの頭に「巻き笛が当たる」前に森林の不動産取引を終えられたのは「驚くべき幸運だったな」と言い放った。

「とんでもないツキだった」エーヴェルト・ヨハンソンは馬商人のような黄色い大きな歯を見せて笑った。「今は木材もパルプも価格がうなぎ上りだ。その利益で新しいビジネスをやろうというやつらが山ほど押しかけてきているよ」

「で、そいつらにはなんと答えているんだ」話半分で聞きながら、ヨハンソンは尋ねた。すでに執拗《しつよう》な頭痛が始まっている。

「売るにはまだ早すぎる。とてもじゃないが、早すぎる。だから地獄へ行ってこいと言っておいたさ」エーヴェルトは満足げに高笑いをした。

「それで誰も機嫌を損ねていないのか」

「損ねていたとしても、それはそいつらの問題だ。わしらには関係ない」エーヴェルトが豪語った。


した。「ところで話は変わるが。エーレブロの郊外に工業用地をみつけたんだ。工場と倉庫だ。非常にいい案配だぞ。非常に。なあ、お前はどう思う」

「ほう、詳細を聞こうじゃないか」ヨハンソンはそう言ったものの、聞くつもりなど毛頭なかった。

それからヤーネブリングもやってきた。長兄がとめどなく話している真っ最中に。二人の目が合い、それで充分だった。男同士がよくやるタマの大きさ比べなど、無駄だと瞬時に悟ったのだ。だって、同じサイズの男に出会うこと自体が珍しい。

「ボー・ヤーネブリングじゃないか」エーヴェルト・ヨハンソンはそう言って、大きな手を差し出した。「弟の世話を焼いてくれたことに礼を言わなくてはな。以前ならそれはわしの役目だったが、こいつがストックホルムに出てしまって以来――もう五十年も前のことだが――なかなかそういう機会もなくてね」

そして二人は固い握手を交わした。双方とも、他の男は到底かなわない大きさの手だ。一般的なスウェーデンの握手に比べてひときわ強く握り、二人同時に手を離したかと思うと、兄弟のような親愛の情をこめて相手の右肩を強くつかんだ。

「ボー、何かあったらいつでも連絡したまえ。これがわしの携帯番号だ。きみのももらっておこう」

そのあとはほとんどその二人だけで話していた。話題は犯罪のことでも、森や不動産のことでもなく、車のことだった。それが二人の興味の接点だったのだ。エーヴェルト・ヨハンソンはこれまで森やら土地やらの不動産を手がけてきた以外にも、西《ヴエステル》ノルランド県下で大型自動車販売店を何軒か経営していた。ボー・ヤーネブリングのほうは金はないのに車の運転が大好きで、自分ではとても買えないような車種がことさら好みだった。

「ボー、それならきみにぴったりの車がある。月曜にうちの営業から電話させよう。誓って言うが、こんな値段、今後一生絶対に目にすることはないぞ」

ヤーニス、用心しろよ――ヨハンソンはそう思ったものの、口には出さなかった。

それからヨハンソンの妻ピアも病室に現れた。エーヴェルト・ヨハンソンとボー・ヤーネブリングに輝くような笑顔を向け、強く抱きあって挨拶し、それから地獄に帰るよう頼んだ。もちろんピアがそんな単語を口にしたわけではないが、そういう意味で言ったというのは夫のラーシュ・マッティン・ヨハンソンには想像がついた。

「ごめんなさいね。でも、どこか素敵なレストランで男同士のランチを楽しんできてはいかが？　腕相撲でもして、仲良く遊んでいてちょうだい。エーヴェルト、支払いはあなたがお願いね。その間にわたしは夫と二人きりで静かに話をさせてもらいます」

「レギエリングス通りにいい店を知っているよ」ヤーネブリングは病室を出る前に早くもそう言った。「落ち着いた雰囲気の静かな店で、スウェーデンの家庭料理を丁寧につくっててね。

値段も悪くない。実はコックはユーゴスラビア人なんだが、ストックホルム県警の捜査課にいた時分に知り合ってね。あいつら、今じゃすっかり落ち着いて、フライパンを握らせたら立派なもんだ」

「では早速行こうじゃないか」エーヴェルトも乗り気になった。「本物の男には本物のスウェーデン料理がふさわしい」

「あなた、もうあの二人が恋しいんじゃない？」二人が病室を出ていったとたんに、ピアが尋ねた。

「ちっとも」ヨハンソンはそう言って、妻を抱きしめるために両腕を広げた。こんなふうになってしまう前には、いつもそうしていたように。

29　二〇一〇年七月十九日（月曜日）

もちろん人間ではあるが、それ以前に患者であって、彼以外の人間が計画した日々の予定に従って生きなければいけない。今日はまずリハビリに行った。ゴムボールを握る新記録は出ず、右腕の状態も前回と同じだった。良くも悪くもなっていない。まあ以前よりはさらにちくちくする感覚が増したかもしれない。かゆいような気もする。針で刺すような、皮膚の上をアリが這うようなかゆみ。ここ最近は、耐えがたい種類のかゆみにも襲われていた。

「横這いのフェーズに入ったのね」筋肉質な拷問係はそう分析した。「これはまったく普通のことであって、心配することは何もありません。回復というのは、段階的に進んでいくものなの。あなたの腕はちゃんと元に戻ります。ただ、それには時間がかかるの」

お前の言葉を信じられないのはなぜだろうか——。ヨハンソンは急に疲れを感じ、気分がふさいだ。

「お前さんの言葉を信じられないのはなぜだろうか」

「そんなふうに考えちゃいけないわ。余計に時間がかかってしまう。大丈夫、あなたの腕は元のようになります。前向きに考えなくちゃ」

これは、〝状況を受け入れろ〟のリハビリバージョンだろうか。

「警察では、〝状況を受け入れろ〟というのが合言葉なのだ」

「そう。まさにそのとおりよ」

それが自分のこととなると、簡単にはいかないのだが——。

病室に戻ると、ヤーネブリングから電話があった。打ち合わせを延期したいという。娘のアパートのキッチンで水漏れがあり、手先の器用な父親は水道管の修理のために飛んでいくことになったのだ。

「配管工ってのは、肝心なときに捉まらないからな」ヤーネブリングはそう言い訳した。「カタがついたら、すぐにそっちに行くから」

「お前はそういうことにかけてはサイフォン並みの手際のよさだからな。ちっとも構わないぞ。どうせ片付けることは山ほどあるんだ。だから、明日会おうじゃないか。お前の予定が空いていればだが」

「もちろんさ。おれを誰だと思ってるんだ。じゃあ元気でな」


それから主治医のウルリカ・スティエンホルムが現れた。父親の書類に目を通すと約束したのに、週末もそれができず、罪悪感を感じているらしい。天と地の間に存在するすべてが、彼女の邪魔をしてくるのだ。

「もっと早く子供をつくればよかったんだわ。この歳でこの仕事で三歳と五歳の子供を育てるなんてほぼ不可能よ」

「無理しなくていいぞ」

「するわよ。今夜にはなんとかすると誓うわ。子供たちは父親に預けるから」そしてつけ加えた。「それに、ちょっといいニュースがあるのよ」

新しい腕でも移植してもらえるのか――。先っぽに鉤がついたようなやつだろうか。だがもちろん、そんなことは口に出さなかった。

ヨハンソンは退院できることになった。家に帰れるのだ。これからは自宅で療養しながら、頻繁に病院に通うことになる。といっても、明日退院していいわけではない。水曜日まではだめだった。退院の許可が出るのは、主治医が最新の検査結果を見てからだ。それまでに予期せぬことが起きなければだが。「もちろん、そんなことは起きないでしょうけどね」スティエンホルム医師は嬉しげに、医者らしい笑顔を浮かべた。「入院中、よく頑張りましたね。一週間後に再診の予約を入れておくわ。来週の月曜日よ。それ以外の実際的なことはピアと相談しておきます」

ピアとな――。お前たちは名前で呼び合う仲になったのか。ヨハンソンにとっては、目の前の女はまだ主治医でありスティエンホルム医師でありウルリカ・スティエンホルムだった。

「お前さんはわしの主治医なのだから、どうするのがいちばんいいかわかっているんだろう」

それから急にこう言った。「家に帰りたい」

「わかります」ウルリカ・スティエンホルムは笑顔でうなずいた。首を少しかしげて。

昼食のあと――献立がなんであれ、どれも同じようなものだが――ヨハンソンは本気で自分を奮い立たせようとした。

「ここではコーヒーは出ないのかね」ヨハンソンは食事の盆を下げにきた介護士に不平を訴えた。

「拡大鏡もいりますか？」女性はにこやかな笑顔を返した。

「コーヒーだけでいい。ブラックで」

ブラックで――それなら身体がしゃんとするだろう。そう考えながら、ファイルに手を伸ばした。しっかりしろ。状況を受け入れろ。お前にはどうしようもないのだから。

ファイルに綴じられた何枚もの捜査資料の中から、リンショーピンのＳＫＬから送られてきた〝専門家による助言〟なる書類をみつけた。さらに、ＳＫＬがストックホルム大学の動物生物学の教授に助言を求めた記録もあった。

ヤスミンの喉にひっかかっていた羽毛をシェーベリ教授が慎重に採取し、同じ慎重さで歯の間に挟まっていた白い糸を二本ともつまみあげた。それぞれを個別の袋に入れ、いつもの用紙に記入し、その他種々の物とまとめてストックホルム県警犯罪捜査部の鑑識課へと送ったのだった。

ある鑑識官がそれを熟視した。二本の白い糸と、長さ二センチ幅一センチほどの羽毛。それ以上、なんとも言えなかった。その鑑識官は必要な器具も知識ももちあわせていなかったのだ。とはいえ義務に忠実で仕事の丁寧な公務員だったので、それをまた個別の袋に入れ、別の用紙に記入し、それらすべてをリンショーピンのＳＫＬへと送った。質問はふたつあった。どういう種類の糸なのか——具体的に言うと、どういう製品から来たものなのか。それから、この小さな羽毛について何かわかることはないか。

ＳＫＬ所属の生物学者にしてみれば、ひとつめの質問はしごく簡単だった。必要な器具も知識ももちあわせていたのだ。二本の糸は、リヌム・ウシタティシムムという植物だった。普通のスウェーデン語で言うところの〝亜麻〟である。

それは最高級の亜麻の繊維——布を織るために使われるあらゆる亜麻の種類の中で、もっとも高級な部類だった。つまり、最高品質のリネンを意味する。起きたことを考えれば、ストックホルムの鑑識が言及した枕カバーというのが可能性が高そうだった。同じ亜麻で織られたシーツや布団カバー、ハンカチなどよりは遙かに現実的だ。

その他、リネンのテーブルクロスやテーブルセンター、タオル、ナフキンというのも考えにくかった。起きたことを考慮してというよりは、こういった製品には同じ亜麻でも別の太さと構造のものが使われるからだ。


あとは小さな羽毛だが、これについては彼にも充分な知識がなかった。だが彼もまた鑑識の同僚と同じく義務に忠実で丁寧な仕事をする男だったので、それをかつての恩師であるストックホルム大学の教授に送った。教授は高名な鳥類学者で、彼にとってはこんな質問は朝飯前だった。

SKLから羽毛と質問を受け取った日には、はやくも回答をファックスで返した。これはカモ目の鳥だというのが教授の解説だった。さらに限定するとケワタガモ属、この羽毛について言えばソマテリア・モリシマ種のホンケワタガモ、つまりアイダーだ。つまるところ、到底安物の枕とは言えない——SKLの生物学者は、ソルナ署への返答を送りながら思った。最高級リネンのカバーをかけた、アイダー羽毛の詰まった枕だったのだ。

これはいったいどういうことだ――。国家犯罪捜査局の元長官ラーシュ・マッティン・ヨハンソンは、書類を読み終えるやいなやつぶやいた。いったいなぜ、こんなことを見逃したのだ。あいつら、頭が悪すぎるぞ。その〝あいつら〟には、ふがいないことに自分の親友、元警部ボー・ヤーネブリングも含まれている。ヨハンソンはメモ用紙一枚分ものメモを書いた。左手の新記録だと思いながら。それから眠ってしまった。

30

二〇一〇年七月二十日（火曜日）

この日もまた理学療法士とのリハビリで始まった。いや、実際にはトイレに行って、シャワーを浴びて、髭を剃り、朝食を食べるところから始まったのだが、最近はそのことは無視するようにしている。彼の一日はリハビリから始まるのだ。そしてこの日――スティエンホルム医師が約束を守り、予想外のことも起きなければ病院での最後から二日目となるこの日――ヨハンソンは残念ながら前日と同じ〝運動能力の横這い〟状態に見舞われた。

「状況を受け入れましょう」理学療法士が微笑んだ。

「そうだな。状況を受け入れよう」ヨハンソンも同意した。

何かあったようだな——。スティエンホルム医師がいつもの椅子に腰を下ろした瞬間に、ヨハンソンにはわかった。しかも、頬を紅潮させているときた。

「何かみつけたんだろう」ヨハンソンが言い放った。

「そのとおりよ。一九八九年の書類が大量に入った段ボール箱にあったの。あなた、なぜわかったの?」女医はそう言って、小さなビニール袋をヨハンソンに差し出した。

「では見せてもらおうか」ヨハンソンは麻痺していないほうの手でそれを受け取った。髪留めか——。それは、赤いプラスチックでできた小さな髪留めだった。モンチッチの顔がついている。

「モンチッチよ」ウルリカ・スティエンホルムが言った。

「わかっておる」ヨハンソンはかすかに笑みを浮かべた。「わしには子供も孫もいる。髪留めはこのビニール袋に入っていたのか?」

「いいえ」スティエンホルム医師はきっぱりと金髪の頭を振った。「わたしが入れたんです。そのほうがいいかと……」

「お前さんの考えていることはわかる」それ以上、指紋やDNAについて長々と説明させられてはかなわないから、ヨハンソンはそう突っぱねた。

「髪留めはこの白い封筒に入っていたんです」ウルリカ・スティエンホルムはさらにもうひとつビニール袋を差し出した。中には小さな封筒が入っている。

クリーム色の封筒。高級な紙質だ。裏返すと、めくる部分に所有者の名前が刷られている。〝マルガリエータ・サーゲルリエド〟この名前を、以前どこで聞いたのだったか――ヨハンソンはそう思いながら封筒を表に返した。通常切手が貼られている位置には、万年筆でアルファベットが書かれていた。〝ÚBI／ÅS〟

「懺悔《U》中の秘密《B》事項《I》、スラッシュ、親父さんのイニシャルか。ÅS――オーケ・スティエンホルム」

「そうです。姉が事あるごとにあなたの話をしていたけど、それが大袈裟じゃなかったのがわかってきたわ」

「そうか。だが事を急ぎすぎてはいけない。この髪留めは、お前さんやお姉さんが幼い頃に使っていたものだという可能性はないのか？　この封筒に、元は別のものが入っていた可能性は？」

「いいえ、わたしも姉もこんな髪留めはもっていなかったわ。それに二人とも、当時もう大きかったもの。これは七〇年代の終わり頃に、小さい女の子の間で人気があったキャラクターよ。ところで、モンチッチは今でも人気があるのよ、あなたもご存じかもしれないけど。うちの子供たちもモンチッチのぬいぐるみをもっているわ。ヤスミンは一九八五年に殺されたとき、九歳だった。ヤスミンのものならつじつまが合うわ」

ヨハンソンはうなずいただけだった。髪留めに毛髪は付着しておらんな――それが入ったビニール袋を裏返したり逆さにしたりしながら、そんなことを考えていた。

「この封筒は?」ヨハンソンはもうひとつの袋を取り上げた。「この中に毛髪は入っていなかったか?」今の彼には、封筒を開けて確認することができなかった。

「いいえ。一応できるかぎりそっと開いたのよ。父のメモ書きを見てから開いたから。父は略語を使うのが大好きだったの。姉は読み書きができるようになったとたんに読み解いていたけどね。でも、いいえ、髪の毛は入っていなかった。だってわたし、髪の毛なんかついてないかしらと思いながら開いたんだから。これでも一応医者ですからね。でも何もなかった。髪留め以外」

繊細な殺人鬼——。獲物が眠りに落ちたところで丁寧に髪留めを外し、その長い黒髪を枕の周りに広げたのだ。

「このマルガリエータ・サーゲルリエドというのは? 誰だか知っているか」

「ええ、よく知っている女性よ。何度も会ったことがあるの。この封筒をみつけて、ネットでも調べてみた。おまけに『スウェーデン略歴辞典』にまで載っていたわ」

「話してくれ」ヨハンソンはそう言いながら、またそのネットとやらか——とうんざりしていた。

マルガリエータ・サーゲルリエドは一九一四年四月十二日生まれで、一九八九年に七十五歳で没したオペラ歌手だった。スウェーデンでもっとも有名なオペラ歌手——というわけではなかったが、多数の新聞記事、評論、さらにオペラ音楽関連の書籍や他のオペラ歌手の間に軌跡を残している。五〇年代に『略歴辞典』に載るくらいの知名度はあったのだ。

「さっき言ったように、古い版の『略歴辞典』に名前をみつけたんです」スティエンホルム医師は言った。「父が購読していたみたいで、二十年分くらいあるの。形見分けでもらって、うちの本棚に並んでいるわ」

「そこにはなんと書かれていたんだ」

「実はちょっと驚いたのよ。有名だとは聞いていたけど、ここまでだとは知らなくて。ビルギット・ニルソン（スウェーデンを代表するオペラ歌手。五百クローネ札の図柄にもなっている）と同じくらい有名だって書いてあった。今度コピーをもってきますね」

「その理由は単純だ」ヨハンソンは経験上知っていた。「その辞典に載るときは、本人が自分のことを説明するからだ」

「それで納得がいったわ。だってすごく自惚《うぬぼ》れの強い人だったもの。姉やわたしが幼かった頃、何度か両親がうちにディナーに招いたことがあった。ブロンマ教会の洗礼式や結婚式、お葬式なんかで歌ってくれていたから。いつもいろんなエピソードを語っていたわね。王様に会ったことがあるとか――つまり前の王様ね、ユッシ・ビョルリングと歌ったことがあるとか、ビルギット・ニルソンと知り合いだとか。あとは、州知事のお城で晩餐会があったとか、ノーベル賞ディナーで歌ったとか……。とても美人だったというのは言ったかしら？　容姿にはかなりこだわっていたわ。だけどわたしは、本当はそんなに有名ではないんじゃないかと疑っていたの」

「そうか。まあ、ビルギット・ニルソンほどではないだろうな」それに、使い古したピンクのゴム手袋をはめて皿洗いをしている姿も想像できない。

「ええ。わたし、こう見えても音楽には結構詳しいのよ。父の教会でピアノとオルガンを弾いて育ったんだから。今でも弾くのよ。週に何時間もね。わたしにとってはそれがリラックスの方法なの」

「夫や子供は？　家族はいなかったのか」

「子供はいないわ」スティエンホルム医師は頭を振った。「結婚したのがかなり遅かったの。『略歴辞典』によれば、一九六〇年。もう五十歳だった。夫は彼女よりもさらに年上で、一八九五年生まれ、一九八〇年に亡くなっている。ご主人のことは、わたしもおぼろげながら記憶にあるわ。奥さんに伴われてわが家でのディナーに来ていたの。辞典によれば名前はヨハン・ニルソンで、職業は社長。確か食品関係で、すごく裕福だと父が言っていたのを覚えているわ」

ヤスミンが殺される五年前に八十五歳で亡くなった夫。子供はなし。孫もなし。とりあえず、公式には。もっと若い、男の親類はいなかったのだろうか。もしくは有名オペラ歌手の崇拝者や、仕事関係で自宅に出入りのあった男は？　彼女の〝側近〟だったのかもしれない。どういう輩だか知らんが、側近という言葉には甘美な響きがある。

「姉に訊いてみようかしら。わたしよりも三歳年上だから、当時のことをもっと覚えているはずよ」

「いや」ヨハンソンは断固として首を振った。「それはするな。今のところ、この話はわしらの間にとどめておこうじゃないか。他の誰にも話してはいけない。わかったな」好奇心旺盛な検察官に干渉されるほど迷惑なことはないからな。

「わかりました。あなたの言いたいことはわかるわ」

「お前さんは引き続き、親父さんの古い書類を調べるんだ。もっと何かみつからないかどうか」

「そうするつもりよ。元夫が子供たちを連れて別荘に引っこんだから、今は自由の身なの」

「話は変わるが、そのサーゲルリエドという女がどこに住んでいたかは知っているか」

「理論的に考えて、父の教区であるブロンマのどこかでしょうね」

「ブロンマと言えど広いぞ」

「ええ。ストックホルムの中心に引っ越したいと話していたのをかすかに覚えているわ。そのほうが色々なものに近いからと。ほら、オペラ座とか劇場とか、エステルマルムの高級食材市場やお友達にもね。夫に先立たれて以来、家が大きすぎるって言ってたから、未亡人になって数年後のことだったはず。わたし自身はまだ幼かったから、おぼろげに記憶しているだけ。もっとはっきり覚えているのは、彼女が亡くなったときに葬儀を執り行ったのは父だということ。それには確信があるわ。わたしも姉も、父から葬儀に参列しないか打診されたもの。ああ、だからその筋に問い合わせればいいのよね。教会事務局に訊いてみます」

「なんとかなるだろう。髪留めと封筒は借りていてもよいな?」

「もちろん。ねえ、幼稚だとは思われたくないけど、すごくわくわくしてきたわ。もちろん恐ろしい事件だったけれど……でも、すごくスリリングでもある」

「幼稚だなどとは露も思わんよ。で、葬式には参列したのか。お前さんたちは」

「いいえ。二人ともそんな時間はなくて、父はがっかりしていたわ。参列者が少なかったみたいで。というか、ほとんど誰も来なかったみたい」

そうか、繊細なタイプの小児性愛者すらも来なかったのか――。


女医が病室を立ち去るやいなや、ヨハンソンはストックホルム県警に電話をかけ、犯罪捜査部のコールドケース班長シェル・ヘルマンソン警部につないでくれと頼んだ。今話せないのであれば、部の事務局のほうへつないでもらいたいと。

「ラーシュ・マッティン・ヨハンソンだ」名を名乗りながら、だからどうなんだと自問自答した。所属は、全国引退警察官組合とでも名乗るか――？　そう思うと、急に気分が高揚した。

「長官のお声ならすぐにわかりますよ」電話交換手が言った。「少々お待ちください」

「ヘルマンソンです」とヘルマンソン警部が電話に出た。たったの十五秒と三回の呼び出し音で。

「ヨハンソンだ」とヨハンソンが答えた。

「これはなんと、ヨハンソン長官ですか。具合はいかがです？　とてもお元気そうな声ですが」なぜか警部はそうつけ足した。

「プリマ・ライフだ」ヨハンソンは嘘をついた。「だがひとつ手を借りたいことがある。ヤスミン殺害事件のログリストを見たい。ほら、捜査に浮かんだ人物、車両、場所、時間などがすべて書いてあるやつだ」

「ほほう、面白いリクエストですね。いったいどうされたんです」

「興味はもつな。まだ早い。メールで送ってくれるか」

「残念ですが、答えはノーです。データにはなっていないんです。数年前に警察のコンピューターで問題が起きましてね。それも消えてしまったんです」

ヨハンソンは自分の耳を疑った。

「でも必ず紙のバックアップが存在するはずですから、それをお貸ししますよ。コピーして、届けさせます。それでもよければ」

「それで頼む。いつになる?」

「今すぐにでも。ですが、ひとつ条件があります」

「どんな条件だ」

「その怪物の名前を、わたしに最初に知らせてくれるなら」その声にはヨハンソンも驚くほどの憎しみがこもっていた。「そいつを殴り殺すつもりでいますから」

「もちろんだ」

「では義理の息子をそちらに行かせます」ヘルマンソンはそう言って電話を切った。

その三十分後、パトリック・オーケソン警部補——つまりパト2が、茶封筒を脇にかかえてヨハンソンの病室に入ってきた。前回会ったときとはちがって、今日は私服だった。

「申し訳ありません、長官」パト2が詫びた。「残念ですが、〈ギュンテシュ〉のホットドッグをおもちすることはできませんでした。ヤーニスに相談してみたのですが、アルファ1から厳しい指令が出ていると」

「アルファ1?」

「長官の奥様です」パト2はそう言って顔いっぱいの笑みを浮かべた。「職場で使っているコードネームですよ。家庭内でもっとも優位な雌――つまり奥さんのことです。無駄な議論を省き、時間の節約にもなる」

「いいアイディアだな。ところで、先日は本当に助かった。だがきみがヘルマンソンの娘と結婚していたとは知らなかったぞ。彼女は確か、ストックホルム県警シティー署管轄の家庭内暴力課に所属していたのではなかったか」

「ええ、そうです」パト2はさらに笑顔を広げた。「それ以外はまるっきり正常な女ですよ。世間は狭い」

「実に狭いな」こいつらはわしの家族のようなものだ――。まあ、エーヴェルト・ベックストレームのような毛色のちがったやつは別として。

ヤスミン・エルメガン殺害事件の捜査ログリストは一九八五年に開始され、それによれば、周辺の聞きこみを行った過程でマルガリエータ・サーゲルリエドにも一九八五年の七月二日に事情聴取をしている。聴取を行ったのはカリーナ・テルという女性警官で、その調書を〝重要性なし〟として除外したのは、捜査本部長エーヴェルト・ベックストレーム警部補本人だった。五年前に未亡人となった七十一歳の女性。子供はいないし、この状況において関心を引くような男性との交友関係もない。ヤスミンの捜索願が出された三日前から別荘に滞在していて、警察の事情聴取を受ける前日に戻ってきた。犯罪歴は一切なく、車も所有していないし、パスポートは取得しているが免許はもっていない。それが、警察があの住宅街の住人全員の犯罪歴を調べたときの結果だった。

そもそもマルガリエータ・サーゲルリエドに話を聞いた唯一の理由は、彼女がマイブロンメ小路二番に住んでいたからだった。その小路が始まる角、つまりエッペルヴィークス通りとの角にある家だ。ヤスミンが失踪したあの夜、そこで新型の赤のゴルフが目撃されたのだった。ヤスミンのほうは同じ小路の同じ側、マイブロンメ小路十番に暮らしていた。父親と、その新しい彼女と。夜寝ぼけたり、単に間違えて「ママ」と呼んでしまう女と。

それにしても珍しい、希代の偶然だ――。若いうちに偶然を嫌うことを学んだ国家犯罪捜査局の元長官ラーシュ・マッティン・ヨハンソンは、そう思った。

31　二〇一〇年七月二十日（火曜日）

あとは時間の問題だ――。偶然を嫌うことを覚えるより前に、状況を受け入れることを覚えたヨハンソンは思った。もちろん、あれから新しい血栓が詰まっていないという状況を含めてだ。今の自分は今までとは別人になってしまったのだから。

まずは現状に満足することにして、少し昼寝でもするかと思いついた。そもそも、絶対安静を言い渡されているのだ。言いつけに従う様子は一向に見られなかったが。だがこんな状況で、安静でいられるわけがなかった。気分を落ち着けようと試みたし、苦労して身体の向きも変えてみたが、どのみち無駄だった。

ヨハンソンは昼寝をあきらめて、コーヒーをもってこさせ、親友が届けてくれたファイルをめくりはじめた。ヤーネブリングはヨハンソンの好む順番を熟知しているから、お目当ての捜査資料はすぐにみつかった。押収物のリストだ。ヤスミンが行方不明になっていたときに着ていた服や所持品の特徴がすべて記載されている。

髪留めのことが書かれていないではないか――。リストにざっと目を通したヨハンソンはそのことに気づいた。それから安堵が全身に広がった。そのリストに署名された名前が、自分の親友のものだったからだ。当時警部補だったボー・ヤーネブリング。

髪留めはここに書かれていてはいけないのだ。道を歩いている途中に失くしたのでなければ。白い枕に広がる黒髪――ヨハンソンはその映像を頭から消そうと努力した。

それからヤスミンのポートレート写真を取り出した。黒い瞳を輝かせ、カメラマンに笑顔を向けている。まだ九歳なのに、歯並びの美しい、白い歯だった。クラスメートの半分は歯科矯正器具をつけていただろうに。もう角の向こう側を見通せないのと同様に、ヤスミンの目と口の向こう側――つまり、その細いうなじと長い黒髪がどのようになっているかまでは見通せなかった。写真を裏返してもどうにもならない。そんなことをしているうちに、突然また訳のわからない高揚感を覚えた。さっき県警の電話交換手に、全国引退警察官組合の者だと名乗ろうとしたときと同じように。

ヨハンソンは写真を毛布の上に置いた。少しコーヒーを飲み、三回深呼吸して、自分に活を入れた。

「ラーシュ・マッティン・ヨハンソン、だらしがないぞ」そうつぶやく。さあ、いい加減に気を引き締めろ――そう自分を叱咤《しった》すると効果があった。また突然、気分が落ち着き冷静になった。再び写真を手に取り、改めてそれを観察する。

わしは美容師ではないが、髪を結ってあることくらいわかる。いや、まとめてあると言うのか。髪留めか、ヘアバンドか、もしくは普通のゴムで。妻がジムに行くときや、その他身体を動かしたいときに、手に負えない巻き毛をまとめるためのゴムのことだ。

ボー・ヤーネブリングは几帳面な男だった。疑いなく伝説の捜査官だったし、特に犯人や行方不明者の特徴をまとめるのは得意分野だった。押収物のリストには、ヤスミンの衣服や所持品を確認するために行った事情聴取の調書も添付されていた。母親に三回、父親に二回。それに、母親から父親の家に移動する途中にヤスミンを目撃した五人の目撃者に、合計十回聴取している。それに加えて、ヤスミンを見かけたと思ったが実際にはちがった目撃者にも十回程度。ちがったと思われる理由は、前出の七人の目撃者が語ったヤスミンの服装と一致しなかったからだ。

モンチッチの赤い髪留めについての記述はどこにもなかった。ヤーネブリングに電話してみるのがいちばんいいだろう。そう思ったとき、ヨハンソンは疲労感に身体を乗っ取られた。思考が空っぽになり、力も意志も消えてしまった。そして、ファイルを脇にやるかやらないかのうちに眠りに落ちた。

夕食は断り、その代わりに義務としてクネッケブレッドにチーズをのせたものをぽりぽりと食べ、水を二杯飲み、洋ナシ——いやリンゴだったか——もひとつ食べた。当然トイレにも行き、身体を拭き、歯を磨いた。ピアと退院の具体的な打ち合わせもした。セーデルマルムの大きなメゾネットタイプのマンションに戻るには、準備が必要だった。下の階がキッチンとヨハンソンの書斎で、寝室やバスルームは上にあるのだ。階段は狭く、今のヨハンソンの状態では上がることも下りることもできない。

「書斎にベッドを入れましょうか。スペースは充分にあるのだし。それとも下の階のゲストルームで寝る？　どちらがいいか言ってくれれば準備しておくわ」

「ソファで寝ればいいさ」そう言った瞬間に、また眠りに落ちた。


それから朝まで眠り続け、その間にヤスミンの夢を見た。その夢には意外にも、不安は存在しなかった。かといって、喜びもなかった。あったのは思慮深さ――そんなものが夢に必要なのかは別として。悲しみもあった。まだヨハンソンを襲っていない悲しみが。気持ちが追いついていないのだ。

写真と同じヤスミンがいた。しかし微笑んではいない。そこにたたずんでヨハンソンを見つめている。真剣な、警戒したような表情で。かといって、怖がっているわけでもなさそうだ。

「お嬢ちゃん、怖がることはないぞ」

ヤスミンは答えなかったが、うなずいてはくれた。やはり怖がってはいない。

「きみの髪留めをみつけたんだ」ヨハンソンはそれを少女に差し出した。

「ありがとう」ヤスミンは驚いた顔で礼を言った。今は笑顔を浮かべている。「ほんとにありがとう」そう言って、ヨハンソンの手から髪留めを受け取った。

32　二〇一〇年七月二十一日（水曜日）の午前

まずはトイレ、それからシャワー、そして歯磨き。しかし髭剃りはさぼった。少しくらい伸びたところで、男らしさが引きたつというものだ。そう思いながら、おぼつかない足取りで病室に戻った。

なんという怠け者どもだ――ベッドに横になると怒りが湧いた。わしをたった独りで命がけの散歩に行かせたのはこれで連続四度目だぞ。これまでの人生ずっと、なんの条件も課さずに払ってきた巨額の税金はどこへ行ったんだ。わずかな返礼すら期待してはいけないのか。

それから朝食――健康的なやつだ。ヨーグルトにミューズリに果物。ミネラルウォーターを三杯、しかしコーヒーはなし。今朝はコーヒーが飲みたい気分ではなかった。

心の中では自由の鐘が高らかに鳴り響いていたが、リハビリはさぼらせてもらえなかった。遺憾《いかん》なことに、結果はまた以前と同じ横這いだった。最後の最後になって意外とだめなやつだと思われたくなくて、本気で頑張ったのに。

「状況を受け入れましょう」理学療法士はそう言って、優しくヨハンソンを抱きしめた。

「状況を受け入れよう」ヨハンソンもうなずいて微笑んだ。お前が言うのは簡単だろうよ。だが、これでわしも自由の身だ。実際、自由を感じていた。頭の中はすっきりして、軽やかな気分だ。心配や不安、不快感などは少しもなかった。

それから、ヨハンソンの主治医でもあり、近頃はもっとも重要な情報提供者でもあるウルリカ・スティエンホルム医師がやってきた。今朝にかぎっては非常に疲れた顔で、四十四歳という年齢どおりに見えた。

「わたしったらどうしちゃったのかしら」女医はため息をついた。「数カ月ぶりにやっと独りの時間をもてたというのに、一睡もできなかったのよ。子供たちのことばかり考えて、夢にまで見て、電話をかけて元夫を起こしたりして」

「おかしなことでもないだろう」ヨハンソンが口を挟んだ。「夜中までピアノを弾いたあげくに、赤ワインを飲みはじめ、さらに他のやつらが弾くピアノ曲を聴いたりしてたら」そんなことをするより、男でもつくれ。

「ねえ、あなたには空恐ろしくなるわ。まさか夜な夜なここから抜け出してわたしのことを見張ってるわけじゃないわよね」

「ご招待ありがとう。だがそんなわけはないだろう。白い入院着を着た肥満体の老人が点滴のスタンドを引きずりながら、真夜中にお前さんの家の窓に鼻を押し当てているとでも？」ヨハンソンはあきれたとばかりに頭を振った。「そんなわけがないだろう。そんなやつがいたら、お前さんでも気づいただろうよ」

「ねえ」女医は微笑んだ。「あなたって本当に面白い人ね。特に、今みたいな機嫌のときは。お話ししていて楽しいわ」

「そのくらい知っている。ところで、例の〝具体的なこと〟はどうなった」

そのことならもう話はつきました――ウルリカ・スティエンホルムはそう答えた。今朝ピアと話して、自宅のことは彼女がすべて手筈を整えることを確認し、病院に来て診察や検査を受けたり、毎日通わなければいけないリハビリのこともすべて段取りしましたからと。

「退院時は、昔の同僚の方が迎えにきてくれるのよね？　あなたの服も持ってくると聞いているわ。車で来るそうだけど、それが無理なら、タクシーを利用する権利もありますから。ご存じかもしれないけど」

「迎えに来るのは、わしの親友だ」親友という言葉を口にしたとたん、誰かに心臓をそっと撫でられたような気分になった。「警察学校で机を並べた仲でな。かれこれ五十年の付き合いだ。ところで、やつはヤスミン事件の捜査に直接関わっていた。わしはその当時、国家警察委員会にいたからな」

「ヤスミンの事件に？」女医は驚いた顔で尋ねた。「すごいじゃないの。色々手伝ってもらえるわね」

「当時の捜査資料はもってきてもらった」ヨハンソンはベッド脇のテーブルに積まれたファイルのほうにうなずいてみせた。手伝ってもらえているかは微妙だが。

「まあ、よかったわ」ウルリカ・スティエンホルムはそう言いながら、白衣のポケットに手を突っこみ、携帯電話を取り出した。「あらあら、また急患ね」そう言いながら頭を振った。「急いで行かなくては」

「身体に気をつけるこったな」ヨハンソンは女医のほうに左腕を伸ばした。まったくこの女は、なんとせわしない仕事に就いているんだ。

「あなたもね」そう言って、握手ではなく、ヨハンソンにとっては今日二回目となる抱擁を交わした。「あなたの荷造りを手伝うよう指示しておいたわ。わたしはもう行かないと」

いったいどうなっているんだ――。顔の半分がまだ斜め四十五度に垂れ下がっているというのに、女どもはまるでわしに夢中じゃないか。

その五分後、ヤーネブリングが病室に乱入してきて、つかつかとベッドに歩み寄ったかと思うと、ビニール袋を逆さに振って服をまき散らした。

「さあ起きろ、起きろ。こんなところで寝ころんだまま青春を終わらせるつもりじゃないだろうな。ブリーフにTシャツ、シャツ、靴下、靴、ズボン。それにいちばん長いサイズのベルトだ。外はお天道様が輝いていて二十度は下らないから、お前の尻が凍る心配はないぞ」

「ひどい季節だな」ヨハンソンはそう言いながら、よっこらしょと立ち上がった。

「愚痴《ぐち》はなしだ。着替えを手伝うか？　それとも、ここに仁王立ちになって、べっぴんさんがお前の裸を目にするのを防いでやるか」

「いいから黙ってそこの椅子に座ってろ。あとは自分でやる」


三十分後、二人は病院の駐車場でヨハンソンの車の前に立っていた。

「お前の兄貴が書類を揃えてくれる間に、試運転でもしてみようと思ってな」

「手に入れたのはわしの車だったのか」さして驚きはしなかった。自分の兄の性格は、親友のことと同じくらいよくわかっている。言うなれば、自分自身と同じくらい。

「イエス。お前は書類一枚にサインすればいいだけさ。その書類はもってきたから、うちに帰ったら処理しよう」

「なるほど。で、わしは？」

「お前がどうした」ヤーネブリングは広い肩をすくめた。

「今後、どこへ行くにも徒歩で行けと？」

「お前の兄貴が同じ車を用意すると言っていたぞ。ただしオートマ車だ。それに、その腕が元に戻る前から運転できるように、何かくっつけるものがあるんだとさ」

「わかったよ」今まで車の運転には関心をもったことはない。今となってはもっとない。ただ、ボーがいくら払わされたのかだけが心配だった。

33　二〇一〇年七月二十一日（水曜日）の午後

「ああ……」流れるような動きで駐車場から車を出しながら、ヤーネブリングはうっとりとため息をついた。長い黒のボンネットにうなずきかけ、ヨハンソンに説明する。「十二気筒、四百五十馬力だ」

「そうか、それはよかったな。この車は、踏みこむと悪魔のような恐ろしいスピードが出るんだぞ」最高速度百二十キロの国でそれがなんの役に立つのかは知らんが。サイレンや青い回転灯は、ヨハンソンやヤーネブリングにとっては過去の思い出だった。

「さて、どうしたい」ヤーネブリングが尋ねた。「このまま家に帰るか、まずは現場にちょっくら顔を出すか」

「線路に耳を当てにいこうじゃないか」現場をこの目で見るときがきたのだ。

「じゃあ、ソルナ・セントルムの母親のアパートから始めるか。ここからなら二分で着く」

「いや、エッペルヴィーケンに行ってくれ。父親と住んでいた家が見たい。ソルナのことならすでに熟知しているからな」それに、この事件はソルナでは起きていないんだ。なぜそう思うかは説明できなかった。まだ今は。今は直感のようなもの――だがヨハンソンにとっては充分にはっきりした直感だった。こういう直感を感じたときには、いつだってそれが正しかった。少なくとも、今のような状態になる前の時代には。

「オーケー」ヤーネブリングは長い右腕を伸ばし、ヨハンソンにシートベルトをかけた。本人はすっかり忘れていたのだ。さっきから、大きな計器盤で赤い光が点滅し、ピーピー音が鳴っているというのに。

「すまんな」ヨハンソンは礼を言った。それから念のためにつけ加えた。「急いではいないからな」

効率的な安全運転。慌てたり、焦ったりはしない。カロリンスカ医科大学病院を出るとすぐ左に曲がって教会の敷地ぞいに進み、最初のロータリーでソルナ通りを左に進む。すぐに右に曲がって高速道路に乗り、南行きのE4をしばらく進んだところで、ブロンマおよびエッペルヴィーケン方面に降りる。出発して十二分後には、エッペルヴィークス通りとマイブロンメ小路の交差点に車が停まった。

「赤いゴルフが目撃されたというのはこのあたりだ」ヤーネブリングはそう言って、右側に並ぶ家の一番手前の一軒家を指さした。「で、こっちがマイブロンメ小路だ」大きな手でその短い道の奥のほうを指す。「約百メートルで行き止まりになる。この坂道のいちばん上でUターンできるようになっているんだ。父親と新しい彼女とヤスミンは突き当たりの家に住んでいた。マイブロンメ小路十番。今おれたちがいる場所からだと、右側だ」そう言って、また手で指してみせた。

「で、例の車は今わしらがいるところに停まっていたんだな？　この家の前に。マイブロンメ小路二番。まさにこの交差点に」

「目撃者の最初の事情聴取ではそうだった。だがそいつの記憶は次第に曖昧《あいまい》になってきて、最後にはどっちが右でどっちが左かもわからなくなったんだ。おれたちもお手上げさ」

お前たちは目撃者を圧迫しすぎたんだ。その男は自分が話したことの重大さに気づいて、怖気づいたのだろう。その上突如としてマスコミが群れをなして詰めかけ、自宅の呼び鈴を鳴らしたからだ。

「パパラッチが一斉にそいつの家に押しかけ、取調官ごっこをして遊ぼうとしたが、事態はちっともよくならなかったさ」まるでヨハンソンの考えを読んだかのように、ヤーネブリングが言った。

「そうだろうな」ヨハンソンはもう次の考えに移っていた。

この通りに並ぶのは、第一次世界大戦と第二次世界大戦の間に建てられた木造の家々だ。外壁は赤に黄色、白に水色。ピンクの家もあったが、隣人たちが目くじらを立てるような種類のピンクではない。小さな切妻屋根のついた玄関ポーチに、ベランダやウッドデッキ、美しい出窓も施されている。職人の手による、当時らしい木の装飾がレースのように屋根のふちを飾っている。熟練の大工職人や左官屋、塗装職人、ブリキ職人たちが、本気でいいものをつくろうと手間暇をかけて完成させた作品なのだ。農場風の木の柵の中には、緑溢れる明るい庭が広っている。植え込みはきちんと刈りこまれ、花壇があり、リンゴやナシの果樹があり、それを包む芝生は青々と茂っている。おまけに、外の道に面した門から玄関までは砂利の小道が続き、そこをきれいに掃き清めてある家も一軒どころではない。つまり、きちんと手の入った住宅地だった。新屋の安全を祈る上棟式以来、建てなおし、建て増し、伝統に敬意を表しつつもまめにリノベーションされている。几帳面で金もある中流階級が住む住宅地だったのだ。この地区の地価の上昇に比例して、最近ではもっと金のある住人が増えたとはいえ。

ヤスミンの住んでいた家は、その小道のいちばん奥に建っていた。この界隈でいちばん大きい家というわけではないが、いちばん小さいわけでもない。濃赤の外壁に白い柱。最近外壁を塗りなおしたばかりのようで、塗装職人の道具がまだ庭の小道に残されている。当然のごとく、ちゃんとビニールシートに隠されて。

「その女がまだ住んでいるかどうか知っているか」ヨハンソンが尋ねた。「父親の当時の彼女だ」

「いや。次の夏にはもう家を売って引っ越したと聞いたよ。ヤスミンの父親にいたっては、数カ月後には出ていったんだ。起きたことを考えれば、住み続けるのが辛かったんじゃないか」

新しい思い出をまとってしまった家――。それは、住人が住んでいられなくなるような思い出だった。

「車から出て、見てみるか?」

「いいや」ヨハンソンは首を振った。

「おれは子供殺しの専門家じゃないが、間違っていたらシャコー帽（昔警察の制帽だった高い円筒形の帽子）を食ってもいいぞ。とにかく、ここであの子が殺されたはずはない」ヤーネブリングは計算しつくされたハンドルさばきで車の方向を変えながら言った。「この住宅街でそんなことが起きるとは思えないだろ？」

「じゃあどこで起きたんだ」

「母親のアパートに戻る道中で誰かに拾われたんだと思う。可哀想に、きっと疲れていたし、ひとりぼっちで不安だったんだ。だがここは小さな女の子が殺されるような場所じゃない」ヤーネブリングはまたそう言って、ゆっくりと坂を下っていった。

「その角に停めてくれないか」ヨハンソンが頼んだ。

「もちろんだとも」


その家は同じ通りにある他の家よりもずっと大きかった。外壁は水色で、屋根は瓦《かわら》ぶきの腰折屋根（途中で二段階の勾配になった切妻屋根）になっている。立派な石造りの階段を上がっていくと、二本の白い柱に支えられた屋根つきの玄関ポーチに迎えられ、玄関には堂々たる両開きの扉がついている。かなり前に新しい持ち主の手に渡った家。それ以来、持ち主は何人も変わったのかもしれない。不動産の登記など見ずとも、ヨハンソンにはわかった。事件当時ここに住んでいた女は、自分の家の中で起きたことに気づいたとき、この家から引っ越したのだ。

いつ頃それに気づいたのだろうか。その年の秋にはもう気づいていたのかもしれない。それを突き止めるのはたやすいことだ。ヤスミンの髪留めはどこでみつけたのだろう。二十五年経った今、それを突き止めるのはたやすいこととは言いがたい。

「一軒家を購入するつもりなら、お前のマンションを引き取ってやってもいいぞ。車も引き取ったことだしな」

「そんなつもりはない。セーデルマルムのマンションは気に入っているんだ」

「ということは、耳が線路にひっかかっただけのことか」ヤーネブリングはにやりと笑った。

「いいや。ただ、お前が犯行現場を見たいんじゃないかと思ってな」ヨハンソンはそう言って、水色の大邸宅を顎で指した。

第三部

目には目を、歯には歯を、
手には手を……

（申命記十九章二十一節）

34　二〇一〇年七月二十一日（水曜日）の午後

最初、ヤーネブリングはうなずいただけだった。まず道の向こう側の大邸宅に向かって、それからヨハンソンに向かって。

「なぜそう思うんだ。あの家が犯行現場だなんて」

「枕だ。そう、枕と枕カバー」ヨハンソンは考えに浸りながら答えた。「そこからひらめいたんだ」

「枕？　枕カバー？」

「ああ。だが、それだけじゃない。髪留め。例の赤いゴルフ。車はまさにここに停まっていたはずだ。状況という状況が、ここが犯行現場だということを物語っている」

「枕に枕カバーに、髪留めに赤のゴルフに、状況という状況だと？」喜ぶべきなのか、心配すべきなのか——。

「ああ、まだあるぞ。だがそれはわしの直感のようなものだ。例えば、ここに住んでいた女」

「女？　ここに住んでいた女？」これはいよいよ心配になってきたぞ。いったいどこからそんな発想が――。

「説明してくれないか」

「説明はあとだ」ヨハンソンは言った。「まずは家に帰るぞ」

やっと家に帰れた――。セーデルマルムのヴォルマル・イクスキュルス通りにある自宅マンションの敷居をまたぎながら、しみじみと思った。親友に身体を支えられているのは認めるが、基本的には自力で自宅に戻ることができたのだ。

「わしの書斎に行こう。そうすればソファにもたれられるからな。杖をくれ。あとは自分でやる」

「もちろんだ。だがまずひと休みしたいなら……」

「言ったとおりにしてくれ」ヨハンソンが遮《さえぎ》った。「水を一杯くれ。腹が空いているなら、冷蔵庫の中にきっと色々ある。ピアはそういうことにはまめなんだ。わしは水で充分だ」

やっと家に帰れた――。多少苦労してソファに身体を落ち着け、いつものように足をソファの上に上げる。いつものソファ。この大きなソファのいつもの側。長年の間に、ここで何千という時間を費やしてきたのだ。読書やテレビ鑑賞、ちょっと昼寝をしたり考え事をしたり。壁ぎわには、今ではピアが買っておいてくれた大きなベッドもあった。リモコンで色々な操作ができるようだ。それを試すのが楽しみだった。

ヤーネブリングは椅子をもってくると、ヨハンソンの向かいに腰かけた。二人の間のテーブルには、大きなミネラルウォーターの瓶と果物の器とグラスが二個置かれた。

「パンに何かのせて食べないのか」ヨハンソンが盆に向かってうなずいた。

「腹は減ってない。その代わりと言っちゃなんだが、興味津々なんだ」

「まあ落ち着け。説明してやるから。ただ、どこから説明しようか考えているだけで」

「順番なら、おれみたいな平凡な警官にもわかる順番でやってくれよ」

「もちろんだ。お前も、法医学者が気の毒な少女の喉と歯の間から白い糸と羽毛をみつけたのは覚えているだろう。被害者は、枕と白い枕カバーによって窒息させられたようだという報告だった」

「おれも枕だと思ったさ。みんなそう思ってた。あのチビでデブのベックストレームさえ、枕については納得していた」

「問題は、それがただの平凡な枕じゃなかったことだ。枕カバーも、ただの平凡な枕カバーではなかった。ホンケワタガモの羽毛の入った枕で、カバーはリネンだった」

「ちょっと待ってくれ」ヤーネブリングはそう言ってヨハンソンを遮り、念のために右手も上げた。「羽毛の枕なら、うちのひなびた長屋にだっていくらでもあるぞ。田舎の別荘にも置いているくらいだ。長屋よりもっと質素な別荘だぞ。お前は知ってるよな。来たことがあるんだから。街中の家にも、田舎の別荘にも」

「ああ。だがわしが言ってるのはただの羽毛の枕じゃないんだ。ただのありふれた綿の枕カバーでもない」

「そうなのか。つまり……」

「いちいち口を挟まずに黙っていれば、今からごく平凡な羽毛の枕および綿の枕カバーと、犯人がヤスミンを窒息させるのに使ったものがどうちがうのか説明してやる」

「続けてくれ」ヤーネブリングはそう言って椅子の背にもたれると、平たい腹の上で両手を組んだ。


「実は基本的にはわりと単純な話なのだ。羽毛の枕と呼ばれるものに入っているのは、たいていの場合、ほとんどがフェザーだ。フェザーと、少し家禽《かきん》のダウンが入っている程度だ。羽根をとるために飼育されているアヒルやガチョウのな。枕や布団に入れるためのダウンやフェザーを生産している大企業はアジアにあり、輸出量第一位は中国だ。そして、ありきたりの枕カバーというのは――よっぽどの安物をのぞけば――綿だ。ほとんどの枕カバーが綿布で縫われている。亜麻の織物ではなく」

「つまり、その枕はまったく平凡じゃないと言いたいのか」ヤーネブリングはにやりと笑った。

「そういう枕が現在いくらぐらいするのかわかってるか？　それも、入手できればの話だぞ。ホンケワタガモの羽毛の入った枕に、最高級のリネンのカバーなんて代物を」

「想像もつかない」ヤーネブリングは頭を振った。

「二万、いや三万クローネ。もっとかもしれない。そういう布団が欲しければ、十万を超える。十万クローネだぞ？　近頃じゃあ、そんな品質の枕や布団をみつけるほうが難しいがな」

「わかった、わかったよ。いったい誰が枕や布団に十万も払うってんだ」

「ありふれた小児性愛者じゃないだろうな。ヨン・イングヴァル・レーフグリエンやアンデシュ・イエクルンドや、ウルフ・オルソンのような。いや、これに関しては、それ以外の小児性愛者もちがう。ヤスミンを殺したやつ――シェーベリ教授が言うところの、繊細で配慮ある小児性愛者氏――もちがうんだ」

「ちょっと待て、訳がわからない。説明してくれ」

「つまり、そいつの枕ではなかったんだ」

ヤーネブリングは一分近くその言葉をかみしめていた。それからヨハンソンにうなずきかけた。椅子の中で背骨を伸ばし、身を乗りだし、またうなずいた。

「続けてくれ」

「マルガリエータ・サーゲルリエド――この名前に聞き覚えは？」

「ないな。誰なんだ」

「捜査上に浮かび上がった人物だ。事件当時七十一歳の未亡人、元オペラ歌手で、上流階級の婦人だ。八九年に亡くなっている。旦那は十九歳も年上で、八〇年には亡くなっていた。八十五歳でな。このご婦人について色々と聞き及んだところによれば、かなりの財産をもっていたようじゃないか。さっき車を停めたのは彼女の家の前だ。ヤスミンが殺された当時マイブロンメ小路二番に住んでいたが、事件当日は旅行で留守だった。その数日前に出かけ、戻ってきたのは事件の約二週間後。かなり早い段階で捜査対象から外された。ベックストレームが外したんだ、もちろん」

「それでわかったよ。覚えているとも」ヤーネブリングは急に嬉しそうな顔になった。

「そりゃあよかった」

「彼女の旦那は忘れていいぞ。歳をとりすぎていた。それどころか、もう死んでいたんだ。子供や孫はどうなってる？」

「それが問題なんだ。マルガリエータも旦那も子供を一人ももてなかったようだ」

「村のほうにもか？　昔風に言えば」

「ああ。そんな情報はみつけられなかった。それに、婚外子や孫は存在しないという確信がある。旦那のほうにも妻のほうにもだ。それ以外の、若い男の知り合いのはずだ。お前たちが見逃したのは」

「そうか。だが、赤いゴルフを見たという目撃談にはあまりこだわらないほうがいいぞ。結果的に、そいつは証言を取り下げたんだ」

「もちろんさ」ヨハンソンは肩をすくめた。我々は自由の国に生きているのだからな――と思いながら。

「だがその枕の話は信じるよ。あの住宅街には金持ちがたくさん住んでいた。妥当な年齢の青年もたくさんいた。お前が何を考えているかはわかるよ。上品な親に上品な息子。――だが、そこで見逃したことがあるかもしれん」

「そいつらのことは忘れろ。赤のゴルフは目撃者が最初に証言した場所に停まっていたはずだ。つまり、あの老婦人の家が殺人現場なんだ。マイブロンメ小路二番。おい、その紙袋をとってくれないか」ヨハンソンは指をさした。「病院から持ち帰った紙袋だ。お前が貸してくれたファイルが入っている」

「もちろんさ。だが、ファイルにはおれたちが見逃した情報はないはずだぞ」

「いいや。もうひとつ見逃していたことがある。それを教えてやろうと思ってな」見逃した手がかりがファイルに綴じられているということ自体、非常に珍しいのだが。

少々苦労して、やっと紙袋の中からビニール袋に入った赤い髪留めをみつけだした。麻痺《まひ》していないほうの左手でそれをつまみあげると、ヤーネブリングに手渡す。

「これに覚えはあるか」

ヤーネブリングの顔色が変わった。目を細め、疑わしげな表情になり、右手でその袋を握ったまま微動だにしない。

「ああ、あるとも。これでやっとお前の言いたいことがわかったよ。さあ、さっさと説明してくれ」

35　二〇一〇年七月二十一日（水曜日）の午後

ヨハンソンはそれはだめだというように頭を振っただけだった。

「その話はあとだ」

「なぜ今説明してくれないんだ。この髪留めのせいで捜査が難航したんだ。大変だったんだぞ」

「いいから、それはあとだ。だが、なぜ髪留めのせいで問題が起きたんだ。髪留めは当時みつからなかっただろう？」

「そこが問題だったんだ。ヤスミンは長い黒髪だった。肩下二十センチはあって、それをいつも髪留めかヘアバンドでまとめていた。ところで、すごい数の髪留めをもってたんだぜ。特別におしゃれしたい日は、母親に髪を結ってもらうこともあったそうだ。ファラフ・ディーバ風の髪型にした写真を見たことがある。ほら、ペルシャのシャーヘンと結婚した美女だよ」

それがどう関係あるというのだ。ペルシャのシャーヘン？　イラン最後の皇帝レザー・パフラヴィーのことか。その王妃のことならヨハンソンも覚えていた。

「なるほど。続けてくれ」

「スンドマンが──ほら、母親と同じアパートに住んでいた警官だ。やつがヤスミンの特徴をまとめたんだ。ヤスミンが家出したその夜に、母親と一緒につくったんだが、それによると、赤いプラスチックの髪留めで髪をひとまとめにしていた。こういう、小さなサルの絵のついた……」

「モンチッチだ」

「そう、それだ」ヤーネブリングはそう言って、ヤスミンの衣服や所持品の詳細が書かれたリストを取り出した。「スンドマンはそつのない警官だった。ヤスミンの死体がみつかったとき、特徴の内容は細かい点まで一致していた。この間説明したのを覚えているか？　犯人はヤスミンの衣服や所持品をひとつの袋にまとめたんだ。二重になったポリ袋に入って、死体から数百メートルのところでみつかった」

「ああ、覚えている」

「ポリ袋の中から、すべて出てきた。二本の指輪や電車の定期券に至るまですべてだ。ただし髪留めだけはみつからなかった。母親もスンドマンも、髪留めをつけていたと思うと主張していたのに」

「服装は？」

「白い革のモカシン――ほら、インディアン靴と呼ばれているやつだ。あの当時、女の子はみんなあれをはいてた。白いソックス、白いショーツ。水色のジーンズ、ピンクのTシャツ。母親の家でそれに着替えたんだ。アディダスの小さなリュックサック。それもTシャツと同じピンクだった。上着は腰に巻いていた。フィヤルレーベンの薄いブルーの上着だ。腕時計、指輪二個、電車の定期券。リュックサックには色々入ってた。雑誌、ガム、のど飴が一袋。財布――それもピンクの革製だった。事情聴取のときに、ヤスミンはピンクと赤が好きだったと母親が証言していた記憶があるよ」

「すべてみつかったんだな?」

「ああ。すべてみつかった。その髪留め以外」

「髪留めがみつからなかったことについて、どう思ったんだ」

「最初は、革紐につけた鍵と同じように、付け忘れたんだと思ったんだ。コカ・コーラをこぼした白いブラウスからピンクのTシャツに着替えた際にな。だってそれ以外はすべて揃っていたんだ。犯人が髪留めだけを手元に残すことはないはずだ。こういう場合にみつからないとしたら、それは被害者の下着だからな。だから皆、髪留めはつけ忘れたんだろうと解釈した。鍵を忘れたのと同じように。ベックストレームなんかは確信をもっていたよ。そこに手がかりがあることをわかっていなかったんだ。だからそれ以上掘り下げることもしなかった」

「なるほど。ではなぜ髪留めは母親の家のバスルームに落ちていなかったんだ。鍵はそこに残されていたんだろう」

「そのとおりさ。スンドマンも確信をもっていたよ。ヤスミンが地下鉄の駅に向かって走り去ったとき、髪はひとつにまとめられていたと」

「髪留めをつけていたんだ。今、お前が手にもっている髪留めをだ」ヤスミンにはもう返してあげたが。

「わかったよ。お前の言うことはいつも信じてるじゃないか。だから焦ったんだ。二十五年も経って、急にそれを手に入れたなんてことがあるのか？　まさかずっと隠しもっていて、頭に血栓が詰まったせいで自白したんじゃあるまいな？」

「安心していいぞ。昨日手に入れたばかりだ」確か、昨日だな？

「昨日手に入れただと？　いったい誰から――」

「匿名の情報提供者からだ。なお、情報提供者は犯人ではない。それについては心配するな」

「じゃあ誰なんだ」

「当面は匿名ということにしておこうじゃないか。情報提供者の取り扱いについては、お前もまったく同じ所存だろうから、誰だ誰だと騒ぐのはやめてくれ。さあ、髪留めを返してくれるか」

ヤーネブリングは肩をすくめ、髪留めを返した。しぶしぶではあったが。

「ラーシュ、悪いが、おれが間違っていたら言ってくれ。お前は頭に血栓が詰まった。カロリンスカ医科大学病院に運ばれて十六日間入院していた間に情報提供者が現れ、幼い少女が二十五年前に殺されたときにつけていた髪留めを渡されたと？」

「まあそんなところだ」ヨハンソンはうなずいた。返したとき、あの子はお礼を言ってくれた。

「昨日手に入れたんなら、なぜ一週間前からこの件について騒ぎだしたんだ」

「ちっともおかしなことはないさ。情報提供者がこれをみつけだすのに時間がかかっただけだ。どこを探せばいいのかもわかっていなかったんだ」ボーは昔とは変わったな――とヨハンソンは思った。ずいぶん勘が鈍ったようだ。

「納得できないな。今までにお前から聞いた中で、いちばん奇妙な話だよ。おれにも納得できるような根拠があるんだろうな」

「ああ、あるさ」最高のがな。

「どういう根拠だ」

「神の思し召しだ」

36　二〇一〇年七月二十一日（水曜日）の午後

二人はヤーネブリングが帰る前に事務処理を終わらせた。まずはヨハンソンが親友にアウディを当面リースする契約に署名したが、どうにもいたたまれない気持ちになった。

「本当にいいのか。毎月結構な額になるだろう」

「平気だ。お前の兄貴が、最終的には買い取らせてくれると言ったし」

「好奇心で訊くが、いくら寄越せと言われたんだ」

「二百だ」

「それはなんと……。わしの兄貴とは思えないな」エーヴェルトも頭にゴミが詰まったんじゃなかろうか。

「お前の運転手役を買ってでたんだ。昔馴染みのために、簡単な用事を頼まれてやる。年金生活者ってのはそのためにいるもんだろ？」

「そうか、よかった」ヨハンソンの思考はすでに別のところにあった。「では、ちょっとヘルマンソンのところへ寄って、この事件の資料の中から例のオペラ歌手に関する情報をすべて欲しいと伝えてくれるか」

「マルガリエータ・サーゲルリエドだな」

「そうだ。その女だ。それに、近所への聞きこみの結果もすべて」

「聞きこみをやったのは八五年の六月と七月だった。八月から秋にかけても、補足的にやった。バカンスに出かけていた住人が帰ってきた頃にな。すごい量の書類になったよ。だが、もちろん。頼まれてやるよ」

「他に何かわしが忘れていることはないか」

「お前がこだわり続けているあの赤いゴルフだが。それについては車両登録の写しや色々な角度からの検索をかけた結果が段ボール箱いっぱいにあったはずだ。例えば、付近に住んでいて前科のあるゴルフ所有者とかだ」

「それも欲しい」

「明日届けるよ。他に何か希望はあるかい」

「ああ。あとは、帰ってもらえるか。ちょっと昼寝をしようと思ってな」

「平気なのか？　ピアが戻ってくるまで待つつもりでいたが……よければ、他の部屋にでもいさせてもらうよ」

「わかった、わかった」ヨハンソンは急に疲れを感じた。もうエネルギーが残っていない。眠りたい。こめかみのあたりですでに頭痛が始まっていた。

「キッチンにいるよ。何かあれば呼んでくれ」

「そうだ、ひとつ思いついた。ソファの上にいながら、二十五年前の殺人事件を解決できると思うか」

「たまには現場にも出ようじゃないか」ヤーネブリングはにやりと笑った。「もっていきたいなら、ソファごとでもいいぞ。それについては心配するな」

「そうか……」とヨハンソンは言った。だが、可能なはずだ。あの男――ほらシャーロック・ホームズの兄貴なら、きっとやってのけたはずだ。名前が思い出せないが――。

そしてヨハンソンは眠りに落ちた。

37　二〇一〇年七月二十一日（水曜日）の午後

その香りで目が覚めた。妻がヨハンソンのためにつくった料理の香り。それから頬とこめかみに妻の手を感じた。それで頭痛が退散した。

「ヤーネブリングは？」ヨハンソンが尋ねた。

「安心していいわよ。一時間ほど前に追いかえしたから。あなたのために食事を作ったの」ピアはそう言って、ソファの前のテーブルに置いた大きな盆にうなずきかけた。

やっと家に帰れた――。やっとまともな食事にもありつける。自分で選べたらこんな献立にはならないかもしれないが、地方自治体が大厨房を建設した場所とは別の世界、もっとましな世界から届けられたものではある。玄米の温サラダに焼いたサーモンが添えてある。中はちょうどいい具合にピンク色だ。ヨハンソンの好みにしてはいささか野菜が多すぎるが、アスパラガスとマッシュルームが入っている。ビールもワインも小さなグラスに入った蒸留酒も出てこないが、冷えたミネラルウォーターだけで充分美味しかった。それに、本物のコーヒー。温かいミルクを添えた、ダブルエスプレッソ。

お前は生きている――ラーシュ・マッティン・ヨハンソンは自分に向かってつぶやいた。だから、自分を惨めだ可哀想だと嘆くのはやめろ。

「ピア、お前はなんて優しいんだ。お前がごくありふれた小説の女主人公だったら、つまり今わしらが生きている時代を舞台にした小説なら、女同士の契約を破った罪で国じゅうの文化ご意見番の雌豹どもから八つ裂きにされるぞ」

「じゃあ、もし逆だったら？　倒れたのがわたしだったら、あなたはどうしたのかしら」やっとあなたらしくなってきたわね――。

「まあ、同じくらいはまずいことになっただろうな」

「病めるときも、健やかなときも」ピアがグラスを上げた。

「フォー・ベター《良いときも》・オア・ワース《悪いときも》」ヨハンソンもグラスを上げて、妻を見つめた。

「少し事務的な話をする元気はある？」食事が終わるとピアが尋ねた。

ヨハンソンはうなずいただけだった。急に、どこからともなく不安が湧いたのだ。状況は見てのとおりじゃないか。起きてしまったことは、どうしようもない。これから起きることについては、どうにかできる可能性があるのだから――。


それが皆のためにいちばんいいと思います――と主治医のウルリカ・スティエンホルムが言ったのだ。皆のためにも、彼女が主治医を務める患者であり、ピア・ヨハンソンの夫である男にとっても。退院後は、彼のような患者専用の退院後医療とリハビリに特化したホームに入れるのがよいという提案をしたのだ。

「論外よ」ピアは頭を振った。「あの人が納得するわけがないもの」

「説得してみては？　数カ月ですむかもしれませんし」

「そのつもりもないわ」いったいこの子は何を言ってるの――。

「でも、そうしなければ送迎が大変ですよ。それに家での介護も。タクシー送迎を使う権利はあるけれど、自宅に介護士を呼ぶ時間数はあまりもらえないと思います。特に今は夏で介護士も皆夏休みをとっているし」

「主人の診察とリハビリの予定と行先を教えてちょうだい。あとはわたしが手配します」

「自腹で手配できるなら色々可能性はありますよね。残念ですが、この国の福祉介護はそういう状況なんです。わたしを恨まないでくださいね、ピア。これがわたしにできる最善の提案なんです」

「恨んでなんかないわ。ただ憤慨しているだけ。あの人をホームに入れるなんてことを口にするなんて……。もう二週間もあの人の主治医をしているんでしょう。なのにあの人の性格をちっともわかっていないのね」

「すみません。傷つけるつもりはなかったんです」

「ちっとも傷ついてなんかいません。さあ、さっさと予定と行先を教えてちょうだい。あとは自分で手配しますから」


夫とその話をしたとき、ピアは主治医と交わした会話の内容までは伝えなかった。

「あなたの主治医のウルリカ・スティエンホルムと話したけれど、退院してからも、ぜひそのまま彼女のところに通い続けてくださいと言われたわ。あなたが他の医者を望むなら探してもいいけれど。王立ソフィア病院にいいお医者様が何人かいるわよ。うちの銀行で使っているの」

「なぜだ」ヨハンソンが驚いて尋ねた。「あのスティエンホルム嬢には何も問題ないだろう」

それに今、一緒に捜査中なのだ。

「じゃあ月曜には彼女の診察が入っているわ」

「わかった」いったいこの二人の間で何があったのだ？

「それと、昼間に手伝いが必要でしょうから、それも手配しておいたわ。銀行で、あなたのような目に遭った社員のために使っている民間の介護派遣会社よ」

「それはよかった。お前のところの金数え屋たちにいい保障があって」

「本当よ。ねえ……」ピアは身を乗りだして夫の手を取った。目が微笑《ほほえ》んでいる。

「なんだ」

「あなた、やっとわたしの夫らしくなってきたわね」

「その金数え屋用向けの五つ星介護を受ければ、もっとよくなるさ」

「その派遣会社に、あなたの手伝いをする女の子を手配したの。マティルダという名前よ。ティルダと呼んでちょうだい。明日の朝来るから、そのときにはわたしもいるようにするわね」

「なるほど。で、その娘の何が問題なんだ」

「何も問題ないわ。二十三歳の元気で明るくて可愛い子よ。高校で介護コースに通って、パーソナルアシスタントになる教育を受けたの」

「いいからやめろ。で、何が問題なんだ」

「そうね……見た目が最近の若者らしいことくらいかしら」

「見た目って、どんなだ」

「ほら、腕じゅうに刺青《いれずみ》があったりとか」

「とか、というのは？」

「耳に輪っかが刺さっていたりも」

「なんてこった。まったく最近の若者ときたら、あんなふうに自分の身体に落書きをするなんて信じられん。わしが若い頃は、刺青を入れているのはゴロツキか船乗りと決まってたもんだ。あとは、ほらあの、名前は忘れたが、デンマークの王様で……」

「でもそれ以外は本当にいい子なのよ」

ヨハンソンはもう聞いていなかった。

「もしうちの小さなアリシアがあんな安物の絨毯《じゅうたん》みたいな柄になって、カーテンポールを顔に刺して現れたりしたら……。そのときには、じいじがひとこと言ってやる」

「最近はそういうものなのよ」ピアは話題を変えようとした。というのも、ヨハンソンのいちばん上の孫とは一緒にサウナに入ったことがあり、当然ながらじいじよりは色々なことを知っているのだ。「で、話は変わるんだけど……」

「なんだ」

「あなたとボーはいったい何をこそこそやっているの？　昔の事件ですって？」

「ああ、そうだ。昔の捜査だ。未解決の。わしらのような警官には、忘れようのない事件だ」

「まあ、なんて面白そうなの」ピアは本気でそう思っているようだった。「どんな事件なの？あなたが担当していたの？」

「いいや、まったく。わしが担当した事件は、わしが手を離すときには必ず解決していただろうが」

「あら、失礼。ねえ、もう疲れたでしょう。少し寝たら?」

「いいや。新しいベッドの試運転がしたい」

それからヨハンソンは眠ってしまった。ヒュプノスが彼を呼び寄せ、優しく微笑みかけている。緑のケシの実をヨハンソンの麻痺していない手にもたせると、優しく腕を引いて闇の中にいざなった。

38　二〇一〇年七月二十二日(木曜日)

ヨハンソンは久しぶりに普段どおり八時間睡眠をとることができた。しかし元気いっぱい爽やかに目覚める代わりに、身体がだるくて気分も落ちこんでいた。目が覚めたときから頭痛がして、常用している多種多様な薬にもう一種類が加わった。

ひどい顔だぞ、ラーシュ——。バスルームの鏡で自分の顔を確認しながらつぶやいた。髭も伸びたままで、疲れきった顔は文字どおり垂れ下がっている。髭をどうにかしようという気力すら湧かなかった。

それからヤーネブリングが現れた。朝の八時過ぎのことで、書類がいっぱいに詰まった大きな段ボール箱を三箱、ヨハンソンの書斎の床に下ろした。

「ヘルマンソンがよろしく言ってたよ。サインが必要な申請書がある。この事件の捜査は終了し、時効も迎えているが、まだ守秘義務はかかっているんだ。だから書類を持ち出すのには許可が必要なんだとさ」

「わかった。ペンはあるか?」左手でサインしろってのか? それは難しいな。だが自分の名前はこれまでに何千回も書いてきたのだから、この歳にもなれば左手でだって書けるのかもしれない。

「見事なもんだ」申請書を返してもらったヤーネブリングはにやりと笑った。「ラーシュ・マッティン・ヨハンソン、手書き文字から察するに四歳。やあ、おめでとう。これでお前も一人前の警察研究家だ」

「警察研究家?」

「ヘルマンソンによれば、それがいちばん簡単な方法なんだと。好奇心を満たしたければ、基本的には誰でもそういう研究許可をもらえるんだ。ほら、国家警察委員会におかしな教授がいるだろう。ドキュメンタリー番組『指名手配中』でバカなことばかり言ってるおやっさんだ。そいつが、ヘルマンソンが電話をかけて説明すると即座に許可を出してくれたそうだ。つまり、おれが今手にもっている情報をお前に貸すことに同意したんだ。お前によろしくとさ。あの教授がだぞ。お前に無駄な心労をかけたくないとも言っていた。やつ自身、血栓やら脳出血やらをやってるからな。ついでに心臓発作も何度か」

「あの親父はまだ死んでなかったのか」もう相当な歳のはずだが。

「いやいや、鯉みたいに元気にしてるよ。毎年のように人生最後の春を謳歌しているらしい。ヘルマンソンにお前への伝言を託していたよ。そろそろあのクソ野郎に一矢報いるときだ、と」

「誰にだって？　どのクソ野郎だ？」

「ヤスミンの命を奪った犯人さ」また微妙な状態になってきたな。まったく上の空じゃないか――。

「そう言ったのか」

「ああ。ヘルマンソンによれば、一字一句そのとおりだそうだ。さあ、そろそろ帰らなくては。水漏れした娘のアパートは、結局床を全部はがす羽目になりそうなんだ。カビないように一度しっかり乾燥させなくてはいけないからな」

「書類はどうする」ヨハンソンは床に鎮座した三箱の段ボール箱を顎で指した。

「今はめちゃくちゃな状態だから、気にするな。おれが次に来たときに一緒に見ようじゃないか」


それから新しい介護士のマティルダが現れたが、妻の描写はかなり控えめだったことが判明した。というのも、マティルダの二の腕はぐるぐるととぐろを巻いたヘビの絵で真っ黒に塗りつぶされていたからだ。だからピアもうっかり、顔についている輪っかのことをすべて言及し損ねたのかもしれない。左の鼻の穴にひとつ、下唇にふたつ、そして両側の耳たぶに三つずつ。愛しい妻はいつまでそれを隠し通せると思ったのだろうか。だが元気で明るい少女のようではある。

「じゃあ」とピアが切りだした。「ティルダ、あとはあなたに任せるわね。もし何かあれば、ここにわたしの携帯番号を書いておいたから」

「大丈夫です」マティルダが請けあった。「何も心配しないで」

子供たちが小さかった頃、夫婦でパーティーに出かけるときのようだった。ベビーシッターに電話番号を渡すのは鉄則なのだ。

それからヨハンソンは書斎のソファに座ったまま朝食をとった。ヨーグルトにミューズリに果物。コーヒーそして水。内容に文句のつけようはなかった。給仕の仕方についても。しかもナフキンを首に巻きましょうかとまで聞いてくれた。ヨハンソンはその申し出を断って自分でやろうとしたが、二回もとり落としてしまった。

「何か特別な希望があれば聞いておこうと思って」ヨハンソン専属のパーソナルアシスタントは興味津々の目つきで彼を見つめていた。

「特別な希望だって?」いったいなんのつもりだ。特別な希望だって?

「ほら、散歩が好きだとか、特に食べたいものがあるとか。ちょっとドライブをしてもいいし、映画館なんかも。わかるでしょ?」そう言いながら、マティルダは相手を促すようにうなずきかけた。

「わしは静かに過ごすのが趣味なんだ。それと、独りになりたい」

「じゃああたしはキッチンで読書してるね。いいのよ。もし何かあれば呼んで」

ヨハンソンはソファに横になり、天井を見つめていた。書類の詰まった段ボール箱のことは考える気にもなれなかった。

意外といい子じゃないか。可愛いし。なのにいったいぜんたいなぜあんなふうになってしまったんだ。諭《さと》してくれる親もいない孤児だったとか？

そして眠りに落ちた。目が覚めたのは、誰かにそっと腕を触られたからだった。

「さあ起きて起きて」マティルダだった。「あと二時間でリハビリに出かけなくちゃいけないんだから」

「二時間だって？」着替えるには、かかっても十五分だ。それから車で何分だ？　かかっても二十分だろう。

「行く前にちょっとお手入れをしようと思ってね。あの椅子に座れそう？」マティルダはヨハンソンが寝ていたソファからほんの一メートルのところに、ひじ掛け椅子を置いていた。

「ああ」そんなこともできないとでも？　たった一メートルじゃないか。全身が麻痺しているわけじゃないんだぞ。

ヨハンソンは立ち上がり、椅子に腰かけた。立って、座っただけ。

マティルダが彼の頭の後ろに枕を挿しこみ、顔に温かいタオルを広げた。急に、ヨハンソンの頭痛が消えた。まるでマティルダがその細長い指をパチンと鳴らして消してくれたみたいに。

「それでいいわ。このまま二分間じっとしててちょうだい。剃刀と石鹸をもってくるから」

それからマティルダはヨハンソンの髭を剃った。丁寧《ていねい》な手さばきで、血は一滴もこぼれない。自分は薬を何種類も飲んでいる病人だということを忘れそうだった。マティルダはさらに蒸しタオルで石鹸の泡を拭きとると、バスルームの棚から探し出してきたアフターシェーブを丁寧に頰と顎にすりこんだ。それから鏡をかざしてみせた。

「ほら、ずいぶん見ちがえたでしょう」

「ああ」ここ最近でいちばんセックスに近い心地よさだった。あの血圧の薬のせいで、今は――。「ありがとう、マティルダ」

「全然構わないよ。発作を起こした人が、おかしなことを言うのには慣れてるから。だからちっとも気にしてない。でも、皆にはティルダって呼ばれてるんだ。もし知りたければ」

「ありがとう、ティルダ」いったいこの子は何を言ってるんだ――。

39　二〇一〇年七月二十二日（木曜日）の午後

ヤーネブリングは約束どおり、昼食後に現れた。マティルダがコーヒーと水と果物を書斎に運んでくれた。二人でゆっくり話せるよう、ドアを閉めて出ていき、ヨハンソンの大きなマンションの静寂の中に消えてしまった。

「可愛い子じゃないか」ヤーネブリングが満足げに言った。「頭も切れそうだし」

「そうなんだが、見たか？　あの刺青と輪っかを。なぜあんなものを……」

「今時はみんなそうだ」ヤーネブリングは肩をすくめた。「大人も子供もだ。うちの奥さんだって刺青を入れてる。ふたつも」

「それは気づかなかった」いったい世の中で何が起きているんだ。

「さあ、どこから始める？」ヤーネブリングが段ボール箱のほうにうなずきかけた。お前が気づかなくてよかったよ――。

「順番がめちゃくちゃだと言ったな？」ヨハンソンはため息をついた。

「まあそうだが、おれはまだ忘れちゃいない。箱の中にあるものを説明することくらいはできるぞ」

「では聞きこみからだ」もう頭痛はしなかった。その代わり、何もかもが他人事のような不思議な感覚を覚えた。発作以来、ときどきそういう気分になるのだ。どこか別の場所へと向かっているような気分だった。だからヨハンソンはもう一度繰り返した。「聞きこみからだ」しっかりしろ。今朝は髭を剃ってもらい、リハビリにも行って横這い状態から脱し、理学療法士にも褒められたじゃないか。そして今は親友と話している。それ以上何が望みなんだ。わしは生きてるんだぞ。

簡潔にまとめると、ヤスミン・エルメガン殺害事件の聞きこみは〝まったくの大惨事〟だった。聞きこみを始めた時点ですでに失踪から一週間以上経っていたわけだから、ヤーネブリングいわく「聞きこみをした地区内で目撃者が現れたこと自体が奇跡のようなもの」だった。しかも、ヤスミンが父親と住んでいた通りでもみつかったのだから。

その週はずっと天気が良くて、天気予報によれば週末も引き続き良い天気のはずだった。夏休みが始まり、バカンスシーズンということで、その地区に住んでいる裕福な中流階級は自分の別荘に引っこんでいるか、良き友人知人の別荘に招かれているかのどちらかだった。聞きこみの結果、ヤスミンが失踪した六月十四日金曜日の夜に、その地区の住民で在宅していたのはたった五人に一人の割合だった。残っていたのは年寄りばかりで、もう寝ていたか、涼しい屋内で読書したりラジオを聴いたり、音楽を聴いたり、テレビを観たり……。つまり、自宅という砦の外で何が起きているかを見たり聞いたりした者はいなかった。

「ラーシュ、お前に説明する必要はないだろうが、聞きこみという見地からすると、ヤスミンはこれ以上ないくらいタイミングの悪い日に失踪したわけだ。スウェーデンの真夏日、夏休み、バカンス。ドアを叩いて回る警官にとっちゃ、悪夢以外の何物でもない」

「そうだな」ヨハンソンもうなずいた。

では犯人はそこで何をしていたのだろうか——。金曜の夜。夏の夜に。いい天気だったのに、あの家で何を？　その男、おそらくそこには住んでいなかった男は、なぜ自分の赤いゴルフでもっと中心部へ行き、ミニスカートで走り回っている少女たちを眺めていなかった？　まあ、その時間に子供が外で遊んでいたとは思えないが。

「聞きこみの結果をまとめた要覧をみつけたんだ。事件当時そこに住んでいた住民のリストだ。あのあたりは個人の住宅ばかりだった。オフィスなどはない。それはいいとして、聞きこみの報告書自体はめちゃくちゃに箱の中に突っこまれている」

「リストさえあればなんとかなるさ」どうせあのベックストレームが、むっちりと太った指でかき回したんだろう。

「ゴルフ所有者のほうはもっとひどい。要覧すらみつからなかった。警察のコンピューターがクラッシュした上に、紙のバックアップもないんだ。いや、あったはずなんだが、どこかにいってしまった。犯罪歴データベースでひっかかった車両については記録に残っているはずだが、それ以外はどうしようもない」

どうせベックストレームのゴミ箱に入ったんだろうさ、とヨハンソンは心の中で思った。

「状況を受け入れるほかない。新しいリストを一から作りなおすよりはましだろう」

「そうだな。仕方ない。だがおれは、車が手がかりだとは信じてないんだ。言っただろ？　お前はおれの意見を聞こうとしないが……」

「マルガリエータ・サーゲルリエドの調書はみつかったのか」おかしいな、頭に血栓が詰まったのはお前のほうなんじゃないかと思うときがあるぞ。

「ああ。二度聴取している。一度目は七月二日火曜日。つまりヤスミンが失踪してから二週間半後だ。このばあさんも事件当日は別荘にいたからな。それに加えて約一カ月後の八月九日金曜日にも話を聞いている」

「続けてくれ」

「マルガリエータ・サーゲルリエドを聴取したときの調書は、なんとこのゴミの山を漁って奇跡的にみつけたのさ。要覧と同じクリアファイルに入っていたんだ。自分で読むか？」

ヤーネブリングが青いクリアファイルを取り出した。

「聞かせてくれ」ヨハンソンは頭を振った。自分で読む気力はない。

「マルガリエータ・サーゲルリエドの聴取を担当したのは、二度とも同じ警官だった。カリーナ・テルという名前の、すげえいい女だ。おれより二十歳は若いから、当時警察大学を卒業したばかりだったんじゃないかな。ソルナ署でパトロールをしていたのを、借りてきたんだ。すごく仕事のできる女だった。頭が切れて、おまけにあのおっぱい……」

「いいから要点に入ってくれ」ヨハンソンが遮った。「ばあさんはなんと言ったんだ？　サーゲルリエドのことだ」

「その日は旅行中だった。ヤスミンが失踪する三日前に出かけ、帰ってきたのは三週間後だ」

「どこに行ってたんだ」

「ヴァックスホルム郊外のリンデー島の別荘だ。夫の遺した由緒ある豪商の別邸らしい。そこで、同じく年寄りのオペラ歌手の女友達とバカンスを過ごしていた」

「その女友達のほうも聴取したんだな？」

「おれを誰だと思ってるんだ。彼女の話も、サーゲルリエドの話と一言一句たがわなかったよ。女友達のほうがもっと年寄りだったがな。記憶が正しければ、八十近かった。だが、現役時代は相当有名なオペラ歌手だったらしいぞ。女友達のほうが、だ」

「なるほど。で、マルガリエータ・サーゲルリエドはなんと？」わしの予想どおりだ。自分より八歳も年上の女友達を別荘に呼ぶなんて、心の広い女にちがいない。

「彼女が言ったことは、基本的に四つだけだ。まず第一に、この件については何も力になれない。起きたとき、留守だったのだから」

「第二に？」

「第二に、ヤスミンとは知り合いだった。幼いヤスミンは何度も家に来たことがあったんだ。可愛くて礼儀正しくて、育ちのよい少女だったと証言している。ピアノを弾きながら、一緒に歌ったりもしたそうだ。もちろん、その子が殺されたことを嘆き悲しんでいた。同時に、自分の家で起きたわけがないと百パーセント確信していた。ブロンマのエッペルヴィーケンでそんなことが起きるなんてありえない。ここには上品でまともな人間しか住んでいないのだからと」

「第三には？」家では絶対に起きていない――。そんなこと、彼女にとっては想像もできないようなことだったのだ。

「男性の知り合いについてだ」

「ああ。どうだった」

「いないとさ。子供も孫も、それ以外にもいない。彼女の側も、夫の側もだ。そもそも男女問わず、若い世代に知り合いがいない。同年代の旧知の友人や女友達ばかり。つまり、本人と同じような背景をもつ人たちだ。引退した歌手、オペラや劇場の関係者、昔の俳優。彼女の現役時代の有名人ってとこだな」

「何を言ってるんだ。お前もばあさんの自宅を見ただろう。家政婦のひとりくらいはいたはずだ」使い古したピンクのビニール手袋をはめて、皿を洗ったりするような。おそらく雇い主は、そういうことになるとかなりケチだったのだろう。

「カリーナがまさにそこを突いたんだ。言ったとおり、頭の切れる女だからな。ばあさんは、普段から掃除は自分でやっていると言い張った。クリスマス前の大掃除のときには、掃除会社から人を呼んだ。春の大掃除のときもだ。夏に向けて窓という窓を拭いたりもしなければいけないからな」

「嘘をつけ」ヨハンソンが鼻で笑った。「職人は？　家に職人が訪れるようなことはなかったのか」

「ここ数年はなかったそうだ。最後に職人が家に来たのは、まだ夫が生きている時分だった。

雨どいを替える工事をしたんだ。アルミ製の雨どいが古くなって錆びてきたから、新しく銅製のに替えたそうだ。すごい額だったろうよ。昨日カリーナに電話して訊いたんだ。金に有名人そういう話が何度も飛び出したらしい。——尋ねもしないうちから、別荘には寝室が十五部屋あって、ガラス張りのベランダがふたつあって、義理の父親がそれにどれほどの金をつぎこんだか聞かされたらしい」

「介護士はいなかったのか」なにしろ、そのくらいの歳だったのだからな。

「介護士なんて信用できない。そんな人間を家に上げるなんて夢にも考えられない。新聞で、移民の介護士がどこかの婆さんを絞殺したというニュースを読んでしまったんだ。ほら、のちに覆審（上級裁判所で下級裁判所とは別の審理をやりなおすこと）の機会を得た件があっただろう」

「第四はなんだ」ヨハンソンが尋ねた。その男のことなら覚えている。

「家の前に停まっていたという赤いゴルフのことだ」

「ばあさんはなんと？」

「なんの心当たりもないと。本人は車も免許ももっていない。赤のゴルフを所有しているような知り合いもいないと。ゴルフがどんな車かも知らなかったんだから」

　これはまずい。実にまずい。わしはもう、角の向こう側が見通せないのか——。

「その警官……」

「カリーナだ。カリーナ・テル」

「そう、そいつだ。まだ警察にいるのか？」

「いいや。何年か前に辞めて、ライフスタイル・コンサルタントとかいう肩書で華々しく成功しているよ。セミナーをやったり、ジムを二軒も経営していて、半ダースほどの億万長者のパーソナルトレーナーを務めている。それに加えて、普通の太った金持ちのじじいどもに、もっと健康的に生きる方法を教えてもいる。それ関連の本も何冊か書いてるぞ」

「なぜそんなに詳しい」

「知り合いなんだ。だから電話して尋ねたと言ったじゃないか」ヤーネブリングは満足げな笑みを浮かべている。

「知り合いって、どういう知り合いなんだ」

「いつもの流れさ」ヤーネブリングが鼻を鳴らして笑った。「二十五年も前の話だ。まだうちの奥さんと出会う前のことだよ」

「わしに電話するよう頼んでもらえないか」

「ひとつ条件がある」ヤーネブリングの顔にますます笑みが広がった。

「なんだ」

「ピアには言わないでくれ」

「言わないさ」なぜ言う必要があるんだ。「ところでもうひとつ……」

「なんだ?」

「その二度目の聴取というのは……。テルが五週間後にやった聴取の調書には何が書いてあるんだ」

「何も」

「何も?」

「ああ。マルガリエータ・サーゲルリエドのほうからカリーナに電話があったんだ。捜査の進み具合はどうなのか、何か判明したのかと尋ねてきた。ほら、いつものやつさ。恐ろしい事件にちょっとでも関係したばあさんたちは、こぞって電話をかけてきてはしつこく訊いてくるだろ。だからこの聴取は電話で行われた。というのも、家まで行って何かを問いただす必要性もなかったんだ。信じないなら自分で調書を読んでみろ。他に何か質問は?」

「疲れた。昼寝をしたい」

「お前、大丈夫なのか」また微妙な状態になってきた——とヤーネブリングは思った。どこか遠くに行ってしまったかのようだ。

「平気だ。ちょっと横になりたいだけだ」

「ラーシュ、ゆっくり休んでくれよ。また明日、いつもの時間にいつもの場所で。いつもの中央署捜査課のコンビだ。覚えてるか? おんぼろボルボの運転席と助手席に並んで座って十年」

それからヤーネブリングは身を屈め、片腕をヨハンソンの身体に回すと、強く抱きしめた。

「早く元気になると約束してくれ」

「約束するよ」とヨハンソンは答えた。

五週間後に電話をかけて、捜査の進捗状況を尋ねたのか——。ヨハンソンは親友がそっとドアを閉めて出ていくのを見つめながら考えていた。わしがまどろんでいると思ったようだな。その五週間の間に何が起きたんだ？　突然、何がどうなっていたのかに気づくような機会があったんだろうか。まさかあの人がそんなことをと思うような、赤のゴルフを乗り回す知り合いか。それとも、プラスチックの髪留めだろうか。赤いモンチッチのついた髪留めを、自分の寝室のベッドの下で発見してしまったのか。

ヨハンソンはそのまま眠りに落ちた。

40　二〇一〇年七月二十三日（金曜日）

新しい人生の、また新たな一日。朝食、リハビリ、マティルダ――あの輪っかや刺青のわりには、何をやらせてもそつがない。

「今から何したい？」カロリンスカ病院からの帰りにマティルダが尋ねた。

「ヤーネブリングが来ることになっている」

「それまでにはまだ数時間あるわ。正直に言いなさいよ。自分で決められるなら、本当は何がしたいの？」

「それなら、泳ぎたい」

「泳ぐの?」マティルダはヨハンソンの右腕を見つめた。「それって、いい考えかしら」

「おい、お前。わしは両腕を後ろ手に縛られていても、二十五メートル泳でお前さんを負かす自信があるぞ」

「そこまで言うなら」マティルダは肩をすくめて微笑んだ。


エリックスダール・プールもしくはメドボリヤル広場駅近くのフォシュグリエンスカ・プールがいちばん近い、というのがマティルダの提案だった。だがヨハンソンは中心部の歴史あるストゥーレ水泳場に行きたがったので、そこになった。プールに降りるには梯子《はしご》を使わなければいけなかった。右手がぶらぶらの状態では、飛びこみはできないのだから。クロールやバタフライも無理だった。だが足で強く蹴って、片腕だけの背泳ならできた。こんなに爽快《そうかい》な気分は初めてだった。あの夜、世界一のホットドッグの屋台でザワークラウトを添えてディジョンマスタードをかけたジプシー・ソーセージを買うために車を降りて以来。

「どこであんな泳ぎを覚えたの?」また車に座りセーデルマルムのマンションに戻る道すがら、マティルダが尋ねた。「まるでプロの水泳選手じゃん」

「故郷でいつもいちばん上の兄に川に投げこまれていたんだ。まだ幼い頃の話だ。他に選択肢はなかった」

「それって、何歳の頃の話?」マティルダは驚いた顔でヨハンソンを見つめた。

「何歳かにはなってただろうな」ヨハンソンは肩をすくめた。

「お兄さんは弟が溺れる心配はしなかったわけ？」

「ああ」お前はあの兄貴を知らんからな。

それからマティルダが昼食を用意してくれた。ピアのレベルとまではいかないし、野菜が多すぎるが、彼女の見た目からすると奇跡のような料理の腕前だった。

「うまかった」ヨハンソンは空っぽになった皿を見ながらうなずいた。「どこでこんな料理を覚えたんだ？」

「小さいときに、いつも兄貴に川に投げこまれてたのよ。他に選択肢はなかったの」

それからヤーネブリングが電話で休暇の申請をしてきた。娘の家のキッチンの水漏れに、予期せぬ後遺症があったという。

「地下にまで水が洩れてたんだ。すまんが……」

「かまわんよ。では、月曜にな」

「本当に大丈夫か？」

「本当に大丈夫だ。プロの配管工を紹介してほしければいつでも連絡くれ」

「そんな金はないんだ。お前から買った車に給油したところなんだから。で、そっちは何をする予定なんだ？」

「ソファに寝っ転がって、昔の事情聴取の調書でも読むさ」

その日の読み物は、便宜上マルガリエータ・サーゲルリエドの調書になった。すでにヤーネブリングが選り分けておいてくれたものだ。自分で段ボール箱の中の書類の束を漁るなんて、考えられなかった。

カリーナ・テルがマルガリエータ・サーゲルリエドに対して行った一度目の聴取は、一九八五年七月二日火曜日だった。ヤスミンが失踪してから十八日後。午後二時十五分に開始され、五時五分にやっと終了している。聞きこみの最中に行われた聴取に三時間もかかるというのは珍しい。たいていの場合聞きこみというのは、呼び鈴を鳴らしてからドアを開けた人間に質問して、運が良ければ「何か見たり聴いたりした」という答えをもらえるまでに五分。しかしそんなことは滅多にないので、たいていは五分で事足りた。しかしマルガリエータ・サーゲルリエドの場合はちがったようだ。カリーナ・テルは秩序立てて細かく質問し、マルガリエータ・サーゲルリエドのほうは協力的によく話した。そのため、調書は十ページにも及んだ。テープに録音され、文書にまとめられ、プリントアウトされ、マルガリエータ・サーゲルリエドがそれに目を通しサインしている。

実際のところ、調書にはヤーネブリングが言い損ねたことは何もみつからなかった。細かい点が一、二点抜けていたくらいで。例えば、マルガリエータ・サーゲルリエドは二匹猫を飼っていて、その二匹も別荘に連れていったこと。プライバシーを大切にしていて、近所の人に家の鍵を預けたりはしないこと。自分が留守のときに人が家にいることはない。付き合うのは同年代の知り合いばかり。それも、同じような経歴をもつ人々。皆、何年も前からの知り合いばかり。

読めば読むほど、ヨハンソンは激しく苛立った。とりわけ何に苛ついているかわからないのがいちばん腹立たしかった。愛人はいなかったのか？　彼女を崇拝していた騎士《ナイト》くらいは？　人には言えないような関係――。嘘をついているのか、その人間を警察が探しているとは本当にわかっていなかったのか。若い男のはずなのだ。彼女の目にはまったく普通のまともな人間に映っていた若者。旧知の間柄で、信頼をしていた相手。それもそのはず、つくづくまともに見えただけでなく、実際まともで、礼儀正しく、気が利く男だった。幼いヤスミンを強姦して殺したはずの男とは正反対のタイプだったのだ。

ヨハンソンが調書を脇にやったとたんに、カリーナ・テルから電話があった。

「カリーナ・テルです。あなたの親友のボー・ヤーネブリングから事情は聞きました。わたしと話したいんですって？」

「そのとおりだ。ちょっとこっちに寄ってはくれないか」

「三十分後なら。今ジムなので、シャワーをすぐ浴びてそちらに行きます」

「素晴らしい。ここの住所は……」

「住所と入口の暗証番号はすでに伺っています」カリーナが遮った。「では三十分後に」

能率的な女だ。それに時間にも厳しい――カリーナ・テルがきっかり三十分後に呼び鈴を鳴らしたとき、ヨハンソンはそう思った。

41　二〇一〇年七月二十三日（金曜日）の午後

「まあかけなさい」ヨハンソンはいちばん近くの椅子を指さした。「わしのほうは寝ころんだままで失礼なのは承知だが、最近色々あってね」実にいい女だ――。ピアとほぼ同じくらいに。

「何か飲むかね」

「ありがとうございます。でも、結構です。ヤスミン殺害事件のことを知りたいそうですね。近所の聞きこみをやったときに、わたしが話を聞いたオペラ歌手のおばあちゃんに興味がおありだとか」

「そのとおりだ。きみの調書は二件ともすでに読んだ」

「質問があるんです」カリーナ・テルはにっこり笑った。「正直言って、あなたがどなたかは存じ上げてますから。なぜこんな古い事件に興味をおもちなのか不思議でならなくて。教えてもらえませんか？」

「直感のようなものだ。わしのことより、きみが教えてくれ。その女はどんな人間だった？知っていると思うが、わしは一度も直接会っていないからな」

「わたしはよく覚えています。かなり自惚《うぬぼ》れの強いタイプで――控えめに言ってもね。自分の話ばかり、いつまでもしていました。オペラ歌手としてのキャリアのことや、付き合いのあった上流階級の人々や有名人のこと。でもヤスミンの身に起きたことは相当ショックだったようです。その話になると、目に涙を浮かべていたもの。あんなに可愛い子はいないと。ヤスミンは何度も彼女の家に遊びにきていたようで。ピアノを弾いて、一緒に歌ったりもしたらしいわ」

「当時マルガリエータはどんなふうに暮らしていたんだ。家の中はどんなふうだった。覚えているか」

「ずいぶん大きな屋敷でした。立派な家具に絨毯にシャンデリア。絵画に写真に装飾品。花瓶や植木が山ほど。リビングに座って話を聞いたんです。そこも物だらけだったわ。オペラの公演で色々な役を演じたときの写真だけで、十枚はあったでしょうね。大きな銀の額に入って。ああ、亡くなったご主人の写真もありましたよ。小さな黒い木の額に収まってましたけどね。それが暖炉の上の棚に立ててあった。気の毒に、生前ご主人は苦労したんでしょうね。あと大きな猫が二匹いたわ。ほら、毛の長い気味の悪い種類の。わたし、猫は苦手なんです」

「猫も別荘に連れていったのだな？」

「ええ」カリーナ・テルはうなずいた。「もちろんそのことは質問して、彼女は正直に答えていたという確信があります。猫も別荘に連れていったんですって」

「家政婦くらいいなかったのか。留守宅の面倒をみるために」

「いいえ。わたしもかなりしつこく訊いたんですが。その点についてははっきり答えてましたよ。掃除は自分でするって。クリスマス前と春の大掃除のときだけ、清掃会社から人を呼んで、窓を磨かせたりさせるんですって」

「庭はどうなんだ。誰が庭の世話をしていた。花や植木がいくらでもあったんだろう？　水やりは誰が」

「自分でしていたそうです。庭仕事は大好きだと。そのとおりのようでしたよ。庭には花壇やら果樹やら、たくさんあったもの」

「家政婦はいたはずだ」ヨハンソンは苛立ちを隠せなかった。マルガリエータ・サーゲルリエドが自分で家の中の汚れを拭いて回るわけがないだろうが。どこまでバカなんだ。

「なぜそう思うんです？」

「きみの話からだ。自分で掃除をするような女だとはとても思えない。その上洗濯や皿洗いや、やることならいくらでもあるんだ」

「なぜです。マルガリエータは元気で身体も動いたわ。歳よりずっと若く見えました」

「それはわかった。だがよく聞きなさい。二週間別荘に行っていたと言ったな？　あの夏は毎日のように晴れていて、気温も高かった。誰かが花や植木に水をやっていたはずだ。芝生や花壇は言わずもがな」

「確かに、おっしゃるとおりね。その点については問いつめた覚えがないわ」

「闇で人を雇っていたんじゃないのか。だから言いたくなかったのでは？」

「そこまでは追及しなかったんです」カリーナ・テルはにっこり笑った。「闇で人を雇っていたかどうかまでは。バカね、わたしって。当時二十三歳で、警官になって一年。お金持ちの七十歳のご婦人を聴取していた。もちろん、『闇で誰か雇っていませんか』と尋ねるべきでしたよね」

ああ、お前はバカだ。そこを尋ねなかったなんて、まったくの大バカ者だ。

「ひとつ質問があるんだが」ヨハンソンは思ったことは口に出さずに、こう尋ねた。「電話で行ったという二度目の聴取だが」

「聴取というか……。彼女のほうから電話をかけてきたんです。何か思い出したんですか、と尋ねた覚えがあるわ。一度目に言い忘れたことがあったのかと思って。でも、そういうわけでもなかった。逆に、彼女のほうが警察の捜査がどうなっているかを知りたがっていて。調書というより、メモ書きのようなものだったと思いますけど」

「マルガリエータ・サーゲルリエドは、何か探ろうとしていた感じだったのか？」

「まさか。ほら、おばあちゃんたちのいつもの、心配で——もちろん好奇心もあって——というやつですよ。ああ、そうだ。探していた車はみつかったのかと訊かれました。あの、赤いゴルフのことです」

「それできみはなんと答えたんだ」

「その車はもう探していないと伝えました。目撃者が証言を取り下げたと。だからもう警察はその車には興味がない。彼女自身は免許も車ももっていないんです。車のことなんて何も知らなくて。ボルボとサーブのちがいもわからないみたいだった」

「じゃあ、どうやって確認したんだ」

「当時のわたしは若くて野心家だった。だから一度目に自宅に行ったとき、赤いゴルフの写真を持参したんです」

「それで？」

「そんな車は見たこともないと言われました。そんな小さな車を乗り回すような知人はいないとね。その点については断言していました。彼女が知っているのはメルセデスとか、ジャガーとか、ＢＭＷとかそういう車種なんです。ご主人は大きなアメリカ車にしか乗らなかった、という話を聞かされましたよ。亡くなる前にはリンカーンに乗っていたんですって。ゴルフみたいな安物の車に乗っているような人と知り合いじゃないかと質問されて、侮辱されたように感じたみたい。最初にゴルフの写真を見せたときに言ってましたから。自分や知り合いがそんな安物の車に乗るなんて夢にも考えられないと」

「そのとき、きみは彼女の自宅にいたんだな？」

「ええ。言ったとおり、最初はリビングに座って話していたんですが、帰る前に家の中を案内しましょうかと誘われて」

「もちろん受けたんだろうな？」

「もちろん。わたしを誰だと？」

「教えてくれ。どんなふうだった」

「とにかく物だらけでした。どこもかしこも。もちろん、どれも高級品ばかり。骨董品《こっとうひん》に絨毯に、シャンデリアに、高そうな絵画。あまりにたくさんありすぎて、ひとつひとつの印象は薄かったけど」

「リビングというのは一階だったのか？」

「ええ。そうです。あとはどんなだったかしら……。入口を入ると大きな玄関があって。その左がキッチンと配膳室。右はライブラリになっていて、ご主人がジェントルマンズルーム（食後に男性だけ集まってお酒を飲む部屋）か書斎に使っていたんでしょうね」

「なるほど」

「正面は大きなリビングになっていて、ご自慢の庭に面したガラス張りのベランダがついていた。そこに座って話していたんです。その左はダイニングルーム。すごいお屋敷だったわ。贅沢な。今だといくらくらいするのかしら」

「二階は？」

「上がってすぐのところ——つまりリビングの上の部分——が広い空間になっていて、彼女はそこを音楽スタジオとして使っていたわ。巨大なグランドピアノまで鎮座していて、どうやってこの階段を上げたのかしらと思ったのを覚えているもの。壁の向こう側は彼女の寝室、それに洋服だけを入れる部屋、つまりドレッシングルームね。そして大きなバスルーム。ご主人が亡くなる前は別々の寝室を使っていたようで、ご主人の寝室と専用バスルームもあったけれど、彼女の部屋のほうが倍くらいのサイズで、道路に面していたのを覚えている。それから裁縫《さいほう》部屋や、小さめの寝室もいくつかあって、合計で八部屋とか十部屋あったんでしょうね。ああ、キッチンの隣に女中部屋もあったけれど、もう何年も空っぽだと言っていた。ご主人が生きていたときはもちろん女中がいたんだけれど、亡くなって数年で辞めたんですって」

「地下室は？」

「ええ、それもありました。キッチンから下りられるようになっていて。でもわたしは地下へは行ってません。ワインのコレクションを貯蔵しているという話は聞かされたけれど」

「屋根裏は？」

「そこも行ってません」

「そうか」物だらけの屋敷――。地下にはワイン。それでは屋根裏はどうなっていることやら。嗅ぎまわるのが好きなら、何日でも滞在できそうだな。

「ねえ、そろそろ教えていただけませんか」カリーナ・テルが身を屈めて、微笑んだ。「なぜマルガリエータ・サーゲルリエドの自宅にそんなに興味があるんです？」

「そこで起きたという気がするからだ。つまり、ヤスミンはそこで殺されたと」

「お言葉ですが」カリーナ・テルは頭を振った。「いくらなんでもそれはありえないわ。なぜそう思われるんです」

「単なる直感だ」ヨハンソンは肩をすくめた。

「そうですか。おっしゃることはよくわかりました。でもそうだとしても、あの家の住人――つまりマルガリエータ・サーゲルリエドは――そのことを露ほども知らないはず。それについては、わたしは千パーセントの確信があるわ」

「わしもそう思う。あの女はおそらく何も知らなかった」あとになって、気づいたのだ。それで彼女の世界は粉々に崩壊した。

「それ以外に捜査のことで覚えていることはないか?」

「実は、その事件のことは今でもよく考えるんです。色々な理由でね。今経営しているジムの顧客にも、ヤスミンとマルガリエータ・サーゲルリエドと同じ地区に住んでいた方がいますし。週に何度もジムにお見えになるんですよ」

「どういう人物なんだ」

「退役軍人です。引退する前は将官にまでなっていたと思うわ。八十代だけど、六十歳を超えているようには見えない。健康だし、身体をよく鍛えていて頑丈なの」カリーナ・テルはそう言って、なぜかヨハンソンのほうに笑顔でうなずいてみせた。

「名前は?」そのいまいましい輩《やから》にも名前くらいあるはずだ。特にジムに入り浸っているような輩は。

「アクセル・リンデロスです。電話帳に載っているはずよ。載っていなければ番号を調べてきます。確か、退役する前は国防軍参謀本部の中将だったかしら。せっかくなのでわたしの名刺をお渡ししておきますね」立ち上がったカリーナ・テルは、テーブルに自分の名刺を置いた。

「ありがたい」

「よかったら連絡してください。そのお腹の脂肪はまったく無駄ですよ。それをなんとかするお手伝いをしましょう」

「きみは実に親切だな。実にありがたい申し出だ。その申し出を慎重に前向きに検討することを誓うよ」それに当時わしが上司じゃなくて、お前は実に運がよかった。

「では。奥様によろしく」

「ピアと知り合いなのか?」

「奥様もうちのジムの会員です。健康意識の高い賢明な方々は、みんなうちのジムに通っているんですよ」

カリーナ・テルは微笑みを浮かべたままヨハンソンの書斎のドアを閉めた。ヨハンソンは考えた。わしはここで、太った身体をだらりとソファに横たえ、そこから動く気力もない。でも頭痛は消えたし、不安も消えていた。呼吸が楽になっている。お前を必ず捕まえてやる——。きっと間もなく、捕まえてやる。皆がお前など存在しないと言うが、そんなことはわしには関係ない。

42　二〇一〇年七月二十三日(金曜日)の午後

ヨハンソンは疲れていたが、眠ることはできなかった。ソファに横になったまま、麻痺していないほうの左腕を使って寝返りをうってもみたが、頭の中が一向に静まらないのだ。そういうわけで、午後のうたた寝をするには至らなかった。

「マティルダ！」ヨハンソンは叫んだ。「おい、聞こえないのか！」

マティルダは銃弾のように部屋に飛びこんできた。書斎のドアの外で位置についてスタートを待ち構えていたのかと思うほどだ。一秒もかからなかっただろう。そのおかげでヨハンソンは即座に元気が湧いた。

「何があったの⁉」

「何もないぞ。わしは最高に元気だ。ちょっとした非常招集訓練をやってみただけだ」

「はあ、そうですか。で？」

「そうだ、せっかく来てくれたのだから、ある電話番号を調べてもらえないか」ヨハンソンはカリーナ・テルがテーブルに残していった名刺を指さした。

「番号ならここに書いてありますよ。カリーナ・テル、電話番号は……」

「裏だ」

「アクセル・リンデロス？」

「それだ」ヨハンソンの声には意外にも温かみがこもっていた。「賢いじゃないか。それはブロンマに住んでいる退役軍人だ」賢いだと？　なぜわしはそんなことを。

「了解です、長官！　他には？」

「トリプル・エスプレッソだ。いちばん濃いやつで。ミルクはいらん」

「すぐにおもちします！」マティルダはそう言って部屋から出ていった。

長官――? なぜわしのことを長官と呼ぶのだ。あいつは警官ではなかったと思ったが。

「番号、押そうか?」マティルダが無邪気な表情でヨハンソンを見つめている。

「ああ、頼む」この子でも、調子に乗りすぎたことを反省することがあるのか。

「自分でやりなさい。運動能力を鍛えるのは大事よ」マティルダはそう言うと、ドアを閉めて出ていった。「何かあればいつでもまた大声出して呼んでね、長官」

快活な子だ――。見た目に騙《だま》されてはいけない。ただ、あの刺青については、一度きっちり話をしなくては。

それからヨハンソンは退役した将官の電話番号を押しながら、どう切りだそうかと考えた。真っ赤な嘘を少し混ぜて……。軍参謀本部の中将だったなら、そんなことで気分を害することはないだろう。

将官は最初の呼び出し音で電話に出た。

「リンデロスだ」と元中将のアクセル・リンデロスは答えた。まさに元中将という声だった。

「ヨハンソンだ」ヨハンソンも名乗った。「突然申し訳ない。だが、あなたに質問があって……」

「存じ上げています」リンデロスが遮った。「カリーナ・テル、うちのパーソナルトレーナーからすでに電話がありましたよ」

これ以上説明の必要はなさそうだ。

「お急ぎでしたら、スケジュール的な問題がありましてね。わたしは明日の早朝からスコーネ地方へ向かうんです。一週間のゴルフ旅行で」

「では、三十分後にお邪魔しても構わないだろうか」

「では三十分後に」リンデロス中将が答えた。

「マティルダ！」ヨハンソンは電話を切ると同時に叫んだ。


本人に訊いておいたほうがいいな——。ヨハンソンは車に座ったときに思った。ブロンマのエッペルヴィーケンにある退役した中将の家に向かうところだった。

「ひとつ質問があるんだが」

「なんでも訊いて、長官」

「なぜわしを長官と呼ぶ？」

「だって、現役時代は最高のスーパーポリスだったって聞いたよ。公安警察の長官や、ほらもうひとつの……国家犯罪捜査局のほうでも長官をやってたんだって？　引退する前は」

「そうか。聞いたのか」

「うん。最初はうちの他のお客さんと同じような種類の人間かと思ったけど。暮らしぶりからして」

「他のお客さん？」

「うん、金数え屋たちのことよ。ボーナス小人が大怪我しちゃったりとか。保険にいっぱい入ってるくせにね。でも、社長って呼んだ方がよければそう呼ぶけど」

「長官でいい」頭のいい子だ。こういう刺青は、もちろん消せるはずだな？

「了解、長官。じゃあ、そうしましょ」

「行先はエッペルヴィークス通りだ」

「わかってる」マティルダは大きな計器盤にうなずいてみせた。「もうGPSに住所を入力してある」

ヨハンソンはうなずくしかなかった。こんな子が、わしのところでいったい何をしているんだ。切なさ――。身体の中に心地よい切なさが広がった。運転もうまい。落ち着いていて、要領のいい運転だ。調子のいいときの親友ヤーネブリングに近いほどの腕前だった。

「あたしは車で待ってたほうがいいと思う」黄色い木造の邸宅の前に車を停めると、マティルダが言った。

「なぜだ」

「退役軍人なんでしょ」

ヨハンソンはうなずくしかなかった。想像力もよく働くようだ。

「ほら、これ」マティルダがヨハンソンのほうに屈み、ジャケットの胸ポケットにボイスレコーダーを挿しこんだ。

「これでメモをとる手間が省けるでしょう。もうオンにしてあるから。バッテリーは最低一日はもつはずよ。相手に見られたくなければ、ポケットに入れたままにしておけばいい。それでも充分音は拾えるから」

「すまんな」ヨハンソンは礼を言った。「ありがとう、マティルダ。恩に着るよ」

43　二〇一〇年七月二十三日（金曜日）の午後

「コーヒー、ジュース、それに水」アクセル・リンデロスは正確にその順番で、ステンレスの魔法瓶、赤いジュースの入ったカラフ、そして炭酸水の大瓶を指さした。今二人が座っている庭のテーブルに、中将自ら並べたものだ。グラスが二個と、スウェーデン国防軍のエンブレムのついた白い陶器のマグカップも二個添えられている。

「水で結構だ」ヨハンソンが言った。この男に軍服など必要ない。鍛えられた細身の身体、よく日に焼けた肌、白いコットンのズボンに赤い半袖のポロシャツ。六十の坂を一日たりとも越えたようには見えない。それも、よく鍛えた六十歳だ。

「五年前に妻を亡くしたんですが、妻とここに移り住んだのが一九七二年。ご覧のとおり、まだ住んでいますよ。三人の息子たちはもうとっくに独立しましたがね。今は立派な大人です。長男が四十一歳、真ん中が四十歳、いちばん下が三十九歳です」

「それは迅速に前進されたんですな」ヤスミンの失踪当時、十六、十五、十四歳か。すぐに数字が頭に浮かんだ。計算しようとも思っていないのに。

「まあ、そうですね」中将は微笑んだ。「一人目が生まれたとき、わたしはすでに四十でしたから。妻は八歳下ではあったが、迅速な匍匐《ほふく》前進を強いられたわけですよ。リンデロス家に子孫を残したければね」

「あなたは自宅にいらしたんですか。ヤスミンが失踪したとき。つまり、八五年の六月です」

「わたしはそのとき中東にいたんですよ。国連の任務で、ガザ地区にね。おかげであなたの部下のお相手はできなかった。妻と息子たちのほうは、どうにも免れなかったようですが」

「ご家族は自宅にいらしたんですな」

「いや、そうでもなかったんだが、あなたの部下がそれを理解するまでにかなり時間を要したんです」

「残念ながら、そういう場合の手順はきっちり決められていて、どうしても従わなければいけないものなのです」ヨハンソンは強調した。

「そのようですな」中将は苦々しい表情になった。「妻と息子たちはその前の週から、スコーネ地方にある妻の実家に帰省していたんです。おじいちゃんおばあちゃんに会いにね。自宅に戻ってきたのは、あの少女が失踪してから数日後のこと。飛行機の切符も残っていたし、スコーネにいたことを証言できる人間は何人もいた。念のため言っておくと、妻の両親以外にもという意味です。だがなんの役にも立たなかった。あなたの部下の一人は実にしつこくて強情な方でね。小さくて太ったお方でしたよ。妻がガザまで電話してきて、電話口で泣いていました。

わたしは怒り心頭で、当時の警察署長に電話をしたんです。彼はいいやつだった。彼が公安警察にいた頃からの知り合いでね。その愚かな警官の耳を引っ張ってくれましたよ。いい加減にしろ、と。それでやっと妻と息子たちにも静かな暮らしが戻ってきた。あんな事件が起きただけでも相当なショックだったんです。恐ろしい事件だった。いくら警察でも、ここであんなことが起きたと思うなんて」

またあのベックストレームか――。

「ここで起きたとは思わなかったんですな？」

「ええ、まさか。そのくらい、顔に目がついていればわかることです。こんな住人ばかりの住宅地で、あんな事件が起きるわけはない。それに、当時家にいたのは年寄りばかりだった。やあ、水をもっといかがです」中将がヨハンソンの空のコップにうなずきかけた。

「かたじけない。ぜひいただこう」

「あの夜、小さな赤い車が停まっていたという噂を覚えていますよ。あそこの角にね。マイブロンメ小路が始まるあたりだ」中将は手を伸ばして方向を指し示した。「ここから百メートルほどのところですよ。ヨハン・ニルソンの家の前ということだった」

「ヨハン・ニルソン？」どこでその名前を聞いたんだったか――。

「そのとおり」中将は笑みを浮かべた。「ヨハン・ニルソンが住んでいた家です。そのときにはもう亡くなっていたが。だが彼の愛する妻――未亡人――が住んでいた」

「マルガリエータ・サーゲルリエドか」

「まさに。旧姓はスヴェンソンです。マルガリエータ・スヴェンソン。そのことはあまり話したがらなかったが。それ以外は、自分のことばかり話したがる女だったが――」

「どんな人物でしたか」

「自惚れやで、おしゃべりで、うんざりするほど自意識過剰だった。だがご主人はいいやつでね。彼とは秋になればザリガニを食べ、グロッグを飲み交わす仲だった。わたしからすると父親くらいの年齢だったが、まったく気になりませんでしたよ。ビジネスマンとしても優秀だった。精肉やハム・ソーセージ類を買いつけて、オーシュタとエンシェーデで卸売店を経営していた。ストックホルムの中心部でいくつか食品店を経営してもいましたよ。あのオペラ歌手の奥さんはまるで災いのような存在だったが」

「二人はかなり遅くに結婚したとか」

「ええ。ヨハン本人もそう言っていました。彼女がやっと首を縦に振るまで、長年追いかけ求婚し続けたんです。それよりもっと長いことかかって、ようやく他のことにその情熱を費やせばよかったことに気づいたんだろうな」

「後悔していたんですか」そんなこと、事件とどう関係あるんだ。

「いや、ちっとも。実に気のいい男でね。温和で、明るくて、寛容で。だが二人きりでグロッグを何杯か飲んだあとには、かなり心を開いてくれることもありましたよ」

「それまでに誰かと付き合っていたということは？　子供はいなかったんですか」

「ええ。そのことはよく口にしていました。自分の人生には子供の存在が欠けているとね。うちの息子たちのことをそれは可愛がってくれましたよ。だがあの奥さんじゃあ、人生楽じゃなかっただろうな」中将はため息をついた。「それと例の赤い車。妻から車種はゴルフだったと聞いた覚えがあるが。その話はあまり信用しないほうがいいと思いますよ」

「なぜです。なぜ信じてはいけない」

「その車を見たと証言した男のことを考えればです。エッペルヴィーケンでは有名な、暴走気味の男だった。天と地の間に存在するすべてのことに口を出さずにはいられないおせっかい屋でね。いつもあっちこっちに首を突っこんでは……」

「何に首を突っこんだんです。例えば」

「何もかもにですよ！　町内会に、学校の保護者会、親の会に、泥棒を防ぐために地元住民で街の安全を守る会を結成しようとか……。地区のお年寄りを見守るネットワーク、ホームパーティーにクリスマスパーティー。クリスマスの早朝礼拝に行くための相乗りシステムまで提唱していた。前夜に飲みすぎる人は少なくないですからね。飲みすぎるといえば、ここの全員が同じようなものだ。毎晩、大きな黒い犬を連れてエッペルヴィーケンを練り歩いていましたよ。小さな華奢《きゃしゃ》な男でね。一見すると、まるで犬がそいつを散歩させているみたいだった」

「その男が何で生計を立てていたか覚えていますかな」

「法律関係だったね。確か、国の会計検査院に勤めていた。さぞスリリングな仕事だったんだろう」

「まだ生きて？」

「いえ。ヤスミンの事件の数年後でしょうかね。心臓だったと思いますよ。あんなに四六時中あらゆることを懸念していれば、そうなるでしょうよ」

「ヨハン・ニルソンは結婚前にも子供はいなかったと話していたんですか」いい加減にしろ。お前が間違っていたことは過去にもあったじゃないか——。

「ええ」

「妻のほうは夫が死んだあと、交際範囲は広かったんだろうか」

「そうは思いませんね。同じ年頃のお年寄りばかり、同じ業界のね。文化人とでもいうんでしょうか。でも孤独だったと思いますよ。隣人としては人気はなかった。会えば挨拶くらいはしたが、その程度です」

「ずいぶん大きな家だが」ヨハンソンが言った。「誰か手伝ってくれる人がいたんじゃないだろうか。あの家にあの庭ときては」

「旦那が生きていた頃——ヨハンの時代にはね、住み込みの女中がいましたよ。家でパーティーを開くときなどは、臨時に人を雇ってもいた。彼らとは世代がちがったが、うちも夫婦で何度かパーティーに呼ばれたことがあります。だがヨハンが死んだとたんに女中は辞めた。葬式も終わらないうちに出ていったんじゃなかったか。なぜそうなったかは、想像に難くない」

「どういう想像ですか」

「マルガリエータ・サーゲルリエドははた迷惑な性格な上に、特に心優しいわけでもなかったんですよ」

「なるほど。では、そのあと家事はすべて自分で?」

「そんなはずないでしょう。そのあとすぐに、掃除その他なんでもやってくれる家政婦を雇っていましたよ。どの子も数年で辞めていったがね。その後、やっとエリカがみつかった。エリカ・ブレンストレームですよ」

「エリカ・ブレンストレーム?」

「家事は得意だし、人柄もいい。何よりも我慢強い」中将はそう言ってにやりと笑った。「ノルランド出身の女ですから。あなたたちノルランド人は、まさにノルランドの森から切り出した木のようにねばり強い。エリカはそれから何年もサーゲルリエドの家に勤めていましたよ。老嬢がここから越すまでずっと。確かあの少女が殺された翌年の春には家を売って出ていったはずだから、八六年の春だ。ええ、確かですよ。わたしはあの秋の終わりにまたガザに出征し、クリスマス前に戻ってみるとあの家が売りに出されていたのを覚えているから。実は妻と一緒に内覧にも行ってみたんだが、あまりに値段が高すぎた。その当時すでにね。王冠のついた軍服を着る者には手が出ない値段でしたよ。マルガリエータ・サーゲルリエドはストックホルムの中心部に引っ越したはずです。エステルマルムにマンションを買ったから、ここの邸宅を手放すことになった」

「マルガリエータ・サーゲルリエドの聴取は、我々共通の知り合いでもあるカリーナ・テルが行ったんだが、そのときには使用人はいないと明言したようなんだ。家のことはすべて自分でやっていると。なぜ嘘をついたんだろうか」普段の彼女なら、そういうことはむしろ自慢げに話すはずなのだ。

「エリカはおそらく闇で働いていたんでしょうな」

「なぜそう思うんです」

「うちの大掃除を手伝ったときは、そうでしたから」元中将は簡単にそう言ってのけた。

「エリカ・ブレンストレームか……」

「そう、エリカ・ブレンストレーム。旦那が新しい女をつくって出ていき、彼女は独りで幼い二人の娘を育てるはめになった。当時三十半ばだったから、今は六十前後でしょうな。リッラ・エッシンゲンに娘たちと住んでいた」

「その女性がまだ生きているかどうか、ご存じですか」二人の幼い娘がいたと――？

「生きていますよ。実は先週話したところなんです。アルヴィークからの路面電車に偶然乗り合わせて。彼女はノッケビィに住む女友達を訪ねるところだった」

「電話番号まではご存じないでしょうな」

「いいえ、知ってますよ。そのときに、こんな老人の後片付けを手伝ってくれるつもりはないかと尋ねたので」

「手伝ってくれそうでしたか」

「ええ。そう言ってくれました。今電話番号をもってきます。手帳に書いてある。玄関にあるはずだ」

これは話が早い。だがその唯一の理由は、もう手遅れだからなのだろう。マルガリエータ・

サーゲルリエドの家で何年も家政婦をしていたというエリカ・ブレンストレーム。彼女には二人の幼い娘がいた。父親は誰なのだろうか。彼女を捨てたという夫は、いったい何者なのだ。

44　二〇一〇年七月二十三日（金曜日）の午後

やっと家に帰ってきた。やはり自宅は最高だ。今までもそうだったが、近頃はさらにそれを痛感する。

それに、楽々と進めるじゃないか。

ヨハンソンはゴムのついた杖を強く握った。マティルダがドアを押さえながら、さりげなく麻痺した腕を取って支える。そうやって玄関の敷居をまたいだ瞬間に、いいアイディアが浮かんだ。まったく天才的なアイディアだ。

「アルフ・フルト！」そしてヨハンソンはマティルダにうなずきかけた。「アルフ・フルトだ」

「アルフ・フルト？」

「そうとも。アルフ・フルトだ」

45　二〇一〇年七月二十三日（金曜日）の夜

進展しているのは捜査だけではなかった。ヨハンソンの肉体と健康も、日々進歩を遂げていた。目を丸くするような白星とまではいかないが、以前生きていた人生に向かって、小さな小さな一歩を踏み出しつつあるのだ。一方で、頭の中で起きることのほうが複雑だった。そこでは常に色々なことが起こり、まともな秩序も順序もなかった。日々執拗《しつよう》に彼を苦しめようとする痛みも存在した。ひとつひとつ解決していこう――ヨハンソンはそう自分に言いきかせた。ひとつひとつやればいいのだ。

よく晴れた美しい夏の夕べだった。妻を説得するのに時間がかかったが、外のベランダで食事をとることになった。夏に都心の自宅にいるとき、よく晴れた夕方にはいつもそうしていたのだ。自分で階段を上がって、上の階まで行った。杖は使わずに。どうせ邪魔なだけなのだ。転げ落ちないように左手で手すりをつかみ、自分の足で階段を上った。何度もやめろと言ったのに、ピアが常に後ろに立っていた。

「わしが尻もちをついたら、お前の腕と脚が折れるだろうが」まったく、罪深いほどに頑固な女だ。

元の彼に戻りつつあるわ――と妻は感じた。老馬みたいに強情なんだから。

食後のコーヒーを飲んでいるときに、ヨハンソンはつい数時間前に思いついた素晴らしいアイディアを妻に披露した。

「明日の昼食にアルフを招いたんだ」

「アルフ?」

「ああ。アルフ・フルトだ」

「あなたの妹婿の?」

「ああ、そうだ」

「じゃあ、アンナも一緒なの?」ピアは驚きを隠せない表情で尋ねた。

「アンナ?　どこのアンナだ」

「あなたの妹のアンナよ」

「わしの妹がアンナだということはわかっている。だが、アンナは来ない。アルフと二人だけで食事をするのだ」

「まあ、そうなの。あなたは、あの人と同じ空気を吸うのも我慢できないのかと思っていたけれど」ピアには、ヨハンソン一族の集いが記憶に新しかった。

「それは大袈裟《おおげさ》だろう。アルフには長所もたくさんある」そしてつけ足した。「特に、ある種の任務においてはうってつけの人材だ」

「そんな好印象をもっているなんて、今まで気づかなかったわ。あなたがアルフのことをそんなに買っているなんて。訊いてもいいかしら。なぜ急に会うことにしたの？」
「あいつを雇ったのさ」これは〈ギュンテシュ〉に寄り道して自分の命を救って以来の快挙だ――とヨハンソンは心の中でつけ足した。

46　二〇一〇年七月二十四日（土曜日）の午前

アルフ・フルトは引退した公認会計士だった。ヨハンソンの妹アンナと結婚している。アンナは、子だくさんだった母エルナと父エーヴェルトの歳の離れた末っ子だ。妹ができる前は、その五歳上の国家犯罪捜査局の元長官ラーシュ・マッティン・ヨハンソンが末っ子だった。

現役時代、アルフ・フルトはソルナにある税務署に勤めていた。経済学部を卒業してから年金生活に入るまでの四十年近く、そこで働いていた。会計士として名を上げ、彼の〝監査対象物〟である納税者本人および代理人たちに恐れられてきた。

ヨハンソンの長兄エーヴェルトはアルフを忌み嫌っていた。エーヴェルトによれば、アルフ・フルトの存在自体が、まっとうな企業経営や、人間らしく生きることへの脅威だという。酒が一滴も入らなくとも、大声でそんな話をした。

当のアルフ・フルトは、そんな世評を気にするような人間ではなかった。鷲のような顔立ちで、長身痩せ型。髪は薄く、身体に無駄な脂肪はついていない。猫背なのは、何十年間も、社会的責任および国民的義務から逃れようと悪あがきをする〝監査対象物〟に覆いかぶさるようにして働いてきたからだ。畏れを知らない男でもあった。妻の五十歳の誕生日パーティーには、神聖なる兄弟愛の名の下にエーヴェルトさえも集まったが、食後に男だけで集まってコーヒーとコニャックを飲んでいるときに、こともあろうに義兄エーヴェルトを静かに諭したのだ。

「兄上はわたしが天狗《てんぐ》になっているとお思いのようだが、今のところこの鼻は誰にもへし折られていませんのでね」

引退後のアルフ・フルトは先祖調査に夢中になった。引退した身とはいえ、かつて簿記に注いだのと同じ綿密さと正確さと客観性で。他人のことについてもやはり律儀《りちぎ》だったので、数年前にひとりで先祖調査の会社を興して軌道に乗せている。おそらく彼は愛妻の大家族についても調査済みなのだろう。いつもの、あのやり方で。歴史に微々たる穴があるのも許せないのだ。当然のことながら、妻の実家の家長二人とものの機嫌を損ねることになった。父エーヴェルトと、その長男である小エーヴェルトのことだ。ヨハンソンの長兄エーヴェルトは、成人するその日までそう呼ばれてきた。十八歳の誕生日当日、父親はこれ以上先延ばしにできない話題を初めて口にした。

「今日この瞬間から、誰もわしの長男を〝小エーヴェルト〟と呼んではならない」大エーヴェルトはそう宣言した。「これからは二人ともエーヴェルトだ。むろん、家督はすべてエーヴェルトが継ぐ」

アルフ、お前はわしのシャーロックだ。わしはマイクロフトなのだから。先ほど素晴らしいアイディアがひらめいたとき、ラーシュ・マッティン・ヨハンソンはそんなことを考えた。マイクロフト・ホームズ――シャーロック・ホームズの兄で、座り心地のよい安楽椅子から立ち上がることなく、難事件を解決してきた。日がな書斎のソファに寝ころんで過ごしているわしにぴったりではないか。今行ける中でいちばん現場に近いのがそこなのだ。それにほら、とっさにホームズの兄の名前を思い出すことができた。

そして今、ヨハンソン専属のシャーロックが彼の右側に座っている。税務調査部門で統括主査を務めた男、アルフ・フルト。普段どおりの鋭い顔立ちで、椅子の中で背を丸めて座っている。義兄のエネルギーを無駄に使わせないように、椅子をできるかぎりソファに近寄せ、話を聞きたくてうずうずしているのが伝わってくる。いつものように、準備万端だ。あらゆる種類の愚かしい水増しやまやかしの割増しを見抜く態勢が整っている。

「マルガリエータ・サーゲルリエドとその夫ヨハン・ニルソンですね」アルフ・フルトは思案顔で自分のメモに向かってうなずいた。

「それにサーゲルリエドの昔の家政婦、エリカ・ブレンストレームもだ」

「昔とおっしゃいますが、兄上の情報が間違っていなければ、我々よりもずっとお若い方じゃないですか」

「だからといって問題にはならないだろう。わしにわかるのは、サーゲルリエドの国民番号だけだ。エリカ・ブレンストレームについては名前と、今渡した電話番号しかわからない」

「まったく問題ありません」アルフ・フルトはうなずきながら言った。「それで、何を知りたいんです？」

「すべてだ」

「すべてですね。では先にお知らせしておきますが、こういう場合、あっという間に手に負えなくなることがあるんですよ。価格的に、という意味です」

「いくらかかってもいい」ヨハンソンは面倒くさそうに手を振った。わしはこれでも、親戚の中で二番目に裕福なはずだが？

「一週間以内ですね」

「そうだ。それなら三本のパイプを吸う時間も充分にあるだろう」マイクロフトは確か葉巻だったな。

「コナン・ドイルはあまり好きじゃないんですよ。わたしの好みからすれば、ロマンスが多すぎる」

47　二〇一〇年七月二十六日（月曜日）

月曜。それは新しい週のはじまり。そしてあやうく失いかけた人生の新たな一日でもある。

朝食、リハビリ、主治医ウルリカ・スティエンホルムの診察。四十四歳なのに、白い滑らかな首に皺《しわ》ひとつない、牧師の娘で脳神経外科医。座ってその短い金髪の頭をかしげる様子が、リスにそっくりな女。

「調子はどうですか」

「よくなってはいる」ヨハンソンはそう答えた。慢性的な頭痛や胸の圧迫感、右腕の代わりにアザラシのひれがついていることなど気にするな。愚痴《ぐち》ばっかり言うんじゃないぞ。

「わたしもそう感じたわ。よくなってます。理学療法士もあなたの回復ぶりにとても満足していました。ピアからは、家でもうまくいっていると伺ったわ」

「お前さんのほうはどうなんだ」ピアが何を知っているというんだ――急にヨハンソンは腹が立った。

「何も」ウルリカ・スティエンホルムは頭を振った。「父の書類にはすべて目を通したんです。紙袋も段ボール箱も全部。誓って言うけど、すごく丁寧に見たのよ。でもあの封筒に入った髪留め以外、何もみつからなかった」

「それでも何かはみつかっただろう」ヨハンソンは食いさがった。

「ヤスミンに関係あるものは何もなかった。マルガリエータ・サーゲルリエドがブロンマ教会で歌ったときの古いプログラムとか、彼女のご主人がまだ生きていた頃にうちの両親に送ったディナーの招待状とか、両親が彼女の家で撮ったらしき古い写真とか、そういうものはあったけれど。そうそう、マルガリエータが教会で歌っているときの写真もあったわ。七〇年代のクリスマス礼拝だと思う。この封筒にすべて入れておきました」そう言って、女医は茶封筒を手渡した。

「それですべてか」

「それですべてです。で、あなたのほうは？　進展はあった？」

「ああ、順調だ。間もなく捕まえてやる」わしはいったい何を言っているんだ——。

「誰だかわかったの？　教えてちょうだい」ウルリカ・スティエンホルムは驚きを隠せない表情だった。

「お前さんに最初に教えるという約束は守る」なぜわしはそんなことを言うんだ——。

「約束よ」

「約束する」あとは、次の角の向こうを見通すのみだ。

「おれはまったく、ひどい裏切者になったような気がするよ」その三時間後、ヨハンソンの親

たが。
「どうしたんだ」その答えは、ラーシュ・マッティン・ヨハンソンにはすでに推測がついてい
友がそう言った。

それは往々にして既婚夫婦が発症する、予期不能な合併症《がっぺいしょう》だった。すべての元凶はヤーネブリングが車をリースしたことだった。半額だということを考慮しても、ヤーネブリングの妻にしてみれば懸念すべき額の費用がかかる。ましてや妻の警察の給料と夫の年金だけが頼りの老年夫婦なのだ。

「で、どうしたんだ」すでに答えはわかっていたが、ヨハンソンは尋ねた。

「撤退するしかなかったよ。あいつ、タイへの直前格安旅行を申しこんだんだ。おれはあっけにとられたまま、間抜け面で立ちつくすしかなかったよ。タイで愛のバカンス――おれとこのまま夫婦でいたいのかを再検討する旅らしい。たった一週間とはいえ……」

「スウェーデンがいちばん美しいこの時期にか」ヨハンソンは急に気分が高揚するのを感じた。それが頭痛や胸の圧迫感、不安、怒り、切なさに取って代わろうと、虎視眈々と出番を見計っていたのだ。車を手放せよ――とヨハンソンは思った。

「まったく、女ってのは……」ヤーネブリングがつぶやいた。

「わしならどうにでもなる」兄貴には言わないと約束するよ。

「ところで、お前の兄貴とはもう話をしたんだ」まるでヨハンソンの考えを読んだかのようだ

った。

「で、兄貴はなんと？」

「女に主導権を握られないよう気をつけろと諭されたよ。それから、タイでおすすめの場所をいくつか教えてくれた」

まったく兄貴らしいな――とヨハンソンは思った。


ヤーネブリングが帰ったとたんにマティルダが部屋に入ってきて、大きなコップに紅茶を注ぎ、ヨハンソンにもちゃんと理解可能なサンドイッチを振る舞った。黒い色のライムギパンにサラダ、トマトのスライス、それを覆いつくすように生ハムがふんだんにのっている。ヨハンソンはまた罪悪感を感じるはめになった。

「こんなに面倒をみてもらうのは、子供の頃病気で寝こんだとき以来だ」おい、愚痴を言うのはやめろ――。

「うちの社の方針なんで」マティルダはそう言って、ソファの脇にある書類がいっぱいに詰まった段ボール箱のほうにうなずきかけた。「それって昔の事件を調べてるの？　安静にして精神的にもストレスをかけちゃいけないってわかってるよね？　もうちょっとのんびりすることを覚えないと」

「事件も何も。これは昔の未解決殺人事件だ」

「殺人事件？　カッコイイ！」

「子供みたいなことを言うな」ヨハンソンは頭を振った。「ちっともかっこよくなどないんだ。ただ哀れで悲しいだけだ。恐ろしい事件でもある」

「よかったら手伝うけど」

「その必要はない」

「どうして」

「捜査は機密事項なんだ。お前さんのような知りたがりやの子ザルが資料をめくったりしないようにな」

「あたしのことなら信用していいよ。噂話をするようなタイプじゃないから」

「なるほど」ヨハンソンはそこでまたいいことを思いついた。「お前さん、インターネットは得意か？」

「まあリスベット・サランデルほどじゃないけど、普通に使えるよ」

噂話をするタイプではないと言うが。

リスベット・サランデルとは誰だ？

「ジョセフ・シモンという男の情報をネットで調べてみてくれないか。ジョセフのフはPhで、それ以外は発音どおりの綴りだ」

「もちろんいいよ。あっという間に、その男のことをすべて教えてあげる」リスベット・サランデルではないと言いつつも、マティルダはそう請けあった。「そいつがワルなの？」

「いいや、この男は医者だ。一九五一年生まれで、一九七九年にイランから政治難民としてスウェーデンにやってきた。一九九〇年にはアメリカに移住して、製薬業界でとてつもない金持ちになったらしい」

「なぜそいつにそんなに興味があるの？　大悪党じゃないなら」

「そいつが悲しみをどう処理したのかを知りたいんだ」


ピアが仕事から帰ってきて、体調はどうかと尋ねた。

「平気だ」とヨハンソンは微笑んだ。頭痛がするし、胸が苦しいのに。ほんの十五分前に、緊急時にしか飲まないことになっている白い錠剤をまた一錠飲み下したというのに。強い不安感のせいで子供のように傷つきやすく、唯一の心の支えは、あの白い小さな錠剤が与えてくれる非存在感だけなのだ。

「黄金の中の真珠《しんじゅ》のような気分さ」ヨハンソンは嘘をついた。「さあここに座りなさい。今日は銀行ではどうだったのかい」わしはなぜそんな訊き方をするのだろう。なぜいつもみたいに「仕事はうまくいったのかい」と訊かないのだ。

夜には義理の弟が電話してきて、調査は思わぬ速さで進展していると告げた。今のところなんの問題にもぶち当たっていないらしい。

「エリカ・ブレンストレームと娘二人については、基本的にもう調査が終わっています」

「娘の父親はみつかったのか？」

「ええ。二人とも同じ父親です。トミィ・ヘーグベリ、一九五六年生。五三年生まれのエリカ・ブレンストレームよりも、三歳年下ということになる。上の娘のキャロリーナが七五年生まれ、妹のジェシカは七九年生まれ。エリカとトミィは結局籍は入れていないまま夫婦生活を続け、トミィは娘二人を認知している。ファックスかメールで送りましょうか」

「ファックスで頼む。そうすれば苦労してパソコンのボタンをいくつも押す手間が省けるからな」なるほど、認知はしていたのか――。

「税務署の記録によれば、この父親は実にどうしようもない男ですよ。あなたも昔の部下に頼んで、そちらの業界でも活発ではなかったかどうか調べたほうがいい。そういう臭いがしますんで」

「そうか」トミィ・ヘーグベリは、子供の他にも認めるべきことがあったりはしないだろうか――。

そして電話を切り、それを手から放す前に、ヨハンソンは眠ってしまった。

48　二〇一〇年七月二十七日（火曜日）の午前

午前中はいつものように健康を取り戻すための努力に費やした。マティルダに付き添われてリハビリから戻ると、近所を散歩しないかと提案された。

「今ジムに行ってきたところじゃないか」ヨハンソンが反論した。

「いいの。運動はしすぎるってことはないんだから」

嫌々ながら、ヨハンソンは彼女に従った。反論する気力もないほど疲れていたのだ。散歩を終えてマンションの門をくぐる頃には、顔に汗が流れていた。たった一キロを二十分もかけて歩いただけだというのに、肋骨の中で心臓がハンマーのように打ち、痛みが顔から額にまで上がってきた。マティルダがエレベーターの中でこっそりこちらを盗み見た。素早く一瞥してから、心配そうな表情を浮かべた。

「ソファに横になってて。昼食を作ってくるから」マティルダはそう言って玄関のドアを手で押さえた。ヨハンソンが敷居をまたぐときに、だらりと垂れたままの右腕を丁寧に支える。

マティルダが背中のクッションを軽く叩いて膨らませてくれた。ああ、助かる。これで少しはましになった――。うむ、横になるとましだ。

「命を奪うつもりはないのよ。でも、いい加減に運動を始めなきゃ。寝心地はこれでいい？」

「とんとん叩くのはやめてくれないか。何か食べるものを用意してくれ。それと、届いているファックスを取ってきてくれ」


エリカ・ブレンストレームは一九五三年生まれで、ヘノサンドで生まれ育っている。二十歳のときにストックホルムに上京し、フッディンゲ病院で介護アシスタントとして働きはじめた。その頃、三歳下のトミィ・ヘーグベリと出会う。トミィのほうはストックホルムの生まれ育ちで、工業高校で車両整備のコースに通い、卒業後は整備士として働いていた。

二人はフレミングスベリのアパートで同棲し、二人の子供を授かった。七五年生まれのキャロリーナと、その妹七九年生まれのジェシカだ。下の娘が生まれて四年後、エリカとトミィは別居する。トミィはその後もフッディンゲ市内に住み続け、同じ年に六四年生まれの新しい同棲相手との間に息子をもうけた。その女性もまた、フッディンゲ病院の介護アシスタントだった。エリカは娘二人を連れてリッラ・エッシンゲンへと越し、聖ヨーラン病院でハーフタイムで働きはじめる。住民登録を見るかぎり、新しい男の影はない。

聖ヨーラン病院でハーフタイム勤務――。時は一九八三年、娘を二人とも引き取って街の中心部に近いところに移り住んだ。おそらくこの頃にマルガリエータ・サーゲルリエドの家事を手伝いはじめたのだろう。子供たちの父親が新しい女――それもエリカより十一歳年下の女に走り、金ならいくらでも必要だったはずだ。

国家の財政を監査するような慎重さで、義弟はエリカ・ブレンストレームの娘たちの父親の人生を追っていた。住民登録や確定申告を読み解いてゆく。一九八五年に四人目の子供が生まれた二年後、彼はまた一人暮らしに戻った。フッディンゲの新しい住所が記載されている。雇い主は変わっていないが、その収入は、失業保険の受け取り額が上がるのに比例して、下がっている。

このあたりで本格的に道を踏み外したのだろう――警察官としての職業病だろうか、ヨハンソンは即座にそう直感した。同棲相手の女に追い出されたのだ。そこでどうしたのだろうか。

再びエリカに連絡をとるようになった？　エリカの新しい雇い主の暮らすブロンマの美しい邸宅に押しかけたなんてことはあるだろうか。

そのさらに一年後、劇的な変化が見られた。収入は半分以下になり、失業保険も入ってきてない。ここまで読んだところで、ヨハンソンは携帯を取り上げ、かつての部下であるストックホルム県警犯罪捜査部のヘルマンソン警部に電話をかけた。

「ヨハンソンだ」

「どうも、長官。やあやあ、お元気ですか」

「最高だ、ヘルマン」ヨハンソンは嘘をついた。

「そんなあなたに、どんなお手伝いをさせていただきましょうか」

「ひとつ犯罪歴を調べてほしいのだ。ヘーグベリという男だ。トミィ・リッカルド・ヘーグベリ。生年月日は１９５６０２１６。国民識別番号は０５３９。直近の住所は……」

「みつけました」ヘルマンソンが口を挟んだ。「フレンパン（フレミングスベリの略称）に住んでいますね。フレミングスベリのディアゴナル通り十四番」

「続けてくれ」

「ほう、これはキャンディの詰め合わせのような人生だな。ほとんどはくだらない犯罪で、強い酒の誘惑に勝てないのが問題のようだ。最初の犯罪歴は八三年の飲酒運転、最後も飲酒運転。二〇〇六年です。そのときに不法運転でも捕まっている。免許証は九六年にすでに取り消しになっています」

「そのあとは何もないのか。つまり二〇〇六年以降は」

「ええ。きっと遊び疲れたんでしょうよ。道を踏み外すにもエネルギーがいりますからね。五十歳を迎えた年に早期年金生活に入っているくらいだ。つまり二〇〇六年にね」

「もっとすごいことはやらかしていないのか」

「そうですねえ……。八七年に窃盗《せっとう》で六カ月服役しているが、それ以外はさっき言ったとおりくだらない犯罪ばかりだ。飲酒運転で三回、不法運転、保険金詐欺《さぎ》――これは無罪放免になっている。それに公務員に対する暴力行為、それも起訴はされなかった。おそらくバーからつまみだされたんでしょう。そんなもんです」

「それだけなのか」

「そうですよ。さあ、今度は長官が説明してください」

「DNAは登録されているのか？」

「いや。八七年の窃盗のときに、指紋は採取されていますが。で、さっきも言ったように、わたしは興味津々なのですが……」

「その話はまた今度だ。それ以外に何かみつかれば、連絡をくれ」

　聞きわけの悪いヘルマンソンを無視して電話を切ると、ヨハンソンは大袈裟な動作の必要もなくソファから立ち上がり、約束されたはずの昼食がどうなったのかを確かめにキッチンに向かった。マティルダは電話で話していて、ヨハンソンの足音には気づかなかった。その声は興奮していた。ヨハンソンはその場で立ち止まり、盗み聞きを始めた。それもまた、職業病のひとつだ。

「わかってるけど、そんなことあたしには関係ないでしょ。木曜には返すって言ったじゃない。ひどすぎるよ。あたしはアパートの家賃を払わなきゃいけないんだから。わかってる？」

彼氏か、女友達か、親友だろうか――。ヨハンソンは適度な音量で咳払いをした。マティルダは声のトーンを下げ、キッチンのドアに背を向けた。

「わかったわね」マティルダは念を押すように言うと、携帯を切り、ポケットに入れた。

「すみません。昼食はもうすぐできるから」

「彼氏か？　女友達か？」ヨハンソンは優しく微笑んだ。

「いいえ、頭のおかしな母親よ。うちの母親、ほんとにまともじゃないんだから。こっちまでおかしくなりそう」

「お前さんにおかしくなられては困る。わしの健康が脅かされるじゃないか。なあ、腹が減ったぞ。昼食はなんだ？」

「茹《ゆ》でたチキンにクスクスとサラダよ。ヘルシーなドレッシングを作ってみたの。好きだと思うわ。それからサプライズもあるよ。ここに座る？　それともソファにお盆をもっていこうか」

「今日はここで食べる」ヨハンソンはキッチンテーブルにうなずきかけた。「今後、この家で食事をするときは、ここで食べることにする」サプライズだって――？

49　二〇一〇年七月二十七日（火曜日）の午後

マティルダがピアに相談し、ピアがヨハンソンの心臓外科医に相談した結果、今そのサプライズが彼の目の前のテーブルに鎮座している。赤のボルドーが注がれたグラス。ヨハンソンはまず、そっとグラスに鼻を近づけた。一カ月近く一滴も飲まずにいたら、このような香りを感じるものなのか——。それからワインを味わった。小さな白い錠剤からしか得られない類《たぐい》の幸せを感じる。しかもこちらのほうが即効性が高いときた。

「二杯までよ」マティルダが言った。「その点は厳密なの。二杯まではオッケーだけど、三杯目からはノー」

「大きなグラスを探せばいいだけのことだ」ヨハンソンは笑顔でマティルダのほうにグラスを上げた。「ところで話はまったく変わるが。お前さんはどこに住んでいるんだ？」

「へーゲシュテティエンの2Kよ。賃貸。男はいない。なぜそんなこと訊くの？」

「まあ待て。そういうアパートの家賃はいくらぐらいのものなんだ？　月に二千くらいか？」

「ふざけてんの？　ラップランドでトナカイと住むならその値段で借りられるかもしれないけど。あたしは月に六千ペイしなきゃいけないのよ。で、自分はどうなわけ？」

「このマンションは分譲だからな……」

「当然よね」マティルダはあきれて天井を仰いだ。「訊いたあたしがバカだった。じゃあ、月月の管理費は？」

「実は無料なんだ。管理組合が一階の店舗を貸し出していて、それを管理費に回している。組合員はなんの費用も払わなくていいんだ」

「人は皆平等だなんて、誰が言ったのかしら」

「それで、お前さんの収入はいくらあるんだ」

「月に一万三千よ。税金を引いた手取りでね。長官こそ、いくらもらってんの？　ああでも、そういうのって国家機密なのかしら」

「正直言って知らんのだ。全部ピアに任せているからな」

「あたしたち、なんでこんな話してるのかしら」

「さっきの通話が聞こえてしまったんだ」

「盗み聞きは悪いことよ」

「わかっておる。だが職業病なんだ」

「わかるわ。あたしも盗み聞き大好き」マティルダは嬉しそうな顔になった。

「で、わしは何を言おうとしていたんだ」おい、何を言おうとしていたんだ。

「あたしのアパートの賃料、月収、他人の通話を盗み聞きすること」

「そうだった。お前さんには二十五日に給料が入った。つまり、おととい だ。その金を母親に貸した。母親はすぐに返すと約束した。お前さんが七月末日に家賃を払えるように。つまり四日後だ。だが母親は返せないと言いだし、お前さんには家賃を払う金がない。興味本位で訊くが、いったいいくら貸したんだ?」

「家賃を払うお金がなくなるくらいよ」

「よくあるのか? 金を借りておいて、約束を守らないということが」

「やめてよ」マティルダが頭を振った。「長官には関係ないでしょ」

「つまり、今までにもあったということか」おそらく何度もあったんだろう。

「好きなように思えばいいわ。とにかく長官には関係ないことよ」

「わしの健康を脅かさないかぎりはな」ヨハンソンは笑みを浮かべた。「金が必要なら貸してやるぞ」まったく、とんでもない母親だな。

「長官からお金なんて借りたら、この仕事を首になるの。言っとくけど、借りるつもりもないし」

「気が変わったらいつでも言ってくれ」ヨハンソンは肩をすくめた。


昼食を終え、二杯目のグラスに残った貴重なワインを最後の一滴まで舌で味わったあと、マティルダにコーヒーは書斎にもってくるように頼んだ。そしてそのまま秘密の隠し場所へと向かい、多少苦労して緊急用のバッグを取り出した。バッグの中身を千クローネ札六枚分軽くし、それを折りたたむと玄関のフックにかかっていたマティルダの上着のポケットに突っこんだ。

「どこに行ってたの?」コーヒーの盆をもって書斎に入ってきたマティルダが尋ねた。

「小便だ」ヨハンソンはそう言って満足げな笑みを浮かべた。「さっきの赤ワインのせいだろう」

「きっとそうね」マティルダは温めた牛乳を彼のコーヒーに注ぎはじめた。「いいところでストップって言ってね」

「ストップ。では、これから電話をかけるから、お前さんには失礼してもらおうか」


そしてエリカ・ブレンストレームに電話をかけた。非常に迷惑そうな声のエリカ・ブレンストレームだった。ヨハンソンはまず自分が何者かを名乗り、電話をかけた理由を説明した。マルガリエータ・サーゲルリエドの近所に住んでいた九歳の少女が、二十五年も前に殺された事件。ヤスミン。そこまで言ったとたん、相手が話を遮った。

「あなたがどなたかは存じ上げています。アクセルが——アクセル・リンデロスが電話してきて、あなたから連絡があるはずだと教えてくれましたから。それにずっと昔、テレビで見たことがあるわ。だからあなたのことは知っています。でも、なぜわたしに話を聞きたいんです」

「言ったとおり、ヤスミンのことを知りたいんだ。わしの知っている中で、ヤスミンに会ったことがある人間はきみだけだ」

「ヤスミンのご両親は?」

「連絡がつかない。二十年以上前にスウェーデンを離れているからな」

「でも、それでも……。会ったといってもほんの十回、二十回程度よ。それも、二十五年も前に」

「きみにはヤスミンと同じ年頃の娘が二人いただろう。話を聞く価値があると感じるんだ」それに、お前の娘たちは何はともあれ生きてるじゃないか。もう大人だ。三十歳を超えている。

「今日の午後はアパートの共同洗濯室を予約しているので」エリカは弁解した。

「問題ない。わしのほうから出向くつもりだ。一時間後でいいな?」

「着いたらまず電話をください。約束して」

やっと同意したか——通話を終えてまずそう思った。警察に協力するのがそんなに難しいことか?

「マティルダ!」ヨハンソンは叫んだ。

「長官!」マティルダは書斎のドアにもたれて待っていたとしか思えなかった。

「バットモービルのエンジンを温めてくれ。現場に急行するぞ」ワインのせいにちがいない。

頭痛は消え、胸の圧迫感も消えた。気分が高揚しているわけでもない。冷静なのに、意気ごんでいる。まさに、状況を受け入れ、偶然を嫌い、無駄に事態をややこしくしない男らしく。

50　二〇一〇年七月二十七日（火曜日）の午後

エッシンゲ・ブロー通り。それは三〇年代に建てられたアパートだった。エレベーターはある。最上階の小さな部屋は2Kで、ダイニングの横にベッドを入れるアルコーブがついている。エリカはそこで寝起きしていたにちがいない。そして娘たちが小さいほうの一部屋を共有していたのだ。二十七年前に入居し、二人の娘を育てたアパート。子供たちが独立して自分の人生を歩みだすまで、三人一緒に暮らした家。それは問う必要もなかった。家具だけでなく、床や屋根や壁など部屋の中のすべてが、この二十七年間エリカがここで人生を送ってきたことを物語っている。質素な人生。苦労の人生。整理整頓され、きれいに掃除されているが、余裕はほとんどない。物質的な気楽さを一切寄せつけない雰囲気だ。

エリカ本人も同じような雰囲気だった。鍛えられて無駄のない身体。生き生きとした瞳。よく日に焼けた、逞《たくま》しい手。働く女の手だ。若い頃は美しかったはずだ。歩みにはエネルギーが溢れ、微笑みと瞳には未来の夢が映っていたのだろう。だが今でもいい女だ――とヨハンソンは思った。その瞬間胸がチクリと痛んだが、なぜだかわからない。エリカはヨハンソンのためにコーヒーを淹れておいてくれた。紅茶とどちらがいいですかとも訊かずに。我々のような本物のノルランド人は、そうするものなのだ——。ヨハンソンはその瞬間、誰かに傷だらけの心臓を撫でられたような気がした。

「砂糖とミルクは？」その質問はされた。

「ブラックで結構だ」

「何を知りたいんです」

「最初から教えてくれ。マルガリエータ・サーゲルリエドのところで働きはじめたところから」

一九八三年の春。夫は、若い女をつくって出ていった。しかも、相手はエリカが勤めるフッディンゲ病院の後輩だった。エリカよりも十一歳若く、まだ子供のような歳だったのに、すでに夫の子供をみごもっていた。相手が誰なのかを問いただささずとも、エリカはすべてを悟った。相手から嘘を聞かされたり、怒りを爆発させるのを目にしたり、罪悪感の一部になったりせずにすんだ。

病院の上司が、実際的なことをすべて世話してくれた。上級医師で、オペラ愛好家で、裕福な上司は、自身も高収入だが、もともと銀のスプーンをくわえて生まれてきた類の人間だった。エリカにリッラ・エッシンゲンのアパートを世話してくれた。それは彼の知人が所有するアパートで、週に一度入口と階段の掃き掃除をしたり、切れた電球を取り替えたりするという条件で、無料で住まわせてもらえた。聖ヨーラン病院での新しい仕事も、同業の知り合いに電話して、一晩のうちに手配してくれた。マルガリエータ・サーゲルリエドの自宅での仕事も然り。

マルガリエータは、その上司夫婦の近しい友人だったのだ。

「きっと、その上司とデキていたとお思いでしょうね」

「いいや。そうだったのか？」

「いいえ。彼は単に、善意だったんです。彼のような人が存在するから、それ以外の男のこともなんとか耐えられるんでしょうね。それに、わたしの倍くらいの歳だったんですよ」

それがどうした、と二十歳も若い妻をもつヨハンソンは思った。

「それで、サーゲルリエドの家ではどんなことをしていたんだ」同じノルランド人のよしみで、話してくれないか。

「掃除をして、皿洗いをして、洗濯に家の修理に庭の手入れ。食材を買い出しにいったり。来客があるときも手伝いました」

「どんな人物だった？　つまり、雇い主として」

「ケチではなかったわ。本当に、ケチという人種にはあてはまらない。でも自惚れは強かった。彼女の話をずっと聴いていられたなら、掃除や洗濯をせずとも、話し相手として雇ってもらえたでしょうね」

「口うるさかったのか」

「言動に注意して、何もかもはい、はい、と同意しておけば、結局自分のしたいようにできたわ」

「意地の悪い女だったのか？」

「いいえ、決して。自分に陶酔《とうすい》しているところはあったけど、意地悪ではなかったわ。扱い方を間違えると、色々と文句を言われるけど。孤独だったんでしょうね。だから実際よりも自分を立派に見せたかったのよ。子供はいなかった。そうだわ、本人もよくその話をしていたけれど、キャリアのせいで子供をつくれなかったと。人生でいちばん後悔しているのは、遅くに結婚した上に、かなり年上の相手と結婚したことだって」

「ええ、もちろん。何度も会っています。どちらか一人が咳をしたり鼻水を垂らしたりすると、保育園では預かってもらえなかったから。それ以外にも、週末や夜に手伝いをする場合は、三人で行って泊まるほうが都合がよかった。あなた、お子さんは？」

「いる」

「じゃあ子供を育てながら働くというのがどういうことかはご存じね」

「まあ少しは」

「でしょうね……」エリカ・ブレンストレームはかすかな笑みを浮かべ、スプーンでコーヒーをかきまぜた。

「子供を連れていったときはどんなだった。サーゲルリエド嬢は」

「なんの問題もなかったわ。娘たちはマルガリエータおばさんを崇拝していたし、一緒にピアノを弾いたり歌ったり、劇をしたり、仮装したり……。わたしが止めなければいけないくらいだった。娘たちを相当甘やかしてくれましたよ。高価なプレゼントを渡したりね。クリスマスや誕生日にはNKデパートに連れていってたわ」

「きみのご主人は。いや、元旦那か。サーゲルリエドと面識はあったのか?」

エリカは急に警戒した表情になった。

「いいえ、一度も。でも、なぜそんなことを訊くかはわかってます」

「どういう意味だ。なぜわかる」

「あなたは警官でしょう。どうせもうあの男のことはすべて把握してるんだろうから、お互い正直になりましょ。あなた本当は、あの人のことでここに来たんでしょう」

「いや、そういうわけではないんだ。間もなくヤスミンの話に移るつもりだった。だが、その男のことを知りたい理由をわかっていると言うのであれば、ついでに教えてもらえないか」

「いいですよ。本当に隠すことなど何もないんです。トミィはどうしようもないだめ男でした。酒ばかり飲んでいて。出会ったときからそうだったけれど。当時十八歳になったところだった。わたしは数歳年上だったとはいえ都会に出てきたばかりの田舎娘で、簡単に落とせたんでしょうね」

「酒飲みだったのか」

「ええ、毎日飲み歩いていたわ。それに女好きだった。わたしと暮らしていた間も、常に他に女がいたと思う。そのうちにお酒のせいで大きな問題を起こした。そのときには、わたしはもう娘たちを連れて出ていったあとだったけど」

「そのあと一度も連絡はとっていないのか」

「最初の数年間は音沙汰がなかったわ。わたしは養育費のことで何度か電話したけれど、無駄だった。結局弁護士にお願いして、やっと支払われるようになったの。しつこく電話をかける必要がなくなって助かったわ。あの男は本当にだめな人間なのよ。言ったとおり、お酒のことしか考えていないの。でも悪人じゃない。彼が関わった残念な出来事についても知っているわ。しばらく刑務所に入っていたこともね。勤務先での窃盗に関わったみたい」

「お子さん方は？　その男は娘に会おうとはしなかったのか」

「わたしの後任が――あの女のことをそう呼んでいるんだけど――彼をアパートから追い出してから、またわたしに連絡が来るようになった。でも全然うまくいかなかったわ。彼はいつもああするこうすると約束するんだけど、約束を守ったことは一度もないの。裏切られた約束だけが積み重なり、たくさんの涙が流れ、あとに残されたのは悲しみに暮れた二人の少女だけ。娘たちは成人してから父親とやりなおそうとしたけれど、それももちろんうまくいかなかった。ここ十年ほど、二人とも父親には会っていないと思う。トミィは子供だったの。子供なのに浴びるようにお酒を飲んでね。結局大人にはなれないまま」

「きみが最後に会ったのはいつかね」

「プライベートでは八三年に出ていって以来、一度だけよ。数年ぶりにね。わたしの職場――聖ヨーラン病院にやってきて、金を貸してくれと頼んできた。貸しましたよ。数百クローネの話だし。もちろん返してもらっていないわ」

「それ以外は？　弁護士や福祉局の立ち会いの下では？　なんらかの関わりはあったんだろ

う？」

「五、六回かしらね。二人だけで会ったのは一度きりよ。その、お金を借りにわたしの職場にやってきたときだけ。わたしったら彼の頼みを聞きいれてしまったけど」

「そうか」なんと惨めな男なんだ――。

「あなたの狙いはわかっているわ。でもヤスミンの死にトミィが関わっていると思うのは、完全に方向が間違っている。トミィは絶対にそんなことはしない。なぜと言われても、そうなのよ。トミィは大人の女にしか興味がないし、女のほうもトミィをほうっておかなかった。あの男にとって、小さい女の子というのは元気で可愛いらしいだけのもの。泣いたりするなんてありえないの。寝る前に娘たちに本を読んでくれたこともないのよ」

「そうか。ではそうだったのだろうな。ところで話は変わるが、八五年の六月にヤスミンが殺されたとき、どこにいた」

「数年ぶりに、やっとまともな休みがとれたんです。マルガリエータは女友達と別荘に行くと言うから。上の子の学校が夏休みに入ってすぐ、娘たちを連れて実家に帰省しました。夏じゅうそこにいたわ。戻ってきたのは八月も半ばを過ぎてから。学校が始まる頃にね。下の娘――ジェシカがちょうど学校に上がるところで」

「警察に事情聴取を受けたことはなかったのか」

「いいえ。なぜわたしが受けるんです？　マルガリエータが聴取されたのは知っているけれど。本人から聞きました。でもなぜわたしなんかに」

「そう思うか」ヨハンソンが言った。「あの少女――ヤスミンのことを教えてくれ」

ヤスミンはエリカがマルガリエータ・サーゲルリエドの家で働きはじめた年の春に、父親とその新しい彼女と一緒に通りのいちばん奥の家に引っ越してきた。そのうちに、エリカの雇い主の家の中を、まるでわが家のように走り回るようになった。

「可愛い子だったわ。すごく可愛い子だった。愛嬌があって、元気で明るくて。とってもひょうきんだったのよ。かといって、甘やかされているわけでもなかった。マルガリエータとヤスミンは一目惚れみたいなものだったわ。その父親も、かなり素敵だったし」

「どういう男だったんだ」

「背が高くて逞しくて。引き締まった身体つきだった。浅黒い肌で、本当にハンサムだったわ。おまけに医者でしょう。マルガリエータはすごく彼のことを気に入っていた。彼とその彼女を何度か家のパーティーに招待していたわ。彼女のほうも医者だった。今でも覚えているけれど、初めてそのカップルを見たとき、マルガリエータの家のパーティーでのことだったんだけど、この二人いつまでもつのかしらと思った」

「そんなことを思ったんだ」

「だって彼は磁石のような男だった。女なら誰でも――年齢に関係なく、誰でも彼のそばに行って話してみたいと思わずにはいられないような」

「イランからの移民だというのは、マイナス要素にはならなかったのか？」

「いいえ。マルガリエータはそんな人じゃなかった。逆よ。彼女の友人たちも。それに、ヤスミンの父親はイランの皇帝をもっと若く長身でハンサムにしたような感じだったの。誰だってファラフ・ディーバになりたいと思うでしょう。わたしだって断らなかったでしょうよ」

「そうなのか」

「ええ。でも誘われなかったから断る必要もなかったけど。わたしが思うに、召使なんかに興味を示すような男じゃない。魅力的で礼儀正しかったけれど、興味があったとすれば、わたし以外の女性にだったでしょうね」

「ヤスミンがきみのお子さんたちに会ったことは？」

「そのことはわたしも考えてみたんですよ。あの事件が起こったあとにね。でも、一度も会ったことはなかった。道で通りすがりに挨拶くらいはしたことがあったかもしれないけど、一緒に遊んだりということは一度も。あんなことになってしまい、会ったことがなくてよかったと思ったわ。でなければ子供たちに辛い質問をいくつもされたでしょうから」

「まったくそのとおりだ。罪もない少女にあんなことをするなんて、いったいどんな人間の仕業なのか――」

「そういうことは、あなたのほうがよくご存じなんじゃないんですか」エリカは驚いた顔になった。「それがあなたの仕事では？」

「ああ、そうだ。だが、それを理解できるかどうかはまた別問題なのだ」

「わかります。だからキャロリーナとジェシカの父親のことは心配しなくていいんです」

一九八五年の秋にはマルガリエータ・サーゲルリエドはエッペルヴィーケンの家を売り払うことを決めていた。

「確か八六年の春に売れたんだったね」ヨハンソンがつけ足した。「事件から約九カ月後だ。なぜ急に引っ越す気になったのか、知っているかね？」また雰囲気が気まずくなった。エリカは警戒を強め、見るからに防御の態勢に入っている。

「急だったかどうかは、わたしにはなんとも。一年近く経ってるわけですから」

「だが、あんな立派な家はすぐに売れるものではないだろう。不動産屋が秋には内覧を開催したはずだ」

「そんなにおかしなことではないでしょう。かなり前から引っ越したいと言ってたんです。独りで住むには大きすぎるし、年齢のこともあった。街中に引っ越したがっていたわ。エステルマルムに小さなマンションを買えば、何もかもに近いところに住めるからって」

「家が大きすぎた？」家を自分の博物館みたいにしておいて。彼女の人生の記念碑のようなものじゃないか、まったく。

「ええ、かなり前からそのことは口にしていました」

「ヤスミンの身に起きたことは？　それが影響したとは思わないのか？　自分の家のように出入りしていたんだろう。起きたことを考えれば、楽しい思い出のはずはない」お前は、なぜ嘘をつくのだ――。

「あなたのおっしゃりたいことはわかりますが、彼女の口からそういう話は聞いたことがないわ」

「わしの理解が正しければ、引っ越しもきみが手伝ったんだな？　引っ越し後の掃除なんかも」

「ええ。マルガリエータはエステルマルムにマンションを購入したんです。リッダル通りに。引っ越し先の荷解きも手伝いましたよ」

「それから？」

「それから、なんです？」

「その後もやりとりはあったのか？　新しい家のほうでもきみの手伝いを必要としていたんだろう」

「いいえ。小さなマンションに引っ越す理由のひとつは、家政婦を雇う必要がなくなることだったんです。それからマルガリエータは病気になった。癌《がん》でした。長いこと闘病してから亡くなりました。引っ越して数年でね。その間に何度か電話で話したけど、それだけです」

「電話というのは向こうからかかってきたのか？　それとも、きみがかけたのか」なぜ嘘をつく。誰をかばっているんだ。

「どちらからもよ。わたしも電話したし、彼女から電話があったこともありました」

「話は変わるが、彼女の交際範囲はどんなだった？　付き合いがあったのは、同じような経歴をもつ同年代の人間ばかりだったと聞いているが」

「ええ。近所の数人をのぞいてはね。例えばアクセルとその奥さんとか、ヤスミンの父親と彼女のように。あとは高齢の友人の子供とか——子供と言ってももう大人だったけど。いちばん若い世代でも三十とか四十とかね」

「単刀直入に訊こう。親しい男性の知り合いはいなかったのか？　あくまでおおよそだが、当時三十歳くらい。マルガリエータ・サーゲルリエドが定期的に会っていたような人間は？」

「どういう意味です。若い恋人がいたとでも？」

「いいや、そういう意味ではない。よく知っている人物——彼女を手伝っていた人間かもしれない。親戚とか知り合いとか、友人の子供とか」お前は、なぜわざと知らないふりをするのだ。

「いいえ」エリカ・ブレンストレームは首を振った。「いなかったわ。いたとしたら、わたしも知っていたはずです」

「もちろんそうだろうな」ヨハンソンは微笑んだ。「きみのお子さんたちは？　幸せになったようだな」今度は質問ではなく見解を述べるような口調だった。

「ええ」とその子たちの母親は答えた。「幸せにしてます。二人とも結婚して、仕事もしていて子供もいます。なぜわかったの？　義理の息子は二人ともまったく正常で、優しい男性ですよ。もし知りたいんなら」

「もちろんそうだろうな。こんな立派なお母さんのいる娘と結婚したわけだから」

「まあ、色々と苦労してきましたよ」

「だろうな。そうだろうと思う。さあ、他に何か言っておくことはないか。思い出したことは？」最後のチャンスをやろう。さっさとこのチャンスをつかむんだ。無駄にお前を苦しめたくはない。

「ありません。それに、これから洗濯がたくさんあるんです」

小さな玄関に出ると、エリカがドアを開けてくれるまでヨハンソンはわざと待った。それからジャケットのポケットに手を突っこみ、髪留めの入った小さなビニール袋を取り出した。それを相手の目の前にかざす。差し出されたのに、エリカは受け取ろうとしなかった。

「もうひとつだけ話があるんだ。これに見覚えはないかね？」

「いいえ。髪留めのようだけど、うちの娘たちのものではないわ」

「それは確かか？」

「ええ、確かです。強情な女だと思われたくはないけど……」

「まあ、いい。わしの番号を渡しておこう。だから、よく考えてみてくれ。何か思うところがあれば、電話をくれ」そう言ってヨハンソンは相手にうなずきかけた。

怯えている。怯えた目をしている。何か言うわけでも、怒りだすわけでもない。今わしが言ったことが間違っていて、これが謂れなき非難なのだとしたら、怒りだしたはずだ。お前はこの髪留めをどこでみつけたのだ――。ヨハンソンはエレベーターで下に降りながら考えていた。シーツと枕カバーが一セットなくなっていることに気づいたのと同じ頃だろう。一九八五年の初秋、夏が終わって大掃除をしていたときに。

51

二〇一〇年七月二十八日（水曜日）

ヨハンソンの親友が海水パンツをはき、夜のインド洋に浸かっていた頃、ヨハンソン自身は半壊の状態で書斎の床に耳を当てて倒れていた。だがその前にも色々なことが起きたのだ。

まずはヨハンソンに朝のコーヒーをもってきたマティルダが、二人きりで話がしたいと申し出てきた。

「大事な話があります」そしてつけ足した。「もしよければ」

「どうぞどうぞ」ヨハンソンはにやにやしながら言った。こうなることはわかっていたから、心の準備はできている。

「昨日家に帰ってみたら、上着のポケットに六千クローネ入っていたの。長官、心当たりない？」

「ないな」ヨハンソンは首を振った。「なんの話だかさっぱり」

「これはマジな話なのよ。患者さんからお金をもらっちゃいけないの。プレゼントだとしても貸してくれるだけだとしても。だから……」

「うるさいな」ヨハンソンが遮った。「なんの話だか、まったくわからない」

「じゃあまたあとで」

「残念だが、あとで話しても状況は変わらんよ」ヨハンソンは秘密めいた笑みを浮かべていた。

「言っておくけど、ピアにも話すつもりよ」

「するがいい。ピアがわしより何か知っているとは思えんがな」まったく女ってのは——。

「さあ、そろそろ独りにしてもらえるか。お前さんにあちこち白衣の間を連れ回される前に、少し静かに過ごしたいのでな」

「そうね。今日は循環器センターの診察もある日よ。リハビリに行く前に」

「循環器センターか。まったく贅沢なことだ。脳神経外科医に、循環器医に、理学療法士に、ベビーシッター」実際足りないのは、自分の人生くらいか。


まずヨハンソンは心臓外科医の診察を受けた。背は低いがよく引き締まった身体つきの五十歳くらいの医者だった。頭は禿《は》げていて、茶色の瞳が生き生きしている。ヨハンソンが子供の頃に引き金を引いては消したリスの目の輝き——それと同じ輝きが瞳に宿っている。だが心臓外科医のほうはその頭を絶えずかしげない程度の良識はあった。そこに座って、優しく微笑んでいるだけだ。ヨハンソンの心臓と肺の音を聴き、心電図の結果に目を通し、あとはヨハンソンそのものを全体的に観察した。

「こういう状況になってしまったわけだから」ヨハンソンが切りだした。こういうことは、さっさとすませてしまったほうがいいのだ。「わしは定年までずっと警官として働いてきた。だから単刀直入な通達には慣れている。あんたや他の医者の無駄話など聞きたくないし、自分の状態を知りたいだけなんだ。なぜこんなことを訊くかというと、我ながら状態がよくないと感じているからだ。言っておくが、普段のわしは愚痴を言うようなタイプじゃない。だから、さっさと結果だけ教えてくれ」

「なるほど、よくわかりました。そうですね、あなたの心臓は長年ひどい扱いを受けてきたようで、数値はよくないです。いちばん心配なのは血圧ですね。これは下げないと。今飲んでいる薬も大事ですが、体重を落として、身体のコンディションを改善させ、今よりずっと平和な生活を心がけてください。ストレスをかけたり、心配したり、怒ったりしてはだめです。これで充分明快ですか？」

「ああ、わかった。体調をよくするために、具体的には何をしたらいいんだ」

「わたしの言うとおりにすれば、遺言状を書きなおす必要はなくなりますよ」

「わかった」状況を受け入れるほかない——。他に選択肢がなければ、できることをするほかないのだ。

予定どおりリハビリを終えると、理学療法士も同じ質問を受けることになった。

「この腕を見てくれ」ヨハンソンは言った。

そして右腕をまっすぐに伸ばし、手を開き、握り、人差し指を伸ばした。

「あとひと月で、ヘラジカ猟が始まる。わしは子供の頃からヘラジカを狩ってきたんだ。この腕でまた猟ができるようになるのか？　猟銃を構えられるのか。人差し指で引き金を引けるようになるのか？　今は指にまったく感覚がない。朝刊を広げておく力もないんだ」

「時間が必要なのよ」

「どういう意味だ。一年か、五年か、それとももう二度と……」

「答えは誰にもわかりません。でも前にも言ったとおり、そんなふうに考えては……」

「わかった」ヨハンソンが会話を遮った。「言っておくが、そのセリフはもう聞き飽きた。誰も彼もが、こういうふうに考えろと指図してくる」もしくは、こういうふうに考えちゃいけない、とも。


残りの日数を数えながら生きていく人生に意味があるのだろうか。ヨハンソンは帰りの車の中でそんなことを考えていた。そんな人生があっていいものなのか――。

「しつこく訊いて申し訳ないけど、あのお金のことなんだけど」マティルダが話しかけてきた。

「ああ、お前さんは実にしつこい。今わしはとても機嫌が悪いんだ。だからその口を閉じてさっさと家まで運転しろ。でなければここで車を降りて、タクシーを呼ぶ」

「すみません」マティルダが謝った。「そんなつもりじゃなかったの」

ああ、まったく。わしときたら、自分以外にもう一人不幸な人間を増やしてしまった。

「残りの日数を数えながら生きていく人生に意味があると思うか？　そんな人生、どう思う」

「よくなるわよ」マティルダが彼の腕を優しく叩いた。「大丈夫。もうすぐ元どおりになるから」

昼食はひとりで食べた。ソファに半分寝そべったまま。椅子に座って自分専用のベビーシッターと一緒に食事をするなんて、考えるだけで疲れた。ワインもなし。欲しいかどうか訊かれたが、首を振った。

頭痛。胸の圧迫感。もう我慢ができない——。ヨハンソンはあの白い小さな錠剤に現実から連れ去ってもらおうと、バスルームにそれを取りにいこうとした。ところがソファから立ち上がって一歩踏み出した瞬間、床がぐにゃりと曲がり、脚の力が抜け、壁が回転した。反射的に何かつかもうと右腕を振り回そうとしたが、右腕はもちろん動かなかった。目の前が真っ暗になり、そのまま真横に倒れた。

「じっとしてて」マティルダが脇にひざまずいていた。いつの間に来たんだ——。

「あたしの言うことがわかる？　脚は動かせる？　足首を曲げてみて。今、電話で助けを呼んでくるから」

「やめないか。それよりも、ソファまで手を貸してくれ」

「動いちゃだめよ」マティルダは左手をヨハンソンの心臓に押し当てたまま、右手で携帯を取り出した。「ピアに電話するわ。とにかく興奮せずに安静にしてて」

「やめないかと言っているだろう」ヨハンソンは左手でマティルダを押しのけた。「ピアに電話なんかしたら、お前を殴り殺してやる」

マティルダは何も言わなかった。ただ頭を振って、ドアを閉めて部屋から出ていった。ひとりでソファに這い上がるのに五分はかかっただろう。たった数メートルの話なのに。そしてやっとドアが飛ぶように開いたかと思うと、ヨハンソンの長兄がずかずかと部屋に入ってきた。

「今〈ゴンドーレン〉で昼飯を食ってたら、ピアから電話があった。いったい何があったんだ」緊急事態に長い説明を嫌うエーヴェルトがそう尋ねた。

「だから、何も起きてはいないんだ。ただ転んだだけで」

「バカを言うな」エーヴェルトがそう言った瞬間に、マティルダが部屋に戻ってきた。

「急に立ち上がったからだと思う。立ちくらみを起こして倒れたのよ。だから……」

「お前は口を閉じて、さっさと出ていけ。弟と二人きりで話をさせてもらおう」エーヴェルトは腕を伸ばしてマティルダを指さした。

エーヴェルトに腕ごと指さされれば、正義の味方ザ・ファントムでもちびるだろうに。そう思った瞬間、意味不明なくらいに嬉しくなった。胸とわき腹が痛むのに。

エーヴェルトが椅子をもってきてそれに腰かけた。

「水でも飲むか?」

「コニャックだ。たっぷり注いでくれ」

「わかった」エーヴェルトは嬉しそうにうなずいた。「そりゃあ当然コニャックだな。わしはウイスキーにするが」

それから二人で話をした。男同士、兄弟同士、静かに二人きりで。エーヴェルトはウイスキー、ヨハンソンはコニャックに舌つづみを打ちながら。

「こんなんじゃだめなのはわかっているだろう」エーヴェルトが言った。

「そうだな。自分でもそれくらいわかっている。提案があればなんでもありがたく聞こう」

「うちの丁稚《でっち》をここへ寄越そう。お前の身の回りの世話をするためにだ。今はうちの農場を手伝ってくれているやつなんだが」

「丁稚?」

「ああ。自宅で頭を打って死ぬほど無駄なことはないからな」

「その丁稚は、いったい何が問題なんだ」

「何も問題はない」エーヴェルトは頭を振った。「大きくて強くて、頭もバカとは程遠いぞ。言いつけどおりにちゃんとできるやつだ」

「なんの問題もないと?」

「ああ」エーヴェルトは大声で笑った。「ただ、たまにブレンヴィーンを飲ませると、将来の夢は警官だなどと言いだすこともあるが……。それ以外はなにしろまともなやつだ」

「だが兄貴のほうは? 農場で人手がいりようなんじゃないのか」馬やら犬やらがうようよいるし、畑も森もあるし、狩りの時期も近づいている。

「わしなら平気だ」エーヴェルトが鼻を鳴らした。「今はお前の生活が最優先だ」

「そうか。それはありがたい」

「さあこれで決まった。いい加減に気合を入れろ。ヘラジカ猟まであと一カ月なんだぞ」

「ヘラジカ猟に乾杯」ヨハンソンはそう言って、コニャックのグラスを掲げた。

52　二〇一〇年七月二十八日（水曜日）の夜

ピアと夕食をとった。キッチンに座って。雨が降っているから、ベランダでは食べられなかったのだ。ヨハンソンの体調を慮《おもんぱか》ると、どちらにしてもやめておくのが正解なのだが。

「体調はどう?」妻が尋ねた。「今日連絡を受けたときは、心臓が止まるかと思ったわよ」

ピアはテーブルの上の夫の動かない手を優しく撫でた。

「お前の心臓を止めるつもりなどさらさらなかったんだ」急に妻の言葉に腹が立った。「あの刺青娘に電話するなと言ったのに、わしの命令を無視したのだな。その代わりにソファに戻るのを手伝えと頼んだのに、それも無視された」

「わかるでしょう、電話しなきゃいけないのは。それに、よかれと思ってやったのよ」

「いいや、わからん。お前の言うことは聞こえているが、お前と同じようには思わない。皆が寄ってたかってわしのことを思ったり考えたりするのにはもううんざりだ！　お前も含めてだぞ」

「今は辛い時期なのよ。わかるわ。でも、みんなあなたの力になりたいと思っているだけなのよ」

これは無意味な会話だ。そう思ったとたんに、怒りがどこかへ消えた。疲れがそれを押しやったのだ。

「お兄さんとも話したの。すごくいいアイディアだと思うわ。わたしもそれで安心できる。そろそろ夏の休暇の時期も終わりだから、これから職場もどんどん忙しくなるし。その子にはとりあえず、ゲストルームに泊まってもらいましょう」

「そうか。二人で勝手に同意に達したようでよかったな」

「ラーシュ、あなたそれは大人げないわ。ところで、さっきここに来てくれたお医者様とも話したんだけど、骨はどこも折れてないって。でも捻挫と、ひどい青あざができている。立ち上がるときは気をつけてよ。急に立ち上がると、立ちくらみがして倒れるんだから」

もう自分の耳が信じられん。

「ひとつ質問があるんだが、訊いてもいいか。わしは疲れた——疲れたせいで非常に疲れているのかもしれん。だから、もう寝にいかせてもらっていいか？」

ピアの顔に無理につくった笑顔が広がった。手の動きが止まり、そして夫の手を握りしめた。

「もちろんよ。よくわかるわ。じゃあ部屋まで手伝うわね」

「いいや。そういうことはやめてくれ。自分で歩いていって横になるから。自分で身体を拭いて、歯を磨いて、いまいましい薬を全部飲んで、ベッドに横になる。自分でできるんだ！」

そう言って、妻にうなずいてみせた。妻の顔から笑みが消え、手を引っこめた。

それから、宣言したことをすべて独りでやった。仕上げにまた白い小さな錠剤と睡眠薬も飲んだ。そして頭を枕につけた瞬間に眠りに落ちた。わき腹が痛いし、息が苦しいにもかかわらず。

53　二〇一〇年七月二十九日（木曜日）の午前

朝、目を開いた瞬間に、ヨハンソンは自分の人生を取り戻すことを心に決めた。地面に倒れて死の味を舐める前はいつもそうしていたように、六時前には起きだし、おぼつかない足取りでバスルームに向かい、シャワーを浴び、髭を剃り、歯を磨き、薬を飲み、水を二杯飲み、ガウンを羽織ると朝刊を取りにいった。そして脚を引きずりながら書斎に戻り、ソファに座って新聞を読みはじめた。しかしすぐに頭痛が戻ってきたので、新聞を投げ捨てた。ピアがやってきて朝食を食べたいかどうか訊かれたが、頭を横に振っただけだった。そのまま目を閉じ、妻に仲直りのチャンスを与える。まあ、普段の自分に戻れなければ仲直りは無理なのだろうが。

どちらにしても、妻は何も言わずに部屋から出ていってしまった。

それからまた眠ってしまったらしい。というのも、気がついたときにはピアが玄関でマティルダと話している声が聞こえ、それから書斎に現れた。夫のほうに身を屈め、左の頬に指を這わせる。そしてこうささやいた。

「気をつけて過ごしてね、ダーリン。また夜に」そして妻は行ってしまった。玄関のドアが閉まるのが聞こえて、それで終わり。心配しているというより、怒っているんだろう――ヨハンソンはそう思いながら、また眠ってしまったようだ。

気づくとマティルダが立っていた。まるで昨日など存在しなかったかのように、嬉しそうな笑顔を浮かべている。

「長官、さあ起きて、起きて！　リハビリに行くよ」

「誰が行くんだ」ヨハンソンは頭を振った。「お前が行きなさい。わしは遠慮しておく。理学療法士にその刺青がなんとかならないか訊いてみるといい。トレーニングで消えるかもしれんぞ」

「バカ言わないで」マティルダが言った。その上、頭を斜めにかしげている。まるでわしの脳神経外科医のようだ。あの女ときたら、わしが期待にそえないとわかったとたんにそうやるのだから。

「わしはユールゴーデン島を散歩するつもりだ。それからレストランで昼を食べる。車で送っていきたければ送らせてやってもいいぞ。嫌ならタクシーを呼ぶまでだ」

「わかったわよ」マティルダは肩をすくめた。「送っていくわ。準備ができたら呼んで」

ヨハンソンは丁寧に身支度をした。白い麻のズボンにブルーの麻のシャツ。それに黄色の麻のジャケットを羽織る。ゆっくり時間をかけて、今日の気分と窓から差しこむ太陽の光の具合で吟味したのだ。マティルダはその間リビングに座って待っていた。ヨハンソンが彼女のことなどまったく無視してリビングを横切ったときも、ちらりと時計を見ただけだった。ヨハンソンは即座に、戦の前線をさらに前に押しやることに決めた。わしのことを子供扱いしたいなら、そうさせてやろう。

「まあ落ち着け。出かける前に電話を一本かけてくる」

ヨハンソンは携帯を取り出すと、ヘルマンソンの携帯に電話をかけた。

「ヨハンソンだ。いくつか頼みがある」三年間の年金生活など、存在しなかったような声色だった。

「どうぞ、長官」

「ヘーグベリの件はどうなってる」

「大々的に調べましたよ。捜査課のやつらに最新の写真も撮らせました。あまり元気そうではないですね。昨晩、自宅近くのバーから千鳥足で帰るところを撮影したんです。まあずいぶんお疲れの様子というか」

「そうだろうな。だがここ二十五年間のことはどうでもいい。問題は当時の見た目だ。指紋を採取したときの写真も忘れないでくれ」

「もちろんです。勤務が終わり次第、パトリックがお届けする予定になっています。内密にね。この件は家族内にとどめておこうと思って」

「内密って、なぜだ」

「いやあ、時効の切れた事件とはいえ、あまり目立ったことはできないので」

「なんの話だ。いいからすぐに誰かを送ってそいつのＤＮＡを採取してこい。お前の言うとおりなら、今頃二日酔いで家で寝ているんだろう。呼び鈴を鳴らせばすむことだ。今必要なのはそいつのＤＮＡなんだ」

「わかりますが、ちょっと考えさせてください。これは時効の切れたとはいえれっきとした事件であって、議会オンブズマンに訴えられたらたまったもんじゃない」

「じゃあもういい。別のやつに頼むまでだ」

「待ってください、長官。ラーシュ、お願いだ。そんな言い方しないでくださいよ。長い付き合いじゃないですか」

「ときにお前のことが心配になるよ、ヘルマン。もしそのヘーグベリがヤスミンの命を奪ったとしたら、それが最後の凶行だとは思えないだろう」

「そうですね、わかりました。すぐにＤＮＡの採取を命じます。どうやればいいのかはわかりませんが」

「義理の息子を送ればいいじゃないか。あいつなら一瞬でカタをつけるだろう。ヘーグベリが口を開けるのを拒否したら、綿棒を鼻に突っこめばいい」

「そうします」

「よし。それから国立科学捜査研究所《ＳＫＬ》には最優先でやらせろ」

「ちょっと、ちょっと待ってください。昨日別件でＳＫＬと話したところなんです。今県警犯罪捜査部で捜査している現行の事件のことで。ロシア人が二人撃ち殺されて、ビスコップ岬に捨てられた。早くて三週間後だと言われました」

「今ＳＫＬのトップは誰だ」

「あの女性ですよ。あなたが現役の頃に国家警察委員会の次長だった」

「彼女に電話して、わしからよろしく伝えろ。すぐに結果が欲しいというんだ。受け取ってから六時間以内だ」

「もちろんです。よくわかりました。そのとおりにします」

「よし。ではお前の義理の息子が来るのを楽しみにしている」


それからジャケットの胸ポケットに携帯を入れ、ゴムのついた杖を手に、玄関へと向かった。

マティルダは椅子に座って待っていた。かすかに笑みを浮かべている。

「新しい人生の始まりね」マティルダはあきれたように頭を振った。「どこへ行きたいの？」

「いいから黙って運転しろ。必要な情報はその都度教えてやる」バック・オン・ザ・ロード・アゲインだ——。

そういうわけで、ヨハンソンは左手で行先を示した。スルッセンを通過し、ガムラ・スタンのシェップスブロン通りを進み、グランド・ホテルの前を通って、さらにストランド通りの埠頭ぞいを走る。アメリカ大使館、カークネース塔を過ぎて、ユールゴードブルン運河を渡る小さな橋からユールゴーデン島に入った。輝く太陽、青い空。そこに白い雲が軽やかに浮かんでいる。まるで発情期の雄のホンケワタガモの胸の羽毛のようだった。つまり、九歳の少女を窒息させた羽毛のような雲だ。ストックホルムが一年でもっとも美しい時期。それを愛でる観衆に、最高の表情を見せてくれている。

「ここで停めてくれ」

マティルダは今度は反発することなく車を停めた。何も言わずに。

「ここから歩いていこうと思う。スカンセンのロープウェイ乗り場の横にあるマナーハウスで会おう」くそ、その名前が思い出せない。頭から抜け落ちてしまったみたいだった。人生がまともだった頃、少なくとも百回はそこで食事をしたというのに。

「〈ウッラ・ヴィンブラド〉ね」

「そうだ。では、〈ウッラ・ヴィンブラド〉で。一時間後くらいだ」

マティルダはこちらを見つめているだけだったが、やっとうなずいた。

「わかった。じゃあそこでね」

そして車を出すと、あっという間に走り去ってしまった。

はじめは楽だと思うくらいだった。上り坂もないし、自分のペースで運河ぞいの道を歩き続けた。しかし十五分も経つと、疲れが襲ってきた。ベンチに座り、額の汗をぬぐう。深く息を吸い、目を閉じたまま血圧が下がるのを待った。しかししばらくすると立ち上がって、また歩きはじめた。ゆっくり、慎重に、身体がちゃんと追いつくように。また耳を地面に当てて倒れたくはないから。

さらに十五分後には、半分まで来た。呼吸が楽になり、汗もそれほどかかなくなった。またベンチがあったので座って休憩をする。今欲しいのは魔法瓶に入ったコーヒーと、ファールンソーセージのスライスをのせたパンだ――。あとは、顎や頬にかかる冷たい九月の風。切株に腰かけ、故郷の川を望む。ヘラジカを追いつめたイェムトフンド種の猟犬の吠《ほ》え声が聞こえる。

お前は生きてるじゃないか、ラーシュ・マッティン――。約束の時間にレストランに足を踏み入れたヨハンソンは、そんなことを考えていた。

「イワナのグリルの温サラダ添えはどう?」メニューを読んでいたマティルダが提案した。

「お前さんがそれを食べたいなら、止めはせんぞ。だがわしは揚げたベーコンにポテトのパンケーキ添えにする。それによく冷えたチェコのピルスナーと、大きなグラスに入ったウォッカだ」

54　二〇一〇年七月二十九日（木曜日）の午後

家に戻ると書斎のソファに寝ころんだ。マティルダにコーヒーとミネラルウォーターの瓶をもってくるように命じる。今までにないくらい爽快な気分だ。頭痛はしないし、胸の圧迫感もない。このチャンスを逃す手はないとばかりに、ヨハンソンは数日前にウルリカ・スティエンホルムから預かった茶色の封筒を取り出した。封筒が厚すぎないのもちょうどいい。安静にして、精神的なストレスを感じてはいけないと言われているのだから。

マルガリエータ・サーゲルリエドが出演するコンサートのプログラムが何枚も出てきた。ブロンマ教会でのクリスマスコンサート。よくは知らないが、おそらく定番の曲目なのだろう。

スポンガ教会での教会コンサート。こちらのほうがバラエティーに富んだプログラムのようだ――と、これもよくは知らないが勝手に解釈する。

ドロットニングホルム宮廷劇場でのモーツァルトのオペラ。これなら誰でも知っている。ヨハンソンはその劇場に足を踏み入れたことはなかったが。

写真も五、六枚出てきた。ヨハンソンのような人間にとっては、こちらのほうが興味深い。

なにしろ今まで会ったことも話したことも、写真ですら見たこともなかった人々に顔が与えられるのだから。

マルガリエータ・サーゲルリエドのサイン入りポートレート写真。まだ若くて、きわめて美しいマルガリエータ・サーゲルリエドだ。裏面の写真アトリエのスタンプに一九五一年と記されている。これが何十年ものちにウルリカ・スティエンホルムの父親の手に渡った理由は、彼女自身が彼にプレゼントしたものという以外にないだろう。正確に言うと、彼とその妻に。暗い背景に上半身を浮かび上がらせている。頭をそらして目を半ば閉じ、まるで嘲笑《あざわら》うかのような表情だ。その表情のドラマチックさは、半世紀経った今は完全に消失してしまっているが。カルメンか――。マルガリエータはカルメンに自分自身を投影していたのだろうか。

また別の写真には、裏面にこう書かれていた。〝一九七〇年　ザリガニパーティー。マルガリエータとヨハンの自宅にて〟さらにこう続く。〝パーティーの主催者のヨハン、わが愛妻ルイース、美しきホステスのマルガリエータ、小生〟女医の父である牧師がペンを握っていたのだろう。タキシードを着た二人の紳士が、パーティードレスに身を包んだご婦人二人を間にして立っている。それぞれが滑稽なザリガニパーティーの帽子をかぶり、当時流行した膨らみのあるシャンパングラスを手に、楽しそうに笑っている。この写真を撮影したのは誰だろうか――。いや、そんなことはどうでもいい。それが誰であれ、十五年後にはそいつも歳をとりすぎているはずだ。

写真のいちばん右は大柄で髪の薄くなった七十歳くらいの男で、赤ら顔に愉快そうな表情を浮かべている。その横に立つ女性は男性の半分くらいの年齢で、ヨハンソンの脳神経外科医と双子であってもおかしくない。その隣に美しき女主人がたたずんでいる。写真で見ると、実際の五十六歳よりも十歳は若く見える。ウルリカ・スティエンホルムの母親よりも頭ひとつ分背が高く、輝くような笑顔をカメラに向けている。グラスを掲げ、左腕を騎士《ナイト》の背中に回して。これが牧師のパパか――。華奢で髪が薄く、気取りのない整った顔立ち。温かい笑顔は、照れくさそうにさえ見える。見た目からして、賢明な善人だ。自分の腰に回った腕に照れているのかもしれない。そのとき携帯が鳴りだしたので、ヨハンソンは写真を脇にやった。

「ヨハンソンだ」定年退職して以来、電話に出るときは苗字を名乗るようになった。現役時代は、電話してきた者にうなり返すだけだったが。

「やあ、ラーシュ」義弟だった。「アルフです。お元気ですか」

「定期的に痛みが訪れるが」ヨハンソンは正直に答えた。だって、アルフ・フルトに嘘をつくなんて無駄な行為なのだ。「オペラ歌手と、その夫である食肉卸売の老人のほうはどうなっている」

「そのことで電話したんです」

「そうか。続けてくれ」

二人とも子供はいなかった。公的な書類に書かれている情報によれば。普段は疑り深いアルフ・フルトも、今度ばかりは実際にもいないようだと確信していた。

「村のほうにもみつからなかったのか」ヨハンソンが尋ねた。

「誰にでもそんな余裕があるわけじゃないんですよ」アルフ・フルトは控えめに咳払いをした。

「他に誰もいないのか。その年頃の若者は。甥だかいとこの息子だか、なんだか知らんが」

それもいません——というのが義弟の回答だった。ヨハン・ニルソンもマルガリエータ・サーゲルリエドも兄弟はいなかった。

「ヨハン・ニルソンは食肉卸売業者の三代目です。一八九五年生まれで、一九八〇年に亡くなっている。父親の卸売商アンデシュ・グスタフ・ニルソンは一八七〇年生まれで、ヨハンはその一人息子だった。なおアンデシュ・グスタフのほうは一九五九年に亡くなっています。一方で、祖父のほう——一八四八年生まれの家畜商のエリック・ヨハン・ニルソンにはわんさか子供がいた。わたしの計算が正しければ八人、息子が三人と娘が五人です。だが誰もその年齢に該当するような男系子孫は残していない」

「妻のほうはどうなんだ。サーゲルリエドのほうは」

「そちらも、あっけないことにひとりっ子です。旧姓はスヴェンソンで、父親はストックホルムで皮革業に従事していた。母親は専業主婦。当時の身分制度でいえば、決して自慢できるような身分ではなかったわけだ。あなたをがっかりさせるリスクを冒して言いますが、こちらもまったく期待薄だ。若い男の親戚はいなかったんです。なお、マルガリエータ・サーゲルリエド——旧姓マルガリエータ・スヴェンソン——は一九七三年、二十三歳のときに苗字を変更している。その二年後に、ストックホルムの王立歌劇団に正社員雇用された」

「聞こえのいい苗字が必要だったわけだ」ヨハンソンがつけ加えた。

「そのようです。この改名というのは、わたしのような職業の人間にとって非常に頭の痛い問題でね。税務署時代のエピソードがいくらでもある。あなたのような来歴をもつ男でも、身の毛がよだつでしょうよ」

「きっとそうだろうな」いったいわしらはなんの話をしているんだ。

「で、どうしましょうか」

「もっと調べてくれ」ヨハンソンは急に心が決まった。

「お探しなのは親戚じゃないかもしれませんよ。そういう男が存在するとしてですが」

「確かに、親戚である必要はない」

「存在した人間なら、必ずみつけだします。それについてはご心配なく」

「もちろんだ」本当に犯人が存在するなら――。ヨハンソンは考えに浸りながら通話を切った。それとも単に、これはすべてわしの勝手な妄想なのだろうか。本当は心臓が問題なのに、頭に血栓が詰まったほどなのだから。


そのままソファで眠ってしまった。マティルダにそっと肩を撫でられ、目が覚めた。

「お客さんよ。警官だって。書類をたくさん届けにきたんだってさ」

「そいつは名前もないのか」

「さあ。あたしには言わなかったけど」マティルダはそう言いながらにんまりと笑った。

「じゃあそれが嘘ではないと、なぜわかるんだ」おそらくパト2――パトリック・オーケソンだろうな。

「だっておでこにそう書いてあるから」マティルダはさらに笑みを広げた。「長官や、長官の親友――あのごっつい狼《おおかみ》みたいなおじさんと同じようにね」

額には書かれてないだろう、とヨハンソンは心の中でつぶやいた。書かれているのは目の中だ。本物の警官は皆そうなのだ。ヨハンソンや、親友のヤーネブリングや、それとまったく同類であるかつての同僚たちも然り。柔和ではあるが、警戒した目つき。その視線が意味することはひとつだけ。まともな人間のように振る舞えないなら、ひっ捕らえるぞ――。手錠をかけて黙れと命じ、尻を蹴りつけてやる。場合によっては、もっとひどいことも――。

「座りたまえ。うちの使用人にコーヒーをもってくるよう言いつけたから」

「それはどうも」パトリック・オーケソンが答えた。

「話してくれ、パト2。この年寄りに、教えておくれ。あの飲んだくれのヘーグベリについて何かわかったのか」

「今朝、取り乱した義父から電話がありました」パトリック・オーケソンはなぜか笑みを浮かべている。

「そうだろうな」

「で、トミィ・リッカルド・ヘーグベリですが、すでにDNAを採取済みです。同僚と二人でほんの偶然に近くを通りかかったものですから」そこまで言って、パトリック・オーケソンは笑顔で肩をすくめた。

「やつはなんと?」

「一切抵抗しませんでしたよ。非常に協力的でした。まあちょっとお疲れの様子だったが……昨晩遅かったからでしょう。だからちょいと目を覚ますのを手伝ってやったら、あとはなんの問題もなかった。DNAは義父がすぐにSKLに送ることになっています。明日には回答がもらえるはずだと」

「そのはずだ。そいつの写真はあるか」

「ええ」パト2は書類の中を探し、一九八七年の指紋採取の折の写真を手渡した。窃盗罪の容疑で逮捕されたときに、県警犯罪捜査部で撮影されたものだ。正面、右、背後からの顔写真。この状況にもかかわらず、カメラに笑顔を向けている。

黒い巻き毛、整った顔立ち、白い歯に無邪気な笑顔。それが女から引く手あまたのトミィ・ヘーグベリという男だった。

「どうです、長官。こいつなんでしょうか」パト2がヨハンソンの手の中にある写真にうなずきかけ、好奇心を隠すことなく尋ねた。

「いや、どうかな」ヨハンソンは首を振った。こいつは臆病で、頭も悪そうだ。この目つきから察するに。

「そのうちにわかる」ヨハンソンは肩をすくめた。それも、明日にはわかるはずだ。

「もしこいつなら、自分に行かせてください」パト2の目には、トミィ・ヘーグベリが見たくないような色が浮かんでいた。

「この事件は時効をむかえている。だから拘束するのは簡単なことじゃない」その口調はなぜか、パト2の義父であるストックホルム県警犯罪捜査部のヘルマンソン警部に似ていた。

「こういう輩は、他にも色々やらかしているはずです。酒をやめるってことだってできないんだから」パト2は急に興奮した口調になった。「必ず何かみつけられますよ。電話一本いただければ、すぐにひっ捕らえてきます。口答えするようなら、腕と脚をもぎとってでも」

おやおや、そのセリフはどこで聞いたかな。

「他にわしに話しておきたいことはないのか」

「ヘルマンから——義父から、何か聞いておられますか」

「いいや。だがきみの話が聞きたい」

「いちばん下の娘のロヴィーサが、例のトゥッリンゲの保育園に通っていたんですよ。当時あの地区に住んでいて。今から四年前のことです。長官も新聞でご覧になったでしょう。福祉局は事件に蓋をしようとしたが、メディアで大騒ぎになった」

「覚えがないな。教えてくれ」誰かがわしの記憶を大々的に消去したらしい。

「保育士志望の男を実習生として雇ったんです。事件が発覚したときには、まだ数カ月しか勤務していなかったが……」

パトリック・オーケソンはそこで黙りこんだ。唾を飲み、椅子の中で身を乗りだして、脚の間に垂らした手を握ったり開いたりしている。

「そいつが子供を襲ったのか」

「ソーセージを見せたんです。それを振ったり、子供に触らせたりした。保育園の中でですよ。子供がトイレに行くのを手伝うときにやったから、他の職員はそんなことが起きているなんて露ほども知らなかった。ある日ついに、担任がそいつがズボンを下げた状態のところを目撃した。たった三カ月とはいえ、やつは一日目からやってたんだ。なのに誰も気づかないなんて……」

「お前さんの娘は」

「ロヴィーサは大丈夫でした。そいつの場合、幼い男の子にしか興味がなかった。だからロヴィーサは興味の対象外だったんです。幸いなことに。その男の場合はね」

「それは大変だったな」親にしてみれば、地獄のような経験だっただろう、とヨハンソンは心の中でつけ加えた。

「ええ。四歳の子を婦人科検診に連れていくのも辛かったですし、何人ものカウンセラーのところに送られ、それだけで無駄に何時間もかかりました。カウンセラーなど、空っぽの頭を右に倒したり、左に倒したりしているだけなのに……」

「ともかく、間もなくわかるんだ。もしそいつが犯人なら、余罪をみつけるのは簡単だろう」

「みつからなくても、問題ありませんよ。それでもやってやりますから。ところで、申し訳ありませんがコーヒーは遠慮しておきます」そう言ってパト2は立ち上がった。

「謝るな。元気でな。念のため言っておくが、バカなことはするなよ」

「約束します、長官。誓いますよ」

夜にはピアと夕食をとり、書斎のソファでひとり考えにふけった。そのとき、電話が鳴った。アルフ――老いた戦士、いや資料室のアインシュタイン――があの男をみつけたのだろうか。

「ヨハンソンだ」

「ヘルマンソンです。こんな時間に、起こしてしまったなら申し訳ないのですが」

「いいや。みつけたのか」アインシュタインではなかったが、と心の中でつけ加える。

「それが残念なお知らせです。今ＳＫＬから電話があって、例のトミィ・ヘーグベリのＤＮＡは、ヤスミン事件の犯人のものではなかったと。ついでに言うと、他の強姦殺人事件とも合致しなかったそうです」

「そうか……。それでは仕方がない」なぜか目の前にエリカ・ブレンストレームの顔が浮かんだ。

「次回こそは」

「ああ」当たり前だ――。あのエリカはいったい何に怯えているのだろうか。質実剛健なノルランド人。厳しい労働のにじんだ手。ヤスミンとはちがって、幸せになった二人の娘。ヤスミンも生きていれば同じくらいの歳だった。今頃、エリカの娘たちよりずっといい暮らしをしていたことだろう。少なくとも、物質的な意味では。

「必ず連絡すると約束してください。わたしに最初に教えると」

「もちろんだ。また連絡する」

まあ、お前にもお前の義理の息子にも教えるつもりはないが。ヨハンソンはそう思いながら通話を切ったが、その数秒後にはまた電話が鳴りだした。

「もしもし」また一人、そいつの脚や腕をもぎとりたいやつか？

「エーヴェルトだ」エーヴェルトがうなるような声で言った。「お前の兄だ。覚えていればの話だが」

「兄さんか。どうしたんです」若かりし頃のエーヴェルトがもぎとった腕や脚は、一トンを下らないだろう。おそらく何トンも――それも、田舎町クラムフォシュの市民広場だけで。

「うちの丁稚が土曜にそっちに着く。そのことはすでにピアと話をつけたから、お前は心配しなくていい」

「じゃあなぜ電話してきたんだ」

「ひとつ言い忘れていたことがあるんだ」

「なんだ」

「いや、その丁稚のことなんだがな」

「なるほど」やはり何かあると思ったんだ。「それで？」

「ロシア人なんだ」

「ロシア人だと？　スウェーデン語はしゃべるのか？」うちにロシア人を送りこむつもりだったのか。

「もちろんだ。スウェーデンに来てもう十五年になる」

「今何歳なんだ」

「八七年生まれで、まだ子供のときにスウェーデンに来た。八歳だったか。それまではサンクトペテルブルクの孤児院にいたそうだ。きっと笑うに笑えない場所だったろうな」

「だが、兄さんはそいつとうまくやってるんだろう?」

「当然だ。いい青年だぞ。甘やかされたところがまったくない。うちのガキどもとちがってな」

「どういう青年なんだ。人間として。ちょっと説明してくれ」

「わしみたいな人間さ。いいやつだ。わしのように」

「名前はないのか」わしはちびエーヴェルトを引き取ることになったのか——。頭に血栓が詰まると、人生そういうことになるのか。

「マキシムだ。マキシム・マカロフ。ほら、あのアイスホッケー選手と同じ名前だ。スウェーデンの誇る〈三つの王冠〉(アイスホッケーのスウェーデンナショナルチームの愛称)の若い衆をブイみたいに追い散らしたロシア人がいただろう。うちではマックスと呼んでいる。もしくはマッキャンだ」

「セルゲイだろう。アイスホッケー選手のほうは。セルゲイ・マカロフだ」

「ひょっとするとあいつの親父かもしれんな」エーヴェルトが笑った。

「話はそれだけか」

「ああ。いや、もうひとつ。マックスが新しい車をもっていく。前と同じ車種だが、オートマ車だ」

「助かるよ」まさにわし専用のちびエーヴェルト。それがわしとピアの家に住むのだ。この間まで自分だけの城砦だったわが家。いったい何が起きているんだ――。

55　二〇一〇年七月三十日（金曜日）の午前

「ちょっといい？」マティルダが尋ねた。「リハビリに行く前にひとつ話しておきたいことがあるんだけど」

「もちろんだ」ヨハンソンは朝刊を脇へやった。どうせ新聞など読まないほうがいい。文字を見たとたんに頭痛がしてくるのだから。

「ほら、あのジョセフ・シモンのことよ。調べてほしいと言ってた」

「何かわかったのか」

「色々わかったわよ。情報ならいくらでも出てきたから」

「簡潔にまとめてくれ」

「もちろん。五一年、テヘラン生まれ。七九年に難民としてスウェーデンにやってきた。奥さんと幼い娘を連れてね。当時はヨセフ・エルメガンという名前だった。医師の資格をもち、ソルナのカロリンスカ研究所で研究者および医者として働いていた。八五年にスウェーデン国籍を取得。同年に離婚。その翌年にジョセフ・シモンという名前に改名している。九〇年にスウェーデンを離れ、アメリカへ。飛行機を降りる前にグリーンカードを取得していた。九五年にはもうアメリカ国籍を取得。こんなに早いのは珍しいらしい。特に最近はね、九・一一以来。当時はちがったのね。でも、こういうことは長官はすでに知ってるんでしょ？」

「ああ。わしが知りたいのはそのあとのことだ」他人は好き勝手なことを言うだろうが、この子は見た目に反してバカではないからな。

「驚くべきことが三つあった」

「続けてくれ」

「まず第一に、途方もない金持ちなの。繰り返します」マティルダはそこで笑みを浮かべた。

「途方もない金持ちなのよ！　製薬業界では有名な——めちゃくちゃ有名な存在で、製薬会社を何社も所有したり経営したりしていて、製薬関係のＩＴ企業もやってるの。最近売却した会社は、実験に使う動物の数を減らすための新しいソフトウェアを開発していた。実験ではネズミにモルモットにウサギにチンパンジー、その他猫や犬やありとあらゆる動物を殺してるわけじゃない？　製薬会社と化粧品会社だけで毎年何匹の実験動物の命を奪っているか知ってる？」

「いいや。何匹くらいなんだ」

「業界の発表では一億匹。外部の調査では十億以上だと言われている。ジョセフ・シモンが売却した会社のデータシミュレーションソフトを使えば、そのうちの二十パーセント近くを削減できるんですって。削減するといっても、小さな可愛いウサギちゃんを殺すのが可哀想だからじゃないのよ。使用済みになった小さな可愛いウサギちゃんをゴミ箱に捨てるまでに、一匹あたり百クローネも飼育費がかかるからなの」

「その会社の売却額は？」

「十七億ドルよ。スウェーデンクローネに換算すると百三十億近く。会社をひとつ売っただけでね。七年前にその会社を立ち上げたときには、数百万投資しただけだった。あ、それもドルでね」

「つまり、ちょっとした大金を手に入れたってわけか」

「でしょ、長官。すんごい利益よ。ジョセフ・シモンはあの番付にも載ってるのよ。それも、もう何年も前から」

「どの番付だ」

「ほら、世界の長者番付五百人てやつ」

「やつはいくらくらいもってるんだ」

「去年の個人資産は百二十から百五十億。ドルでね」

聞いたか、エーヴェルト。あの男の全財産をスウェーデンの小銭と二十クローネ札に両替したら、スクルージ叔父さんでさえ銭風呂の中で溺れ死にしそうだ。

「二つ目はなんだ」

「小児性愛者やチャイルド・マレスターの排斥運動を行っているみたい。チャイルド・マレスターって、意味わかるよね？　スウェーデン語でなんて言うのかわからないけど……。〝子供に性的虐待をするやつら〟という感じかな」

「ああ、わかる。その排斥運動というのは？　ジョセフ・シモン本人はどう関わっているんだ。まさか刀を振り回して、該当者の首を落としてまわっているわけじゃないだろう」いや実際それも悪くない。一千年前からやってきた浅黒い肌の巨漢のペルシャ人が、トルコ帽をかぶって半月刀を振り回し、現世でヨン・イングヴァル・レーフグリエンやウルフ・オルソン、アンデシュ・イエクルンドのようなやつらに、伝説の刃の冷たさを味わわせる――。

「まあそんなとこよ。それにかなり近いわ」

「どんなふうに近いんだ」

「いろんな意味でよ。ヤスミン記念財団という財団法人を設立して――ちなみに一九九五年にはもう設立して、それ以来個人でも会社でも何億もつぎこんでいる。もちろん、ドルでね」

税金の控除対象にもなる。彼個人として、会社にとっても。だがそんなことはどうでもいいのだろう。ビジネスのイメージ戦略にどれだけプラスになるかを考えれば。あの国の、あの業界なのだ。だが、それも基本的にはどうでもいいのだろう。ジョセフ・シモンはあれから二十五年間ひとり孤独に、頭と胸に怒りの炎を絶やさずに生きてきたのだ。おまけに、そこに燃料を注ぎこむための金はいくらでもある。

「ジョセフ・シモンにとっては小銭のような額なのだろう。だが、具体的には何をしているんだ。その財団法人とやらは」

「予算の大半をキャンペーンに費やしている。あらゆるところで、小児性愛者やチャイルド・

マレスターを糾弾する広告を打っているの。テレビ、ラジオ、新聞、インターネットはもちろんのこと、昔ながらの紙の本までね。政治的なキャンペーンてわけ」

「それはうまくいっているのか」

「うまくいってるどころか。アメリカでは今、子供に対する性犯罪を犯した人間は全員、引っ越す場合は新しい住所を速やかに警察に届けなくちゃいけない。職場の住所や電話番号、車のナンバー、誰と暮らしているか、親戚子供、その他一緒に住んでいる人全員のこともね。とにかくなんでも申告しなきゃいけないの。アメリカのほぼ全州でそうなっているわ。刑期を終えていても関係ない。十五歳が十四歳の女の子と付き合って、その子の頭のおかしな父親に訴えられた例もある。でもこれは氷山の一角にすぎない。全体のごく一部よ」

「他にはどんなことがあるんだ」

「どこに行っていいか、誰に会ってもいいかを、地元警察が決めていいことになっているんですって。例えば託児所や保育園、学校、プール、体育館など子供や若者が集まる場所に近づくことは許されない。その他の誘惑のありそうな場所にもね。たまたま同じ日の午後に小学校の近くを車で二度通りかかっただけでも、ムショ行きってわけ」

「で、三番目は？」ここスウェーデンでも、いずれそうなるのだろう。今のところ、そういった意見はネット上やタブロイド紙でしか目にすることはないが。それに、誰も気にしていないようだし。

「ジョセフ・シモンはスウェーデンを忌み嫌ってるらしい。インタビューでスウェーデンの悪口を言わないことはないの。インタビューのほとんどは、それとは全然関係ない内容、つまりビジネス関係のものなんだけど。それでも、かつて暮らした国に対して文句をつけるチャンスを逃さない」

「他には？」スウェーデンではそれがまったくニュースになっていないのが不思議だ。

「あと二十ページくらいあるけど」

「興味深く読ませてもらおう」頭の痛みから外出許可さえもらえれば。

「ちなみに、めちゃくちゃイケメンだよ」

「ほう」

「ハンクも顔負けよ。ジョセフ・シモンは六十歳くらいなんだけど、いってても五十にしか見えない。長官の親友みたいな感じ。身体がね、目じゃなくて」

「目じゃなくてというのは」

「狼みたいじゃないってこと」マティルダが笑みを浮かべた。「辛い経験を乗り越えてきた男。お気楽な人生を送ってきたやつらとはちがう。あたしたち女は――たいていの女は、そういう男に弱いものなのよ。辛い出来事に打ちのめされたのに、それでも立ち上がろうとするタイプにね。実際のところ、この世はそういう男の独り勝ちよ」

「それはどういうことだ」御歳六十七のヨハンソンが尋ねた。これまで男前だと言われたことはないが、歳を重ねるごとにいい味が出てきた……はずだ。つい一カ月前にあんなことになるまでは。「つまり結論は」

「あたしはまだ二十三よ。でももしジョセフ・シモンに誘われたら、あの顔で性格もイメージどおりだとしたら、たとえ彼のポケットに一クローネもなくても、わぉ！って感じ」

「なんだ。そのわぉ！ってのは」

「その場で身体を投げ出すわよ。あおむけにね——いや、うつぶせでもいいけど、彼の好みどおりに」

「そうなのか……」それで刺青と輪っかの説明もつく。

「うん、そうよ。ところで質問があるんだけど」マティルダは書斎の床に並ぶ段ボール箱を見つめた。

「なんだ。言ってみろ」すでに質問の答えはわかっているが。

「あの箱の中に入っている女の子。それがジョセフ・シモンの幼い娘、ヤスミンなんでしょう」

「そうだ。やつの娘、ヤスミンだ」近頃はわしの書斎の段ボール箱に棲む少女——。これまでにわしにできたことといえば、髪留めを返したことくらいだ。

「幸運を祈ってるわ。やったやつを必ず捕まえてちょうだい。誰かわかったら教えてね」

「なぜだ」お仕置きに、そいつの腕と脚をむしりとるつもりか。

「そいつの顔から目をほじくり出してやるのよ。爪をぐっと挿しこんで、ほじくってやるの。ぽろん、ぽろん、って」

56　二〇一〇年七月三十日（金曜日）の午後

リハビリから帰る車の中で、ヨハンソンは黙ったまま、こうなってしまったのは誰のせいなのだろうかと考えていた。誰のせいだとしても、まともで心優しい人たち——その大半がまったく正常で良識ある人々——が、思いつく中でいちばん残酷な方法で、会ったこともない男を殺したいと言っているのが現状なのだ。

この事件が起きたときにわしが捜査を担当していれば、そいつは一カ月以内にムショ暮らしを始めていたことだろう。捕まったからといってヤスミンは生き返りはしないが、それでも、それ以外の苦悩まで味わわせることにはならなかった。ヨン・イングヴァル・レーフグリエンやウルフ・オルソン、アンデシュ・イエクルンドのケースと同様に、ヤスミンを殺した男はすでに公共の記憶から葬り去られ、被害者にごく近しかった人々の頭の中にだけ生き続けている。あとはレーフグリエン、オルソン、イエクルンドのような、いちばん楽な自殺という道を選べなかったやつらの頭の中にも。一生終わらない苦しみの中で、生き続けるチャンスを得た者たち。わしらのように、ある程度距離を置いて、その事件を忘れて前に進める人間とはちがうのだ。なのにエーヴェルト・ベックストレームがこの事件の捜査を任された末に、ベックストレームが関わるといつもそうなる結末を迎えてしまった。

だがベックストレームだけのせいとも言えない。あの能無しの署長のせいでもある。通常の事情聴取のイロハもわからないくせに、首相暗殺事件の捜査本部長に名乗りを上げるような署長なのだ。事情聴取でどうやって手がかりを訊きだすのかすら知らなかった。もしくはそいつの親友——盗難に遭った編集者エッベのせいか。よろしくないお友達を家に上げたばかりに、ひどい仕打ちをくらった。財布だけでなく、リタ・ヘイワースのイブニングドレスまで盗まれて、さらにはエーヴェルト・ベックストレームを担当にあてがわれた。警察は、この世に正義をもたらしてくれる存在のはずなのに。

だがエッベのせいではない。警察署長の親友に愚痴を吹きこんだといえど、どれも筋ちがいの内容ではない。ベックストレームのせいで被った被害を考えれば。

ひょっとすると、残念なことに、そもそもエーヴェルト・ベックストレームのせいですらないのかもしれない。もっと悪いことには、ヨハンソン自身のせいかもしれない。というのも、警察組織から、一人だけとはいえベックストレームのような警官を排除しきれていなかったのは自分なのだから。警察組織は彼にとって家族も同然だった。エーヴェルト・ベックストレームのような変わり種が一人二人交ざっているにしてもだ。警察に属していた最後の二十年間、ヨハンソンは首脳陣のひとりとして自ら組織を率いてきたのだから——。

「ひとつ考えていることがあるんだが」ヨハンソンは運転手のマティルダに話しかけた。

「どうぞ」

「さっきお前さんは、ヤスミンを殺した男の目をほじくり出してやると言ったな。本当にやれると思うか」今度はよく考えてから答えてくれ、と心の中でつけ足す。

「殺されたのが自分の娘ならやるわ。長官ほどの人が、そいつをみすみす見逃すならね」

「なるほど」

「そうなったら、やるわ」

「わかった」

「なぜそんなこと訊くのかはわかってる」

「なぜだ」

「だって、長官は必ずそいつをみつけるから。あたし、それにはかなり確信があるよ。それであたしが犯人の素性を知ったら、その名前や住所をヤスミンの父親に教えて、一億くらいもらうつもりでいると思ってるんでしょう」

「そうするつもりなのか？」そう考えているのは、お前一人じゃないだろうがな。

「いいえ」マティルダは頭を振った。「だってそれは人間としての一線を越えてることになるから。でも犠牲になったのが自分の娘なら、やるわ。必ず八つ裂きにしてやる。そうじゃなければ、答えはノーよ」

「なぜだ」

「それはさすがに一線を越えるからよ。わかるでしょ」

「うむ」お前が越えようとはしない一線——。それは越えられないからではなく、そいつらよ

なるわ」

「ただ、必ず終身刑にしてよ。だったら大丈夫、あたしみたいなのののことを心配する必要なくりも最悪な人間になりたくないからだ。そいつらが、殺したくないくらい邪悪なやつらだから。

家に着くとすぐに、兄エーヴェルトの旧友に電話をかけた。いつも一緒に狩りをしている仲間で、ヨハンソンもよく知る男だ。有名な経済ジャーナリストで、四十年近くビジネス界の取材をしてきた。自分の取材対象である業界のことなら、どんなことでも誰のことでも知っている。必要とあらば、ちょっとした強硬手段に出ることもいとわないジャーナリストだった。

「訊きたいことがあって電話したんだ。邪魔したんじゃなければいいが」

「ラーシュじゃないか。嬉しいね。ちっとも邪魔なことはない。いつでも大歓迎だよ。どうだ、元気かい」

「プリマ・ライフだ」ヨハンソンは嘘をついた。

「そうか、そうか。ではまたヘラジカ猟で会えるわけだ」

「ああ、楽しみにしている。言ったとおり、ひとつ訊きたいことがあるんだが」

「何なりと」

「ジョセフ・シモン——。知っているか」

「ああ。他のジャーナリストよりも、よく知っているよ。スウェーデンに住んでいた時代からだからな。八〇年代の初めにルポルタージュ記事を書いたんだ。ジョセフ・シモンと、その叔父でカロリンスカの教授だった研究者についてね。研究職とは別に、個人会社も経営していた。病院から送られてくる検体、つまり血や尿や便やといったあらゆる汚物を分析する会社だった。もう三十年も前のことか……」

「その事業はうまくいっていたのか」

「きわめて順調だったよ。だから興味をもち、ルポルタージュ記事を書いたんだ。ただの糞尿検査が、キロあたり金と同じ値段になるんだぞ。いるべきではない菌がいるかもしれないとなればな。菌でなくてもいい。何かが多すぎるとか、少なすぎるとか、そういう懸念があればだ」

「シモンという男はどんな人間だった」そして、さらにつけ加えた。「一言で言うと」

「一言で?」

「ああ、そうだ」難しくはないだろう、お前はジャーナリストなのだから。

「一言か……。それならこう言わせてもらおう。この世に仲たがいしたくない相手がいるとすれば——つまり、本当の意味での仲たがいだ。ビジネス上ではなく、プライベートな人間同士の関係においてだ。それは、ジョセフ・シモンだ。どんな犠牲を払ってでも、それは避けたい」

「仲たがいしたらどうなるんだ」

「殺されるだろうな」ヨハンソンの猟仲間は言った。「まだ幼かった娘ヤスミンの身に起きたことは、もちろん知っているな?」

「ああ、もちろんだ。だが待ってくれ。つまりジョセフ・シモンはわしのような人間の命も奪いかねないということか?」

「公安警察と国家犯罪捜査局の長官を歴任していても、という意味か？」

「そうだ」

「もしきみが娘の死に関わっていたとわかれば、もちろん殺すだろうな。相手がアメリカ大統領だったとしても、本気で暗殺を試みるはずだ。ジョセフには果てしない金と人脈があるし、わたしの推測では、すでにアメリカでは多数の小児性愛者が痛い目に遭っている。そこには、ヤスミンの存在を知らないやつも含まれる。その父親のことすら知らないかもしれん」

「そうか……」

「ちょうど最近、ネットで調べたんだ。ヤスミンの事件が時効を迎えたり、スウェーデンで殺人事件の時効を廃止された関係でね。きみも新聞で読んだかもしれないが、スヴェンスカ・ダーグブラーデット紙に、オロフ・パルメ首相の暗殺事件とヤスミンの殺害事件を比較した討論記事があった。パルメの事件が時効を迎えることのない一方で、幼い少女ヤスミンの殺害事件は時効を迎えてしまった。新しい法律が有効になる三週間前だったせいで。その上この事件には、どんなに時間が経とうとも、容疑者さえみつかればＤＮＡ鑑定で確定できる要素があったのに。つまり何が言いたいかというと、一般市民の心にいちばん重くのしかかる犯罪というのは、幼い子供に対する性的殺人だ。我々は皆、人の親なのだから」

「わかるよ」世界じゅうの親の悪夢をすべて足したようなものだ——。

「それに色々と面白いことがわかったんだ。例えば、知ってるか。去年だけで、いったい何人の小児性愛者が殺されたか」

「いいや」

「約三百人だ。言っておくがＦＢＩ発表の数字だから、いい加減な推測に基づいたものじゃない。こういった殺人事件は、最近では名前までついてるんだぞ。〝小児性愛者を狙った殺人事件〟それが昨年だけで三百件以上だ。そのうちの何件が解決したと思う？　つまり、犯人が起訴されるところまでいったのは」

「わからない」

「たったの三件なんだ。そのうちの一件は、不法な家宅捜索を理由に被告人は釈放された。被告人は南部の田舎者で、裁判も地元の裁判官が担当した。その被告人にスター弁護士をつけたのは誰だと思う。ジョセフが娘を悼んで創立した財団だ」

あのヤスミン記念財団か――。

「二件目については？　どうなったんだ」

「その件はもっと単純だった。被告人はそもそも性犯罪被害者本人だったから、執行猶予付きで精神面の治療を受けるに止まった。イチモツを切り取って犯人の――今回はそいつが被害者になったわけだが――口に突っこんだんだ。それはニューヨークの話だ。あのあたりはわりと法制度がしっかりしてる」

「三件目は？」

「精神病院の隔離病棟行きだ。だがその件もすでに上訴され、上のほうでまだやっているようだ。その間、被告人は自由の身だ」

「だが、ジョセフ自ら街を走り回って天誅を加えているわけではないだろう」

「あいつが自分の手を汚す必要など皆無だ。タダでもやりたがる人間はいくらでもいるからな。そこにジョセフは毎年十億もの金をつぎこんでいる。スウェーデンクローネでの額だ。それ以外にも、金を払ってでも小児性愛者の名前と住所を手に入れたいやつらもいる。自分自身が被害者でない場合も多いんだぞ」

「そうなのか」

「それに、時代もジョセフに味方している。スウェーデン民主党もこの秋の選挙を控えてそれを大きな焦点にしているんだが、スウェーデンも、アメリカと同じような法制度をとるべきだとね。性犯罪者と小児性愛者の個人情報はすべて公にするべきだと。ポーランドでは去年その法案が可決された。EU加盟国の中でも、隣のデンマークを含めて十カ国ほど、類似の法規制を準備している国がある」

「なるほど、よくわかった」それをわしにどうしろと言うんだ。

「申し訳ないが、どうにも好奇心を抑えられなくなったよ。ジョセフの幼い娘の殺害事件にきみが関係しているとは夢にも思わないが、それでも気になってね。きみや部下たちが、まだあの事件を捜査しているなんてことがあるのか？　幼いヤスミンを強姦して窒息死させた男を探しているなんてことが」

「いいや、そうじゃない。ただ、時効を迎えたのを機に事件を見直していただけだ」

「それはよかった」ヨハンソンの猟仲間は言った。「それはよかったよ。だって、犯人の名前を知るためなら、ジョセフは自分の右手をも差し出すだろう。名前を教えれば、きみもお兄さんと同じくらい金持ちになれる。逆にもし教えないとわかったら、その倍以上の代償を要求されるだろうよ」

「どうせ、わしには関係のないことだ。では、猟で会うのを楽しみにしているよ」

この臆病者め——電話を切った瞬間にヨハンソンは思った。そんなことくらいでわしが縮み上がるとでも？　アメリカ大統領を暗殺するだと？　自分を何様だと思っているんだ。ちょっと金があるからって、何をしても許されると思うなよ。それに、わしの頭の中ではいったい何が起きているんだ。なぜこんなに騒がしいのだ——。

57　二〇一〇年七月三十日（金曜日）の夜

夜にはピアとも話した。単刀直入に尋ねたのだ。男から女への質問。年上の夫から二十歳も若い妻への質問と言ってもいい。

「ひとつ考えていることがあるんだ。そのことばかり」

「あなたらしいわね、ラーシュ」ピアが微笑んだ。

「大人の男のうち何人くらいが、子供と付き合えると思う？　普通のまともな男の話だ。わしやエーヴェルトや、お前のお父さんや兄弟のような——つまり、誰もかれもだ」

「誰も」ピアは頭を振った。「まともな男の話をしているならね。まともな男、まともな人間なら、子供とセックスはしない」

「そうだろうな。だが、わしらのことを話したいわけじゃないんだ。では、すべての男を含めたらどうだ」

「数パーセントくらいかしら。百人に一人、五十人に一人、ひょっとしたら四十人に一人。子供が対象だとしての話よ。十二歳とか、胸が膨らみだしたり、下の毛が生えてきた少女は別として。ちなみに毛については、それが好みなら剃ればいいだけだし」

「それでどの程度だと思う」

「多すぎるくらいいるんでしょうね。信じられないなら、インターネットで検索してみて。そういうサイトに、毎週何千万人という人がアクセスしているはずよ。何千万人よ。何千万件じゃなくて。アクセス件数だと何億件になるわね」

「それはわしもやってみた」

「ねえ、訊いてもいい？　あの箱……」ピアは書斎の床の段ボール箱のほうを見つめた。

「ああ、それがどうした」

「あそこに幼いヤスミン・エルメガンの事件の捜査資料が入っているんでしょう」

「ああそうだ」どうしてわかった。あそこにヤスミンが棲んでいることが。

「覗いてみたのよ、もちろん。わたしを誰だと思ってるの」

「そうか。覗いてみたのか」

「寿命だけは縮めないでね」

「どういう意味だ」

「犯人をみつけてしまったら——だって、あなたなら必ずみつけると思うから——でも、そのせいでまた心臓発作や脳卒中を起こさないでほしいの」

「それを心配する必要はない」

「でも、もしみつけたらどうするつもりなの。あなたにもどうしようもないんでしょう。法律家でもないかぎり思いつかないような、強引で愚かしい法律のせいでね。果てしなく不毛で、普通に考えたり感じたりすることのできる頭のついている人間なら、皆あきれて頭を振るだけよ。あら、皮肉ばかりで失礼」

「どうするも何も、わしは何もしなくていいはずだ」みつけたときにはもう手遅れだ。みつけてしまえば、わし以外の全員が代わりに手を下すだろう——。

58　二〇一〇年七月三十一日（土曜日）の午前

「ラーシュ！」ピアが大声で叫んだ。「玄関の呼び鈴が鳴ったわ。出てくれない？」

たところだった。

「なぜだ！」ヨハンソンも大声で訊き返した。今朝は頭痛もなく、朝刊を手にソファにもたれ

「今トイレなの！」

銀行の女頭取がトイレに行くとは知らなかった。そう思いながらヨハンソンは多少苦労して立ち上がり、ゴムのついた杖をついて玄関まで行くと、ドアを開けた。まず覗き穴で確認することもせずに。どうせ今の状態では無駄なのだ。最悪の場合、杖で強盗を殴りつければいいかもしれない。

「マックスです」マキシム・マカロフが言った。「あなたのお兄さんのエーヴェルトから言われて、来ました」

それは、まさにちびエーヴェルトだった。こいつを発見したときの兄貴の顔を見たかった――。こんな若者がまだこの世にいるとは。

「マックス、入ってくれ。心から歓迎する」わし専用のちびエーヴェルト。六十七年も生きていれば、自分専用のちびエーヴェルトが手に入り、それがわしら夫婦の家に住むことになるのか。

「さあ入れ、マックス。入ってくれたまえ」ヨハンソンは急に、訳のわからない興奮を感じた。

ピアのほうは、新しい下宿人の登場に、もっと本気で喜んでいるようだった。その証拠に、昼食にはステーキを振る舞った。ヨハンソンにはステーキ一枚とサラダだけ。マックスのほう

はピアお手製のガーリックバターがたっぷりのったステーキ三枚に、炒めポテトを山のように平らげた。ヨハンソンは赤ワインを二杯飲ませてもらったが、その横で振る舞われているご馳走を考えると、そんなもの埋め合わせにすぎなかった。センチリットル単位で厳密に量られたワイン——それを量る間、ピアは夫に背を向けていた。赤ワイン二杯に、ミネラルウォーター。マックスのほうは搾《しぼ》りたてのオレンジジュースを、少なくとも一リットル飲んだ。こいつに家を食いつくされてしまいそうだ、とヨハンソンは思った。

「食事が口に合ったようだな」無邪気な表情でそう尋ねてみる。

「最高っす」そしてマックスはピアのほうを向いた。「ごちそうさまでした。最高に美味しかったです」

「もっと食わんのか」

「ありがとうございます。でも……」

「デザートもあるのよ」ピアが遮り、夫のほうに警告のこもった視線を向けた。「フルーツサラダを作ったの」

昼食のあと、マックスが食事の片付けを手伝っている間、ヨハンソンは書斎のソファに座っていた。マックスは食欲旺盛なだけでなく、話も面白いらしい——キッチンのほうからピアの大きな笑い声が聞こえてきたとき、ヨハンソンはそう思った。おまけに音を立てずに動きやがる——。いつの間にかマックスがドア口に立っていたのだ。小柄ながら肩幅が広く、実家の農場に立つ高床式倉庫の扉を思わせる。とにかく、動くときに音ひとつ立てないのだ。

「お邪魔だったらすみません、長官」マックスが言った。「長官を長官とお呼びしてよかったでしょうか」

「構わん。ところで、うちの兄のことはなんと呼んでいるんだ」

「エーヴェルトです」マックスは驚いた顔でヨハンソンを見つめた。そしてつけ足した。「みんなそう呼んでますから」

「お前はなんと呼ばれているんだ」

「マックスです。それかマッキャン」

「わしはなんと呼べばよいかな？」

「マックスでいいです。それかマッキャン。長官のお好きなように」

「身長はいくつだ」

「百七十四センチです」

「体重は？」

「百キロ少し、百五キロってとこでしょうか。どのくらいトレーニングするかにもよります」

「力は強いのか」

「ええ。とりあえず、自分より強いやつに出会ったことはありません」また、見るからに驚いた顔をしている。

「なぜそんなことを訊くかというとだ。この間軽い立ちくらみを起こして、床に倒れたんだ。

そのあとまたソファまで這い上がるのに、ちょっとした地獄を見た。わしの体重は百二十キロだ」実際には百二十キロ強だが。

「問題ありません。百二十キロなら平気です。でもまずはその杖をなんとかしませんか」マックスはヨハンソンのゴムのついた杖にうなずきかけた。「利き手と反対の手で使うには、バランスが悪すぎます」

「そう思うか」

「立っていただければ、測ってみましょう」

ヨハンソンは言われたとおりにした。マックスがポケットから巻き尺を取り出し、ヨハンソンの脇から床までの長さを測った。

「松葉杖のほうがいい」マックスは巻き尺をポケットにしまうと、確信をもってうなずいた。

「問題はこの手でもつのが難しいんだ」ヨハンソンは力の入らない右腕を見せた。「病院でもらった松葉杖は短すぎて使いづらい」

「大丈夫。なんとかしますよ。ところで話は変わりますが、長官の新しい車をおもちしたんです。もしよければ、ちょっとドライブしませんか」

「そうか」不思議な男だ――。なぜか、なんでも当然のような態度なのだ。

前の車と同じ車種だった。前の車は、兄が親友にプレゼントしてしまったも同然だが。新しいほうはオートマチック車で、ヨハンソンにも運転できるよう、様々な機能が搭載されている。「運転席のドアはリモコンで開閉できます」マックスはそう言いながら、リモコンを押してみせた。「座ると、シートが自動調整される。ベルトもです。それから、ボタンを押せば自動的に発進します。このボタンです」マックスは計器盤を指さした。「オートマだから、左手と右足だけで充分運転できます」

「いいぞ」ヨハンソンが言った。それに黒い。わしのような男——若かりし頃のわしは、いつだって黒い車を運転したものだ。

車を走らせていると——特に目的もなく、なんとなく走らせていただけなのだが——胸の圧迫感が軽減した。呼吸も楽になっている。この一カ月で、初めて自分でハンドルを握ったのだ。バック・オン・ザ・ロード・アゲイン——。普通の人生へと近づく小さな第一歩。さっき昼に飲んだ二杯の赤ワインのことは、すっかり忘れていた。

59　二〇一〇年八月一日（日曜日）

日曜の朝起きてキッチンに入ると、妻がピクニックバスケットに色々なものを詰めていた。

「なんだなんだ」

「別荘に行くのよ。一カ月も放置してしまったから、あちこち手入れしなければ」

「誰がだ。つまり、誰が別荘に行くんだ」

「あなたとわたしとマックスよ」

「掃除しなくていいんなら、一緒に行ってもいいぞ。わかっていると思うが、体調があまりよくないんだ」

「あなたは掃除なんてしたことないでしょう。だから心配しないで」

何を言ってるんだ。掃除くらいしたことはあるぞ。


ヨハンソンが運転席に座ると、マックスとピアは素早く視線を交わしたが、何も言わなかった。ヨハンソンも何も言わないまま、車を出した。しかしノルテリエ方向の高速道路に出たとたんに、空のバス停に車を停めた。

「誰か代わってくれ」ヨハンソンは理由も告げずに、そう頼んだ。「後ろに座る。ちょっと休憩したい」

ピアと交替したあと、どうやら眠ってしまったらしい。というのも起きたらすでにロードマンス島の別荘の前庭に到着していたからだ。

「着いたわよ。気分はどう?」ピアは目に宿る心配を隠すために、微笑んでいる。

「大丈夫だ」もう頭痛はしない。二日間頭痛なしで過ごせたのは新記録だ。胸の圧迫感も楽になった。しかし疲労感はぬぐえなかった。なんと眠る前より疲れていた。理由もなく、疲れて気分も落ちこんでいる。しっかりしろ、と自分に言いきかせた。

「元気だ」そしてつけ加えた。「今までになく元気だ。ちょっと湖で泳いでくる」

今度も、誰も反対はしなかった。片脚を引きずりながら桟橋を進み、両脚の力をかき集めると、頭から水に飛びこんだ。ひらひら揺れる右腕を左手でしっかり押さえ、ゆっくりと湖底に向かって沈んでいく。これ以上抵抗せずに、ここで大きく息を吸いこんですべてを終わらせてしまいたい――そんな衝動と闘いながら。限界まで息を止め、それから水面に戻るために足で水を蹴った。楽になっている――再び空気を吸ったときに思った。楽になっているぞ。

それから昼食を食べた。マックスが別荘の中の大掃除を買ってで、ピアもヨハンソンもそれに異存はなかった。ピアは新聞を手にパラソルの下に寝そべり、ヨハンソンは妻の横で椅子に座り、パト2――つまりストックホルム県警の特殊部隊所属パトリック・オーケソン警部補が届けてくれた書類を読みはじめた。パト2はそのときに、保育園で娘がどんな目に遭ったか――いや、この場合前向きに考えるなら、どんな目に遭わずにすんだかを語ってくれた。

書類の束のいちばん上には、半年前にコールドケース班が請求した最新のDNA鑑定があった。時効を迎える前に、最後の取り組みをすることになっていたのだ。その同じ日に、警察署内ではある業務メールが出回った。フッディンゲで、仕事に少々熱心すぎた検察官が、単独または複数の犯人により殺害された。朝、犬を散歩させるために家の玄関を出たところ、頭を撃ち抜かれたのだ。幼い二人の子供から父親を奪い、その妻のためには問題をひとつ解決した。というのも、妻のほうは一年前から離婚を求めていたのだ。働きすぎの夫が家族との時間をつくろうとしないという理由で。

そのせいで、警察の首脳陣は人材を再配置した。ストックホルムの県警本部長は記者会見を開き、ラジオやテレビやあらゆるメディアに対して声高に宣言した。これは単に、優秀で正義感の強い検察官であり二人の幼い子供をもつ父親が惨殺されただけの事件ではない。計画的な組織犯罪であり、法社会全体への脅威である。その瞬間に、人材という人材はこの事件の解決のために使われることになった。県警本部長はそのとき、二十五年前に強姦されて殺されウップランド地方のスコークロステル城近くの芦原に捨てられた九歳の少女のことなど、頭の片隅にもなかった。

こうして、九歳のヤスミンの殺害事件の捜査は〝当面の間凍結〟された。ストックホルム県警犯罪捜査部のシェル・ヘルマンソン警部はその通達を直属の上司から受け、一週間後にヤスミンの捜査資料の入った段ボール箱を自分の職務室から班の倉庫へと移動した。パトリック・オーケソン警部補の義父でもあるヘルマンソンのことだ。二人はその小さな世界で生きていて、それ以外の警官たる国民にとっては、さらに小さな世界だった。

そしてある日、シェル・ヘルマンソンの昔の上司であるボー・ヤーネブリングが現れ、良き友のためにその段ボール箱を借りたいと言いだした。それは、ただの良き友ではなかった。「ラーシュ・マッティンがその事件の資料を見たがっているんだ」ヤーネブリングはそう説明した。

なんてことだ――ヘルマンソンは驚きを隠せなかった。なぜもっと早く――。

「なぜもっと早く言ってくれなかったんです」ヘルマンソンは声に出しても言った。「もう手遅れなのに」

「コールドケースがラーシュ・マッティンの大好物だってことは、お前さんも知っているだろう」ヤーネブリングはにやりと笑った。

「ええ、それはよくわかりますが」ヘルマンソンはため息をついた。

もう十年も前のことだが記憶に新しい。国じゅうからコールドケース担当の警官が集まったシンポジウムでのことだ。ヘルマンソンとその同僚たちは、当時国家犯罪捜査局の長官だったラーシュ・マッティン・ヨハンソンから、拷問としか思えないような仕打ちを受けたのだ。

「これを思いつくのに、まずは頭に血栓を詰まらせなきゃいけなかったようだ」ヤーネブリングはあきれたように天井を仰いだ。

事実上ヤスミン殺害事件に対する最後の取り組みとなった捜査。その書類を読むラーシュ・マッティン・ヨハンソンは、そんな会話や意見があったことなど知る由もなかった。この最後の取り組みというのは、完全に無意味なものだった。というか、法という名の長い腕がちょっと痙攣《けいれん》を起こしたようなものだった。二十五年前にヤスミンの身体と服に残された犯人の精液を新たにDNA鑑定したわけなのだが――。

「何か面白いことでも書いてあるの？」ピアが自分の新聞を脇にやって、夫を見つめた。夫が書類を読みながら、二度も大きくうめいたからだ。

「まあな。DNA鑑定の結果を読んでいるんだ。ヤスミン殺害事件のときに採取した精液の鑑定だ。犯人は九十パーセント以上の確率で北欧系、おそらくスウェーデン、それも中央スウェーデンの出身。外部からのDNAは混ざっていない。人種的に、という意味でだ」まったくこのDNA技術というのは毎年のように恐ろしい速さで進歩を遂げている。そのうちファックスで犯人の顔写真を送ってくるんじゃなかろうか。

「まあ興味深いわね」

「わしにはちっとも」ヨハンソンは頭を振った。こんなこと、子供でもわかることだ。自分はもともとそういう前提で推測してきた。殺害現場がどこかもわからないうちから。

「まあ、そうなの」ピアは笑顔になった。やっとこの人らしくなってきたわ――。

「ああ」ヨハンソンの頭はすでに別のことを考えていた。マックスのやつめ、まったく音をさせずに近づいてくるな――ということを。

「冷蔵庫を空にして、ゴミを捨てて、掃除機をかけて、他もだいたい片付けました。それからコーヒーも淹れておきましたよ」

マックスの左手には長方形の盆があった。そこにはグラスが三つとコーヒーカップが三客、コーヒーの入った魔法瓶とミネラルウォーターの瓶がのっている。それに、ミルク入れと果物の入った大きな皿も。その盆の端を、左手の指でつまんでもっているのだ。同時に右手で、自分とヨハンソン夫妻の間にあるテーブルを動かしている。それもやはり指でつまんだだけで、指が震えることもなく。

お前を信じよう。お前が、自分より強いやつには出会ったことがないと言うのを。

その数時間後、車に乗りこむときにヨハンソンは言った。「帰りは自分で運転しようと思う」マックスもピアも何も言わず、うなずいただけだった。今度はこっそり目配せすることもなかった。

これが最後の夏だ――。ノルテリエとストックホルム方面へ向かう高速道に出たとき、ヨハンソンは思った。人生最後の夏。だがその前に、ヘラジカだけは狩ってやる。

その夜、ヨハンソンは夢を見た。夢の中にマキシム・マカロフが現れた。ロシア生まれの移民の青年。八歳のときに、サンクトペテルブルクの孤児院からスウェーデンにやってきた。自分より強いやつには出会ったことがないと豪語するが、そこにはれっきとした根拠がある。あの繊細な、まだ顔のない小児性愛者が、わしをこの青年に引き合わせたのだろうか。

「起きてください、長官」マックスが優しくヨハンソンの肩を撫でている。「長官、おれにどうしてほしいですか」

それからマックスは、ベッドに横向きに寝ていた子殺し男をヨハンソンに差し出した。軽々とつまみあげて、差し出したのだ。手が震えることもなく。まるでお茶ののった盆をつまむように、指の間に挟んで。小児性愛者はそこにぶら下がったままになっている。命をマキシム・マカロフの左手にゆだねたまま、目を閉じ頭をうなだれ、大人しくじっとしていた。

「考えさせてくれ」そう言ったときに、目が覚めた。身体を起こすと、胸の中で心臓が蒸気ハンマーのように打っていた。

60

二〇一〇年八月二日（月曜日）

月曜日。新しい週の新しい日。ラーシュ・マッティン・ヨハンソンの人生の、患者としての人生の、また新たな一日。妻のピアは、彼がまだ布団の中にいるうちに出勤した。ヨハンソンのほうは半ば眠ったままだった。あまりに疲れていて、妻が身を屈めて指で彼の額を撫でても、言葉を返す気力もなかった。

マティルダが書斎のソファの前のテーブルに、盆にのせた朝食を運んできた。ヨーグルトに果物、ミューズリ、それに茹で卵。一杯の濃いコーヒーだけがかつての人生の名残だった。朝刊の下には五百クローネ札が十二枚入った封筒があった。

あのばあさんの尻を蹴ってやったならいいが――。そのばあさんとはマティルダの母親のことで、モーセの十戒の四つ目を逆手にとり、自分に対しては絶対にやらないような非道な行いを娘に対してはたらいたのだ。

「おい、マティルダ」マティルダが朝食のお盆を下げにきたとき、ヨハンソンは声をかけた。「これの心当たりはないか」そう言って封筒を見せる。

「ちっともないわ」マティルダは頭を振った。「歯が抜けてないか確認してみたら？」

「歯？」

「親切な歯の妖精さんかもしれないでしょう」マティルダは微笑んだ。そしてドアを閉めて出ていくときに言った。「ちなみに、ありがと」


従業員が二人になったとたんに、摩擦《まさつ》が生じはじめた――かつて何千人という警官を束ねてきたラーシュ・マッティン・ヨハンソンはそれに気づいた。リハビリに向かうときにヨハンソンが運転席に座ったのだが、マティルダが隣に座ろうとすると、マックスが首を振ったのだ。

「後ろだ」そして親指で後部座席を指した。

「どうしてよ。あたしが女だから？」

「前に座るにはひとつ条件がある」マックスの顔に笑みが浮かんだ。

「条件ってなによ」

「お前がプロの教習所の先生ならだ」にやにやしている。

「あんただってちがうでしょ」

「だがおれのほうが強い」マックスはまだ笑顔のままだ。

「おい、子供みたいなけんかはやめないか」そう言いながら、ヨハンソンは急に、今までにないくらい気分がよくなった。結局、親切な歯の妖精は後部座席に座ることになり、いささか機嫌を損ねてはいるが、すぐに直るだろう。ヨハンソンの隣には、ロシアの孤児院出身で自分より強い人間には出会ったことのない青年が座っている。


リハビリでの出来はまあまあだった。予想外の落ちこみはないものの、進展もなかった。だがどちらにしても、ヨハンソンの機嫌はいいままだった。

「では昼食にするか。〈ウッラ・ヴィンブラド〉に電話して、クリームソースをかけたロールキャベツを用意できるか訊いてみてくれ。茹でた新じゃがに、リンゴンベリーのコンポートも添えて」そう言って、バックミラー越しにマティルダにうなずいた。

「きっとやってくれるでしょうよ」マティルダがあきれて天を仰いだ。

「よし」他人は好き勝手言えばいいが、この娘はバカじゃない。自分の身体にやったことはあらゆる理解の域を超えているが。

「クリームソースはまずいんじゃないでしょうか」マックスがそう言ってから、身を縮めた。

「よく聞け、マックス」ヨハンソンは後ろを走っていたタクシーを完全に無視して、ウインカーも出さずに車線を変えた。気がつくと、タクシーはヘッドライトをハイビームにして、クラクションを鳴らしている。

「よく聞け」ヨハンソンが繰り返した。「本物の男に、ボスは一人しか必要ない。ボスがクリームソースだと言えば、クリームソースなんだ」それから心の中でつけ足した。妻がお前に何を吹きこもうと、まったく関係ないんだ。

「了解しました、長官」マックスはうなずいた。

「ではあのバカ者に思い知らせてやれ」ヨハンソンは、ぴったり横につけたタクシーに向かってうなずいた。ずいぶん大袈裟な身振り手振りの運転手だ。

「了解しました、長官」マックスはウインドウを下げると、手を振り回している運転手に向かって拳《こぶし》を突き上げてみせた。

「うむ、よくやった」タクシーがブレーキを踏んで後ろについたのを見て、ヨハンソンはマックスを褒めた。ハイビームもクラクションも大袈裟な手振りもやめにしたようだ。四十年前、親友と二人でパトカーの前部座席を占め、ストックホルムじゅうの通りを走り回って、世界を支配していた頃のようだ。こんなに気分がいいのは、先日カールベリス通りでスウェーデンいちのホットドッグの屋台の前に車を停めて、特殊部隊のパト2たちと世間話をしたとき以来だった。

家に着くとそのままソファへ向かい、昼寝をした。そして、マティルダが部屋に入ってきた音で目が覚めた。

「起きてた?」

「イエス」ここでコーヒーが出てくるとちょうどよいのだが。

「手紙が来てるよ」マティルダが白い封筒を手渡した。

「そうか。親切な歯の妖精さんからだろうか」

「ちがう。でも、めちゃくちゃアヤシイの」

「怪しいって、何がだ」

「郵便なら二時間前に来たわ。でもこの手紙には切手は貼られていない。差出人の名前もない。書かれているのは、〝ラーシュ・ヨハンソン〟つまり長官の名前だけ。誰かが直接郵便受けに入れたにちがいないの」

「では開けてくれ」ヨハンソンはうまく動かない右腕を振って、開けるよう促した。

「やだ、まじで何これ」マティルダは真ん中で二つ折りになったＡ４用紙を取り出した。

「なんと書いてある」

「名前よ。スタッファン・レアンデル。それだけ。あとは何も書いてない。スタッファン・レアンデルとだけ」

「スタッファン・レアンデルか」

「自分で見てみてよ」マティルダが紙を差し出した。

「リッラ・エッシンゲンまで車を出してくれたのはいつだったかな」

「先週よ。火曜日だから、ほぼ一週間前」

エリカ・ブレンストレーム――。突然彼女が目の前の椅子に座っていた。手を組んで膝に置き、目に警戒の色を宿している。苦労のにじみ出た手。エリカ——ヤスミンと同じ年頃の二人の娘がいた女。

61　二〇一〇年八月二日（月曜日）の午後

ただの思いつき。ある考えが頭をかすめただけ。だが、それに対して何かしなければ。ヨハンソンは多少苦労して、何千枚という車両登録の写しが入った段ボール箱をソファまで引っ張ってきた。いちばん上の束を取り出してみる。めくってみて、また戻した。今度はいちばん下になっている束を掘り出してみる。なんの秩序もない。めちゃくちゃだ。それも戻した。二十五年前に何人もの警官たちが思いついては取り出した結果なのだろう。二十五年後に自分がそこから情報を探そうとしても、パソコンからプリントアウトされたはずの頼りのデータリストもない。

マックスに頼むか——。ヨハンソンは携帯を出して電話をかけた。大声で名前を呼ぶつもりはなかった。マティルダならドアの外で待ち構えているだろうが、彼女に頼むつもりはない。あんな母親の元で育って、今までどんな目に遭ってきたかは想像もつかない。ぼろん、ぼろんは困るんだ。真っ赤な長い爪を活用して、目をほじくり出すなんてもってのほかだ。

「こっちへ来てくれないか」

「長官、おれは隣のキッチンですよ」マックスは驚いた声を出した。

「いいから急いでくれ」


二十メートルもないだろうに、十秒かかった。何にそんなに時間がかかるんだ。

「長官、どうしました」

「座りたまえ」ヨハンソンはソファにいちばん近い椅子を指さした。

「続けてください」マックスは椅子に腰かけた。

「単刀直入に訊くぞ。マックス、お前は口が堅いか？」

「はい。少なくとも、もっと堅いやつには出会ったことがありません」

「一言も言うんじゃないぞ。エーヴェルトにもだ。わかったな」

「はい」

「よし。あの段ボール箱に、車両登録の写しがたくさん入っている。二十五年前に赤のゴルフを所有していた人間だ。正確に言うと、一九八五年六月。その中からスタッファン・レアンデルという名前の所有者をみつけてほしい」ヨハンソンはマティルダから受け取った紙をマックスに渡した。

「何人分くらいあるんですか」

「何百人か、ひょっとしたら何千人。とにかくたくさんだ」わしが知るわけないだろう。

「名前だけのリストはないんですか」

「ない」どっかのバカが失くしたんだ。二十五年前にな。

「そういう状況なら、箱ごとおれの部屋にもっていってもいいですか」

「もちろんだとも」そして閉まったドアのほうにうなずきかけた。「だがひとつ条件がある」

「わかってます」マックスはにやりと笑った。


　マックスは約一時間後に戻ってきた。

「どうだ。みつかったか？」愚問だった。ヨハンソンはすでに、マックスの目の中に答えが見えていた。

「スタッファン・レアンデルはいませんでした。レアンデルという苗字の人間はひとりも」

「それは確かか」

「百パーセントです。七百台分の車両登録の写しがありました。一九八二年から一九八六年の型のゴルフです。八六年型は八五年にすでに発売になっていたようで。スタッファンという名前の所有者はたくさんいましたが、苗字がレアンデルはひとりもいない。ちなみに車は半分くらいが社用車かレンタカーかリースでした。そのレアンデルという男もそういう形態で赤のゴルフに乗っていた可能性は？」

「そうだな。そういう可能性はある」最悪の場合、何もかもわしの思いこみという可能性も――。

62　二〇一〇年八月三日（火曜日）

朝、新しい松葉杖が届いた。それは右の脇の下から床まで延び、ピストルのように握って、不自由な右脚を補ってくれる三本目の腕だった。下腕部を補助する部分があり、二の腕に負担がかかりすぎないようになっている。楽に使いこなせる松葉杖だった。

「自分で作ったのか？」

「アイスホッケーをやってたときの知り合いです。おれもこういうのを使って歩いていた時期があって」

「これはありがたい」

　そのあと義弟から携帯に電話がかかってきた。

「例の男ですが、みつけたと思いますよ」アルフ・フルトが言った。

「そう思うか。教えてくれ」

「そちらにお邪魔しようかと。ちょいとややこしい話なので。もちろん、お忙しくなければですが」

「忙しいことなど何もない。よかったらここで昼を食べていけ」

「では一時間後に。バスが十五分後に出るので」アルフは郊外のテービィに住んでいる。長兄エーヴェルトによれば、自分自身の結婚式にもタクシーを使わなかったそうだ。


三十分後、マティルダがドアをノックした。

「なんだ」ヨハンソンはソファに寝そべって、死後に刊行されたJ・D・サリンジャーの『アメリカ考察』を読んでいた。数週間前に英語で発売されたものだ。ニューヨークタイムズ紙の一面に、二紙の文芸欄の書評が引用されていた。それによれば、〝アメリカンドリームの命を奪うだけでなく、いかにもわかりやすい個人レベルの神経症を国家レベルのトラウマへと昇華させた、ありとあらゆる〇〇イズムに対する惨憺たる考察である〟。

ざまあみろだ。これでお前らはぐうの音も出ないだろう——。

「リハビリ」マティルダが腕時計を指さした。

「残念ながら中止だ」ヨハンソンはうざったそうに本を振り回した。「大事な客が来る。義弟だ」

「ランチは食べていくの？」

「もちろんだ。肉より魚がいいと思う。何につけても慎重なタイプだからな。ちょっとセーデル屋内食材市場まで行って、さっきまで泳いでいた鮭でもいないか見てきてくれ」

マティルダはうなずき、部屋を出ていった。その瞬間に新しいアイディアが浮かんだ。ニシンはどうだろうか。新鮮なニシンをステーキにしたり、マスタードの効いた衣をつけて焼いたものにマッシュポテトを添えてもいい。かすかに酢の香りが漂い、よく冷えたチェコのビールが……。

「新鮮なニシンがあればそれでもいいぞ！」ヨハンソンは大声を出したが、聞こえたのかどうかは怪しかった。玄関のドアが閉まる音だけが響いた。

まったく、珍しいほどこだわりの強い男だ——半時間後、ヨハンソンはそんなことを考えていた。義弟はまず、ヨハンソンはソファに横になったまま手を振るだけですまそうとしたのに、どうしても握手をするといってきかなかった。それから二人の間にテーブルを移動してきて、自分の座る椅子の位置も調整した。そしてようやく、年季の入った茶色の書類鞄から書類の束を取り出した。

「何かみつけたと言ったな」わしを騙そうとしているわけではないだろうな。期待させておいて、請求書の額をつり上げようとしているのか？

「ええ」アルフは控えめな咳払いをした。「それは真実です。ヨハン・ニルソンの知られざる腹違いの妹を発見したんです。ほら、マルガリエータ・サーゲルリエドの夫の」

「その妹とやらは、なんという名なんだ」

「ヴェラ・ニルソンです。一九二一年十月二十一日生、一九八六年三月十日没。なぜこれまでみつけられなかったのかとお思いでしょうが、それはヨハン・ニルソンとの血縁関係が住民登録に載っていなかったからです。ヴェラ・ニルソンの父親は不明になっている。〝父親・不明〟とね。まあ、スウェーデンの住民登録に昔からよくある記載だが」アルフ・フルトは興奮したように言った。

「ではどうして二人が兄妹だとわかったのだ。腹違いの兄よりも、二十六歳も若いのだな」

「ヨハン・ニルソンが一九五九年に作成した遺言状に名前が挙がっていたんです。彼の父親、卸売商アンデシュ・グスタフ・ニルソンが亡くなってから数カ月後のことだ。その年の九月十五日に亡くなっている。息子のヨハンはそのきっちり二カ月後に新しい遺言状を作成した。五九年の十一月十五日です。それがストックホルムの裁判所に提出され、記録に残っていた」

「そうなのか」

「というわけで、アンデシュ・グスタフが死の床でヨハンに妹の存在を語ったと考えるのは想像に難くないでしょう」

「言わないよりは、ぎりぎりにでも言ったほうがましということか。で、それは確かなのか？」

「確実です。ヨハン・ニルソンの五九年十一月の遺言には、本文をそのまま引用すると、〝親愛なる義理の妹ヴェラ・ニルソンに〟財産の一部を与えると書いてあった」

「一部とな」

「全財産の約十分の一です。わたしの概算だと、その十分の一というのはヨハン・ニルソンが父アンデシュ・グスタフから相続した財産の約半分。アンデシュ・グスタフは死んだとき、遺言状は残していなかったんです。寡夫《かふ》だったこともあり、すべて長男で一人息子のヨハンに渡った」

「財産というのはいくらぐらいの話なんだ。妹にいくら譲った」

「当時の額で約三十万クローネ。つまり大金です。今なら相続税を引いても数百万は残るでしょう。当時の感覚で言うと相当な額ですよ。それ以外にも価値のある財産を色々と譲り受けている。例えば、非常に高価な絵画――レアンデル・エングストレームの作品。『放浪の狩人』というタイトルで、一九一七年の作品だ。二〇〇三年にブコウスキーの春のオークションで落札されたときには三百五十万クローネだった。遺言状では一万五千クローネの評価額になっている」

「レアンデル・エングストレームか」ここでもまたレアンデルという名前が出てきた。しかし今度はファーストネームではない。二〇年代にはすでに故人となった画家の名であり、ヨハンソン宅のリビングにもその画家によるスウェーデンの山岳地帯の絵がかかっている。

「ヴェラ・ニルソンは面白い存在なんですよ」

「どのようにだ」

「例えば、ヨハンとヴェラの父親アンデシュ・グスタフの従妹の子にあたるんです」

「当時のスウェーデンはまったく野蛮な土地柄だったのだな」ヨハンソンはにやりと笑った。

「まあ……」アルフ・フルトは軽く咳払いをした。「ニルソン一族はストックホルム在住で、あなた方の北オンゲルマンランド地方とはまた状況がちがったんでしょうな。まあとにかく……」彼はまたそこで咳払いをして、続けた。「一九六〇年の秋、十月五日にヴェラ・ニルソンは息子を産んでいる。三十八歳で――当時にしてはかなり遅いほうだ。その父親も〝不明〟になっているから、歴史は繰り返すといったところでしょうかね。その年の七月に、ヨハン・ニルソンは腹違いの妹に財産を生前贈与をしている。その前年に遺言状の中で取り決めた額をです。理由はおそらく、六〇年の八月、つまり一カ月後にマルガリエータ・サーゲルリエドとの結婚を控えていたから。その直前に新しい遺言状を作成し、それによって五九年十一月の遺言状を更新したんです。つまりヨハンはまずは妹に父親からの遺産相当額を分け与え、それから新しい遺言状を作成して、すべての財産を新妻に遺すと取り決めた。腹違いの妹は、新しい遺言状には名前も出てこない。ヨハンは予定どおりマルガリエータ・サーゲルリエドと結婚し、その二十年後に亡くなったときには彼女が全財産を相続したんです」

「その息子というのは――そのヴェラ・ニルソンの私生児は、名前はなんというのだ」もうわかっていたが、ヨハンソンはそれでも尋ねた。

「スタッファン・レアンデル・ニルソンです。なぜレアンデルというミドルネームをつけたかは、ご想像にお任せしますよ。一九六〇年十月五日生まれ。この紙に国民識別番号を書いておきました」

「生きているのか」スタッファン・レアンデル・ニルソン――。

「ええ、生きています。独身、子供もなし。現住所はソルナ市のフレースンダ、グスタフ三世大通り二十番。生まれてから一九八六年までは、母親ヴェラ・ニルソンと同じビルゲルヤールス通り百四番の住所に住んでいた。ほら、ビルゲルヤールス通りとヴァルハラ通りの間にある、

ＨＳＢ（スウェーデン最大の賃貸アパート）の大きなアパート群です。それとですね、八六年の五月にスウェーデンを離れ、帰国したのは九八年の秋。十二年と半年経ってやっと戻ってきたわけだ」

「外国に行っていたのか。どこだ」

「タイのようです。現地の住所まではまだわかっていませんが。今なんとか調べようとしているところです。ついでに言うと、スウェーデンを離れる際、数十万クローネもの税金の滞納があった。母親からの遺産相続税を含めてです。未納付の税金は十年で時効を迎えるから、姿をくらますのに充分な理由があったわけだ」

「その、逃亡先がタイというのはどのくらい確実なんだ」

「かなり確実ですよ。パタヤにホテルを建設するプロジェクトの共同経営者だったんです」

タイか——。八〇年代末、そういう嗜好《しこう》をもつ男にとってタイは天国のような場所だったのだろう。まあ今でもそうなのかもしれないが。

「つまり、八六年に母親を亡くし、その数週間後には国を離れている。たった一人の相続人だった彼は、母親の財産をすべて引き出した上でタイに向かった。母親は遺言状を作成していなかったようだ。財産目録によれば、母親の遺産はせいぜい百万ということになっているが、その倍はあったはずだとわたしは睨《にら》んでいますよ。そして、十二年半経ってやっとスウェーデンに戻ってきた」

「アルフ、聞いてくれ。そのスタッファン・レアンデル・ニルソンだが」

「はい」アルフ・フルトはうなずいた。

「その男についてすべてを知りたい。すべてだ」

「ではそのように取り計らいます」

「ちょっと席を外してもいいか」

「もちろんです」


ヨハンソンは新しい松葉杖をつかみ、なんの苦労もなく廊下に出て、ゲストルームへ向かった。そこではヨハンソン専用のちびエーヴェルトが、ヘッドフォンをつけてパソコンの前に座っていた。見たところ異常に暴力的なゲームをやっている。

「長官」マックスがヘッドフォンを外し、立ち上がった。

「その箱を見てくれないか」ヨハンソンはマックスが自分のベッドの上に置いた車両登録の段ボール箱を指さした。「そこから、一九六〇年十月五日生まれのスタッファン・ニルソンかスタッファン・レアンデル・ニルソンという名前がみつからないか探してみてくれ」

「はい、すぐに」マックスが長い腕を伸ばし、クリップで留めた薄い紙の束を取り出した。

「すぐみつかるはずです」そう言って、その束をめくりはじめた。

「スタッファンという名前だけ選り分けて、クリップでまとめておいたんです。三十人いました」

「いいぞ」こいつもバカとは程遠いな。

「これだ」マックスが一枚の紙を差し出した。「スタッファン・ニルソン、一九六〇年十月五日生まれ。当時の住所はここストックホルムのビルゲルヤールス通り百四番になっています。八五年六月五日に新車の八六年型ゴルフGTIの所有者として登録されている。赤のゴルフです。フォルクスワーゲンの正規代理店で購入」

「そうか」それからもう一度繰り返した。「そうか」そして書類を受け取った。

こいつめ、やっとみつけたぞ——人生の早い段階で偶然を嫌うことを覚えた国家犯罪捜査局の元長官ラーシュ・マッティン・ヨハンソンは思った。一度の偶然は数に入らないが、二度だと二度分多すぎる。やっとみつけたぞ。これは本当に、ずっと怪しんでいたとおりなのかもしれない——。自分自身に絶対安静を言い渡したはずなのに、突然、怒りが燃え上がった。

「長官、大丈夫ですか」マックスがそっとヨハンソンの腕を取った。

「もちろん大丈夫だ」ヨハンソンはうなずいた。さて、これからどうしたものか——。

第四部

目には目を、歯には歯を、
手には手を、足には足を……
（申命記十九章二十一節）

63　二〇一〇年八月四日（水曜日）の午前

可能なかぎり、規則的な生活を――。我慢できないほど身体が辛くない日には、朝食をキッチンで食べるようにしている。だがこの日は書斎のソファになった。起きたときから頭痛がしたし、続いて胸の圧迫感も始まった。全身に不安が広がり、またひとつ、小さな白い錠剤を飲みこんで自分を救うしかなかった。それから一瞬眠っていたらしい。ヒュプノスが書斎の闇にたたずんでいる。首を斜めにかしげ、まるで子供のような柔らかな金髪で、優しい微笑《びしょう》をたたえたまま緑色のケシの実を差し出した。

三十分後にはずいぶん気分がよくなった。そこでノートパソコンを取り出し、それを膝の上に置いて、今後の計画を立てることにした。現役の頃は、小さな付箋にいくつもメモを書いては職場のデスクに貼ったものだが、そんなこと、今は考えるのも時間の無駄だ。

現役の頃は、そうやって備忘録《びぼうろく》を書くこともできたのに――。今では、右手で判読可能な文字を書くこと自体が不可能だった。右手はパソコンが膝から落ちないように押さえているのが精いっぱいで、キーボードは左手の指だけで押していく。

〝今後の対策〟――パソコン画面のいちばん上にそう書いた。そして改行。〝スタッファン・レアンデル・ニルソン（一九六〇年十月五日生）についてさらに調査を進める〟そこでまた改行。〝スタッファン・レアンデル・ニルソンの人生をまとめる〟そこまで書いたときにマティルダが部屋に入ってきて、意味ありげな表情で腕時計を見つめた。

「リハビリよ。さあ、起きて起きて」

「五分だけくれ」そしてまたパソコンに向かった。〝捜査要員は一＋四〟つまり自分＋親友ボー・ヤーネブリング、義弟アルフ・フルト、マティルダにマックスだ。あくまで、その四人のみ。かつての部下をそこに加えることはありえなかった。とりわけヘルマンソンやその娘婿などは、捜査が白熱したときに冷静さを保つこともできないだろうから。

長いキャリアの中で、もっとお粗末な捜査班を率いたこともあるのだ――。ヨハンソンはそう思いながらパソコンの電源を切り、それをテーブルに置くと、寝そべっていたソファから立ち上がった。


リハビリから車で家に戻る道すがら、マックスがある提案をしてきた。

「ヘラジカ猟のことで相談があるんですが。長官にそのお時間があるようでしたら」

「時間はある」ヘラジカ猟よりも大切なことなどないだろう。それ以外には、時効になった古い殺人事件を掘り返したり、薬を腹に詰めこんだり、人生の残りの日々を数えたりするくらいしかすることがないのだ。つい一カ月前までは尊厳ある人生を、いやむしろ、この上なく快適な人生を送っていたのに――。

「銃職人に相談してみたんです。長官の右手のことは話しました。ボルトに新しい銃弾を詰めることはできそうですか」

「ああ、できる」実は、ここ数週間それをこっそり練習していたのだ。

「では問題は、引き金を引く指だけですね」

「そうなんだ。指の感覚すらないのだ」

「銃職人によれば、それなら解決策があるそうです。以前、他の客のためにやったらしいんですが――長官と同じ目に遭った客がいて――そのときは、左手の人差し指で引き金を引けるように、奥にもうひとつ引き金をつけたそうです。前床のいちばん先のほうに」

「ほう、そうなのか」

「右の肩に銃床を当てて狙いを定めることさえできれば、問題ないそうです」

「ではすぐにやってくれ」やっと、やっとだ。見えてきたぞ、今まで生きてきた人生の片鱗が――。

64　二〇一〇年八月四日（水曜日）の午後

昼食の前にアルフが電話してきて、その一時間後にはヨハンソンの家の玄関の呼び鈴が鳴った。

「話してくれ」ヨハンソンは義弟を促した。相手が椅子に腰かけ、また年季の入った茶色の書類鞄から書類の束を取り出した途端に。

「いやはや、フルーツポンチのようなものでしてね……」アルフは薄い唇をちょっと突きだして言った。「あの絵画のことを覚えていますか。レアンデル・エングストレームの『放浪の狩人』。ヴェラ・ニルソンが腹違いの兄ヨハンから譲り受けたものです。ヨハンのほうは、それを父親のアンデシュ・グスタフ・ニルソンから譲り受けたんでしょうね」

「ああ、覚えている。その絵画がどうした」

「その絵は早くも八六年にはブコウスキーで競売にかけられた。ブコウスキーの取り分を差し引くと、百万にも満たなかったでしょうがね。売却者はヴェラ・ニルソンの息子スタッファン・ニルソンだった。死んだ母親の財産目録の作成が始まる前に売ったということになる」

「そんなこと、ブコウスキーのほうはこれっぽっちも気に留めないだろうな」まったく競売会社ときたら――。

「そう、そのとおりなんですよ」アルフも同意した。「兄上が聞きたければ、美術品の売買に関するエピソードならいくらでもあります。ところで、その絵の写真をもってきましたよ。ほら、実に美しい絵でしょう」アルフがカラー写真を差し出した。

レアンデル・エングストレームが絵筆に捉えたのは、放浪の狩人が湖畔で憩《いこ》う様子だった。赤と青に彩られたスウェーデンの山岳風景が、緑と灰色の背景に溶けあっていく。秋の澄んだ空気には、すでに冬を思わせる冷気が漂い、猟銃は岩に立てかけ、獲物は――カモが数羽とウサギ一匹だが――木の枝の叉にひっかけてかけてある。狩人は、熾したばかりの焚火の前に座り、本を読んでいた。

放浪の狩人――これ以上ふさわしい表現はないだろう。

「つまり、この絵が百万」元税務署員のアルフ・フルトが宣告した。「それ以外に母親はビルゲルヤールス通りに複数のマンションを所有していたが、息子はそれも同時期に売り払った。母親が亡くなるほんの数週間前に後見人になる手続きをした上で、売り払ったようだ。実に奇妙な話ですよ」

「それで合計いくら懐《ふところ》に転がりこんだんだ」ヨハンソンが遮《さえぎ》った。

「概算で二、三百万というところでしょうね。絵が百万、マンションが合わせて七十万、それに銀行の預金や、同時期に売り払った債券その他の雑多な品を含めると」

「なるほど、売れるものはすべて売り払ったわけか」ヨハンソンがまとめた。「気の毒な母親が冷たくなる前に」

「そういうことですな」義弟は唇を突きだした。「それは実に的を得た表現です」

「それから相続税については素知らぬ顔をして、タイに逃げ、ホテルを買った」ヨハンソンは急に長兄のことを思い出した。

「そうです」アルフはため息をついた。「まったく、そのとおりなんですよ。ただ、詳細については少々お待ちください。レアンデル・ニルソンが関わったとみられるホテル建設プロジェクトについては、今情報を取り寄せているところなので」

「タイに逃げる前、他には何をしていたんだ」

「ある種の若者がやるようなことですよ。つまり、こいつはでき損ないの人間だ。おまけに、履歴詐称を少なくとも二点発見しました」

「そうなのか」これはやっと、それらしくなってきたぞ。

「八〇年代の初めにある仕事に応募したときに――その内容についてものちほど説明しますが――一九八九年にストックホルムのノッラ・レアール高校を卒業したと書いている。それからウプサラ大学で経済を専攻。企業経済四十単位、国家経済二十単位、統計学も二十単位、法律学も加えて計九十単位。つまり学士号取得のための単位の四分の三にあたる」

「だがそれは嘘だったのか」

「ええ。確かにノッラ・レアール高校には通っていたようですが、一年半で退学している。ウプサラ大学にいたってては入学すらしていない」

「小粒の悪党というわけか。兵役はどの部隊の所属だった」

「兵役は免れたんです。脊椎側彎症《せきついそくわんしょう》だという医者の診断書を出してね。背中に問題を抱えていたわけだ」

「他には?」ヤスミンを強姦したときには、背中に問題などなかっただろうが。

「実は、ある財団法人を発見したんです。夫ヨハン・ニルソンの死から数年後に、未亡人マルガリエータ・サーゲルリエドが財団法人を立ち上げているんです」

「名前は」

「〝マルガリエータ・サーゲルリエドのオペラ芸術支援基金〟」アルフはそう言ってため息をついた。

なるほど、あの女ならそういう名前をつけかねない――。

「詳しく教えてくれ」

65　二〇一〇年八月四日(水曜日)の午後

ヨハン・ニルソンが他界した際、未亡人となった妻は巨額の遺産を相続し、そのうちの五百万クローネでオペラ芸術を支援するための財団を創立した。若い歌手や音楽家の進学や留学を支援する奨学金を授与し、コンサートの主催者には助成金を、さらに〝もっとも将来有望な若いソプラノ歌手〟に与えるマルガリエータ・サーゲルリエド賞を設けて、毎年二万クローネの賞金を与えていた。財団の活動は一九八三年に始まり、理事長にはオペラ愛好家でストックホルム界隈では名の知れた弁護士が就任し、経理はスカンジナビア・エンシルダ銀行の財団法人部門が担当した。

「まるで一世紀遅れてやってきたイェンヌ・リンド（二〇一六年まで五十クローネ札の図柄だったスウェーデン出身のソプラノ歌手。）だな」

ヨハンソンはソファに足を上げると、腹の上で手を組み、これまでになくいい気分だった。

「まあそんなところですね」義弟がため息をついた。「だが、その栄光は長くは続かなかった」

「なぜだ。五百万というと当時としては大金だっただろう」

「そこで靴がきつくなったわけじゃないんです。こともあろうに、マルガリエータ・サーゲルリエドはたった一人の身内に事務を任せてしまった。つまり、若きスタッファン・ニルソンに。そのせいで、数年後には店じまいをするはめになったんです。スタッファンが、控えめに言っても奇妙な取引を色々やったせいでね」

「なぜそんなことが可能だったんだ。慈善団体の場合、金の使い道にはかなり厳しい監視の目が光っているのかと思ったが」

「ええ、通常は。そうなっている主な理由は、財団法人には税金の優遇措置があるからなんです。あらゆる手段を使って、それを不当に利用しようとする輩《やから》がいる。マルガリエータ・サーゲルリエドがたった一人の身内であるスタッファン・ニルソンを雇ったとき、財団法人の理事長はそこを指摘した。義理の甥に優遇措置を与える目的じゃないかという、あらぬ疑いを招くリスクがありますとね。だから理事長は、スタッファン・ニルソンに履歴書を提出するよう命じた。彼にその仕事に就く資格があるということを裏づけるために」

「だがその履歴書はでっちあげだった」

「そう。わたしが調べたかぎりはね。本人の主張によれば、中学生の頃から夏休みにアルバイトをしていた有能な若者。実際どうだったかは、わたし自身は便宜上の理由により言及を避けさせてもらいます。兄上が読みたいかと思い、ここに履歴書をおもちしました」アルフはクリアファイルに入った書類を掲げてみせた。

「他の資料と一緒にしておいてくれ」どうせ、内容はすべて嘘っぱちなのだろう。

「当初、財団は予定どおり運営されていたようです。つまり、財団定款および規約にそって運営されていた。最初の三年間、マルガリエータ・サーゲルリエド賞は毎年きちんと授与され、つまり一九八五年にも授与されていた。その他にも、毎年約十万クローネ相当の奨学金や助成金を付与していた。それ以外の経費、つまり理事会への謝礼や、スタッファン・ニルソンの給与、エステルマルムのリンネ通りに借りた小さなオフィスの賃料を合わせると、毎年の支出は約三十万クローネ程度だった」

「資本の六パーセントか。わしに言わせれば、かなり多いが」

「一年目は資本の利回りがよかったんです。実際、十万クローネの利益が出ている」

「だがそのあとえらいことになった」

「ええ、わたしが思うに、すでに八四年にはね。その穴埋めに、色々な金融商品に手を出しはじめた。そこが監視の手薄だったところだ。財団にも銀行にも監視する責任があったのに」

「若きニルソンの懐にはいくら入ったんだ」

「わたしにわかる範囲では、たいして入っていません。実際問題、投資には失敗しているんですから。まあとにかく長い話を短くまとめると、八六年が半年過ぎたところで臨時の監査が入り、財団の資本の半分が使いつくされていることが発覚した。だがそのときには若きニルソンはすでに辞職し、居所不明になっていた」

「そのあと財団はどうなったんだ」ということは、一九八六年の前半はずいぶん色々なことが起きたようだな。

「その後は凍結状態になっています。現在の財団の資本金は数百万——ただ、マルガリエータ・サーゲルリエドが亡くなって以来、ずっとその程度の額です。現在でも奨学金や助成金、サーゲルリエド夫人の名を冠した賞の授与は続けているが、合計しても年間十万クローネ以上にはならない。財団の運営にかかる経費を併せても、支出は毎年約二十万クローネといったところだ。資本金は毎年数パーセントの割合で目減りしているが、それもずっと以前からのことです」

「看板を下ろしたときに、マルガリエータ・サーゲルリエドはその事実を隠そうとはしなかったのか」

「彼女は亡くなった時点でも、まだ相当裕福でした。遺産は税金を差し引いても一千万クローネ。それも一九八九年当時の話ですよ。だが財団には一クローネも入らなかった」

「では誰に？　その遺産は誰の手に渡ったのだ」

「マルガリエータ・サーゲルリエドは八六年十一月に新しい遺言状を作成しています。財団に例の監査が入って、財政が懸念すべき状態にあることが明白になって四カ月後のことだ。遺産の大半が、子供や若者を対象にした慈善事業に寄付されることになった。教会子供基金、セーブ・ザ・チルドレン、赤十字の子供支援……」

「若きニルソン氏には？」

「一クローネも。ですが、ここで昔の家政婦がまた登場します。覚えておいででしょう、エリカ・ブレンストレームですよ。彼女が五十万クローネを受け取っています。遺言状には、〝二人の娘の進学資金に〟と」

「ほう、そうか」罪深い人間を育ててしまったことへの、罪滅ぼしの金だ。最悪の場合、口封じのための金。晩年のマルガリエータ・サーゲルリエドは相当地獄を見たようだ。

「エリカ・ブレンストレームについてですが、ご興味があるなら、もっと調べることはできると思いますよ。彼女もその娘二人も、まだ存命中なのは確認済みですから。エリカは六十歳くらい、娘は二人とも三十歳前後だ。それについてはすでに報告しましたね」

「ああ。だがエリカ・ブレンストレームについてはもういい」わしが知りたいことに関しては、お前では役に立たないからな――。「他には？」

「実はもうひとつあります。スタッファン・ニルソンの母親、ヴェラ・ニルソンのことで」

「彼女がどうした」

「言ったとおり、一九八六年の三月十日に亡くなっています。遺言状は存在しないが、したとしても法的な意味ではさして面白くもない。どうせ、相続人は一人息子だけなのだから。一方で非常に興味深いのは、死にまつわる状況なんですよ。特に、親愛なる兄上のような方にとってはね。つまり、兄上の職歴を考えると」

「そうか」やっと、それらしくなってきたぞ——。

66　二〇一〇年八月四日（水曜日）の午後

ヴェラ・ニルソン享年《きょうねん》六十五歳は、一九八六年三月十一日の午前中に、ストックホルムのビルゲルヤールス通り百四番の自宅アパートで死亡しているのを発見された。発見者は息子のスタッフファン。同じマンション内の小さめの部屋に住んでいた。

ヴェラ・ニルソンは、リビングのソファに倒れていた。下着にガウンを羽織り、スリッパをはいた姿で。ソファテーブルには空のウイスキーの瓶、アルコール度の強いビールが六缶、まだ半分ほど中身の残ったウォッカの瓶、空のミネラルウォーターの瓶、同じく空の炭酸飲料の瓶、それにウォッカをグラッポ（グレープ味の炭酸飲料）で割ったものがグロッググラス（細長いコップのような形のグラス）

に入っていた。バスルームには、空になった強力な睡眠薬のプラスチック瓶、それにやはり空の鎮静剤の瓶。自殺をほのめかす遺書やメモは一切見当たらなかった。

寝室のベッドはきれいに整えられ、寝た形跡はなかったが、それをのぞけば小さな2Kのアパートは散らかっていて、控えめに言ってもきちんと片付いていない印象だった。引き出しはすべて引き出され、中身が床にまき散らされている。クローゼット二つは、中で服が山になっていた。キッチンの食料棚や引き出しは、誰かが食料品やキッチン用具を丹念にかき回したかのようだった。

死の状況があまりにも不審だったので、ヴェラ・ニルソンの死体は司法解剖のためにソルナの法医学研究所に送られ、ストックホルム県警犯罪捜査部は〝自宅における不審死〟と報告書に銘打って、アパートの鑑識捜査を行った。

法医学者による解剖と調査の結果、ヴェラ・ニルソンは中毒死したことが判明した。大量の睡眠薬、鎮静剤およびアルコールの相乗効果によるものだ。血中アルコール濃度は〇・三パーセント近くあったが、尿からはわずかしか検出されなかった。つまり長期にわたってアルコール依存症であったという痕跡が一切ないことから、被害者の年齢と体型を考えても異常に高い濃度だと言える。

法医学者は解剖に充分すぎるほど時間をかけたようで、約一カ月もあとになって届いた報告書には、〝犯罪の可能性は捨てきれない〟と前置きしているものの、〝状況のほとんどが自殺を示している〟と書かれていた。報告書の結論にも同じことが書かれていた。ヴェラ・ニルソンは自ら命を絶った。本人に悟られずに、別の人間が毒を盛ったという可能性は考えにくい。ヴェラ・ニルソンが摂取した薬はかなり強い味がするものばかりで、酒やビール、炭酸飲料などの助けを借りてもその味を消すことはできない。誰かが無理やり飲ませたというのも考えにくい。身体には暴力の痕や何かを強要されたような痕跡もなかった。

一方で、司法解剖の報告書には、ある状況が指摘されていた。解剖の結果、ヴェラ・ニルソンが死亡してから発見されるまでに一昼夜が経過しているのを裏づける点が複数みつかったという。

息子は三月十一日十一時に母親の死体を発見しているが、前夜十九時頃に電話で話したとも主張している。この点に矛盾が残るため、法医学者は十日の夜に死亡したと断定はしていない。しかし司法解剖により発覚した複数の点が、むしろそうではないことを裏づけている。

「ちょっと待ってくれ、アルフ」義弟が話し終えたとたんに、ヨハンソンが質問した。「なぜお前さんがそんなことまで知っているんだ」

「今度ばかりは運がついていて、ヴェラ・ニルソンの葬儀を執り行った葬儀会社に偶然知り合いがいたんですよ。先祖調査クラブの仲間でね。二人とも理事をやっているんです。ヴェラ・ニルソンが亡くなった際に、実質的なことをすべてやったのが彼の会社だった。財産目録の作成や葬儀の手配以外にも、アパートの掃除や、遺品を売却するための競売会社を息子に紹介したりもした。その解剖結果報告書は、マンションの清掃時にみつけたそうです」

「ほう。で、その男はなぜそれを所持しているんだ」それは、死因の調査が完了したときに息子のところに送られてきたもののはずだ。実際どうだったのかはもちろんわからないが。

「友人は、ヴェラ・ニルソンと知り合いだったんです」アルフは控えめに咳払いをしてから言った。「言ったかどうか忘れましたが、ヴェラ・ニルソンは自宅近くのレストランのフロアマネージャーをしていましてね。わたしの友人は昼も夜もそのレストランで食事をしていたので、自殺したなんておかしいと思ったそうです。明るくて前向きな女性だったのに。だから結果報告書のコピーを取った。原本は息子に返したはずですよ。清掃の際に出てきた他の書類と一緒にね」

「その友人は警察には届けなかったのか」

「ええ。届けませんでした。だって警察はすでに自殺だと断定していたし、息子のことを考えると——つまり、葬儀会社が引き受けた仕事は息子が依頼主なわけですから。だから何も言わなかったんです」

「死因捜査の報告書は？　それはみつからなかったのか。警察が死因捜査をやったはずだろう」

「そういうものは何も」アルフは頭を振った。「だが兄上なら入手できるでしょう？　残念ながら、それは通常の先祖調査で扱う類《たぐい》の資料ではありませんからね。捜査結果が残っているとすれば、ストックホルムの公文書保管所でしょうかね」

「そうだろうな」でなければ警察署の地下の古い段ボール箱の中だ。

「お役に立つかわかりませんが、司法解剖の結果報告書のコピーも入れておきました」アルフ・フルトはヨハンソンのソファテーブルに置いた書類の束を、痩せた人差し指でとんとんと叩いた。

「それでなんとかなるだろう」なんとかなるはずだ——とヨハンソンは思った。

67 二〇一〇年八月四日（水曜日）の夜

その夜、ヨハンソンはマックスと夕食を食べた。近所のレストランから取り寄せたイタリア料理だ。ピアは銀行の接待で留守だった。ヨハンソンが退院してから、ピアが夜出かけるのは今日が初めてだった。心配するピアを、玄関から無理に追い出したも同然だった。

「本当に大丈夫？」やっと上着を着て玄関に立ったピアが尋ねた。

「ピア、勘弁してくれ。マックスがわしを襲うとでも？」

それからヨハンソンは自分専用のちびエーヴェルトと夕食を共にした。仔牛の煮込と、ヘルシーな種類のパスタ——いつも食べているパスタの半分も食欲をそそらないが。飲み物はミネラルウォーター。マックスがテーブルを用意する間、ヨハンソンは椅子に座って新聞をめくりつつ、丁稚《でっち》が家事に奮闘する姿を見つめていた。

「赤ワインが欲しい」ヨハンソンは夕刊紙を脇へやると、ワイン棚のほうにうなずいた。「どれか、イタリア産のを開けてくれ」それから念のためにつけ加えた。「ああ、その黒いラベルのがいい」ワイン選びという繊細な任務を担うには、マックスには知識が欠如していると思われたからだ。

「了解です、長官」

夕食のあと、マックスはリビングのテレビでリーガ・エスパニョーラの試合を観戦しはじめた。ヨハンソンは自分専用のリビングのソファに座り、マックスが開けてくれた赤ワインの残りを飲み干そうと固く決意していた。

さてそれでは、とばかりに義弟が持参した資料の束を取り出す。

まずは司法解剖結果を読んだ。自殺を強くほのめかしている。唯一法医学者がひっかかっていたのは、ヴェラ・ニルソンの死亡時刻だった。

なんの不思議もない。小粒の悪党は母親のアパート内を探し回ったのだ。自分に不利になるようなメモや書類がないかどうかを確認するために、一昼夜を要した。

その後は、常につきまとう頭痛のせいもあり、財産目録や住民登録の抜粋などをなんとなくめくった。すると突然、スタッファン・ニルソンが伯母マルガリエータ・サーゲルリエドの財団によろず屋として雇われた際の履歴書が出てきた。本物の弁護士でもある財団の理事長に、提出するよう命じられたものだ。

履歴書のいちばん上には、作成の日付と場所が記されている。〝一九八三年四月十五日、於

ストックホルム〃

それから表題が続く。〃スタッファン・レアンデル・ニルソン（一九六〇年十月五日生）の履歴書〃国民識別番号は書かれていない。義弟が指摘した履歴書の信憑性を考えると、便宜上書かないほうがよかったのだろう。

履歴書のいちばん下には、書類の表題となっている本人の署名があった。〃スタッファン・ニルソンは、上記の内容が事実と一致することを、良心と名誉にかけてここに誓います〃署名の筆跡は、二十三歳の若者にしては余裕がありすぎた。最後の跳ね方からして、自信が欠如しているようには到底思えない。

冒頭の表題から最後の署名までの間に、スタッファン・ニルソンは自らの言葉で人生を要約していた。

一九六七年に小学校入学。ストックホルムのヴァルハラ通りにあるエンゲルブレクツ小学校だ。その九年後、一九七六年に義務教育を修了し、同秋に高校に進学している。ストックホルムのロースラーグス通りのノッラ・レアール高校。どちらの学校も、母親と住んでいたビルゲルヤール ス通りのマンションの近くだった。

高校では三年間経済コースに在籍し、一九七九年春には卒業したことになっている。同年秋にウプサラ大学の経済学部に入学し、二年間在籍したあと、一年間〃実習のため休学〃している。本人いわく、ストックホルムのエリクソンの本社での実習。その実習は一九八二年秋に終了し、次はイギリスとフランスに〃半年間の語学留学〃をした。その後一九八三年一月に〃ウプサラ大学の経済学部を卒業するためにスウェーデンに帰国〟した。

以上のことが、表向きには〝良心と名誉にかけて〟誓われている。

その先は、学業以外の夏のアルバイトや就労履歴が列挙されていた。

まさに小粒の悪党だな――読みはじめたヨハンソンはそう感じた。

十六歳で初めての夏のアルバイト。ストックホルムのストランド・ホテルにて〝厨房アシスタント〟。次の夏にはホテル・モーニングトンでウエイターとして働いた。さらにそのあとの二夏は同じホテルに舞い戻り、〝レセプショニスト代理〟。一九七九年の秋には運転免許証を取得、一九八〇年と一九八一年の夏にはシグチューナ郊外のスコークロステル城のレストランで〝社長アシスタントとレストランマネージャー代理〟。

なんということだ――国家犯罪捜査局の元長官ラーシュ・マッティン・ヨハンソンは驚きのあまり、スタッファン・ニルソンが自己申告した人生の記録を脇へやった。これが書かれた二年と二カ月後に、ヤスミン・エルメガンが強姦され殺されて、この男の昔のアルバイト先からほんの数キロの湖の芦原に遺棄されているのがみつかったのだ。

68　二〇一〇年八月五日（木曜日）の午後

ラーシュ・マッティン・ヨハンソンの新しい人生のまた新たな一日が始まった。まずは大きなグラス一杯の水とともに、近頃では忘れると命にかかわる薬を飲み下す。病院でもらった赤いプラスチックの薬ケースの中から、苦労しながら左手でつまみだすのだ。それからシャワーを浴びて、ヨーグルトと果物とミューズリで形成された健康的な朝食をとる。

そのあとは書斎のソファに横になって朝刊を読んだ。時事ニュースも経済ニュースも文化欄も読んだのに、頭痛はやってこない。いい気になって、以前の人生で日課だった数独（パズルの一種）にまで手を出した。すると二分後には頭痛が戻ってきた。

ヨハンソンは新聞を投げ捨てると、ソファにあおむけになり、視線を自分の内へと向け、心を落ち着けようとした。深く息を吸い、何も考えずに――いちばん上の孫からもらった瞑想と心の平安についての小さな本に書いてあった助言をすべて守ろうとする。

いったいぜんたい、〝何も考えない〟なんて、なんのためにやるのだ。まったく理にかなっていない。

「お客さんよ」マティルダの声が聞こえた。「あなたの親友。ほら、群れのリーダーの雄の」

ヤーネブリングは前の晩に愛のタイ旅行から戻ったばかりで、そこには細身で筋肉質でよく日焼けしたヤーネブリングが立っていた。狼《おおかみ》の目に、二十時間の飛行の疲れは一切見当たらない。

「エーヴェルトが寄越した小さな丁稚と話したよ」ヤーネブリングは閉まったドアのほうにうなずきかけた。「見た目より使えるやつなんだろ？」

「実に優秀な若者だ。優しいいし、いいやつだぞ。頭も悪くないし、わしの言うことをよくきく」他の全員とはちがってな。

「で、うまくいってるのか」ヤーネブリングが尋ねた。

「何がだ」

「ヤスミンの件だよ」

「ああ、非常にうまくいっている。約束したとおり、犯人はみつかったぞ。まだ生きている。あとはいくつか形式的な手続きが必要なだけだ」

「お前だから信じるんだぞ。教えてくれ」

「名前はスタッファン・レアンデル・ニルソン。一九六〇年十月五日生まれ。独身で、子供もなし。ソルナ市のフレースンダ在住。職業は不明だが、わしの推測ではいろんなことに手を出している。多種多様のな」

「からかうなよ、ラーシュ。おれの言いたいことはわかっているだろう。どうやってみつけたんだ」

「心の捜査によってだ……いや、もちろん冗談だ。難しい事件ではなかった。昨日の夜、眠りにつく前に思ったんだが、わしが三週間前に手に入れた情報さえあれば、あのチビでデブのエーヴェルト・ベックストレームでさえ犯人をみつけていただろうよ」

「おい勘弁してくれよ、ラーシュ。何を言ってるかわかってるのか。おれはその捜査班にいたんだぞ」

「お前だって、同じ情報を得ていれば、長くても二、三日しかかからなかっただろう」

「で、どうする」

「いい質問だ。わしはちょっくらそいつの顔を拝みにいくつもりだ。そしてDNAを入手し――といっても、あくまで形式的なものだがな。そいつのDNAが犯人のものと一致するのはもうわかっている。だがそのあとどうする――いい質問だ。この事件は時効を迎えていて、わしの理解が正しければ、我々はそいつの存在を忘れるほかないんだ」

「おい待ってくれよ、ラーシュ。本気じゃないだろうな」

「いいや」あの日、あの悲しみ。それを考えても――。

「じゃあどうするんだ」

「そいつが犯人だったとして――というのも、わしでさえ間違っていたことはあるからな」だが今回はそんな幸運に見舞われることはないだろう。

「しつこいと思われるリスクを冒して訊くが、どうするつもりなんだ」

「スタッファン・ニルソンの母親の死因捜査を掘り返そうと思っている」

「ヘルマンと話してみる。あいつなら……」

「ヘルマンとは話すな」ヨハンソンが遮った。「今この瞬間から、話す相手はわしだけだ。それ以外にはいない。元同僚などもってのほかだ」

「言いたいことはわかるよ。ヘルマンの孫の話を聞いただろう」

「ああ。それはその子の父親パト2から聞いた」わしの命の恩人にもなったパトリック・オーケソン。「だから心配するんじゃない。そいつをみすみす逃がすつもりは絶対にない。時効などという制度は、法律家と法律愛好者の尻に突っこんでおけばよろしい」

「わかった。ニルソンの母親の名前を教えてくれれば、事務的な根回しはおれがやるよ」

「必要な情報はすべてあの青いクリアファイルに入っている」ヨハンソンはソファテーブル上の資料を指さした。「お前のことは際限なく信用しているから、何が起きたのか、どのようにしてわかったかは、すべて書き留めておいた」

「好奇心で訊くが、情報提供者ってのはいったい誰だったんだ」

「情報提供者に関しては例外だ」ヨハンソンは断固とした表情で言った。いくらなんでも、物事には限度というものがある。

69
二〇一〇年八月六日（金曜日）

ヨハンソンがキッチンで昼食を食べていると、携帯にヤーネブリングから電話がかかってきた。

「調子はどうだ」ヤーネブリングが尋ねた。

「最高だ」ヨハンソンが答えた。頭が痛むし、胸の圧迫感のせいで深く呼吸することもできないというのに。「今、焼いたニシンを食べているところだ。新じゃがを添えてな」与えられたものに喜びを見出すしかない。

「おれのことなら気にするな」ヤーネブリングは悪名高い肉食家だった。「例の死因捜査の資料がみつかったぞ」

「それは早かったな」ヨハンソンは驚きを隠せなかった。

「びっくりするくらいツイてたんだ。では、三十分後に」

ヤーネブリングが書斎に入ってきたとき、ヨハンソンはいつものようにソファに横になっていた。ヤーネブリングはドアを閉めると、椅子に腰をかけ、紙の入った薄いクリアファイルをソファテーブルに置いた。

「ヴェラ・ソフィア・ニルソンの死因捜査報告書だ。一九二一年生まれ。ストックホルム県警に昔あった暴力課が担当した捜査だ。捜査開始の根拠は、〝不審な状況につき〟となっている」

「どこでこれをみつけたんだ」怪しいくらい早かった。元同僚を巻きこむことはしないと合意したはずなのに。

「言ったとおり、びっくりするぐらいツイてたのさ。覚えてるか、あの法医学者リンドグリエンを。背が高くて痩せていて、ささやくような話し方をする男だ。相手の目を見て話せないし、おれに言わせれば、完全にいっちまってた」

「いいや」そいつに関しては覚えていないな。それに、いっちまってるのは法医学者なら普通のことだろうが。

「急に思い出したんだ。やつが自殺をテーマにした論文を書いていたのを。当時訊かれたんだ。おれのほうで何か面白いケースを知らないかと」

「それで？　さっさと結論を言ってくれ」

「ヴェラ・ニルソンがその研究に含まれていたんだ。職場だったソルナの法医学研究所で、いくつもあった段ボール箱の中からみつけたんだとさ」

「それはついてたな。で、お前はニルソン夫人の死についてどう思う」

「自殺だろうよ。専門家が目の前にいる間に読んでみたんだ。リンドグリエンをお茶に誘ってね。彼によれば、確実に自殺だと。遺書はみつかっていないが。大量の睡眠薬に大量のアルコール、それで心臓が音をあげ、多臓器不全やらなんやかやで……ほら、自分で読んでみろ」ヤーネブリングが捜査資料を差し出した。

「頭が痛いんだ。だがぜひ知りたい」遺書はきっと存在したはずだ。ただ、息子がそれにルバーブをのっけただけで。

「死体をみつけたのは息子だろ？　我々が興味津々のスタッファン・レアンデル・ニルソンだ。捜査要請が受理されたときに、警察に聴取されている。現場に最初に駆けつけたパトロール警官によって、簡単にだが。それによると、母親に何度も電話したし呼び鈴も鳴らしたが答えがなかったので、心配になった。二人は同じアパートに住んでいて、息子いわく基本的に毎日のように連絡を取りあっていた。息子は母親の部屋の鍵も所持していたので、玄関のドアを開け、中に入った。そしてソファで死んでいる母親をみつけた。それですぐに警察に通報したんだ」

「それが唯一の事情聴取なのか」そうだとしたら驚きだ。

「いいや、一週間後に鑑識が捜査を完了してから、息子は暴力課に呼ばれて、参考人として事情聴取されている。誰かがアパートの中を物色した形跡があることに、鑑識は驚いたわけだからな。不審な点があったわけでもないが、やはりちょっと不思議に思ったわけだ」

「スタッファン先生は、それについてなんと弁明したんだ」

「調書によれば、母親はここ一年、重い鬱《うつ》状態にあったらしい。それは前年の夏に仕事を辞めた頃に始まった。大量に飲酒するようになり、息子の話では、週に何日もしこたま酔っぱらい、前後不覚になったことが何度もあるそうだ」

「おやおや」

「幼いヤスミンを強姦して殺したのが自分の息子だと気づいたのなら、正気でいられるわけがないだろうな」

「まったくだ。その捜査を担当したのは誰だ」

「アルムだ」ヤーネブリングはにやりと笑った。「課内ではむしろ〝でくのぼう〟という愛称で知られていたが。それにその上司の〝酔いどれ〟のことはお前も覚えているだろう。そいつが捜査を終了させたんだ。犯罪の可能性なし、とね。ちょうどその頃は首相様が暗殺されて大騒ぎだったから、反対を唱える者もいなかった。だがさっきも言ったとおり、おれはその結果に納得しているよ」

「それ以外には？」ヨハンソンは受け取った紙を振った。

「被害者の古くからの友人で、職場の同僚だった女性が警察に連絡してきた。つまり、女性のほうから連絡してきたんだ。ヴェラ・ニルソンが命を絶った数週間後にね。その女性は、ヴェラが自殺するなんてとても考えられないと主張した。前後不覚に酔っぱらうなんて、なおさら信じられないと。その女性によれば、ヴェラは常々アルコールの量には気をつけていたそうだ。まったく飲まないというわけではないが、節度をわきまえていた。明るくて前向きな女性で、一緒に働いていた頃は理想的な仕事仲間だったと」

「その女性はヴェラ・ニルソンと連絡をとっていたのか？　自殺する前まで」

「長年にわたり、連絡を取りあってきた。職場でももちろんだが、プライベートでも。アルムはその点についてはちゃんと確認したようだ。友人の答えはこうだった。ここ数カ月は、ずいぶん悩んでいるようだった。本人にも問いただしたが、答えはもらえなかった。だが訊かずとも、当然息子が原因だと思ったそうだ。その友人は、聴取の中でそう証言している。あの息子はこれまでずっと出来損ないの役立たずで、常に母親の頭痛の種だった。最後に話したのは、ヴェラ・ニルソンから死ぬ数週間前に電話がかかってきたときだそうだ」

「そうか」ヨハンソンはため息をついた。

「さあ、どうする」

「考えさせてくれ」

「おい、ラーシュ、しっかりしてくれよ！」

「それ以外に何かいい案でもあるのか」

「一気にやってしまうというのはどうだ。そいつのDNAを入手して、それが犯人のものと一致すれば、それ以上一行も鑑定結果を読む必要はないだろう」

「お前の言うことはわかった。だが、この週末考えさせてくれ」

「もちろんだ。それまでに気が変わったら、いつでも一声かけてくれ。そうなれば現場に直行だ。タイヤをアスファルトに軋ませて、古い線路に耳を当てようぜ」

　これからどうするか、本気で考えなければいけない。考えようとしたとたんに執拗《しつよう》に痛みはじめるこの頭で――。

70　二〇一〇年八月七日（土曜日）

朝食のあと、ピアは別荘へ出かけていった。親友とキノコ狩りをするらしい。

「あなたたち、いたずらばかり思いついちゃ嫌よ」ピアは夫の唇にキスをし、マックスには母親のような抱擁をした。

「当然だ」素直にそう答えたヨハンソンだが、目の前にはすでに、のんびり楽しむ昔ながらの昼食が浮かんでいた。自分専用の丁稚と一緒に食べる昼食、いや、ヤーネブリングにも電話してみるか。

ヤーネブリングもそれは素晴らしいアイディアだと言った。おまけにマックスが車で家まで迎えにきてくれるときては。二時間後、三人は揃って車に座り、ヨハンソンがいつも〝わしの田舎の家〟と呼ぶ場所へと向かっていた。都合の良いことに、そのレストランはストックホルムの中心にあるユールゴーデン島に存在した。

「元気そうじゃないか、ラーシュ」ヤーネブリングは男らしく相棒の肩を叩いた。

「わかってる」ああうるさい――。

ヨハンソンは前菜とメインとデザートを注文した。基本的には、テーブルを囲む仲間を苛立たせるために。マックスは気まずそうに身を縮めたが、賢いので何も言わなかった。だがヨハンソンの親友はそんなことにひるみはしなかった。

「お前はまるで自殺しようとしているみたいだな」ヨハンソンの前菜の皿を見つめながら言った。

「どういう意味だ」ヨハンソンは無邪気な顔で問い返しながら、トーストにのったサーモンのマリネに大量のマスタードソースを塗りつけた。

「まあサーモンはいいとして、そのソースはお前にとっては死の接吻に他ならないだろ。ラーシュ、お前の短期記憶はどうなっちまったんだ。たった一カ月前に、あやうく死ぬところだったじゃないか。そんなカロリーの高いものばかり食べてた上に運動もしないから」

「たった一カ月前には、わしの健康状態について尋ねたり、わしの食生活に文句をつけたりするやつなどいなかったが」それが今ではその話ばかり。わしを子供扱いするやつばかりだ。

ヨハンソンはサーモンのトーストに大きくかじりついた。口元についたソースを人差し指でぬぐい、その指もしっかり舐めてやった。それから蒸留酒を一気に半分飲み、さらにビールで口の中を整える。

「で、なんの話だったかな」ヨハンソンは続けた。それからヤーネブリングが何か言おうとするのを制して、こう言い放った。「わしのことを成人した国民として扱わないのであれば、そのサラダとステーキの皿をもって別のテーブルに行ってもらおう。食事くらいのんびり楽しみたいからな」

マックスはサラダにのめりこんでいて、うなずいただけだった。ヤーネブリングも肩をすくめると、話題を変えた。

「なあ、マックス。エーヴェルトから聞いたが、警官になりたいんだって？　お前は今、何歳なんだ」

「二十三歳です」

「それならすぐにも準備を始めるといい。ラーシュとおれが警察大学に入ったのは二十一歳のときだった」

「おれは高校も出てないんです。中学三年までで」

「そんなの平気だ」ヤーネブリングの国民学校時代の成績はひどいもので、体育の成績だけで警察大学に入ったようなものだった。義務教育には八年で終止符を打ったのだ。

「そうですか。でも問題はそこではないかもしれない」

「わかるよ。おれもクズどもの顎を殴ったことは何度もある。警官になる前の話だぞ。まあ、その頃のほうが頻繁にだったか」

「でも、矯正施設には入っていないですよね」

「ああ。だがおれはいい人間と悪い人間を見わける天才だ。お前はいいやつだ、マックス。大事なのはそこだ」

「何をむちゃくちゃなことを言っている」ヨハンソンが割って入った。「この世界は基本的に馬鹿どもによって支配されているんだ。マックス、話してくれ。お前の生い立ちを。そしてそれに対するお前の思いを。マックスとはいったい何者だ？　さあ、教えてくれ」

「どこから話せばいいか……」マックスはうっすらと笑みを浮かべながら、その身体はずいぶんリラックスしているように見えた。筋骨隆々の下腕部がテーブルの上にのっている。

「初めから話したまえ。ところで、ボー。お前は黙っていてくれ」

「わかりました」マックスは微笑《ほほえ》んだ。「おれの名はマキシム・マカロフ。偉大なるアイスホッケー選手のセルゲイ・マカロフとはなんの関係もありません」

マキシム・マカロフは一九八七年にレニングラードに生を享けた。その街はその四年後に、ロシア帝国時代のサンクトペテルブルクという名を復活させた。当時はMax·imではなくMaks·imという綴りだった。

「お袋は医者で、親父は地元の党首の運転手兼ボディーガードだった。親父の年収のほうが四、五倍あったんです。当時のソビエトでは、医者は典型的な低収入職だった。今でもまだそうなんじゃないかな。国が自由化されたときに党に所属してなくて、うまいこと病院をかっぱらったんじゃないかぎり」

「ほらみろ」ヤーネブリングが言った。「だからお勉強なんて関係ないと言っただろ」

「ボー、いいからお前は口を閉じてろ」ヨハンソンが命じた。「さあマックス、続けてくれ」

マックスの両親は、彼が生まれた頃には別れていた。二歳になった一九八九年秋、ソビエト連邦は根底から揺れていた。そんな中、マックスの母親は壁の穴をくぐって国外に出た。医者のカンファレンスのためにエストニアのタリンに行ったのだ。エストニアに足を踏み入れるやいなや、エストニア人の友人の支援を得てフィンランドへ渡った。そこでまた別の知人に世話になり、スウェーデン行きの船に乗りこんだ。幼い息子を両親の元に預けてレニングラードを出た二日後には、スウェーデンで政治難民申請をすませていたのだった。

「だから、おれはじいちゃんとばあちゃんの家で暮らすことになったんです」

「だが、親父さんは?」ヨハンソンが睨《にら》みつけるのをものともせず、ヤーネブリングが尋ねた。

マックスは頭を振った。「親父にはせいぜい十回くらいしか会ってません。顔も覚えていない。それに、おれが四歳のときには撃たれて死んだんです。ボスを自宅に迎えにいって、門を出てきたところで撃たれた。親父とボスと運転手の三人がね。当時のレニングラードは毎日が戦争のようなものだったんです。偉大なるカラシニコフ銃——。それに金を独り占めしようとする党首たち」

「楽しい生活ではなさそうだな」ヤーネブリングが言った。その親友は大きくため息をつきたいような顔をしている。

「おれは別に気にしちゃいなかった。親父のことなどほとんど知らなかったし。それよりも、撃ち殺された父親がいるなんてかっこいいじゃないかと思ったくらいで。だから平気だったたんです。ばあちゃんはいい人だった。じいちゃんも。だけど、そのあと色々大変なことがあった。そしたらちっとも楽しい生活じゃなくなった」

「何があったんだ」

「まずじいちゃんが死んだ。もう歳だったんです。大祖国戦争（第二次世界大戦のうち、一九四一―四五年のソ連邦と枢軸国との戦争のソ連側の呼称）にも出陣したような人で、おれが生まれる前にはもう年金生活に入っていた。心臓発作を起こしてあっという間に死にました。おれは五歳だった。その次の年――というのも、おれの六歳の誕生日だったからよく覚えてるんですが――ばあちゃんも死んだ。それも心臓発作で。おれの誕生日ケーキを運ぼうとして、キッチンでひっくり返ったんだ。それでおれは孤児院に入れられた。そこに四年近くいました。九歳のときにスウェーデンに来たんです」

「どうだった、孤児院では」

「そのことは忘れようと努力してるんです」マックスは目を細めてヤーネブリングを見つめた。大きな手を握りしめている。「あなたでも聞きたくないような話ですよ」

「母親だが」ヨハンソンが軌道修正をかって出た。「なぜもっと早くにお前をスウェーデンに引き取らなかったんだ。わしの理解が正しければ、何年も経ってから呼び寄せたんだろう。その頃にはとっくに、滞在許可も仕事もあったんだろうに」

「ええ」マックスはうなずいた。「スウェーデンに来て、最初はすごくうまくいってたんです。滞在許可も仕事も手に入れて。二、三年後にはスンツヴァルの病院で医者として働きはじめて、そこで新しい男に出会った。スウェーデン人で、二人の間には子供も生まれた。だからおれは異父兄弟が二人いるんです。弟は今十九歳で、妹は十八歳。幸せにしてますよ。弟は大学でコンピューターを専攻していて、妹は高校三年生です」

「しつこいと思われるかもしれないが、単刀直入に訊くぞ。母親は？　なぜお前がスウェーデンに来られるように取り計らわなかったんだ」

「興味がなかったんじゃないかな」マックスは肩をすくめた。「新しい人生に新しいダンナ、新しい子供たち。でもその話もしたくない。それに、おれとしてはどうでもよかったんです。特に最初はね。祖父母のところに住んでいるうちは幸せだったから」

「じゃあ話題を変えよう」ヨハンソンは言った。

「だがお袋は大変なことになった」マックスの声が機械的になり、何かを読み上げているような声になった。「アル中になり、ダンナは子供を連れて出ていった。酒のせいと、薬を盗んだせいで病院もクビになった。薬は自分で使うだけじゃなくて、売りさばいてもいたんだ。街で、他のヤク中にね。それでまずは精神病院に入れられ、それからリハビリ施設に移された。そこでおれの存在を思い出したらしい」

「間違っていたら言ってくれ」ヨハンソンが言った。「つまり母親のカウンセラーが、お前をスウェーデンに呼び寄せるという素晴らしいアイディアを思いついたということか。母親の治療の一環として」

「そうです」マックスはヨハンソンに笑顔を向けた。「長官はまったく正しい。おれにはそんなにうまい説明は思いつかなかったな。それから一年もしないうちに、八年も会ってなかった母親と一緒に暮らすことになった。その頃には、お袋にはアパートも新しい仕事もあった――自分が入っていた施設の治療アシスタントの仕事です。いろんなコースやセミナーを開催したりしてね。その上、一緒におれを孤児院に迎えにきた精神科医とデキていた。おれのほうはスウェーデン語なんて一言もしゃべれなかったし、お袋はロシア語は話してくれなかった」

「お前がスウェーデンに来たとたん、どうせまた大変なことになったんだろう」なんとスリリングな女なんだ。

「十歳で急に田舎町の小学校に転入して〝ロシア野郎〟と呼ばれていじめられました。でも十四歳のときには今みたいな体格になったから、そうなればもう余裕だった」

「母親と新しい男は？　その二人はどうなったんだ」

「お袋はまたリピート公演ですよ。まず……」

「その先は聞かずともわかる」ヨハンソンが遮った。「それで、お前はどうなったんだ」

「まず里親に預けられた。そこに十五歳までいたんです。スンツヴァルのすぐ北のティムローという町で。いい人たちだったんで、青少年矯正施設に入ることになったのはその人たちのせいじゃない。おれは当時荒れまくってて。最後に施設を出たとき――最後というのは、十八歳になるまでに何度も入ったから――おれの監督人だった人が仕事をみつけてくれた。それがエーヴェルトの、スンツヴァルにある建設会社だったんです。何軒かあるエーヴェルトの家の改装を主にやってました。それ以来、ずっとエーヴェルトの元で働いてます。ここ数年は、農場のほうでね」

「最初にお前と会ったときに、兄はなんと言ったんだ」愚問かもしれんが——。

「実はよく覚えているんですよ」マックスは笑顔で言った。「はっきりとね。エーヴェルトはこう言った。『揉めごとなんか起こさずに、まともな人間らしく振る舞え。それができないなら、わしが個人的に取り計らってやる。お前の唯一の願いが、またあのクソロシアのクソ孤児院でクソロシア人に囲まれて暮らしたい、となるようにな』と」

「エーヴェルトらしいな」

「エーヴェルトは歯向かうような相手じゃありません」マックスは意味深長な顔つきで笑った。「それに、今までに出会った中で最高の人間だ。ところで、長官のことはいつも褒めていましたよ」

「同じ理由で、お前のこともいつも褒めていたぞ、マックス」ヨハンソンは真剣な表情で言った。そして親友のほうを向いた。「さあ、ボー、何か質問はあるか?」

「お前のお袋さんだが、今はどうしてるんだ」

「死にました」マックスは肩をすくめた。「七年前に、肝臓癌《がん》で。不思議なんですけどね、そのときおれはもう十六歳だったのに、お袋の顔が思い出せない。親父と同じで。でも親父の場合はまだ四歳で、ほとんど会ってなかったわけだから」

母親が死んでやっと、お前の魂は解放されたんだろうな——とヨハンソンは思った。

「なあボー。五分前からお前が目で追っているあのブロンドのウエイトレスがいるだろう」

「彼女がどうした」

「ちょっと彼女に手を振ってくれれば、わしはミートボールに合う赤ワインを注文しようと思う」

「ひとつ質問があるんです、長官」ヤーネブリングを降ろし、車をセーデルマルムの自宅に向けたときマックスが尋ねた。

「なんだ」

「警察のことです。おれが警察官になりたいという話。それって本当に可能だと思います？ おれみたいなのを入れてくれるもんでしょうか」

「いいや、無理だろう。慰めになるかはわからんが、だからといってお前が困るようなことは一切ないぞ」

「そうだと思いました」マックスはうなずいた。


自宅に着くと、ヨハンソンはソファに横になり、あっという間に眠ってしまった。マックスにそっと腕を撫でられて目が覚めた。

「なんだ」

「奥様から電話があって。長官の具合はどうかと訊かれました。今日は友達と別荘に泊まっても平気かと」

「なんと答えたんだ」

「プリマ・ライフですと」マックスは微笑んだ。「長官は元気だと伝えました。みんな元気だからと」

「よくやった」

それからまた眠ってしまったようだ。今度は夢も見ずに。外が薄明るくなって目が覚めた。頭が痛い。薬を飲むのを忘れてしまった。ヨハンソンはバスルームまで行くと冷たい水で身体を拭き、念のため、余分に何錠か白い錠剤を飲んだ。それからベッドに戻り、また眠りに落ちた。

71　二〇一〇年八月八日（日曜日）

日曜はちっともいい一日ではなかった。もしやそれは昨日の長い昼食のせいかと気づいても、事態はちっともよくならなかった。ひとつだけよかったのは、ピアが午後になるまで帰ってこないことだった。おかげで、回復するための時間が少し稼げる。ヨハンソンは妻の携帯に電話をかけた。妻が恋しかったからではなく、罪悪感を和らげるために。妻は嬉しそうだった。キノコは思った以上に豊作で、一泊してよかったとも言っていた。
胸の圧迫感——急に、呼吸するのがいよいよ難しくなった。その上頭痛も消えようとしない。

まずは、また新しい習慣に逃避した。白い錠剤を飲みこみ、シャワーを浴び、髭を剃る。それからキッチンに行き、自ら朝食の用意をした。用意をしている間にマックスがやってきて、心配を隠せない顔でちらりとこちらを盗み見た。

「長官、調子はどうですか」

「よいとは言えんが、まあなんとかなる。お前のほうはどうだ」

「まあまあです。浮き沈みがあるものなので、平気です。長官は座ってください。おれがやりますから」

そしてマックスが実務を引き継ぎ、ヨハンソンはいちばん楽な道を選んだ。バスルームへ行き、また一錠白い錠剤を飲んだのだ。さらにいちばん強い種類の頭痛薬も飲み、書斎のソファに横になると、マックスに朝食をもってこさせた。

コーヒーを飲み、ミネラルウォーターを飲み、搾《しぼ》りたてのオレンジジュースも飲んだ。それに、大きなグラスに入ったヨーグルト。すると痛みが和らぎ、胸や心臓や肺も落ち着き、呼吸が楽になった。

「どうですか、長官」マックスが突然書斎に立っていて、朝食の食べ残しがのった盆のほうにうなずきかけた。

「あんまりわしをいじめるな」ヨハンソンがうなった。「その本を取ってくれ。あそこのだ」ヨハンソンは指さした。「その薄い青の表紙のやつだ」

「ドイツ語じゃないですか。長官はドイツ語もできるんですか」

「ああ。だがドイツ語を話せるようになったのは、今のお前よりずっと歳をとってからだ」

「おれはもうロシア語も話せませんよ」マックスは静かな笑みを浮かべた。

「スウェーデン語版もあるぞ、もし読みたければ。『判事と死刑執行人』だ。書いたのはフリードリヒ・デュレンマットという男で、スイス人なんだ。作家であり画家。二十年前に死んだが、素晴らしい作家だ」他人の人生について——会ったことのない人も含めて——知るのが好きなヨハンソンは言った。

「おれは本はあまり読まないんです。パソコンの前にいることが多くて」

「読書は悪くないぞ。悪い本はすぐにわかるから、屑箱に投げ捨てればいい。いい本なら考えさせられるし、すごくいい本なら読むことでもっといい人間になれるかもしれない。わしはこの本を、数えきれないほど何度も読んだ」

「なるほど、わかった気がします。『判事と死刑執行人』か……。どんな話なんです？　何かおれに手伝えることがあれば言ってください」

「何かって、なんだ」

「あのペド野郎のことです。ニルソンとかいう。可哀想な少女を殺した」

「それは自分で決着をつけるつもりだ」お前はもう見抜いたのか。

マックスは何も言わなかった。ただ肩をすくめただけで。それから左手で盆をつまみあげると、うなずき、部屋から出ていった。その巨体にもかかわらず、音も立てずに。ドアを閉め、ヨハンソンを独り沈思の中に残して。

答えはノーだ——。一時間後、本を脇にやったときヨハンソンは思った。たとえ死の床にあろうとも。だがもう頭痛はしなかった。感じるのは疲労感だけ。そしてヨハンソンは眠ってしまった。マックスはあの孤児院でどんな目に遭ったのだろうか、と考えながら。

目が覚めると、ピアが立っていた。

「心配になったわよ。あなた、どれだけ寝ていたかわかってる?」

「ああ」トイレに行かなくては。本物の男でも、膀胱《ぼうこう》の圧力には勝てないのだ。

「三時間遅れの昼食を食べる?」ピアは立ち上がろうとした。

「トイレに行ってくる。だが、座っていてくれ。話したいことがあるんだ」

質問は返ってこなかった。ピアは素直にうなずき、また腰をかけた。利口な女だ。わしの言うとおりにするなんて——今回ばかりは。

「どうぞ話して」ヨハンソンが戻ってくるとピアが言った。

「犯人をみつけたんだ」そしてなぜか書斎の床の段ボール箱のほうにうなずきかけた。

「生きてるの?」

「ああ。生きている。ヤスミンに対してやったことで苦しんでいるようにも見えない」

「なんてこと。ああ、なんて恐ろしいの。まったく理解に苦しむわ。あんなことをした上に、平気で生きていられるなんて、とんでもない人間だわ」

「だろう。信仰心が深まるような話ではないな」

「あなたの他にも、そのことを知っている人はいるの？」

「ボーには話した」それに、世界一強い孤児院出身の青年もすでに自力で察したようだが。マティルダも気づいているかもしれん。古い段ボール箱の中に犯人が棲んでいることは、遅かれ早かれ昔の同僚たちも気づくだろう。犯人が箱に隠れて縮み上がり、外から犬どもがその頭をくんくん嗅いでいる様子が目に浮かぶ。

「それで、どうするつもりなの」

「正直、わからん。だから愛する妻にアドバイスを乞うているのだ」ヨハンソンはかすかに笑みを浮かべた。なぜわしはそんなことを言うのだ。現実を否定するために？　耐えられないような現実と生きていくのを可能にするためにだろうか。

「でも、ただ忘れて生きていくことなんてできないでしょう。だって、恐ろしすぎるわ。そんなのあなたらしくない」

「公には、わしにできることはひとつもないんだ。約二カ月前から、犯人は空の鳥のごとく自由だ。ヤスミン殺害事件は六月十四日に時効を迎えてしまった。一縷《いちる》の望みは、やつが時効を迎えていない余罪を犯していて、それを口実にぶちこめる可能性だ。だがそれも、正直あまり期待できない」

「あなたがマスコミに話せば……」

「マスコミに話せば、そいつは死んだも同然だ。わしを訴える暇もないうちに、どっかのバカに殴り殺されるだろう。皆に引く手あまたの悪党なのだから」ヨハンソンは皮肉な笑いを浮かべた。

「あなた、ヤスミンの父親が誰だか知ってるわよね」

「ああ」ヨハンソンは驚いた顔になった。「だがお前が知っているとは知らなかった」

「知ってるわよ。お金を扱う仕事をしている人間なら、誰だってジョセフ・シモンのことは知っている。それに、あなたが捜査している内容に気づいたとき、インターネットで調べて知識をアップデートしたの。本当に恐ろしい話よね」

「まったくお前ときたら。まるで知りたがり屋の子ザルちゃんだな……」ヨハンソンはそう言ってから、こんな甘い言葉をささやくのも悪くないと思った。

「どうするつもりなの」

「わからん。わからないのだ。わしはこの手を血で染めるつもりはない。そんなふうに汚れる気力はもうないんだ」

「わたしにできることがあれば……」

「残念だがないな。どうすればいいか考えさせてくれ」ヨハンソンは頭を振った。

「寿命を縮めないでね」

「ああ、それはさすがにまずいからな」ヨハンソンは妻の身体に腕を回し、抱きしめた。右腕で。頭と胸の痛みにも負けず、一日ごとに強さを取り戻している腕。あの日、あの悲しみ——。

72　二〇一〇年八月九日（月曜日）の午前

　翌朝、朝食もまだだというのに、元気いっぱいのマティルダが書斎に入ってきた。

「ねえ、あのジョセフ・シモンて男。長官にググってくれって頼まれたやつ」

「ああ。そいつがどうした」ググるだって？　どういう意味だ。

「彼には奥さんがいたでしょう、当時。つまりヤスミンの母親。ミリヤム・エルメガンという名前らしいんだけど。彼女もイラン出身で、一九八五年に離婚している。ヤスミンが殺された年に」

「知っている。それがどうしたんだ」

「母親のこともググってみたの。週末に、他にすることがなくて」

「教えてくれ」

　娘を殺された数年後、ミリヤム・エルメガンはイスラム教に改宗した。イスラム教の女性観を擁護する論説をスウェーデンの新聞に多数投稿し、その中で、西洋のリベラルな女性観は、女を男や家族といった存在から感情的にも性的にも解放するという利便性の高いシステムだと評した。しかし現実は男女平等とは程遠く、単に西洋の男が女をやすやすと餌食にできる仕組みを提供しているだけだと批判している。女たちは信仰やモラル、歴史や親族といった共通の絆で結ばれることなしに、男という共同体の餌食にされているというのだ。ミリヤムは何度も繰り返し、娘の運命を引き合いに出した。故郷イランでは絶対にあんなことは起きないと。

一九九五年の秋、娘の死から十年後、ミリヤム・エルメガンはテレビの討論番組に出演した。イスラムの女性観、女性への抑圧、ヒジャブの着用、女性器切除、名誉の殺人など、天と地の間に存在するすべてのこと、さらにはそれとはなんの関係もないことも含め、とにかくあらゆることを議論する番組だった。そして生放送の途中にもトラブルを起こしたが、カメラが切れるやいなやキリスト教徒の女性司会者につかみかかった。当然、そのニュースは翌日のタブロイド紙の一面を飾ることになった。

「あの女、完全にいっちゃってるわ。本気で殺されるかと思ったもの」ショック状態の司会者はエクスプレッセン紙の記者にそう語った。

その一カ月後ミリヤムは新しい母国を離れ、イランに戻った。さらにその半年後、ミリヤムの新しい人生を取材するために、ダーゲンス・ニーヒエテル紙が記者とカメラマンをイランくんだりまで派遣した。ところがミリヤム・エルメガンはどうしてもみつからなかった。端的に言うと、跡形もなく消えてしまったのだ。マティルダがみつけたのはその記事だった。自らの意志で身を隠しているのか、単に融通の利かない全体主義の政権に始末されてしまったのか？

スウェーデンの外務省もイランのスウェーデン大使館もミリヤム・エルメガンの消息を明ら

かにはしなかった。ミリヤムはスウェーデンを離れる前にスウェーデン国籍を放棄したわけだから、外務省は頭を振るばかりだった。スウェーデン王国にとって、ミリヤム・エルメガンは〝母国の法律の及ばない終了案件〟であり、在テヘランスウェーデン大使に至っては、マスコミがミリヤムの件についてコメントを求めたとき、「コメントはありません」という回答だった。当然のことではある。国籍からして、ミリヤム・エルメガンはイラン国およびイラン政府内の懸案事項なのだ。

「ねえねえ、殺されたんだと思う？」マティルダが好奇心を隠せない様子で訊いた。「アーヤットラー（イスラム教シーア派の高位の法学者に冠する称号）たちに」

「わからん」どうせ関係ないのだ。ミリヤムの人生はどのみち一九八五年六月二十二日の朝にすでに終わっていたのだ。ソルナ署の警官が呼び鈴を鳴らし、娘さんが発見されましたと告げたときに。死体で——それもおそらく殺されて。警察は、それ以上の詳細は母親には伝えないようにした。しかしタブロイド各紙はそれほどの配慮をもちあわせていなかった。

「わかんないって、どういう意味？　どうでもいいってこと？」

「いや、どうでもよくはない。非常に懸念はしている。だがいちばん気になるのは、その前に何が起きたかなんだ」ミリヤム・エルメガンには普通の人生を送る権利があった。彼女は絶対に、他人を自分が遭ったような目に遭わせることはなかったはずだ。わしのような立場の人間が彼女を守ってやらなくてはいけなかった。守れなかったとしても、少なくとも正義をもたらすくらいはしなければいけなかったのに。

「そっか。だって、あまりにひどいよね。あたし、やっぱりそいつを殺してやりたいかも」

「好奇心で尋ねるが、お前さんは子供の頃、そういう目に遭ったことはないのか。友達、つまり男に襲われたりということは？　利用されたり、力でねじ伏せられたり、もっと悪いことだって起こりうるだろう」またこの話になったか――。

「そんなの、女なら誰でも経験あるでしょ」マティルダははっきりと驚いた顔になった。「全員じゃないかもしれないけど、たいがいの子は。少なくとも、あたしみたいな女はね」

「教えてくれ」ピアがこの場にいなくてよかった。

「もう何年も前の話だけど。まだガキの頃よ。友達大勢とパーティーをしていたの。その中に同じクラスの男の子もいて、つまり友達ではあったけど付き合ってたわけじゃない。それがなんだかおかしなことになっちゃって、あたしは別室に引きずられていき、口でやらされたの。じゃなきゃ殴り殺すぞと脅されてね」

「それで、やったのか」

「うん」マティルダは肩をすくめた。「あたしも同じくらい酔ってたし、相手のほうが倍くらい力も強かったし」

「そのあと、どうしたんだ」

「何もしてないよ。どうすればよかったの？　警察にちくって、学校のドラマクイーンを演じる？　そいつを脅しにいってくれるような父親や兄貴もいなかったし」

「その一度だけなのか？」

「からかってんの?」

「そうじゃない。さあ、続けてくれ」

「男がしつこく誘ってきて、どうしても放してもらえなくて、もうこれ以上我慢できないと思ったら、仕方ないから我慢してことが終わるのを待つだけよ。長官はそういうことしたことないの?」

「ないな……。いや、ない」そうだろう? ないはずだな——とヨハンソンは心の中で考えた。

「信じるわ。あなたは人を動かせるタイプの人間だもん。しつこく誘う必要なんてないでしょう。それってすごくラッキーなことよ。普通はそうじゃないんだから。わかってる? 長官のお母さんに会ってみたかった」

「母は非常にいい母親だった」エルナはいい人間だった。わしに自由に人生を選ばせてくれたほどなのだ。いつもそばにいてくれたが、口出しはしない。幼い頃に何度か緊急事態が起きたくらいで。

「説明する必要もないわ。わかるもん。長官には、すべてをやってくれるお母さんがいた。かといって息子をマザコンにするわけでもなくね。他の例を挙げてみようか。長官の親友。あの人も女にしつこく迫る必要はない。悩みといえば、言い寄ってくる女全員の相手をする時間がないことくらいでしょ」

「なるほどよくわかった。だがヤスミンの身に起きたようなことは、さすがに経験はないだろう」

「変質者なら、いくらでもいるわよ。混みあった地下鉄で身体を密着させてくるおっさんとか、バス停で鼻をほじりながらオナニーしてるガキども。いちばん最初はまだ保育園に通っていた五歳の頃だった。上を下への大騒ぎになって、先生や親や警察が出てきて、騒ぎが永遠に終わらないかと思った。友達と二人ですっごく怖かったんだけど、すっごくわくわくもしたよ」

「そうか」まったく、なんと答えればいいんだ——。

「これは二人の間にとどめておいてほしいんだけど……」

「何も口外はしない。それについては心配しなくていいぞ」

「よかった。長官のことは信じてるから。うちの母親は昔からちょっと変わってたんだけど。いつも新しい男がいて。子供の頃、あたしの家族っていうのは母親と三歳上の姉とあたしだった。そこに母親の彼氏が次々と出たり入ったり」

「それは大変だったな」お前がそんな見た目になったのも、無理はないか。

「まあね」マティルダは肩をすくめた。「別に悪いやつらでもなかったし、母親の機嫌がよければそれで平和だったから。いつも大恋愛しては、それが終わりを迎えると超落ちこんで、それからまた次の男探し。一度だけ本気で激怒したのは、自分の彼氏が姉ちゃんとデキちゃったときよ」

「そのときお前さんは何歳だったんだ」

「十歳くらいかな、姉ちゃんは十三歳だったから。夏でね、学校は休みだった。母親は下看の仕事をしてたけど、新しい彼氏はプーだったから、家にいたの」

「下看ってのはなんだ」

「下級看護師よ。夜勤も多くてね。とにかくその夏、母親の彼氏が姉ちゃんとデキちゃったの。まだ十三歳かそのくらいだった。あたしも同じ部屋で寝ていたから、寝たふりするしかなかった」

「十三歳だって?」〝未成年との性交渉〟に当たるではないか。いや、だからどうだと言うのだ。

「でもおっぱいもあって下の毛も生えてたのよ。というか、すっごい巨乳だったの。まだたったの十三歳だったのに。あたしを見たら信じられないかもしれないけどね。でも本当にそうだったのよ。母親の彼氏がそれに夢中になってね。あたしには興味なかったみたい。じゃなきゃ姉ちゃんに殺されてたよね。一度だけ布団をはがされてじろじろ見られたけど、それだけだった。お前はもっと大きくなってからだな、だって。まあ根は悪いやつじゃなかったのよ。暴力を振るったりはしなかったし。すごい飲んで、たまに色々吸ってもいたけど、暴力はなかった」

「それでどうなったんだ」ピアは普段、銀行で無事なのだろうか。

「母親に現場を押さえられたの。まさにその最中をね。母親は怒り狂って、上を下へよりもっとひどい大騒ぎになって、その男は家から追い出された。母親は気がおかしくなったかと思うくらい怒ってたよ。そいつの持ち物をバルコニーから投げ捨ててね。姉ちゃんにも怒り狂い、あたしにも怒り狂った。あたしが何も教えなかったからって」

「警察には通報したのか」

「ううん。その代わり、家族で直前格安旅行に申しこんで、ギリシャのビーチへバカンスに行ったの。そこで母親は新しい男をつくり、姉ちゃんにも新しい彼氏ができた。それで二人はめでたく仲直りよ。たった一週間で！　まああの二人、性格が似てるのよね。特に男が絡むと」

「お前さんはどうしてたんだ。その夏、ギリシャで」

「よく覚えてないんだよね……。とりあえず男はいなかったけど。まだ子供だったもん。他の子供たちと、プールで遊んでたんじゃない？」

「そういうのが普通なのか？　つまり、お前さんのような若い世代では」

「やめてよ、長官。いい加減、目を覚ます時間よ！　郊外育ち、八〇年代世代、幸せな核家族ですって？　あたしが中学に入ったとき、クラスで親が離婚してないのは三人だけだった。三十人くらいいたのに。ストックホルムの中心のメゾネットタイプの高級マンションに住んでて、貯金がいくらでもある長官は、あたしとは別の惑星の住人よ」

「話はよくわかった」そしてヨハンソンはなぜか自分の子や孫のことを考えた。あの子たちはそうではないな？　わしと同じ惑星に住んでいるはずだな――？

73

二〇一〇年八月九日（月曜日）の午後

午後になるとヤーネブリングがやってきて、これまでに判明した内容を報告した。まず、ヨハンソンにスタッファン・レアンデル・ニルソンを隠し撮りした新しい写真の束を渡した。

「どうやって手に入れた」ヨハンソンは不審そうな顔になって尋ねた。

「心配するなって」ヤーネブリングがにやりと笑った。「おれが自分で撮ったんだ。昨日、偵察しにいったんだ。午前中にも夜にも立ち寄ってみた。通りの向こう側にピッツェリアがあって、そこがやつの行きつけの店なんじゃないかと思ってね。そこの店主とちょっとおしゃべりをしたんだ。確かにニルソンくんはそこの常連客だった。週に何度も食事をしにくると」

「なに、店主とちょっとおしゃべりをしただって？」ヨハンソンは写真をめくった。まったく普通の人間に見える。いやむしろ、印象はいいほうだ。この秋に五十になるとは思えない若々しさ。身長は平均よりわずかに低いくらいで、体重も理想的、痩せても太ってもいない。濃いブロンドの髪は短く刈りこみ、こめかみのあたりに白髪が交じっている。整った顔立ち、派手ではないがきちんとした服装。ジーンズに赤のポロシャツ。ブルーのサマージャケット。わしは何を想像していたのだろうか——。死神のような黒いローブを着て、口から牙《きば》が覗いているとでも？

「ああ、そうさ。まだ現役時代の勘は鈍っちゃいない。店主はトルコ人で、話しやすい気のいいやつだったぞ。ニルソンと入れ違いに店に入り、やつが使ったグラスをくすねようとしたんだが、間に合わなかった。ニルソンはタバコも嚙みタバコもやらないようだから、二人の年金生活者がDNAを手に入れるとなると、ちょいと時間がかかるかもしれんな。ついでに店主とちょっとおしゃべりしたんだ。ピルスナーを注文してね。今出ていった客に見覚えがあると嘘をついた。昔働いていた運送会社の同僚じゃないかなってね。おれを誰だと思ってるんだ」

「で、トルコ人の店主はなんと？」お前はちっとも変わってないな——。

「色々話してくれたよ。そいつはスタッファン・ニルソンという名の常連で、親切で、騒いだり迷惑をかけたりすることはない。運送会社というのは勘違いじゃないかと言われた。トルコ人いわく、ニルソンは不動産の仲介をやっているらしい。タイムシェアのリゾートマンションに、一軒家、タイのホテル。オーレ（スウェーデン中部の高級スキーリゾート地）でも同じような観光プロジェクトを手がけたらしい。人脈があるから、店主の弟のためにソルナで賃貸アパートをみつけてくれた。タダではなかったようだが、ふっかけられたわけでもない。つまり総括すると、いいやつらしいんだ」

「ごく普通の、感じの良いスウェーデン人か……」よだれを垂らした、身体だけ大人になった男というわけでもない。特異な性的嗜好《しこう》をもつ暴力的な被害妄想タイプでも、田舎弁を話すデブでハゲの中年トラック運転手でもない。

「そうなんだ。まったく普通のスウェーデン人の中年男性だ」

「他には」

「色々あるぞ」ヤーネブリングは写真の束よりももっと厚い紙の束を差し出した。

「グンサンに犯罪歴を調べさせたのか」ヨハンソンは非難がましく言った。「昔の同僚を巻きこまないと約束したはずだが」

グンサンはストックホルム県警に行政職員として雇用されて三十年、社会人としての大半をヨハンソンの親友のサポートに捧げてきた。その瞳はいつもこっそりヤーネブリングを盗み見ていたが、当の本人はそれには気づかないふりを決めこんでいる。

「グンサンは数には入らないさ。万里の長城みたいに堅固なんだから。ヒビひとつ入ってないし、緩んだレンガも一個たりとない」

「お前は一度も中国に行ったことがないだろう。で、グンサンはなんと？」

「自分で読めよ」

「頭が痛むんだ」ヨハンソンはファイルを脇へやった。「教えてくれ」


グンサンは普段からやっていることをすべてきっちりやった。スタッファン・レアンデル・ニルソンの情報がありそうなデータベースを、思いつくかぎり検索したのだ。誕生したその日から、ヤーネブリングと初めてすれちがった昨日までの記録を調べあげた。当の本人は、自宅の向かいのレストランを出たときに誰とすれちがったのか、夢にも知らないだろうが。

「現状から始めると、今住んでいるアパートは十五年前に建てられたものだ。ちょうどやつがタイからスウェーデンに戻ったタイミングだな。自分名義の分譲アパートだ。妻も子供もいないが、パスポートと免許証と車はもっている。数年落ちの、小さいルノーだ。エコカーらしいぞ。もう赤のゴルフじゃない」

「服役したことはないのか」

「一度も有罪にはなっていない。起訴されたり、ちょっとした容疑さえかけられたことはない。だが注記はいくつもあった。取り下げられた件だ」

「具体的には」

「詐欺師《さぎ》臭いんだよな。八〇年代末には脱税——それも巨額の脱税の疑いをかけられている。数年後に証拠不十分で無罪になっているが。タイに住みついた頃だから、詐欺課のやつらは探す気力もなかったんだろうよ。そんなことくらいで国外退去命令は出ないからな。住所まで判明していて、あとは現地の同僚たちにひっ捕らえてもらうだけだとしても」

「それはわかっている。他には？」

「あとふたつ、それも詐欺容疑だ。ひとつは、人から借りていたアパートを闇で売って納品しなかった件。だがその被害届は撤回されている。それから、やつのホテルプロジェクトに金を投資したのに騙《だま》されたという訴えもある。その捜査もお開きになっている。理由は不明」

「それだけなのか」

「いや、あとひとつ注記があるぞ。そこから面白くなるんだ」

「なんだ」

「六年前、つまり二〇〇四年に、国家犯罪捜査局の児童ポルノ担当の同僚たちがネットを一掃して、多数の小児性愛者をひっ捕らえた。パソコンで児童ポルノをダウンロードしては、チャットしてるような仲間たちだ。スタッファン・レアンデル・ニルソンもそれにひっかかったんだ」

「そうか。で、どうなったんだ」

「主犯格は二、三年服役した。それ以外も、ほとんど全員がぶちこまれたんだ——我らがニルソン氏以外はね。やつだけは検察官が無罪にした」

「なぜだ。検察官に闇でアパートでも買い与えたのか」

「検察官はやつの言い分を信じたんだ。うちの同僚たちは信じなかったがね。ああ、訊かれる前に言っておくが、元同僚と話したわけじゃない。初動捜査の資料とニルソンの調書を読んだだけだ。四回も事情聴取されている。最後の一回は検察官も同席した。その事情聴取で容疑が晴れた。だが同席した警官がどう思ったかは疑いの余地がない。検察官はニルソンの言い分を買ったが、警官は買わなかった。本物の警官なら誰も信じやしないさ」

「どういう話だったんだ。その言い分というのは」

「ニルソンはモロッコからの移民にアパートの一部屋をまた貸ししていたと主張したんだ。ニルソンいわく、アリ・フセインという名前で、ガムラスタンのゲイバーで知り合ったらしい」

「ゲイバー？ ニルソンはホモじゃないだろう。ホモであるかのように装ったのか」

「実はそれについては聴取でも取り上げられた。ホモセクシュアルなのかどうかと質問されているんだ」

「やつの答えは？」

「その質問がこの事件とどう関係あるのかわからない。自分の性的嗜好はプライベートなことだと言い張った」

「なんてこった……」ヨハンソンはあきれて鼻を鳴らした。「それから？」

「ニルソンによれば、そのフセイン氏はニルソンに無断でパソコンを使用し、ポルノサーフィンをしていた。パソコンのパスワードはデスクの上に貼ってあったそうだ。フセイン氏に対して落胆し、腹を立てている。強い憤りを感じる、なんて恐ろしいことをしてくれたのだ——と」

「そうかそうか、気持ちはよくわかるよ。で、アリのほうは？」

「残念ながら警察はアリを聴取することができなかった。ニルソンによれば、それはおそらくアリがスウェーデンに不法滞在していたせいだろうと。部屋を貸して数カ月後にはニルソンもその点を疑いはじめ、アリに実際のところを問いただすと、あっという間にアパートから姿を消したそうだ。一夜明けてみると、スーツケースごといなくなっていた」

「なんてこった。検察官はそんな言い分を信じたのか？」

「ニルソンが賃貸契約書まで見せたからだ。そこには貸主スタッファン・ニルソンと借主アリ・フセインのサインがあった。ニルソンが自分の４Kのアパートの一室を六カ月貸し出すという、ごく普通の賃貸契約書だ。アリはつまり契約の半分の期間で姿を消した。解約料も払わずにな」

「アリがダウンロードしたという写真というのはどんな類のものなんだ」

「ほとんどが幼い少女だった。少年も少しは登場するが、それはあらすじに必要な場合だけだ。つまり、メインは少女だ。セックスや暴力にさらされる少女たち。それも激しい暴力だ。〝しつけ施設の少女たち〟〝厳しい先生〟〝子供収容所〟〝子供売ります〟〝幼いユダヤ人の少女の告白〟といったサイトから集めたものだ。どれも片っ端から立派な犯罪だよ。児童ポルノもあれば暴力ポルノもある。そういう最悪なのばかりだ。わかるか」

「ああ、わかる。少女とセックスするニルソンのようなやつらのことだ。ニルソンはそれなのに自分がホモだと主張したのか。パソコンの中にみつかった写真は自分のものではないと」

「お前はどう思う」

「お前と同じだ」

「やつはどう考えてもヘテロの小児性愛者だ。おまけにサドで、少女を襲うことで燃える。襲う前に、鞭で打たせてもらえれば申し分ないんだろ」

「検察官はそれを無罪放免にしたのか」繊細な小児性愛者の側面はうまく隠したわけか。

「答えはイエスだ」ヤーネブリングは顔をしかめた。「そのアリ・フセインとやらがネット上で使っていたハンドルネームのせいでもあるかもしれん。〝フセイン・ザ・キング〟〝マスター・アリ〟〝ザ・アラビアン・スレーブオーナー〟まったく、ハーレム感覚のセンスの持ち主だろ。アリ・フセインがやったとあえて主張しているようなもんだ」

「勘弁してくれ。警察はマンションの聞きこみをしなかったのか？　近所の人たちに話を聞かなかったのか？　フセイン氏を実際に見かけたやつがいるのか？　ニルソン以外に、フセインの存在を証言できる者は？」

「いない。そこまで考えなかったんだろう。おそらく時間もなかった。当時はたいした刑罰の対象でもなかったし。せいぜい罰金刑だ」

「他には」

「言ったとおり、詐欺師臭いんだよな。スタッファン・レアンデル・ニルソンは小規模な会社三社に社長として登録されている。スタッファン・レアンデル・ホールディングス株式会社、それからレアンデル・タイ・インベスト株式会社とスタッファン・ニルソン・エステート&ホテル株式会社だ」

「会社に金はあるのか」

「グンサンによれば本物の金はなく、ほとんどが空気らしい。こいつにしてみれば、お前の兄貴は手どころかよだれも届かない存在だ。会社は三社とも、ニルソンの住居の住所に登録されている。会社の署名権限者はニルソンだけだが、株式会社なので当然他に二人取締役がいる。グンサンによれば、おそらく会計事務所の人間から名前を借りているのだろうと。それ自体は違法ではない。実在する人間かどうかは怪しいもんだが」

「本人にはどのくらいの金があるんだ？　何で食ってるんだ」

「お前よりは少ないぞ。ずっと少ない」ヤーネブリングはにやりと笑った。「だからその点については心配するな。お前と比べればニルソンは貧乏人だし、お前の兄貴のデスクに上がれば蠅《はえ》のクソよりも小さな存在だ。本人の所得税申告によれば年収二、三十万クローネ。その一部は優しいママが五十年も前に加入した年金保険の給付金だ。被保険者は息子一人だけだからな」

　ヴェラ・ニルソンは、食肉業者の兄が死んだときに息子のためにその保険に加入したのか。彼女は謙虚で真面目で、尊敬に値する人物だ。それなのに、善き母が授かったのは子供を襲うような息子だった。

「利子に利子がつき、五十年で結構な額になったわけだ。その保険金だけで年に五万クローネだ。死ぬまでずっとだぞ。おれの理解が間違っていなければ」

「ちょっと待て。そういう保険というのは五十五歳までは支払われないんじゃないのか」

「おれに訊くなよ。だがこいつの場合、去年早期退職者になったのも関係あるんじゃないか。むち打ち症だとさ。グルマシュ広場のロータリーで、後ろから追突されたらしい。相手側の保険会社はすごい額を払うはめになったようだ」

「それで全部か」むち打ち症に脊椎側彎症、ご苦労な人生だな。これまでに、保険会社からどれほどの額を巻き上げてきたのだろう。

「基本的にはそれだけだ。何か言い忘れたかもしれないが、その場合はグンサンのファイルに情報が入ってる」

「わかった」小児性愛者、性的サディスト、子供殺し。しかも、今でも現役の。わしは子供の頃から狩りに参加し、罪のない動物を何千匹と撃ち殺してきたのだから、あと一回くらいこの手を血に染めても、たいしたちがいはないな?

また微妙な様子になってきた——とヤーネブリングは感じた。ヨハンソンが急に上の空になったのだ。

「なあ、ラーシュ。今夜あたり、やつを張りこみにいってみないか」

「そうだな」まずは自分の目で見てみよう。まずはそいつをこの目で見て、それから言葉を交わす。そしてなんらかの行動に移さなければ――。

74

二〇一〇年八月九日（月曜日）の夜

ピアが銀行から帰宅してみると、玄関に夫とその親友、それに新しい手伝いのマックスが立っていた。出かけるところのようだ。

「あら、ぼくたちこれからお外に遊びにいくの？　お弁当と水筒はちゃんともった？　外はたったの十三度だから、ちゃんと上着を着てね。うちのラーシュが風邪なんか引いたりしたら嫌よ」

「ダーリン、大丈夫だ」ヨハンソンが答えた。「お前はゆっくりしてなさい」

外の道に出て車に乗りこむ前に、ヤーネブリングが指揮を執りはじめた。

「マックス、お前が運転しろ。ラーシュが助手席で、おれは後ろだ。そのほうが、色々な角度からシャッターを切るのに便利だからな。質問は？」

「ありません」マックスが答えた。

「ない」ヨハンソンも答えた。

「では着席」ヤーネブリングがいかめしい顔で指示を与える。さらに念のためにつけ加えた。

「さあ、いくぞ！」

「どういう予定なんだ」ヨハンソンは心の中ではサンドイッチを一個もらえないだろうかと考えていた。すでに腹が減ってきたのだ。

「いつもどおりさ」ヤーネブリングがにやりと笑った。「まずは、いたずら電話だ」

「わしがやるか？　お前がやるつもりなのか」サンドイッチはお預けだな。

「今日はスコーネ（スウェーデン最南の地方）人でいこうかと。ほら、例のスコーネ人だ。知ってるだろ？」

ああ、あらゆるバリエーションのを知ってるさ。

「これを始めたのは三十五年近く前なんだ。七五年の秋だったと思う。売春業界の内情を調査しているときだった。特に希望がなければ、エンゲルホルムのラリィでいこうかと思う。ほら、ちょっと優柔不断なやつだ」

「ボリエがよかったがなあ。クリシャンスタのボリエ。自意識過剰で興奮しやすい性質の」

「あまり脅かすとよくないだろう」ヤーネブリングが頭を振った。そして携帯を取り出すと、フレースンダのグスタフ三世大通りにあるニルソンの自宅に電話をかけた。


スタッファン・ニルソンは三度目の呼び出し音で電話に出た。それから二分間かみ合わない会話が続き、最後はニルソンが受話器を置いて通話が終了した。

「ニルソンですが」電話に出たスタッファン・ニルソンの声は事務的だった。

「おー、スタッファン、元気かぁ」ヤーネブリングはねっとりした濃い田舎弁で話しはじめた。

「ラリィだよ。スタッファン、どうしてる。元気にやってっか?」

「失礼ですが、もう一度お名前を」事務的な声がさらに警戒を強めた。

「おれだよ、ラリィ・イェーンソンだよ。エンゲルホルムの農協で会っただろ。ストックホルムに行く機会があれば連絡するって約束したからさ、今ちょうどウチのと一緒にストックホルムに来てっから……」

「間違いですよ」ニルソンはうんざりした声を出した。「かけ間違いです」

「ええっ間違い? あんた、ソルナのスタッファン・ニルソンだろ? バリア（車のディーラー）に勤めてる。北ハーガのバリア、確かそうだったよなあ? ほらラリィだよ、ラリィ。この春にエンゲルホルムで……」

「間違いですってば。ぼくはスタッファン・レアンデル・ニルソンという名前で、あなたと面識はない」その声色は、ラリィ・イェーンソンにお前はバカだと宣告したようなものだった。

「なんだって? でも、じゃあ……」

「すみませんが」スタッファンが遮った。「今ちょっと急いでるんです。これから友人と食事の約束があって」

そして電話が切れた。

「すごいな」マックスが感心して、笑顔でヤーネブリングを見つめた。

「ラリィは昔からの定番なんだ。ラーシュとおれが七〇年代に売春宿の張りこみをしていたときには、このラリィが女の子たちに電話をして、値段やどんなサービスがあるのかを尋ねたもんだ」

「うまくいくもんですね」マックスが感心したように頭を振った。

「今回はうまくいったようだな」ヤーネブリングが指をさした百メートルほど先には、アパートから出てきたスタッファン・ニルソンの姿があった。行きつけのレストランに向かっているようだ。

「食事の約束は嘘ではなかったらしいな」その三十秒後にニルソンが行きつけの店へ入り、店主と挨拶し、バーのスツールに座ったのを見て、ヤーネブリングが言った。

「少なくとも今回はな。友人とやらはまだ現れないが」ヨハンソンがつぶやいた。

「これからどうするんです」マックスが車のエンジンを切りながら尋ねた。

「待つのみさ。張りこみってのは、それがすべてだ」ヤーネブリングが言った。

猟と同じだな――ヨハンソンは思った。猟も待つことがすべてだ。滅多に起きないことを待つ行為なのだ。

「猟と同じですね」とマックスが言った。

おやおや――。それはさすがに孤児院で習ったわけではないな?

「よくわかってるじゃないか。エーヴェルトに教わったのか」

「血に流れてるんです」マックスは肩をすくめた。「エーヴェルトにもよく猟に連れていってもらいますが。ヘラジカとかウサギとか、ライチョウを狩るという意味の猟ならね」

シートの背にもたれ、その巨大な手を静かに膝にのせている。

「とりあえず、おれよりうまいやつには出会ったことがありません」マックスは肩をすくめた。

「狩りは得意なのか」

そうきたか。


三人は車に座ったまま、一時間半近く待っていた。マックスは身じろぎひとつせずに、五十メートルほど離れたピッツェリアの中にいる男から目を離そうとしない。さっきから一言も発さず、呼ばれてもろくに返事もしなかった。警戒し、銃眼のように細めたその灰色の瞳は鋭く、まばたきひとつしない。獲物に視線を定めたまま、無表情な顔にはなんの変化もなかった。

スタッファン・ニルソンは見たところ、何度も時計に目をやっていた。五分後には携帯で電話をかけ、その三十秒後にはそれをポケットに戻し、赤ワインを飲み干した。もう一杯注文し、さらに五分後にまた電話をかけてみる。留守番電話にメッセージを残してから、ジャケットのポケットに携帯を戻した。焦っているようだ。心配そうな、待ちきれない様子だった。それから立ち上がり、バーカウンターの中の男に言葉をかけ、二杯目を飲み干し、三杯目とメニューを受け取った。小さな角のテーブルへと移動する。そこからなら、小さなレストランの入口が視界に入るのだ。

「用心深い男だな」ヨハンソンがそれに気づいて言った。わしでもあのテーブルを選ぶだろう。

「お友達は野暮用でもできたかな」ヤーネブリングが言った。

「サンドイッチを食べたいんだが」ヨハンソンはそう言ってから、さらにつけ足した。「コーヒーも」

「長官、はい、ただいま！」ヤーネブリングは陽気な声を出した。昔二人でこういう任務をしていた頃は、いつもそうだった。「なあ、ラーシュ。どう思う。レストランに押し入って、やつのグラスをくすねてこようか」

「やめておけ。中には五人しか客がいないじゃないか。せめてもう少し混んでからにしろ」

ニルソンの元に料理が運ばれてきた。四杯目の赤ワインとともに。食べながら、さらに二回電話をかけたが、空振りに終わったようだ。三十分後ウエイターを呼んだ。ウエイターが皿と空っぽのグラスを下げ、すぐにコーヒーと五杯目の赤ワインを手に戻ってきた。

「相当飲んでやがるな」ヨハンソンは不服そうに言った。三つ目のサンドイッチのラップをはがしながら。

「羨ましいんだろう、ラーシュ」ヤーネブリングはまだ弁当に手をつけていない。「次回はマックスにいつもの三コースを用意するよう頼むんだな。食前の蒸留酒、冷たいピルスナー、それにいい赤ワインだ」

「そろそろのようだぞ」ヨハンソンが言った。「帰るようだ」

ニルソンは立ち上がり、コーヒーカップと空のグラスをもってバーカウンターまで行くと、律儀《りちぎ》にもそれをカウンターの中に置いた。そして財布を取り出し、支払いをすませた。

「場所を変えます」マックスは車のエンジンをかけ、同じ道を百メートルほど進んだ。車を停めたとたんにニルソンが店から出てきて、自宅アパートに戻りはじめた。

「友人は現れなかったな」ヨハンソンは独り言のようにつぶやいた。

「ママに止められたんだろ」ヤーネブリングがにやりと笑った。「もう夜の八時過ぎだ。小さい子はおねんねの時間だ」

アパートの門まであと五メートルというところで、ニルソンは立ち止まった。時計を見てから、門の前を通りすぎる。歩みが早まっている。

「さあ何をするつもりだ」ヤーネブリングがつぶやいた。

「日付駐車（偶数日は通りの偶数番地側、奇数日は奇数番地側に車を停めるシステム）だろう」親友とは異なり、大人になってこのかたずっとストックホルムの中心部に居住しているヨハンソンが説明した。どうしても駐車スペースがみつからず、自宅までヒッチハイクをしたことも一度や二度ではない。「車を通りの反対側に移動するんだ」それからパソコンの前に座って、新しい下宿人のためにポルノ・サーフィンでもするのだろう。


二分後、ニルソンは車を通りの正しい側に停めなおし、車を降り通りを渡って、自宅アパートの門の中へと消えていった。

「くそ、もどかしいな」ヤーネブリングが言った。「もしこれが本当の警察の張りこみだったら、あいつを呼び止めてアルコールを計測し、報告書を書いて、計測器についたプラスチックの吸い込み口をもって帰ればもう片がついていたのに」

「他のやり方もありますよ」マックスが口を挟んだ。

「まあ落ち着け。こいつはわしらから逃げようとしているわけじゃない」マックスを一緒に連れてきたのはいい考えだったのだろうか。

「どうする」ヤーネブリングが尋ねた。「今日はこれでお開きにするか」

「お前たちがまだここに残って朝まで粘りたいなら、止めはしない。だがわしは家に帰って、ハムの入ったオムレツと赤ワインを何杯かいただくつもりだ」

「いいですね」マックスがうなずいた。

「じゃあそうするか」ヤーネブリングも言った。「家へ向かってくれ。軽く食事をしながら、今後のことを相談しよう。ニルソンくんが、パソコンの前でマスをかいている間にな」

いったい誰を待っていたのだろう――そんなことを考えながら、ヨハンソンは眠りに落ちた。

75　二〇一〇年八月十日（火曜日）

身支度、朝食の準備、その日最初の食事、それから日課であるリハビリへ。その上、今日火曜日は循環器センターでの診察も入っている日だった。まず心電図、そしてエコー、血圧検査、最後には心臓外科医が出てきて、懸念した表情で頭を振った。

「あなたは単刀直入な話がお好きだから、はっきり言いましょう。あなたより具合のよい患者なら何人も診てきました」医者は優しくヨハンソンにうなずきかけた。

「もちろんそうだろうな。当然、わしより具合の悪い患者も診てきたんだろう？」

「ええ。でも問題は、そういう患者はもう軒並み死んでしまっていることです。あなたは前回より体重が二キロも増えた。つまりわたしの食事や運動のアドバイスを無視したと理解してよいですね？　血圧もさらに高くなっている。血圧を下げる薬の量を増やさないといけないほどだ。わかってますか、薬はあくまでその場しのぎなんです。健康的な食事をして、運動をして、精神的なストレスもいけない。そんなに難しいですか」

「そんなことわしに訊かないでくれ。医者はあんただろう。わしじゃない」

「わたしはそうは思いませんがね。なぜ言うとおりにできないんです？」

「残りの日々を数えて過ごす人生になんの意味があるんだ」ヨハンソンはそう言い放つと、立ち上がった。

セーデルマルムの自宅に帰るときは、マックスに運転させた。マックスはこちらを盗み見ていたが、ヴォルマル・イクスキュルス通りのマンションの前で車を停めるまで何も言わなかった。

「長官、調子はどうですか」

「調子はいい。マックス、お前のほうは?」

「長官よりは元気な気がするんですが」

「つまらないことを言うな」ヨハンソンは笑顔で青年の腕を叩いた。「腕相撲をしたくなったら、いつでも言いなさい」

しかしマックスは笑わなかった。ヨハンソンを見つめ返し、ゆっくりと頭を振った。

「何かできることがあれば言ってください」

「それはありがとう」

「心を蝕まれるのがどんな気分かは、よくわかりますから」

昼食のあと、ヨハンソンは書斎のソファに横になった。マティルダがクッションを叩いて膨らませてくれ、ワインクーラーに入れた大きなミネラルウォーターの瓶を運んできた。それから頭をかしげて、ヨハンソンを見つめた。

「何かあったら呼んでね」

「わしをいじめるのはやめてくれ」ヨハンソンはうなった。


それから眠ってしまった。ピアに頬や額を撫でられて目が覚めた。

「お医者様はなんて？」

「プリマ・ライフ」ヨハンソンが答えた。「プリマ・ライフだ」

「本当に？」ピアは悲しそうに微笑んだ。

「お前に嘘をつくなんて夢にも考えられない」ヨハンソンはそう嘘をついてから、苦もなくソファの上に起き上がった。右腕——。少なくとも右腕は日に日によくなっている。その持ち主と同様にヘラジカ猟が待ちきれないのだろう。

「話す元気はある？」

「もちろんだ」わしの話じゃなければな。

「おととい話したことを考えていたの。ヤスミンを殺した男のことを」

「やつがどうした」

「同じ状況で、犠牲になったのがあなたの子供や孫だったらどうする？」

「そいつを殴り殺しているだろうな。ほら、旧約聖書のやり方でだ。目には目を、歯には歯を……」殴りながら、回数を数えただろう。

「先日話したときにはそういう印象は受けなかったけど、あなた……」

「それはわし自身のこととして話したわけじゃなかったからだ」ヨハンソンが遮った。「憎しみというのは距離の問題だ。それが自分の近くに来すぎると……。もし誰かがお前や子供たちや孫に手を出したとして、それ以外の解決法がなければ、その男を殴り殺すかって？　当然殺すさ」

「わたしのために、お願いしてるの」

「お前のため？　どういう意味だ」

「わたしのために、別の解決法を探してほしいの」

「心配するな」ヨハンソンは妻の手をとった。「よく考えてから行動に移すと約束するよ」

「手を引くつもりはないの？　あなたの身体が心配なのよ」

「それはありえない。わしのような人間が手を引いたらどうなる。どうなってしまうと思う。この世界は、わしらが暮らしたくもない場所になるぞ」

76　二〇一〇年八月十一日（水曜日）

朝食の前にはアルフから電話があって、昼食をご馳走したいと言ってきた。なんてこった。

これは請求書の額が見ものだな。

「兄上の興味をそそりそうなことを色々とみつけたんですよ。スタッファン・ニルソンがタイに行ってからの話です。八〇年代の終わりから九〇年代前半にかけて」

「そうか」面白そうじゃないか。

「古い友人が、ニルソンをよく知っていることが判明したんです。わたしの幼馴染で、紳士社交倶楽部の仲間でもある。彼は八〇年代に、ニルソンと同じホテル建設プロジェクトに関わっていた。友人のほうはしごくまともな男ですよ。兄上やわたしより少し年上で、昔から何度も現地に長期滞在してきた。ただ、二〇〇四年の津波のあとに所有物件はほとんど売って、今ではシェアリゾートマンションを残してあるくらいです。もしお嫌じゃなければ、直接会ってもらえればと思ってね。本人の口から話を聞いたほうがいいでしょう」

「もちろんだ。その男にはどのように説明したんだ。わしがニルソンに興味をもっている理由を」

「ニルソンから、タイのプロジェクトに投資しないかという誘いを受けたと説明してあります。だから、ニルソンがビジネスパートナーとして適当なのかを見極めるために、人柄などを知りたいと。無駄な注目をひかないほうがいいですからな」アルフはそっと咳払いをした。

「いいぞ。いつどこでだ」

「ぜひ社交倶楽部で食事しましょう。今日の一時でどうです。その頃ならいちばん混みあう時間帯は過ぎているから、落ち着いて話ができますよ」

一時ぴったりにヨハンソンがブラシエホルメンにある紳士社交倶楽部の敷居をまたいだとき、確かにいちばん混みあう時間帯は過ぎていた。大きな食堂の片側の隅で、三つ揃いを着た老人がニシンの酢漬けをつついている。ダーゲンス・インドゥストリー紙を読みながら、さっきまでグラスに溢れんばかりに入っていたはずの蒸留酒に舌鼓《したつづみ》を打っていた。反対側の隅に、ヨハンソンの昼食仲間が座っていた。義弟のアルフと、それより数歳年上だが驚くほどアルフに似た男。長身で痩せていて、猫背で、頭はほぼ禿《は》げあがっていて、適度に日焼けしている。ネイビーのブレザーにはスウェーデン王立ヨットクラブのロゴが入っていた。グレーのズボンに、よく磨かれた茶色の革靴。その二組以外、レストランは空っぽだった。あとは、厨房のドアの外で待機モードに入っている老齢の給仕係くらいか。

「ラーシュ・マッティン、やっとあなたにお会いできて光栄です」ヨハンソンの新しい情報提供者は目と口の両方で微笑みながら、きれいな白い歯を見せ、日に焼けて筋張った手を差し出した。「妻の名づけ子が警官で、あなたの元部下と結婚しているんです。長年にわたってあなたの噂は聞いてきたが、悪い話はひとつもなかった。失礼、わたしはカールです。友人からはカッレと呼ばれている。KではなくCで始まるカッレです。あなたにランチをご馳走できる日が来るとは……」

ランチをご馳走となな。なるほどそういうことだったのか。ヨハンソンはアルフを見つめたが、義弟は別のことを考えているようだった。

「カッレ、こちらこそお会いできて光栄だ」ラーシュ・マッティン・ヨハンソンは相手の腕を親しげに叩いた。まだ右手を握ることはできないし、そのあたりの細かい状況は義弟がすでに説明してくれているはずだ。

「友人からはラーシュと呼ばれている」ラッセなんて呼んだら、殴り殺すからな。それからつけ加えた。「その名づけ子というのは?」少々苦労しながら椅子に腰かけ、松葉杖を椅子にもたせかける。目の端で、ウエイターが慌てて駆け寄ってくるのが見えた。「その女性の名前は?」

「あなたの若い部下でした」ヨハンソンの新しい友人が言った。「スサンヌ・セーデルイェルムです。あなたが国家犯罪捜査局の長官だった頃に部下だった。現在は、当時あなたの側近だった警視正のヴィクランデルと結婚しています。ご存じかもしれませんが」

そうか、あの二人はやっと——。潮時だったな。狭い世界だ。あとでヴィクランデルに電話をしよう。引退して以来、一度も話していない。

「二人とも素晴らしい部下だった」ヨハンソンは請けあった。そして念のためにつけ加えた。「有能で」おい、しっかりしろ——と心の中で自分を叱咤《しった》する。

「あなたのような上司であり指導者をもてば、そうならざるをえませんよ」カールはまた笑顔になった。「ところで、アルフとわたしは冷たいビールを注文しました。まだ一応夏ですから。それ以外に何かご所望されますか。わたしはドライ・マティーニでもと思っています。こういう食事ですからね」

「いい選択ですな」ヨハンソンは給仕係にうなずきかけて合図を送った。松葉杖を脇によけようとしないとは、良識のあるやつだ。

「どうも」この昼食会のホストを務める男が言った。「それではよく冷えたビールをもうひとつと、きんきんに冷えたドライ・マティーニをふたつ。わたしのオリジナルレシピで。マティーニには気をつけてくださいよ。くれぐれもね。きみは瓶だけもってきてくれればいいから」

「かしこまりました、ブロムキュヴィスト社長」給仕係はそう言って、軽くお辞儀をした。

「それでは皆様、お食事のほうが決まりましたらお声をおかけください」

なんと、名探偵カッレくんと同じ、カッレ・ブロムキュヴィストという名なのか――。カッレはKではなくCで始まるとはいえ。それに苗字の最後もKvistではなく、もっと洗練されたQuistなのだろう。どちらにしても、ヨハンソンにとっては感慨深い名前だった。ヨハンソンの職業選択に多大なる影響を与えた名前であり、北オンゲルマンランド地方のオーダーレンの農場で半ズボンで走り回っていた幼少期を形成したと言っても過言ではない。膝に引っかき傷が絶えなかったあの頃――。


三十分後、ドライ・マティーニのグラスは空になり、めいめいがニシンの酢漬けの皿を前にしたとき、ヨハンソンの新しい仲間は単刀直入に本題に入った。

「アルフから聞きましたが、スタッファン・ニルソンがあなたに近づいたんですと？　タイでの不動産プロジェクトに引き入れようと」

「わしはそのニルソンにまだ会ったことがないんだ」ヨハンソンはほどよく発酵《はっこう》したニシンの酢漬けに薬味のチャイブを振りまいた。ニシンは脂がのって照りが出ている。シンプルに茹《ゆ》でただけの黄色い新じゃがの隣で、非常に魅惑的だった。

「資料がたくさん送られてきたんですよ。兄のエーヴェルトにそれに目を通すように頼まれてね。一族が所有する不動産会社の役員にわたしも名を連ねているもので。なにしろ兄のほうは時間がなくてね。サービス施設のついたリゾートマンションにヴィラ、分譲のものもシェアタイプのものもあった。ホテル、レストラン、従業員、すべてだ。タイのカオラックという場所らしいが、わしはそれがどこだかもわからない。総額一億ほどの話で、その十パーセントを投資しないかともちかけられているんだ」ヨハンソンはよどみなく説明した。リハビリから帰ってからの三十分、グンサンがヤーネブリングのために集めた資料を読みこんだのだ。

「わたしがあなたの立場でしたら、あの男には相当慎重になりますよ」名探偵カッレくんはそう言いながら、自分の発言を強調するために頭を振り、警告するようにフォークまで上げてみせた。

「そうでしたか。ぜひ教えてくれたまえ」目撃者には目撃談がつきものだ。おまけにこの男はなかなか優秀な語り手のようじゃないか。

もう警告が飛び出した。新しい知人は、ヨハンソンとその兄が投資を誘われたプロジェクトのことを知っているわけでもないのに。自身はタイに所有していた財産を、数年前の津波の直後に売り払い、今では妻や子供、孫たちを連れて観光に訪れるだけ。まだカオラックの北に家を所有してはいるが、それは家族で共同で所有しているものだ。素晴らしい国ですよ。素晴らしい気候に、言うまでもなく素晴らしい人々。それでも、警告の言葉が飛び出したのだ。スタッファン・ニルソン、いやスタッファン・レアンデル・ニルソン――時としてスタッファン・レアンデル――なんかと取引をしてはいけない。たとえそれがどんな条件でも。

「そうですか。何が問題だったんです。どんな人物なのか教えてくれたまえ。さっきも言ったとおり、まだ会ったこともなくて。電話で話したこともないんだ」

「怠惰で無能なペテン師だ」ヨハンソンの新しい友人は答えた。「ニルソンのような男は、トングを使ってでも触れたくはないな」

「ほほう……」ヨハンソンはまたそう相づちを打った。

八〇年代の中頃、カール・ブロムキュヴィスト社長は、前年にスウェーデンの株式市場で上げた巨額の利益を、タイ東海岸にホテルを建設するというプロジェクトに投資した。株の大半を買い上げたのだ。サムイ島にある岬は当時まだほぼ手つかずの地で、普通のスウェーデン人が想像を絶するほどのエキゾチックな美をたたえていた。その上、子連れのファミリー向けというのも斬新なコンセプトだった。中流階級の三十、四十代をターゲットに、太陽と熱気、リゾート気分、エキゾチックだが辛すぎない美味しい食事を提供する。それに、妻と二人で楽しむ小さなパラソルのささったカクテル。サービス施設でベビーシッターやプレイリーダーが子供たちをみてくれている間に。

「その日暮らしの二十代の若者や、ディスコや売春宿というのではなくてだ。残念ながらタイのツーリズムは未だにそういうイメージが根強いが」ブロムキュヴィストは運ばれてきたビーフ・リードベリ（さいころステーキにマスタードソースと卵の黄身を添え、炒めた玉ねぎとポテトを付けあわせた料理）にウスターソースをかけながら言った。

「そのプロジェクトに、スタッファン・ニルソンはどのように関わっていたんです」ヨハンソンは自分の皿にのった薄切りステーキにすりおろした西洋わさびをかけた料理を不審そうにつついた。これはよく見ると、避けたほうがよさそうな料理だ。

「わたしとビジネスパートナーは、他にも共同投資をしてくれる人間を探していたんです。すべて自分たちだけでやるつもりではなかった。そこを銀行が手伝ってくれたんです。当時使っていたスカンジナビア・エンシルダ銀行が、若いニルソンを紹介してくれた。若いニルソンと言ったのは、我々より二十歳も下だったからです。記憶が正しければ、まだ三十にもなっていなかった。礼儀正しく、魅力的な若者でしたよ。金も持っていた。実際、母親から相続したという数百万を投資したんです。だから我々もすっかり騙されてしまい、彼を同じ船に乗せてしまった」カール・ブロムキュヴィストはそこまで言うと、ため息をついた。

「それは気の毒に」

「残念なことに、我々はそれ以上の間違いを犯してしまった」

「ほう」ヨハンソンは興奮を悟られないよう気を配った。

「一緒にやることが決まる前から、ニルソンはタイに移住したがっていた。スウェーデンを離れたいとね。あれはパルメ首相が暗殺された年で、一九八六年の初夏だった。穏健党に投票せずとも、国が真っ逆さまに失墜していくのが感じられ、国を出たいと思っている若者は他にもたくさんいたんです。ニルソンもタイでホテルかレストランの事業を立ち上げるか、買うかしてね。新しい国で名を上げ、未来を築きたいという夢をもっていた。わたしもパートナーもそれに共感してしまってね。確認は取ったんだが、ニルソンにはホテル・レストラン業界では立派な経歴があった。中学生の頃からその業界でアルバイトしていたんだ。ウプサラの大学に進学するよりずっと前に。大学では経済を専攻したが、特にホテル業界に特化したコースを選んだと本人が語っていた」

「それで彼を雇ったんですな。プロジェクト全体の統括を任せるために」あの虚言男の経歴について、なんとまあご立派な確認をとったもんだ。

「わたしもパートナーも、ここスウェーデンで山ほど仕事があった。だから、現地ですでに有能なスタッフを雇ってあったんです。社長として雇ったタイ人から従業員に至るまでね。とはいえ、誰かスウェーデン人が現地にいるのは、とてもいいような気がした。我々の右腕として、現地のとりまとめ役としてね。それで若きニルソンを副社長および経理責任者に据えたんです」

「ただ、問題が起きた」ヨハンソンは灰色がかった牛肉を脇へやった。山のようなデザートに期待するしかない。

「だがそれに気づくまでには時間がかかった。やつは経理に関してもまったく無能で、その点については我々もすぐに気づいた」

「金をくすねていたんでしょう」

「ええ、でもそれはさして驚くようなことじゃなかった。あの業界では普通のことだし、ニルソンが他のやつら以上の額を盗んだということもなかった。それよりももっとひどいことが起きたんです。やつに金を扱う能力がないことに気づき――控えめな言葉を選んではいますが――我々はニルソンをホテルとレストランの実務に配置換えした。特に我々がターゲットとしていた普通の子連れ家族へのサービス提供に」

「それで、どうなったんです」すでに答えはわかっていたが、ヨハンソンは尋ねた。

「最初はすごくうまくいったんです。ニルソンは子供向けのアクティビティーをいくつも開催した。プール体操にピクニック、ボートで小島へ行っての宝探し、劇にタイ舞踏のクラス、あらゆることを思いついたんだ」カール・ブロムキュヴィストは頭を振った。

「なのに、何が問題になったんです」

名探偵――綴りにうるさくこだわらなければ――カール・ブロムキュヴィスト社長は赤ワインを大きく飲み干してから、新しい友人が待ちわびていた言葉をやっと口から押し出した。

「まだ若い男だった。魅力的で、ハンサムで。どこからどう見てもまともに見えたんだ。誰もが娘の婿に欲しいと思うような男だった。だから、客から彼が子供たちに手を出したという苦情が入ったとき、わたしは椅子から転げ落ちそうになりましたよ。彼の興味の対象は、幼い女の子だった。ちなみに男の子にはまったく興味はないようで」

「なんということだ。それで、どう解決したんです」

「いつものやり方ですよ。金を払って、黙らせる。相当な経費がかかってしまったが、他に策もなかった。あの男が施設に近づかないよう、ガードマンの数まで増やしたくらいですから」

「刑務所には入れられなかったのか。そんなことをしたのに、警察は何も？」

「当時のタイではね」カール・ブロムキュヴィストは悲しげに頭を振った。「残念ながら、警察が何かしてくれるなんて期待しないほうがいい。幼い女の子を買春しに、西ヨーロッパから何百人という中高年がやってくるんだ。ニルソンが不思議だったのは、そういう親父どもの半分の年齢だったこと。まったく恐ろしいですよ、ラーシュ。当時――いや今でもそうなのかは考えたくもないが、北部の貧しい農民たちは自分の子供を売るんです。スウェーデンで子犬を売る半分くらいの値段でね。そんな子供たちの行きつく先は、バンコクその他の大きな観光地の売春宿や売春バーだ。個人宅で家事をやらされたり、ホテルの従業員といった普通の仕事に就けたら幸運なほうなんです。そのうまい汁の何割が地元警察のポケットに入っているかは考えたくもない。タイの警察は、あなたの同僚とはちがうんです」

「ニルソンがその後どうしていたのか、情報はありませんか。あなたたちが追い出してから」

「ええ、少しは。タイには大勢のスウェーデン人がいて、情報交換はしますからね。スタッファン・ニルソンの噂を含めて。最初はプーケットの売春バーを何軒か買ったようです。幼い少女たちが接待するような店だ。我々からくすねた金をそれに使ったんだろう。そのバーが彼の主収入だったようです。土産物店もやっていたらしいが。それもプーケットでの話です」

「まだそこに会社を残しているんだろうか」

「最後に聞いた噂では、地元のタイのパートナーと大きくもめて、スウェーデンに戻った。というか、戻らざるをえない状況だったようです。なんてことだ、もう十年以上前の話ですよ。アルフからあの男がまだタイのプロジェクトに関わっていると聞いて、心底驚きましたよ。もうとっくの昔に足を洗ったとばかり」

「実に助かりましたよ」ヨハンソンは礼を言った。そろそろ手洗いに行って、ボイスレコーダーが胸ポケットの中でピーピー鳴りだす前に消さなければ。

「お安い御用です」カール・ブロムキュヴィストはグラスを掲げた。「この話は、ここだけにとどめてもらえますね？」

「当然だ。秘密を守るのは、自分の面目を守ることですからな」そう言って、ヨハンソンもグラスを掲げた。

77　二〇一〇年八月十二日（木曜日）

午後にはウルリカ・スティエンホルム医師の診察を受けにいった。女医はいつものように関節をつまんだりとんとん叩いたりしながら、まず理学療法士はリハビリの結果に満足していると伝え、心臓外科医は結果に満足していないと伝えた。

「残念ながら、わたしも満足していません」ウルリカ・スティエンホルムは懸念した表情で、金髪の頭をかしげた。「数値がもっとよくなっていてもいいはずなのに。実際のところどうなんです、ラーシュ」

「そんなことわしに訊かないでくれ。医者はお前だろう。で、お前さんのほうは、調子はどうなのかね」

「もちろん、別件については好奇心が抑えられないけれど……」そう言って、長い細い首をまっすぐにした。「例のヤスミンのことね」

「その件ならまったく問題ない。犯人はみつけた」

「なんですって⁉　冗談よね？」

「冗談を言うようなことじゃない」

「じゃあ誰なの。まだ生きているの？」

「願いどおり、ぴんぴんしているよ」

「それを聞いて……かなりショックだわ」

確かにお前は衝撃を受けた顔をしている。興味津々というわけではなく、まるで怯えているような表情だ。

「というわけで、その件は片付いてすっきりしたな」ヨハンソンがまとめた。

「でも、理解できないわ。あなたの同僚たちが二十五年前に、大量の警官を投入してこの件の捜査をしたわけでしょう。それも何年間も。なのにみつけられなかった。あなたはたったの一カ月で——わたしがあなたに相談したの、それより前じゃないわよね？　それも二十五年も経ってから、ヤスミンを殺した犯人をみつけたなんて……」

「それはお前さんのおかげでもある。それについては礼を言おう」それより何より、ここに運ばれてきたのがチビのベックストレームじゃなくて本当によかった。肛門に巣くう痔のぶんざいで、頭に血栓を詰まらせたりできるのかはわからんが。

「誰なのか教えてください」ウルリカ・スティエンホルムが言う。「これは恐ろしい事件なのよ」

「残念ながら、ここからがややこしくなるのだ。これは時効を迎えた事件であって、法的にはもう手の尽くしようがない。その点を踏まえると、犯人の名前を教えて回るのは賢いとは思えないのだ。ところでこの会話も、これまでの会話もすべて、我々の間だけにとどめておくと信じているぞ」

「その点については安心してちょうだい、ラーシュ。誰にも、一言も話してません。ああ、神様。なんて恐ろしいの。それでも何かできることはあるんじゃない？　つまり、そんな人間に対して、なんらかの刑罰は与えられるんじゃない？」

「下るとしたら、天罰ぐらいだろうな。この俗世の法制度によれば、やつは自由の身だ」

「でも、それでも、何かできるわよね？」

「考えておく」お前の言うことはわかる。だから考えておく。だがあまり期待はしないでくれ。

お前が黙っていればよかったんだ——家に戻る車内で、ヨハンソンはそんなことを考えていた。こざかしい女め、すっかり怯えた顔をしやがって。

「医者のおじさんはなんて?」ヨハンソンがソファに戻ったとたんにマティルダが尋ねた。

「医者のおばさんだ。ドクトル・スティエンホルムは女なんだ。だが、ありがとう。とてもうまくいったよ。医者のおばさんは上機嫌だったぞ」

「嘘つかないで。ねえ、わかってる? 長官はまるで大きな子供よ」マティルダはあきれたように頭を振った。

「ダブル・エスプレッソに温かいミルクを添えて。それにハムをのせたパンがうまいだろうな」

「忘れなさい。コーヒーは淹れてきてあげるわ。ひとつ約束するなら」

「なんだ」

「いい加減に気を引き締めて、身体に気をつけること」

「わかったわかった」

マティルダはいい子だ。彼女がコーヒーを淹れるために部屋から出ていくのを見送りながら、ヨハンソンは思った。あんなふうに身体中に落書きするのはひどすぎるが、仕方がない部分もある。あんな母親がいてはな。腕じゅうに切り傷がないだけでよかったと思うほかない。

78　二〇一〇年八月十二日（木曜日）の夜

夜、ピアは会議のために銀行に戻らなくてはいけなかった。妻が玄関を出ていかないうちに、ヨハンソンは急に与えられたこの自由時間を利用して、突発的にエリカ・ブレンストレームを訪ねてみようと思いついた。

「マックス、エンジンを温めてくれ」ヨハンソンが命じた。「目撃者に話を聞きにいく」

「了解です、長官」マックスが答えた。


ヨハンソンが状況を説明し、マックスは車を停めた。微妙な状況につき、最高でも二対の目だけで話したいのだと説明した。会話になればの話だが。

「五分で終わるかもしれんし、時間がかかるかもしれん。だからこの近くにいてくれ。終わったら携帯に電話する」

「その男の名前は？　万が一の場合」マックスはかすかに笑みを浮かべた。

「女だ。それも六十代の女性だ。エリカ・ブレンストレームという名前でここの四階に住んでいる」

「わかりました。何かあったら電話をください」

ヨハンソンは実習で習ったとおりに行動した。ただ問題は、それを最後にやったのは二十年も前だということだ。まずは相当苦労して床に屈みこんだ。エリカ・ブレンストレームの新聞受けの蓋をそっと開き、耳をそばだてる。中に誰かいる。ラジオの音が聞こえてくるからだ。音楽の種類からして、おそらく〈リラックス・フェイヴァレット〉局だろう。曲と曲の間で、エリカがアバのダンシング・クイーンの最後の部分を口ずさむのが聞こえた。

それでは——とヨハンソンは立ち上がり、呼び鈴を鳴らそうとしたところ、目の前が真っ暗になった。床がシーソーに変貌したかのようだった。ヨハンソンはそのままエリカのアパートの玄関ドアに倒れこみ、跳ねかえって尻もちをついた。しかしすべてを加味しても、前回倒れたときよりはずっと首尾よくいった。おまけに呼び鈴を鳴らす必要もなくなった。十秒後にはエリカ・ブレンストレームがドアを開け、ヨハンソンを見つめ、あきれたように頭を振ったからだ。表情から察するに、自分の見ている光景にかなり満足しているようだった。

「一晩じゅうそこに座っているおつもり？」

「わかるだろう。きみもノルランド人なのだから」

「ゆっくり立ち上がってください」エリカはヨハンソンの麻痺《まひ》していないほうの左手をしっかりと支え、立つのを手伝った。

「すまんな」

「コーヒーは？」

「ぜひいただこう」

五分後、二人はエリカのリビングに座り、コーヒーを飲んでいた。エリカは初めは黙ったまま、ヨハンソンのことをじっと見つめていた。敵意のこもった視線ではなく、興味深げに眺めている。少し心配そうでもあった。自分の心配ではなく、ヨハンソンのことを心配しているようだった。

「あなた、ちっとも身体に気をつけていないようね」エリカはあきれたように頭を振った。「前回会ったときよりも太ったわ」

どこかで聞いたセリフだ――。

「まったく頑固で偏屈な人ね。無理だからなんて言わないでくださいよ。あなたは自分に甘すぎるのよ。そうにちがいない。もしくはどうでもいいと思っているか」

「気を引き締めて努力すると約束する。それと、質問もあるんだ。もしよければ」

「じゃあそれを聞いてしまったほうがよさそうね。近所の人たちが、なんだろうと不思議がる前に。あの髪留めが気になっているんでしょう。ヤスミンのものだった髪留めのことが」

「ああ、そうだ」ではそこから始めるか。

「みつけたのはわたしじゃないんです。マルガリエータよ。秋のいつ頃だったか……。ヤスミンが殺されたあの恐ろしい夏が終わったあとです。引っ越しに備えて大掃除をしていたときに、マルガリエータが自分のベッドの下でみつけたの。それをわたしに見せて、キャロリーナかジェシカのものじゃないかと尋ねた。うちの娘たちのことです。きっともうご存じだろうけど。なぜそんなこと訊いたのかしらね。当時娘は二人とも男の子みたいなショートヘアだったのに」

「それでなんと答えたんだ」

「あの子たちのではありませんと。ずっとあとになって、あれはヤスミンのだったのかもと思いついた。ちっともおかしなことじゃない。ときには週に何度も遊びにきていたんだもの。おまけに勝手に家じゅうを走り回っていた。ジェシカとキャロのほうがもう少ししつけがなっていたわ。それにあとで部屋を回って後片付けをしないといけないのはわたしですからね。少しくらいのしつけはしてあったわ」

「マルガリエータはどう思っていたんだ。ヤスミンの髪留めがそんなところから出てきたことについて」

「さあ、何も聞いてないわ。ただ、医療関係の仕事をしていなくても、マルガリエータの具合が悪いのは一目瞭然だった。それもおかしなことではないでしょう。あの子をとても可愛がっていたんだもの」

「近所の子供の身にあんなことが起きて、ショックだっただろうな」

「わたしの理解が正しければ、現実はもっと最悪だったようね」

「どういう意味だ」ヨハンソンは相手の意図をはっきりわかりつつ、尋ねた。

「ヤスミンが殺されたのは、マルガリエータの自宅だった。わたしがヘノサンドの実家に子供を連れて帰省し、マルガリエータはリンデー島の別荘にいた間に。あなたはそう思っているんでしょう」

「思ってなどいない。そうだと確信している。現場はマルガリエータ・サーゲルリエドの寝室だ。それは最初からそう思っていた」

「それで色々と説明がつくわ」

「例えば？」

「引っ越しのために彼女の持ち物を整理しているときに――というのも、ほとんどは売り払うことになっていたから――枕カバーとシーツが一組足りないことに気づいたの。そのセットが一ダース、結婚の際の贈り物だったんです。最高級のリネンで、ＭＳという刺繍《ししゅう》のイニシャルが入っていたわ」

「それでどう思ったんだ？」

「実はなんとも思わなかったんです。マルガリエータの家で何かあったなんて、思いもしなかったから。そんなこと絶対に考えられなかった。わたしが思ったのは、長年の間にクリーニングに出したまま紛失したんだろう。もしくは別荘にもっていったとか、セットで誰かにあげたとか。そういうことだろうと思ったの」

「本人には一度も尋ねなかったのか」

「ええ。それにマルガリエータはみるみるうちに具合が悪くなり、春には――いやまだ冬だったかもしれない。とにかく、一九八六年に所有物の大半を売り払ったんです。あの頃、マルガリエータはいつも上の空で、わたしは気が気ではなかった。なんだかんだ言って、彼女のことが好きだったのね。あんな性格だけど、本来は心のきれいな優しい方なんです。ましてやうちの娘たちは、悪く言う筋合いなんて一切ないわ。マルガリエータおばさんは憧れの存在だったんだから」

「なるほど。想像がつくよ」今回は嘘はついていないようだな。

「ええ。ということは、基本的にはあとひとつだけね」

「なんのことだ」

「スタッファン・レアンデル。マルガリエータの夫の妹の息子。ヨハンの腹違いの妹の息子だったわね。ヨハンは彼の伯父にあたり、マルガリエータはその奥さんだった。そういうことよね」エリカ・ブレンストレームは自分の話にうなずいた。「マルガリエータは彼の伯母だったわけ」

「スタッファン・レアンデル・ニルソンだ。レアンデルはミドルネームだった。正確に言うと、ニルソンが苗字なんだ」

「そうだったのね。スタッファン・ニルソンだったなんて。彼は自己紹介したときに、スタッファン・レアンデルだと名乗ったのよ。自分で、マルガリエータは伯母だと言っていた。わたしは甥の存在など全然知らなかったのに。マルガリエータの親戚は皆亡くなったとばかり」

「もっと聞かせてくれ」ラーシュ・マッティン、お前は警官になったほうがいいかもしれんぞ。取調官なんてどうだ。

エリカ・ブレンストレームが初めてスタッファン・レアンデル・ニルソンに会ったのは、一九八四年の春だった。マルガリエータ宅で盛大なディナーパーティーがあり、その手伝いをしたときに。最後に話したのはその半年後。同年の秋だ。エリカのほうから彼に電話をかけ、うちの娘たちに何をしたのかと問いつめたのだった。その間、つまり一九八四年の春から秋にかけて、十回ほど顔を合わせただろうか。そのうちの二回は、自宅に娘たちを迎えにきた。一度目はマルガリエータと一緒に娘たちをスカンセンに連れていってくれ、二度目は彼がひとりでコールモーデン動物園に連れていったのだ。

「すごく魅力的な若者だったのよ。明るくて話は面白いし、礼儀正しくて、わたしのことをいつも手伝ってくれた。わたしが結婚していた男とは正反対のタイプだった」

「きみを口説こうとしたのか？」

「最初はそうなのかと思ったの。わたし自身はこれっぽっちも彼に興味はなかったけれど。彼のほうが十歳も若かったし、あの頃のわたしは男には心底疲れきっていたしね。でも彼は娘たちに親切にしてくれて。遊んだり、ふざけたり。言ったとおり、あの子たちの父親とは正反対の男だった」

「おかしいとは思わなかったのか」

「なぜなのか訊いたのを覚えてるわ。そうしたら彼は、自分はひとりっ子だったからだと言った。母親に女手ひとつで育てられたんですって。父親には会ったこともない。子供の頃はずっと妹や弟が欲しかったと言っていたわ。できれば妹。一緒に遊んだりふざけたりできるような。何よりも妹が欲しかったんですって」

「その理由自体は納得がいくな」ヨハンソン自身は男兄弟三人と女兄弟二人に囲まれて育ち、ひとりっ子に憧れてきたが。

「そう。これは小児性愛者の存在が世間で取り沙汰される前のことだったんです。それに、あんなに素敵で優しい若い男が子供に興味をもつなんて……。そんなこと、想像もしなかったの。下の娘のジェシカは当時五、六歳で、上の子は十歳だった。最初のうちは、いつもわたしもその場にいた。一度、遊園地にも行ったし、ハーガ公園にピクニックにも行った。わたしとしては感謝の気持ちしかなかったし、ずっと妹が欲しかった優しい若者の夢を叶えてやれたのも嬉しかったわ」

「怪しみはじめたのはいつ頃なんだ」

「いつからかしら。なんとなく、そういう気がしたのよね。やっぱり何かおかしいって。あんなに若くてハンサムで社交的な男性に彼女がいないなんて。それも面と向かって本人に尋ねたのを覚えているけど」

「やつはなんと答えたんだ」

「これまで彼女は何人かいたけれど、長い付き合いにはならなかった。同年代の女性は表面的な物の見方しかしないし、まだ運命の人に出会えていないんだろうとね。怪しみだしたのは、彼が娘たちをコールモーデン動物園に連れていってから。何かあったことはすぐにわかった。

娘二人の態度がおかしくなったから。何があったのか訊いても、二人とも話したがらなかった。夏の終わり頃のことよ」

「それでどうしたんだ」

「わたしは何十年も病院で働いてきたから、職場の友人に相談したの。彼は小児科医で、娘たちを診察してくれたの。娘たちは前にも彼に会ったことがあったから、話しやすいかと思って。本当に何かあったのだとしたらね。でも身体にはなんの証拠もみつからなかった。嫌なことや、訳のわからない経験をしたのは確実だと、小児科医も言っていた。でも襲われたりはしていないと」

「それでかなり安心できただろうな。セラピストにはかかったのか？」

「そのことも友人に相談したんです。彼の意見を訊いてみた。そうしたら、強く止められたんです。自己治癒力の邪魔になるからと。そういう心の傷を大人が触ったり開いたりしないほうがいいと言われました。少なくとも、このレベルの問題であればね」

「それで彼のアドバイスに従ったんだな」

「ええ。言っておきますが、さして難しくもなかったわ。病院の某病棟ではおかしな人々にいくらでも会ってきたから。その点においては、わたしはノルランド人ね」

「なるほど。それでスタッファン・ニルソンは？　彼はどうなったんだ」

「それが不思議だったの。一カ月も音沙汰がなく――その前までは週に何度も電話があったのに。ついにわたしのほうから電話をかけたんです。単刀直入に問いただしたわ。動物園でうちの娘たちに何をしたのって」

「やつの答えは？」

「すごくショックを受けていたわ。そんなこと絶対にないと言い張り、泣きだすんじゃないかと思ったほどよ。そんなふうだったの。なんの話だかさっぱりわからない。自分は清廉潔白だと。わたしは、じゃあそういうことにしておきましょうと言った。ただし、今後子供たちに近づいたら、警察に通報するからと」

「話したのはそれが最後か」

「ええ、それ以来会ってもいないし話してもいない。見かけてもないわ」

「その話をマルガリエータには？」

「話していないわ。そんなことをしたら、ショック死したでしょうよ。わたしよりもっと人を信じやすい性格だったから」

「きみの反応はもっともだ。普通のまともな人間なら、おまけに信用していた相手なのだから、理解できなくて当然だ。ましてやきみはその子たちの親だったのだから」

「ヤスミンの事件が起きて、わたしが彼を疑ったとお思いでしょうね。自分でもすごく不思議だし、信じてもらえなくて当然だけど、本当に彼だとは思わなかったの。あのスタッファンがやっただなんて。もちろん彼と同じ性的嗜好をもつ人間の仕業だとはわかっていたけど。それでも、彼が犯人だなんて――。それは一度も頭に浮かばなかった。ヤスミンの身に起きたことは、あまりにも恐ろしいことよ。うちの娘たちとは比べ物にならないほどの目に遭っている。

ヤスミンを殺した人間は怪物でしかない。わたしが知るスタッファン・ニルソンはそういう人間ではなかった。子供をうまく騙して自分のアソコを触らせたりはしたかもしれないけど、強姦したり殺したりなんて。そんなこと、想像もつかなかった。だって、あまりにも恐ろしすぎるでしょう」

「なるほどな。信じよう。そう思ったのはきみが初めてでもないしな」そして最後でもないだろう——。

「わたしはとりあえず正直に話しています。本当に彼がやったとは思いもしなかったの」

「マルガリエータ・サーゲルリエドとは、彼女が家を売って街中のマンションに引っ越したあとも連絡をとっていたのか？」

「連絡があったんです。半年後、八六年の秋に。あの家での仕事を辞めて以来。八六年の春だったな。会いたいと言われて、わたしの記憶に間違いがなければ、エステルマルムのリッダル通りにあったマンションを訪ねました。かなりショックだったわ。マルガリエータは別人のようになっていて。錯乱《さくらん》しているのかと思ったくらい。骸骨《がいこつ》のように痩せてもいて。癌だと聞かされました。彼女が誰のことを話しているのか気づくまでに少し時間がかかったわ。それは彼女の亡き夫ヨハンの甥の話だった。彼女はスタッファンが自殺したと思いこんでいたの。それから長いこと、うちの娘たちの話もしていた。娘たちのことは心配しなくていいからと言われた。心配することなど何もないからと。あの子たちの身には絶対に何も起きていないはずだからとも言われた。あのときのことは今思い出してもぞっとするわ」

「なるほど、よくわかった。連絡があったのはそれが最後なのか」さあいよいよ、世紀のウソつき診断の時間だ。

「生きている間は、そうです。亡くなったことは新聞で読んだ。八九年の春だったと思うわ。その一週間後には弁護士から電話がかかってきて、マルガリエータが娘たちに大金を遺してくれたことを知らされた。五十万クローネ——当時それがどれほど大金だったかわかります?」

「わかるとも」ヨハンソンは微笑んだ。「わしにはわかるとも。現在なら二百万というところだ」

「わたしにとって、わたしたちにとっては、まったく信じられないような金額でした。遺言状には、娘たちが大学に通うための費用と、〝尊厳ある幸せな〟人生を送るために使うようにと書かれていた。実際にそう書いてあったのよ」

「で、そうなったのか」

「ええ、神に誓ってね。二人ともちゃんと大学を卒業したのに、学生ローンは一エーレも借りていない（スウェーデンは大学は無料だが、大学に通う間の家賃や生活費を国から借りるのが一般的）。キャロは理学療法士になり、ジェシカは経済学部を出て経理の仕事をしているわ。二人とも結婚して子供がいて、夫は父親とは似ても似つかないまともな人たちよ。大学を卒業してもお金はまだ余っていたから、あの子たちが独立してアパートを買うときの頭金にも使わせてもらった。高級マンションを買えたわけじゃないけど、それでもね。頭の上に自分だけの屋根がある生活をできるんだから。今の若者全員がそんな暮らしをできるわけじゃないでしょう」

「それを聞いて嬉しく思う。二人が幸せな人生を送っているのは何よりだ」マルガリエータ・サーゲルリエドはまさに地獄を見たのだろうな。なんとか、自分の義理の甥がやったことの罪滅ぼしをしようとしたのだ。

「わたしのほうからも訊きたいことがあるんです」エリカ・ブレンストレームが言った。「あの男が自殺したというのは、本当ですか?」

「あの男の母親は自殺している。八六年の春だ。それは確認がとれているし、真実だ。息子のほうはその後に失踪した。現在どうしているのかは不明だ」

「その言葉を信じていいんでしょうか」

「どちらにしても、ひとつだけ確かなことがある」

「なんです?」

「ヤスミンの身に起きたことの責任は、ヤスミンを殺した人間だけにある。きみにはまったくない」

「でも、コールモーデン動物園のときに警察に電話すればよかったんじゃないかと……」

「それについてもまったく気に病むことはない。警察に電話してスタッファン・ニルソンは小児性愛者だと思うと伝えていたとしても、警察は何ひとつ対処しなかっただろう。するとすれば、きみのことをよくいる被害妄想タイプだと思うくらいだ。そもそもあの男が素直に腹を見せてすべてを自白すると思うか?」

「ヨハンソン、あなたはいい人ね。ねえ、ご存じ?」

「いいや、知らない。わしが知らないことはなんだ?」

「あなたに初めて会った日から、毎日考えているんです。ヤスミンが殺されることを防ぐことができたんじゃないかって。自分にはあの子の命を救うことができたんじゃないのか。どうなんだろう。わからないけど、できなかったと思います。じゃあ、警察があの男を捕らえるのに貢献できただろうか。それもそうは思わない。だってあの男がやっただなんて、本当に思いもよらなかったんです。マルガリエータの家であんなことが起きたなんて。そんな考え、頭の中に存在しなかったの」

「実は、わしはあの男がやったとは一言も言っていないぞ」

「ええ。おっしゃっていないわね。でもそれはあなたがいい人だから。わたしに配慮してくれている。だからさっきのようなことを言ったんでしょう」

「そう思うか」

「ええ。わたしにははっきりわかっています。あなたにはわかっているんでしょう。ヤスミンを殺したのがスタッファン・レアンデル——正しくはスタッファン・ニルソンだと。あなたが間違っていないとも確信しているわ。どのように探し出したのかは、想像もつかないけれど。とにかくわたしにはできなかった。それに、彼は生きていて、あなたは彼の居所を知っているんでしょう。自殺なんかしていないはず。その母親はしたけれど——きっと息子のやったことに気づいたのね。そんな息子をもったら、わたしだって自殺したでしょうよ。あとひとつ、気づいたことがあるんです。最初はそんなはずないと思ったけど。つまり、新聞で読んだときには」

「なんだ?」

「あの男に刑罰を与えるには、自分のやったことを償《つぐな》わせるには、遅すぎたってこと。弁護士じゃなきゃ理解できないような、おかしな法律のせいで」

「そのとおりだ。犯罪が時効を迎えたら、犯人を罰することはできない」

「それでは、あなたにひとつお願いがあります」

「なんだ」

「あの男に必ず罰が下るよう、取り計らってください」

「最善を尽くすと約束しよう」

「よかった。あなたは信頼に足るまともな人間よ。そんな人の目を見て話すためには、自分も同様に信頼に足る人間でなくてはいけない。善人にとって、悪人を見逃すのは簡単なことじゃないの。応戦するために、ときには同じくらい邪悪になる必要もある。でもそのあとは先に進んで、元の自分に戻れるはず。あなたにもわかるでしょう。ノルランド人なのだから」

「あの男を殴り殺すつもりはないぞ。きみがそういう意味で言っているなら」

「ええ。もちろんそんなことじゃないの。わたしもそんなことは望んでいない。でもあなたなら、我々のようなまともな人間にも納得いくような方法を思いつくでしょう」

「大丈夫でしたか、長官」車でセーデルマルムのマンションへ帰る途中、マックスが尋ねた。

「非常にうまくいった」内容は内容だがな——。

「それはよかった。おれにできることがあれば、いつでも言ってください」

「ああ、約束する」それがいちばん簡単な方法だ。マックスか誰かにスタッファン・レアンデル・ニルソンを破壊しつくさせればいい。目には目を、歯には歯を、そのまま下に進んで、あの可愛いあんよまで。きっと靴はよく磨いてあるのだろう。

「なあ、マックス」ヨハンソンが口を開いた。「途中でちょっとハンバーガー屋に寄らないか」

「それはちょっと……」マックスが頭を振った。

「腹は減ってないのか?」

「ちがいます。ただ、ピアに殴り殺されるだろうから、いいアイディアではないと思う。すみません、でもそうなんです」

「じゃあ、家に着いたら小さなサラダでも作るか」

「それはいいですね。小さなサラダなら問題にはならない」

79　二〇一〇年八月十三日(金曜日)

金曜の夜、ヤーネブリングとマックスは、再度スタッファン・ニルソンのDNAを入手しよ

う と試みた。まずはニルソンの家の電話にいたずら電話をかけた。しかし誰も出なかった。留守電にもならない。グンサンが調べてくれたニルソンの携帯番号にもかけた。そちらも誰も出なかったし、メッセージを残すなんてことは予定になかった。

すでに外にいたので、どうせついでだとばかりに、状況を確認すべく彼のアパートに向かった。車はいつもの場所に停まっている。いつもどおりゴミひとつなく、きっちり施錠され、警報装置もオンになっている。

ヤーネブリングはアパートの中まで入ってみた。ニルソンの玄関ドアの前で耳をそばだてるが、なんの音も聞こえてこない。また下の通りに戻り、グンサンから聞いた暗証番号を押して向かいのアパートに入った。そこの階段からニルソンの部屋の中がよく見えるのだ。明かりはついていないし、テレビなどもついていない。人の気配は一切なかった。

「まさか、ずらかったんじゃないでしょうね」ヤーネブリングが車に戻ると、マックスが尋ねた。

「いや、それはないと思う」ああ、おれがまだ現役で、現在進行形の事件を追っているならよかったのに——とヤーネブリングは思った。それも殺人事件だ。実務を担当してくれる張りこみ班がいれば、おれがここに座って想像を巡らせる必要もないのに。

「今日はこれでお開きだ。近所を一回りして、レストランを確認しよう。それで終わりだ。もちろん、他に何か起きなければだが」

「ずらかったはずはない」とヨハンソンが言った。家に戻ってきたマックスが、書斎のソファの前に立ち、今夜の結果の報告をしたときに。

「長官がそう言うなら」

「あの男はそういうタイプじゃないんだ」ヨハンソンはあきれたように頭を振った。「自殺をするようなタイプでもない。自分のことが可愛くて仕方ないんだからな。それに、ずらかるときに車を置いていくようなタイプでもない。その前に売り払うはずだ。自惚《うぬぼ》れの強い人間はケチなんだ。わしのような人間にとっては、そういうやつのほうがムショにぶちこみやすくて便利だがな。いつだって行動を起こすのが遅すぎるのだ」

「長官は賢いです」マックスは笑顔になった。

「ああ。今のところはお前より賢い。だがそれはお前のせいではない」

「なぜです」

「それは、お前が幼いときに受けた仕打ちのせいだ。悪い大人たちが、お前がまだ身を守る術も知らないくらい幼い頃から、お前にひどい仕打ちをしてきた。お前のせいではないが、それが今でもお前の人生を支配している。それを乗り越えられた日に、お前もわしと同じくらい賢くなれるだろう」

「それを聞いてほっとしました」

「だろう?　だからその点については心配しなくていい。ところでお前は今立っていて、わしはソファに寝そべっている。おまけにピアはパソコンで女友達とチャットしているわけだから、お前がバスルームに行って、わしの薬の入ったポーチを取ってきてくれないか」そうすれば頭の中が静かになって、まともな人間のように呼吸ができるようになる。

「もちろんです」マックスが答えた。


二分後にマックスが戻ったときには、ヨハンソンはすでに眠っていた。マックスは椅子に座り、ヨハンソンのいびきを聞いていた。そして結局、二時間もそこに座ったままになった。明日の朝目覚めたとき、まだ長官が存在していますように——。それから自分の部屋に戻り、ドアを閉めた。靴も脱がずにベッドにあおむけになる。

長官は善い人間だ——。なのに、悪い人間が長官を内側から蝕みつくそうとしている。おれのためにも生きていてほしいから、長官を助けなくては。

マックスもそれから眠ってしまった。起きているときに音を立てずに動くのと同じくらい静かに眠っている。いつものように目を半分開いた状態で。そのことは本人も気づいていないが。

80

二〇一〇年八月十四日（土曜日）

八月十四日の土曜日に、ボー・ヤーネブリングは再びスタッファン・ニルソンのDNAの入手を試みた。今度はもっと大胆な手段に出るつもりだった。朝も早くからニルソンのアパートに向かい、入口の暗証番号を入力した。暗証番号は、昔からヤーネブリングの頼みならなんでもきくグンサンが調べてくれたものだ。すでに定年退職したヤーネブリングとはちがって、グンサンはまだストックホルム県警に勤めている。暗証番号など、彼女の手にかかればいちころだった。アパートの中に入ると、ヤーネブリングはスタッファン・ニルソンの新聞受けから顔を覗かせているスヴェンスカ・ダーグブラーデット紙を抜き取った。ニルソンには、早朝の散歩に出かけてもらうのだ。

一時間後、くだんの男がパジャマにガウンにスリッパというでたちでアパートの入口に姿を現した。音は聞こえなくとも、朝刊が入っていないことに対して罵声《ばせい》を上げたのは明らかだった。

ニルソンはまず、お隣さんのダーゲンス・ニーヒエテル紙をくすね取ろうと試みたが、そこは警察的な挑発に長けたヤーネブリングのほうが一枚上手だった。新聞受けから飛び出している新聞をすべてぎゅっと中に押しこんでおいたのだ。ニルソンは何軒分か試みたが、最後にはあきらめ、エレベーターに乗って四階の自室へと消えた。

十分後、スニーカーをはき、半ズボンとジャンパーに着替えたニルソンは、すぐ隣の街区にあるコンビニへと方向を定めた。そこでは新聞やタバコや日用品だけでなく、手軽で美味しい朝食も販売されている。ヤーネブリングは期待に胸を膨らませながら、ベストな偵察場所を確保するためにぶらぶらと通りを歩いていった。

コンビニに入ったスタッファン・ニルソンは、スヴェンスカ・ダーグブラーデット紙とシナモンロールと紙コップに入ったコーヒーを購入した。ただし、商品を受け取ったその足でアパートに戻ってしまい、ヤーネブリングの口から思わず汚い言葉が洩れた。

それ以外に何も思いつかなかったので、ヤーネブリングはまたニルソンの車をチェックした。車はやはり施錠され、警報装置がオンになり、きれいに掃除されている。別の日に、鑑識的に興味深いものがないかと覗きこんだときとまったく同じ状態だ。

あいつは髪一本落とさないのか——。サイドウインドウ越しに運転席のヘッドレストを観察しながら、ヤーネブリングはふてくされた。だがこのくらいでおれがあきらめると思うなよ——。ヤーネブリングは車に戻り、ニルソンのキッチンとリビングの窓、さらにマンションの入口も視界に入る位置に停めなおした。そして盗みたての朝刊をめくりながら、監視を開始した。

数時間そうやって待ち続けたが、なんの収穫もなかった。そして最後にはあきらめた。帰りの車中からヨハンソンの携帯に電話して、早起きが報われなかったことを報告した。

「髪の毛一本落としやしないんだ」

「タバコも嚙みタバコもやらない場合、そうなるな」

「なあ、そろそろ生活安全課の仲間に声をかける時機だと思わないか。次にあいつが車を停めなおす前に、そうすりゃ飲酒運転で捕まえられるだろ。メインにとりかかる前に、ちょっとした前菜を味わわせて……」

「いいや。思わんな。悪いが、今から朝食を食べるところなんだ」

81　二〇一〇年八月十五日（日曜日）

「長官の親友と一緒に、またあのペドの張りこみに行ってきます。DNAを手に入れるために」

「ほう、そうか。では幸運を祈る」

「長官は行かないんですか？」

「ああ」ヨハンソンは首を振った。「わしはソファに寝っころがって、缶を眺めるつもりだ」

それからつけ足した。「つまりテレビを観るんだ」マックスのような若者がその短い人生の間に六〇年代のスラングをどのくらいものにしたかどうか不安だったからだ。「古い八〇年代のロールを観ようと思ってな」〝ロール〟くらい、想像すればわかるはずだな？

「なんの映画ですか」

「なかなか興味深い映画だぞ。わしとヤーネブリングが七〇年代に捜査課にいた頃に少々関わった事件の話なんだ。まったくたいした騒ぎだった。売春婦のところに通うのが好きな法務大臣がいてな。だが映画としては、いい映画だ」

「じゃあ今夜はゆっくりしてください」

「お前もな。ボーによろしく。健闘を祈る」

「ありがとうございます」

いい映画のはずなのに、ヨハンソンは途中で眠ってしまった。最近は、理解不能な寝落ちをしてしまうのが常だった。マックスが身を屈め、麻痺していないほうの肩を撫でたので目が覚めた。

「任務は完了しました」

「なんだって?」ヨハンソンはソファから起き上がった。「任務って、何だ」

「DNAです。採ってきました」マックスはそう言って、二リットルサイズのビニール袋を差し出した。中には血のついたティッシュのようなものが入っている。

「おい、いったいぜんたい何をした」ヨハンソンはティッシュの入ったビニール袋を受け取った。

「ボーは無実です」

「無実ってどういうことだ」

「彼は別の用ができて。娘さんの何かを手伝うって」

「そうか」

「だからおれひとりでちょっと見にいってみたんです」

「そうなのか」

「でも、この間長官も一緒だったときと同じ具合でした。やつはマンションから出てくるとまっすぐにレストランに入り、食事をした。今度は電話はかけていなかったけど。ピザと赤ワインをボトルで。ひとりでボトルを空にしたんですよ」

「それで?」

「それからまた道の反対側に車を停めなおそうとした。ひとつわからないのは、なぜ飲む前に停めなおさないのか。だがそれはあいつの問題であって、おれには関係ない。おれはとにかくやつのあとをつけたんです。そしてやつが車をバックさせた瞬間に、車の後ろに立ちはだかった。車に轢《ひ》かれるように」

「轢かれる?」こいつはいったい何を言ってるんだ——。

「はい。バックしておれに当たるように。全然平気です。愚痴《ぐち》るようなことじゃない。あいつは自分のやったことに気づくと車のドアを開けて、大丈夫だったかとおれに尋ねました」

「それでお前はどうしたんだ」

「おれはやつに歩み寄り、車から引きずりだした。おい、お前何やってるんだ、とすごんでね。お前酔っぱらってるだろう。それなのに車なんか運転すんな。そう言ってやったら、騒ぎだしたので、鼻に一発お見舞いした。そしてポケットからティッシュを取り出し、血を拭いてやったんです。ついでに、飲んでから車を動かすなら気をつけやがれとも言ってやった。そうでなきゃ、お前いつか人を殺すぞと」

「一発お見舞いしただと?　拳《こぶし》で鼻を殴ったのか」自分の耳が信じられない——。

「いや、平手です」マックスは、ヨハンソンの親友よりもまだ大きい右手を広げてみせた。「鼻を平手打ちしただけで。だって、やつはその前におれのことを車で轢いたんですよ?」

「鼻だって?」こいつ、前にもやっているな――。平手と拳では処分がちがうのを知っていやがる。

「殺さずに出血させるにはいちばんいい場所ですから」マックスは肩をすくめた。「顎や額を殴ったら、死なせてしまうかもしれない。おれは、血を流さずに頭蓋骨を割ることもできますから」

「それだけか」どうやら優しい心ももちあわせているようだ。

「はい。あとはその場を去っただけです」

「やつが生きているといいが」

「もちろん生きてますよ。ちょっと鼻血を出したくらいで死ぬやつはいないでしょう」

「そうだな。他に方法はなかったんだな?」

「ええ。レストランに入って殴ることもできたけど、そんなことしたらたくさんの人に見られてしまう。長官、おれのこと怒ってますか」

「大丈夫だ。お前の言うとおりだとしたら、怒るに怒れない状況だからな」それに、今この瞬間にお前を養子にしたいと名乗り出るやつを、少なくとも二人は知っている。

「長官、安心してください。おれは嘘はつきません。嘘をつくのは悪いやつだけだ。おれは今まで嘘をつく必要などなかった」

そうだな。お前には嘘をつく必要などないだろう。

「ひとつ訊いていいか。お前はいつもポケットにティッシュを入れて出かけるのか?」

「必ず入れてます。だって、鼻をかみたくなったりするでしょう。他に何か質問はありますか」

「ない。だが、ひとつだけ言っておくことがある」

「なんでしょうか」

「ありがとう、マックス」ヨハンソンはそう言ってうなずいた。「礼を言わせてくれ。ただ、次回わしのために問題を解決するときは、まずわしの許可をとってくれ」

「もちろんです」


ボーに電話しなければ。ヨハンソンは急に訳のわからない興奮を感じた。胸を締めつけるベルトのせいで、ほとんど呼吸ができないときもあるほどなのに、急に誰かがそれを取り去ったようだ。頭痛も感じない。ただ、解放感だけ。ああ、やっとだ――。

82

二〇一〇年八月十六日(月曜日)

ヨハンソンは昨晩寝る前には心を決めていた。実務的なことは公安にやらせよう。好き勝手なことを言われてはいるが、公安警察は口だけは堅いのだ。いつもの犯罪捜査部に血のついたティッシュを送ったりしたら、鑑識の結果が出た瞬間に、その結果を新聞で読むことになる。それが与える影響については、考える気力もなかった。そもそも考える必要もない。最初からわかっているのだから。

リサに頼むとするか――。リサ・マッテイは、ヨハンソンが警察に所属していた最後の十年間でもっとも若く優秀な部下だった。ヨハンソンのあとを追って公安警察から国家犯罪捜査局に異動し、ヨハンソンが定年退職したときに公安警察に戻った。今は公安警察局本部で局長補佐を務めている。弱冠三十五歳にして。

月曜の朝、ヨハンソンはリハビリの予約をキャンセルし、リサ・マッテイに電話をかけた。

「ヨハンソンだ」相手が出た瞬間に、ヨハンソンは名乗った。

「まあ、ラーシュ」リサ・マッテイが答えた。「連絡をもらえて嬉しいわ。職場の休憩室速報によれば、体調はどんどんよくなっているんですって？」

「わしなら平気だ」ラーシュだと？　いつも長官と呼んでいたのはどうなった。いつからわしにため口をきくようになったんだ。

「わたしに何か用があるんですか」

「そうなんだ。実際問題、きみにしかできないことを頼もうと思ってね。それに急いでもいる」

「一時間後なら会えますけど。その話を聞くのにどのくらいかかります？」

「十五分だ」小さなリサはずいぶん大きくなったものだ――電話を切りながら、ヨハンソンは思った。

引き締まった身体つきの涼しげな金髪美人。身なりもいいし、まったく目の保養になる。リサ・マッテイをまとめるとそんな女だ――ヨハンソンは彼女の執務室に入りながら思った。その上、丸い腹から判断するに、どうやら子供が生まれるらしい。お腹はかなり大きくなっている。

「ラーシュ。会えて嬉しいわ。ハグをしてもいいかしら」

「構わん」ヨハンソンは少し身を屈め、相手が自分の背中に腕を回せるようにした。

「どっちになるかはもうわかっているのか」ヨハンソンは腰かけてすぐに、相手の丸いお腹のほうにうなずいてみせた。

「女の子です。待ちきれなくて、調べました」

「父親は？　警官なのか」

「いいえ、まったく。映画研究家です。大学に勤めてるの」

「それはよかった」

「それでどうしたんです、ラーシュ」

「DNA鑑定をしたいんだ。微妙な件でね。犯人のものと合致するようであれば、外部に漏らされては困るんだ」

「どの事件のことです?」

「九歳の少女の未解決強姦殺害事件だ。二十五年前の事件で、すでに時効を迎えている」

「ヤスミン・エルメガンのことですか?」リサ・マッテイが驚いてヨハンソンを見つめた。

「そうだ」

「それをあなたが解決してくれたの?」

「ああそうだ。犯人をみつけた自信がある。おまけに生きてるんだ」

「それは好奇心をかきたてられる話ね。そもそも、なぜヤスミンの事件に興味をもったんです。あなたが担当していた事件でもないでしょう」

「入院中に、暇だったものでね」

「ちっとも変わってないわね」

「まあな。正直言って、体調はあまりよくない。さあ、ここに犯人のDNAがある。それと、被害者のものだったと思われる髪留めも」ヨハンソンはビニール袋をふたつ、リサのデスクに置いた。

「これは、血?」リサはティッシュの入った袋をつまみあげた。

「その話はあとだ。状況に応じて行動するしかない場合もあるのだ」ヨハンソンはそう言って肩をすくめた。

「そしてこの髪留めはヤスミンのものだと?」

「そうだ。ヤスミンのものだと確定したからどうというわけでもないが、研究対象としては価値があるのではないかな。そこでひとつ質問がある。これを極秘捜査扱いにできるか？」

「ええ、もちろん。もし犯人のものだと確定すればね。だってヤスミンの父親が誰だか、あなたもご存じでしょう？」

「ああ。だが、現段階では？」

「友達はなんのためにいるの？」リサは微笑んだ。「それにここはわたしの職場ですから」

「では連絡を待っている」ヨハンソンは立ち上がった。そして丸いお腹にうなずきかける。

「大事にな」

「あなたもね、ラーシュ」


昼食のあと、ヨハンソンはあることを思いついた。一瞬迷ってから、誓いを破ることにした。ソルナ署にいる昔の部下に電話をし、単刀直入に質問を投げかけたのだ。

「トイヴォネンです」ソルナ署の犯罪捜査部のトイヴォネン警部が電話に出た。

「ヨハンソンだ」

「これはこれは、長官。お元気ですか」

「ああ。お前さんは相変わらず口が堅いか？」

「ええ。むしろ、前より堅くなりましたよ。歳をとるにつれて疲れてきて、自分自身と対話する気力もないくらいです」トイヴォネンは請けあった。「何かお手伝いできることでも？」

「昨晩通報があったかどうか調べてほしいんだ。フレースンダだ。広場に面した駐車場。夜の

「一秒だけお待ちください」

十時頃。暴行事件」

実際のところ五分もかかったが、答えはもらえた。

「お待たせしてすみません。パソコンがフリーズしてしまって」トイヴォネンが弁解した。「だから通報を受けた同僚に直接尋ねてみたんです。これでしょうかね……〝強盗。被害者はスタッファン・ニルソン、六〇年生。昨晩十時前に帰宅途中に強盗被害に遭った。近くにあるレストランで食事を終えた直後〟」

「強盗？」

「ええ。犯人は——被害者の証言によれば——少なくとも二、三人。風貌からして、よくいるやつらですよ。盗られたのは、ゴールドとスチール製のロレックス、一万二千クローネ分の札を挟んでいた金の札ばさみ、首につけていた金の鎖、左手につけていたプラチナのエンブレムリング。合計約十五万クローネ相当。そんなものを身に着けて歩きまわるなんて、犯罪を奨励するようなものだ。もしくはがっぽり保険をかけているんだろうな」

「目撃者は？」これはいよいよ面白くなってきたぞ。

「強盗の現場を目撃した人はいませんが、夜の散歩に出ていた老夫婦が、襲われた直後の被害者を発見。被害者は鼻血を流した状態で歩道に座りこんでいた。112番に通報し、五分後にはパトカーが到着。その直後に救急車も」

「監視カメラは?」

「現場にはありませんでした」

「被害者の怪我の具合は?」

「絆創膏《ばんそうこう》を貼って、病院から帰されたそうです。昨晩のうちにね。鼻の骨折――たいした怪我じゃない。その男をご存じなんですか?」

「誰をだ?」

「被害者を」

「どの被害者だ?」

「わかりました。どうぞお元気で」トイヴォネンが答えた。


さて、これをどう料理するかな――。

83　二〇一〇年八月十六日(月曜日)の夜

その夜ラーシュ・マッティン・ヨハンソン六十七歳は、マキシム・マカロフ二十三歳と一時間も語りあった。マックスが、自分の人生で起きた出来事、それも、話すのも耐えきれないような出来事をヨハンソンに語ってきかせたのだ。それは二人の間だけで取り交わされた会話だった。ヨハンソンが話すよう促したからだった。それが正しかったのかどうか、答えは永遠にわからない。最初はなんの下心もなく、せっかくだから生きた人間同士、いくらか意思の疎通を図ってみようとしただけだった。深刻な内容を面白おかしく話したかったという気持ちもあった。

ヨハンソンはマックスに紅茶を淹れるよう頼んだ。性別を問わず、ロシア人の淹れる紅茶に間違いはない。ヨハンソン好みの紅茶だった。ロシアンティー——水っぽいイギリス式のではなくて。それから二人は書斎に座り、ヨハンソンはスタッファン・ニルソンが鼻を殴られて鼻血を出し、プライドを傷つけるようなやり方で鼻血を拭かれただけでなく、強盗に遭い、札ばさみと現金と時計と首にかけた金の鎖と左の小指の指輪を奪われたことを語った。

「そいつは嘘をついています。金の鎖なんてつけていなかった。指輪と時計をつけていたのは覚えているが」

「もちろんお前のことは信じている。それに、お前はやつの犯人像の描写には合致しない。二人、もしくは三人の犯行——わしの理解が正しければ、お前にはあまり似ていないようだ」今頃もう、保険会社に申請を終えている頃だろう。

「簡単なことじゃなかったですよ。おれはああいう男を許せない」

「お前があいつを殴り殺さなくて本当によかったよ」

「長官のためです。長官のために生かしておいたんだ」

こいつ、心はどこかちがう場所をさまよっているようだ。

「マックス、お前がいた孤児院のことを聞かせてくれないか。たまには心の重荷を吐き出すのもいいぞ。それにその話は、この部屋の中だけにとどめておくからな」

「わかりました」

年は一九九三年。マキシム・マカロフは六歳で、存在意義の足がかりを失ったところだった。祖母が死んで天涯孤独の身となり、食べ物や寝床を与えてくれる近親者もいなかった。癒しを求めてつかめるような大人の手も皆無だった。残された選択は孤児院だけ。そこが、彼や彼のような子供たちの家だった。

古い石造りの街サンクトペテルブルク。ネヴァ川がフィンランド湾へと注ぎ、ストックホルムよりも狭い地域に五百万人がひしめいて暮らしている。官僚的なソビエト時代に存在したわずかばかりの秩序は、侵略的資本主義の早い者勝ち社会へと移行しようとしていた。支配している面々は、基本的に同じ人間だが。

一般市民は苦しんでいた。給料も年金も支払いが停滞するか、まったく入ってこなくなった。突然市場に物が溢れだしたが、それを買う金のある者はわずかだった。パンやジャガイモなど、とりあえず腹を満たせるものは常に高値だった。嵐のような勢いで犯罪が増加し、ルンペンプロレタリアートが道や広場をわが家のように占拠した。以前は朝に夕に、警察のバスがやってきては酔っぱらいを満載して人民共和国の留置所へと運んでいた。そこでは水と薄いスープにパンと、用を足したり吐いたりするためのバケツが与えられたものだが、そのバスももうやってこない。ソビエト福祉大国は完全に消滅し、自由な企業精神が国を引き継いだのだ。

マックスのような子供たち——人生を導いてくれる大人の手をもたぬ孤独な子供たち——も同じ境遇に立たされていた。ただ少なくとも孤児院では、一日三回食事が出て、頭上には屋根があり、悪い子には——お漏らしをしただけでも——一日のうちいつでもお仕置きが待っていた。それに、養子になれるという希望があった。新しいお父さんとお母さんが迎えにきてくれる。飢餓《きが》にあえぐサンクトペテルブルクから充分な距離離れて、資本主義天国で新しい人生を始められるかもしれないのだ。

「おれはグラツダンカ地区で育ったんです。ストックホルムのエステルマルム地区とは全然ちがう。エステルマルムにはお金持ちが住んでいて、エーヴェルトのオフィスもあるが」

「グラツダンカは郊外なのか?」サンクトペテルブルクの地理に疎《うと》いヨハンソンが尋ねた。共産主義が崩壊する前にも後にもあの街を訪れたことがあるのに。

「あの街には郊外なんてほとんどない」マックスは困ったように頭を振った。「こことはちがうんです。ペテルブルクは石造りの街。グラツダンカはスラムです。祖父母と住んでいた家は、庭に厠《かわや》があった。一時は一街区ごとに孤児院があったんです。今はましになった。最悪の時期は脱したんだ。孤児院の職員はもう子供を売りさばいたりできないはず。プーチンがやめさせたんじゃないかな」

子供の売買は、その他の商品と同じ法則に則って行われた。価格は需要と供給のバランスによって設定され、買い手にはこういう商品が欲しいという希望があった。なるべく幼くて、当然健康でお利口で、できるかぎり愛らしい子。女の子のほうが男の子よりも人気があった。

「それでお前は売れ残ったのか」ヨハンソンが皮肉な笑いを浮かべた。

「どうだったと思います？」マックスも笑みを浮かべていた。「当時おれはもう今と同じような見た目だった。まだトランプのカードくらいの背丈だったのに」

「引き取り手がなかったんだろう」

「実は一度だけ、フィンランド人の太った親父が、おれに興味を示したんです。その奥さんはもっと太ってた。おれは立ち上がり、親父に頭突きをくらわせた。あとでお仕置きされたかって？　その週は毎晩床で寝かされた」

マックスが四年近く暮らした孤児院は元は古い病院で、マックスが入る一年前に必要に迫られて孤児院に改装されたのだった。三百人もの子供を収容し、二十人の職員はほぼ女性だけ。子供たちは引き出しの中身と同じように整理された。乳幼児がいちばん下の階。六歳から十二歳が次の階。階段を上ったとたんに長い廊下の向こう側とこちら側で男女別に分けられた。いちばん年かさの子供たちが最上階で、十五歳になったら別の施設に移動することになっている。

「アソコに毛が生えたら――女なら藪《やぶ》が生えたら――最上階に送られる。お袋があと一年おれを呼び寄せるのが遅かったら、おれも最上階へ送られていた。あそこに行ったら人生もうお終いでした」

「だろうな」

「当時最上階にいた友達は、もう全員死んでいる。酒、シンナー、普通のドラッグ、犯罪。孤児院を出たら、そのままストリート行きだ。親友のひとりが四歳年上だったけど、こっそりもちこんだメタノールの瓶を一気飲みしたんです。夜には孤児院で死んだ。まだ十三歳だったのに」

「教育は受けさせてもらえなかったのか？　学校のようなものはあっただろう」

「もちろん。隣の建物にありました。読み書きや計算も習ったけど、ほとんどは実用的な科目だった。つまり、工場で働かされたんです。最後の一年間は、貨物のパレットにひたすら釘を打ってました。その前はグラスを洗ったり、ポテトの皮をむいたりもした。それが職員の収入だったんだ。おれたち子供がやったすべての労働をズボンにしたんです。だって子供が読み書きを勉強したって、金にならないでしょう」

「ズボンにした？」

「自分のポケットに入れるっていう意味です。客先はたくさんあった。レストラン、町工場、普通の商店、工事現場。トラックがやってきて、孤児院の庭に廃材をぶちまけていくこともあった。廃材から釘を抜き、木材を仕分けて積み上げるのがおれたちの仕事だった。古いレンガからモルタルを叩いて落としたりもね。大勢のロシア人の子供がそこで働いていたんだ。まさに白雪姫の七人の小人みたい。ああ、あいつらは鉱山で働いていたんだっけ」

「そうか……」ヨハンソンはため息をついた。なんと言えばいいのか。ヨハンソン自身は学校に行きはじめるよりずっと前に、家のキッチンに座り、両側に柄のついたナイフで薪が燃えやすくなるように削っていた。母のエルナがご褒美にくれる生クリームののったココアと焼きたてのシナモンロールを楽しみに。

「自分のために働くのはちっとも構わない」マックスがヨハンソンの考えを読んだかのように言った。「でもおれたちは職員の奴隷だった。子供を西側の金持ちに売ってテーブルの下で小銭を稼げないなら、働かせるしかない。読み書きを学ぶっていうのは、職員の副業を隠すための口実だったんです」

「大変だったな」なんと言ってやればいいのだ。わし自身はキッチンのコンロの前に座り、薪を削っていたとでも？　少年時代には干し草を積んだり、ジャガイモの土寄せを手伝ったりしたことを話せばいいのか？

「だがもっと最悪な場合もあった。もっと最悪な目に遭った子供たちもいたんだ」マックスは肩をすくめた。「おれの場合はそうじゃない。もっと最悪な話があるんだ」

「話してくれ」

「こんな話、長官が聞きたいかどうか……」

「まあ聞いてみようじゃないか」

「オーケー」マックスは肩をすくめた。「親友がいたんです。実は女の子だった。少し年上の。ふたりとも同じ頃にその孤児院に来て。その子はおれより数カ月前に入ったばかりだったんです。でも、もともと知り合いだった。同じ地区に住んでいて、お姉ちゃんみたいな存在だった。

ナヂェージュダという名前でした。ナヂェージュダ・ナザロワです」

こんな話をさせるのは、いい考えではないかもしれん――。マックスの目に浮かぶ表情を見て、ヨハンソンは思った。

「辛くなければでいいが」ヨハンソンは言った。「ナヂェージュダの話を聞かせてくれ」

84　二〇一〇年八月十六日（月曜日）の夜

ナヂェージュダ・ナザロワはマックスより三歳年上だった。同じ街区の、中庭を横切った向こうに住んでいた。その地区に住む同じ年頃の子供たち百人くらいと一緒に中庭で遊んで育った仲だった。ナヂェージュダの父親が誰なのかは不明だった。彼女が知っている大人の男というのは、母親の新しい彼氏ばかりだった。全員がいい人だったわけではない。ナヂェージュダの母親は、マックスの祖母が亡くなる数カ月前に死んだ。

「死因は？　ナディアの母親の」

「工事現場の足場から落ちたんです。酔っぱらって千鳥足だったから、即死だった」

「そんなところで何をしていたんだ。足場なんかで」

「仕事ですよ」マックスは笑った。「母親は左官だった。そのときは外壁を塗っていた。これはロシアの話ですよ、長官」

「なるほど、なるほど」


マックスが六歳で孤児院に入ったとき、九歳のナディアはすでにそこにいた。

「おれのお姉ちゃんになってくれたんです」マックスはうなずいた。ほぼ自分自身に向かって話している状態だった。ソファにいるヨハンソンのことは忘れてしまったかのようだ。

「おれたちは同じ階に入れられた。部屋はもちろんちがったけど。おれは男で、ナディアは女の子だったから。でもいつも一緒にいたんだ。夜皆が寝静まると、ナディアはこっそりおれの寝床にやってきて、ぎゅっと抱きしめてくれた。おれが眠るまで、小声でおれの耳にお話を語って聞かせてくれた」

「それからどうなったんだ」そのあとどうなったのかは、すでに詳細まで予測がついていた。目の前にその場面が見えるかのようだった。

「ナディアはすごく可愛かったんです。もう九歳だったけど、彼女を養子にしたい人は大勢いた」

「だがお前のために孤児院にとどまったんだろう」なんてことだ――。

「もちろん。だって、大人になるまでおれの面倒をみると約束したんだ。二人でここから逃げ出し、目をつけておいた空き家に移り住む。結婚してたくさん子供を産んで、一日じゅう子供たちを抱きしめてキスして過ごすんだ。一度スウェーデン人の夫婦が、どうしてもナディアを養子にしたいと言いだした。まったくまともな人たちに見えたな。夫のほうは何かの会社の社長で、奥さんは先生だった。ヴェステロースに住んでいて。なぜかスウェーデンのヴェステロースだった」

「それで？」

「これでもう一巻の終わりだと思った。もうどうしようもない。そうしたらナディアがヒステリーの発作を起こしたふりをして、気が狂ったように叫んで床に倒れこみ、ヴェステロースから来たおばさんの目玉をひっかき出そうとしたんだ。職員がナディアを引きずって、受付に閉じこめた。ヴェステロースの夫婦は、結局別の子供を連れて帰ることになった。一言も口をきかない可哀想なチビをね。ほっとしたよ。おれがどんなに嬉しかったか。だがそれからナディアの脚の間に藪が生えた。そうしたらもうお終いだった。今度は本当に」

ナディアは十二歳になる前に思春期を迎えた。胸が膨らみ、股に毛が生えた。他の子供たち全員と同じように、ナディアも人生で初めて、孤児院付きの医師の婦人科検診を受けさせられた。そして、その医者の目に魅力的に映った他の女の子たちと同じように、ナディアも人生初の性体験をさせられた。

「あいつはナディアとセックスしたんだ」マックスの目はどこか遠くを見つめていた。「孤児院の女の子全員とね。あそこに毛が生えたとたんに手を出すんだ。子供は全員そのことを知っていた。そこで働いていた大人はそんなことまったく知らなかった――少なくとも、警察にはそう言ってた。ナディアはそれ以来完全におかしくなってしまい、おれなんて存在しないみたいに、口もきいてくれなくなった。おれのことなんて見えてないみたいに……抜け殻同然だった」

「警察というのは？　なぜ来たんだ」

「ナディアが死んだ夜に来たんです。あの男が最後にナディアを襲った日だ。いつも自分の診察室でことに及んでいた。その前に大量のブレンヴィーンをナディアに飲ませた。最中に大声を出さないようにだ。そいつ自身もウォッカを一リットルは飲んでいたんだろうな。母なるロシアを常に前へと進めてきたガソリンのようなものだから。そしてそいつは気を失ったみたいに眠ってしまった。ナディアは、診察のときに女の子たちが座らされる椅子に縛られていた。ナディアも眠ってしまった——気絶したのかもしれない。おれにはわからないが」

「なぜお前がそんなことまで知っているんだ」まったく、わしはなぜ口を開かずにはいられないんだ——。自分で言ったそばからそう思った。

「おれが彼女が死んでいるのをみつけたんです」マックスががばりと立ち上がった。その細い角ばった顔はカンヴァスのように白く、表情がなかった。「長官、失礼します」マックスは拳を口に当てると、部屋から出ていった。

「オーケー」十分後に戻ってきたマックスは言った。「どこまで話しましたっけ」

「お前がナディアをみつけたところだ」

「そう。おれは夜中に目が覚めて、ションベンに行きたくなった。トイレは診察室の隣だった。

なぜかわからないが、突然すべてを察したんです。ドアには鍵がかかっていたから、壁の消火器を取り外し、それでドアを壊して入った」

まだ九歳だったのに――。

「ナディアはもう死んでいた。そのときにはわからなかったから、ゆすって起こそうとしたんですが。おそらく自分の嘔吐物《おうと》で窒息したんだと思う。医者のおっさんは床で眠りこんでいた。無防備な姿でね。おれは消火器を持ちあげると、やつの頭蓋骨めがけて振り下ろした。だが一回やっただけでもう職員が駆けこんできて、おれは押さえつけられた。それから警察も来た」

「それでどうなった」

「医者はクビになった。それだけです。長官が知りたいなら言いますが、そいつの名前はアレクサンデル・コンスタンチノフ。複数の孤児院で診療をしていた。初めて少年院に入ったとき――つまりスウェーデンでね、おれは脱走したんです。船でフィンランドに渡り、サンクトペテルブルクまではフェリーで。すべてを終わらせるつもりだった。あの男に、ナディアとおれからの最後の挨拶を届けようと」

「そのとき何歳だった」

「十六です。でもすでに今みたいな見た目だった。だから問題なかった」

「そいつはみつかったのか」

「いいえ。懸命に探したんですが、その一年前に死んでいた。酔っぱらって、ネヴァ川に落ち、溺れ死んだらしい。それがおれの人生で二番目に悲しかったことです」

「わかるよ」一番目はナディアの死か。

「いや、わかるはずがない。長官のことは心から尊敬しています。長官は善い人だ。でも長官みたいな善い人間には、こんなことこれっぽっちもわからない。エーヴェルトに聞いたけど、長官は警察のボスだった時代に殺人犯を捕まえる天才だったそうですね。でもそれは関係ない。おれが話しているのはまったく別のことです。長官にあの車両登録を調べてくれと頼まれて、少女を殺したペド、スタッファン・ニルソンをみつけたとき、おれは神の存在を信じそうになりましたよ」

「なぜだ」

「まず第一に、そいつもコンスタンチノフ医師と同じ一九六〇年生まれだったから。第二に、二人は見た目もそっくりだった。ニルソンの写真はネットで見た。新しい写真じゃなかったが、二人がそっくりなのはわかった。兄弟であってもおかしくないくらいだ。実際そうなのかもしれない。コンスタンチノフとニルソンみたいなやつらは。大人なのに幼い女の子とセックスをして殺す。やつらは兄弟みたいなもんだ。ニルソンに一発お見舞いする前に、おれは神は存在するのだと気づいた。神がおれの元にスタッファン・ニルソンを送ってくれたのだと。みつける前に勝手に溺れ死んだアレクサンデル・コンスタンチノフの代わりとして」

「お前がニルソンを殴り殺さなくてよかった」

「それは長官への敬意からです。まさに殴り殺しそうになったが、こいつは長官のものだってことを思い出したんです。やつをみつけたのは長官だ。だからおれのものじゃなくて、長官のもの。それはおれには変えようのない事実だから」

85　二〇一〇年八月十七日（火曜日）

「長官、お客さんよ」マティルダがソファに座るヨハンソンに声をかけた。のんびりと昼食を味わっている最中だった。

「ヤーネブリングか」なぜまず電話をしてこないんだ――ヨハンソンは苛立ちを感じた。

「いーえ」なぜかマティルダはそう答えた。「見渡すかぎり、視界に狼はいないわ。小さなマックスは自分の部屋でゲームをしているし、長官の親友は自分の巣の中で、うっかり街で鉢合わせした気の毒な無実の人間を嚙み嚙みしているところなんじゃない。今日のお客さんはそれよりずっといいわよ。ほんとに」

「どういいんだ」

「だって女の子よ！　若い、美人な女の子。まあ、そこそこ若い」

「お前さんのように美人なのか」ヨハンソンは急にそんなことを言うような機嫌になった。

「かもね。でもなんていうか、タイプがちがうのよ」

リサ・マッテイか――。ヨハンソンの心は落ち着いていた。むしろ、少々ぼんやりしているかもしれない。最近飲みすぎているあの小さな白い錠剤のせいで。

「リサ・マッテイという名前よ。長官のことを知ってるって。なんの件で訪ねてきたかもわかってるはずだって。通してもいい？」

「かけたまえ、リサ」ヨハンソンはソファからいちばん近い安楽椅子を指さした。「何か飲むかね」

「紅茶をいただければありがたいわ」リサはマティルダのほうにうなずきかけた。

「わしはダブル・エスプレッソをもらおう。ミルクはなしで。ドアは閉めていってくれ」ヨハンソンは手全体でキッチンの方向を指した。

「ラーシュ、体調はどう？」リサは椅子に腰かけ、きちんと脚を組んだ。青いスカートのすそが、ちょうど膝の下あたりにくるように。

「プリマ・ライフだ」で、お前はもうわしのことを長官とは呼ばないのだな。小さなリサはもう大きくなったから。

「素敵なお部屋ね」リサ・マッテイは壁に並んだ本棚を好意的な表情で見つめた。

「そんなことはどうでもいい。マッテイ、用件は？」

「ええ」リサ・マッテイは真顔になった。「あなたに初めて会ったときから――もう十年以上前にちがいないけれど――たまにはあなたが間違っていることがあればいいのにと思っていたわ。あなたでさえ、間違うことはあるはずだと」

「だがそうはならなかった」わしを誰だと思っているんだ。

「ええ。わたしがバカだったわ。あなたにもらったティッシュについた血液のDNAは、ヤスミン殺害事件で採取された犯人の精液と一致した。鑑識官によれば、別の男であるという可能性は十億分の一らしいです。その上、髪留めのDNAも採取できた。顕微鏡でしか見えないような皮膚の断片が髪留めの内側についていたの」

「それで?」

「ヤスミン・エルメガンのだったわ」リサ・マッテイはそう言うと同時に、丸い腹を守るかのように右手をそこへやった。

86　二〇一〇年八月十七日（火曜日）

「おわかりだと思うけど、質問がいくつもあるの。構いませんよね?」

「もちろんだ。訊きたまえ」

「まずは、DNA鑑定を担当した鑑識官からの質問よ。ティッシュについた血液。鼻血のようだけど。それって、こういう場合の一般的な手段ではないわね」

おっと、そうきたか――。

「なぜ鼻血だと思ったんだ」

「血の中に鼻毛が交じっていたの。正確に言うと三本ね。誰かの鼻から流れた血を、かなり乱暴に拭きとった——鑑識官はそのように分析していたわ。それでわたしも興味が湧いたの」

「たいしたことじゃない」ヨハンソンは肩をすくめた。「他にどうしようもなくて、わしの仲間も辛抱しきれなくなった。きみもわかるだろうが、口に綿棒を突っこませてくださいと頼める状況ではなかったんだ」

「他のやり方もあるわ。誰にも怪しまれることのないやり方が」

「そいつはタバコも吸わないし、嚙みタバコもやらないんだ。アパートにはゴミ捨て場に直接ゴミを落とせるシューターがある。ドアや車には必ず鍵をかけ、警報装置をオンにし、きれいに掃除してある。レストランで何か飲んでも、グラスをテーブルに置きっぱなしにはしない。ヤーネブリングが一週間も張りこんだが、入手できなかったんだ」

「わたしに電話してくだされぱよかったじゃない」リサ・マッテイは優しく微笑んだ。

「もちろんだ。電話して頼める昔の同僚なら他にも山ほどいる。特殊部隊のやつらなら、十五分で片付けただろう。流れる血の量を気にしなければだがな。だがわしはそうしないことを選んだんだ。心配しなくていい。そいつは生きているし、ぴんぴんしている。つまり、わしなんかよりずっと元気だという意味だ。二十五年前にやったことにもかかわらず、この上なく元気にしている。だからそいつのことは心配するな」

「その男のことなんて何も心配していません。あなたはその男について、すでに調べあげたのよね」

「普段から確認している点については調べた。退職した身であるという足枷があったのに、元部下たちに助けを求めるのは避けたのだ。あいつらは黙っていられないからな。おまけに、頭に血栓が詰まったのはそれほど前ではないのにだ」

「その男が誰なのか教えてもらえませんか。それですごく助かるわ。おわかりでしょう」

「それはできない。現状では。よく考えて、一週間後に連絡する」

「犯罪歴は？」

「ない。とりあえずスウェーデン国内では。未だに現役の小児性愛者かって？　確実にそうだと思うぞ。他にも何かしでかしたか？　きっとやっているだろう。だがヤスミンに対してやったことには遠く及ばない。だから、きみや同僚たちは、わしが知られざる連続殺人犯をみつけたとは期待しないでくれ」

「その男のDNAは、すでに国際的なネットワークにも周知したわ。知りたいかもしれないから、言っておくと。あなただけに教えているのよ。ここに来る前に手配してきたの」

「ではあとは幸運を祈って、その線から犯人が判明するのを待つんだな。いつもの場所を探してみろ。そいつのような男が住みつきそうな場所だ。タイ、フィリピン、メキシコ、中央アメリカ、ロシア、バルト、南バルカン。わしならタイから始めるな。スウェーデンや北欧の隣国のことは忘れていい。一致しそうな未解決の少女強姦殺害事件は思いつかんからな。失踪事件も、その他の深刻な児童性犯罪も含めてだ」

「それについては心から同意するわ」リサ・マッテイは微笑んだ。「昨日すでに調べさせたけれど。もうひとつ質問があるの。社会の一員としては、どんな男なの？」

「スウェーデン人、中年、独身、子供はなし。とりたてて成功しても失敗してもいない。不動産業界の多様なビジネスで食べている。外見を知りたいなら、ごく普通だと言っておこう。むしろ、好印象なくらいだ。アンデシュ・イエクルンドのようないかにも怪しい男ではない」

「よくわかりました」リサ・マッテイはなぜかため息をついた。

「わしもだ。この話が洩れたら、ヤスミンの父親のことを考慮に入れても、きみが政治的に危い立場になる」

「それについてはご心配なく。すでに公安警察局長官《GD》には連絡を入れてあります」

「GDはなんと？」

「あなたによろしく言ってたわ。早い回復を祈っていると。現役復帰したければ、いつでも電話をしてくれですって。事件については、あなたと同意見だった。ジョセフ・シモンは、我々が親愛なる犯人の身柄を保護しなければいけないくらいに危険な反憲法活動を行っていることを認識しているわ」

　リサ・マッテイは立ち上がり、書斎の床に置かれた段ボール箱にうなずきかけた。「最後の質問よ」

「なんだ」またあの白い錠剤をひとつ飲みこむ前の最後の質問てとこか。

「わたしと部下がその男をみつけるのに、どのくらい時間がかかるかしら」

「どちらにしても一週間では無理だろうな。だからその手間は省けるだろう」

「それを約束だと受け取るわ。一週間後に連絡をください。そして誰なのかを教えて」

「きみたちが、わしを張りこむというような愚かな行為をしないのであればな」ヨハンソンは微笑んだ。

「角の向こうを見通せる男を張りこもうなんて、一生思わないわ。もし誰かがそんなバカなことを思いついたら、即刻チームから外します」

「では元気でな、リサ」ヨハンソンは相手の丸いお腹にうなずきかけた。わしはリサの子供を目にすることがあるんだろうか——急にそんな思いがよぎった。

「ラーシュ。あなたもね」リサ・マッテイが真顔になった。「もうすぐ赤ちゃんの洗礼式に呼ばれる身なんだから」

そしてリサは身を屈めてヨハンソンを抱きしめた。

さっさと帰ってくれ——。ヨハンソンは喉がぎゅっと締まるのを感じた。さあ、さっさと行ってくれ。わしが泣きべそをかく前に。

第五部

いかなる慈悲をも与えるな。
命には命を、目には目を、
歯には歯を、手には手を、
足には足を……

（申命記十九章二十一節）

87

四十四日目　二〇一〇年八月十八日（水曜日）

今こそ行動に出る時機だ――。朝、目を覚ましたとき、ヨハンソンはそう感じた。スタッファン・ニルソンに接触し、とても断りきれない魅力的な餌をまくときがきたのだ。

現実的にいちばん簡単なのは、やつを殴り殺してその痕跡をきれいに掃除し、何事もなかったかのように人生を続けることだ。ヨハンソンにはそれができるだけの知識と人脈があったし、ぜひ手伝わせてくれと自主的に申し出てくる人材にもこと欠かない。同時にそれは考えてはいけない考えであり、不可能な行動だった。彼の周囲と心の内に、これほど強い感情が流れているにもかかわらず、だ。だがいざとなれば、その選択肢を除外するのは簡単だった。彼の世界には、そのような手段を神聖化できる大義名分など存在しないのだ。

メディアで犯人の名を晒し、世評を利用してリンチを加えるというやり方も頭になかった。ましてやヤスミンの父親に連絡をとって、悲嘆にくれる身内の立場を最大限に利用させるなんてことも考えられない。旧約聖書に記された正義の定義――そんな後ろ盾があるにしても。

かといって、すべてをなかったことにしてのうのうと生き続けることもできない。勝つのは結局いつも悪のほうだという事実だけでも悲しいが、今回ばかりはこんなに簡単に勝利を差し出すわけにはいかない。今現在、責任の所在は彼にあった。生き続けるつもりなら、自分自身に対しても、自分の良心に対しても、折り合いをつけなければいけない。

残された選択肢は、あの悪魔と膝を突きあわせて話をし、自分にとって何がいちばんいいのかを認識させることだ——。

朝食をすませたあと、ヨハンソンは長兄に電話をかけ、実務的なことで手を借りたいと切りだした。最近のエーヴェルトは末弟の体調を気にかけるあまりますます話が長くなり、ヨハンソンが本題に入れるまでに五分もかかった。

「兄さんの手を借りたくて電話をしたんだ。騙《だま》したい悪党がひとりいてね」

「では正しい男に電話をしたな」エーヴェルトが吼《ほ》えた。「いくらくらい騙しとるつもりなんだ」

「金じゃないんだ。もっとひどい話だ」兄貴はちっとも変わらないな。

「詳細は話したくないということだな」

「ああ、そのうち話すかもしれないが。すべてが終わってからだ」わしの希望どおりにことが進めばだが——。

「兄さんのオフィスを借りたいんだ。相手の信用を得るために」ヨハンソンは説明した。何かおかしいと怪しまれて逃げられないように。

「そんなことなら訊くまでもない。ここはお前のオフィスでもある。うちの金数え屋のマッツも使え」

「助かるよ、兄さん」

ヨハンソンはマッツとも話した。マッツ・エリクソンはエーヴェルトの半分ほどの歳だが、経理士で、グループ企業の取締役社長として事業の詳細に責任を負っていた。エーヴェルトが責任を負っているのは大きな金が入ってくる大きな話だけだからだ。なお、ヨハンソンも親族の代表として取締役に名を連ねていた。

「タイの不動産投資の誘いなんだ。よくあるホテル、シェアハウス、一軒家、サービス施設なんかだ。資料をそっちに届けさせるから、ヨハンソン・ホールディングス株式会社の名前で、このプロジェクトを提案している会社にアポイントをとってほしい」

「会社名は?」

「レアンデル・タイ・インベスト株式会社だ。責任者はスタッファン・ニルソン。そいつに会いたい」

「スタッファン・ニルソン……。ちょっと待ってください、まさかスタッファン・レアンデル・ニルソンのことですか」

「ああそうだ。そいつに会うのが重要なんだ」

「エーヴェルトはこのことを知っているんですか？」

「ああ。なぜだ」

「というのも、スタッファン・ニルソンが何者なのかは知っているからです」

「わしも知っている。わしをバカだと思っているのか？　その男に会うために、信用に足る理由が欲しいだけだ。お前にできるか？」

「それなら納得がいきました。わたしも同席したほうがいいですか」

「ああ、もちろんだ。だが、お前は一言も口をきいてはいけない。特にわしの経歴については絶対に口にするな。オーナーのひとりが会いたがっているとだけ言ってくれ」

「わかりました。それでは予定をチェックしてみます」

「その必要はない。明日か明後日には会いたいんだ。お前には同席してほしいが、わしの予定なら気にしなくていい。二日とも空いている」

「では手配しておきます。時間が確定し次第お電話しますね」

「もうひとつだけ」ヨハンソンはあることを思いついて言った。「ミーティングは必ずうちのオフィスでやるように手配してくれ。昼食を兼ねたミーティングとかそういうのではなく。あと、スタッファン・ニルソンにはひとりで来るように言ってくれ」

「まったく問題ありませんよ。スタッファン・ニルソンは自分のポケットの中がオフィスのような男だし、同僚の数など数えるまでもないでしょう。そいつにランチをご馳走するつもりもありませんから。あんな男にはコーヒーとミネラルウォーターで充分だ」

「助かる」まったく、このチビの気取り屋め――。

一時間後、マッツ・エリクソンから電話があった。

「アポがとれました。うちのオフィスで、金曜の十三時ぴったりに。それで大丈夫ですか？」

「もちろんだ。では明後日に」バック・オン・ザ・ロード・アゲイン――。突然、吹き飛ばされたみたいに頭痛が消えた。

それからヨハンソンはスタッファン・ニルソンの会社のカラフルなパンフレットをすべて封筒に入れ、マックスを呼んだ。

「長官、どうしました」

「この書類をエーヴェルトのオフィスに届けてほしいんだ。カルラ通りの……」

「知ってます。エステルマルム地区でしょう。金持ちばかりが住んでいる」

88　二〇一〇年八月十九日（木曜日）

朝目を覚ますと、意外にも耐えられる程度の息苦しさで、頭痛もしなかった。洗面台に屈みこんで顔を洗いながら、そろそろいい加減に髭を剃る時期だと気づいた。あまりにもひどい顔だぞ――。ヨハンソンはバスルームの鏡の中の自分に向かって顔をしかめてみせた。だが今は髭を剃る元気はなかった。

朝食のためにキッチンに座ると、マティルダも同じ考察をしたようだった。

「長官は髭を伸ばそうとしてるの？」

「変装するぞ」ヨハンソンは急にひらめいた。自分の怠慢と肢体の退化のせいだけではないのだ。

「変装？」

「極秘任務だ」ヨハンソンが説明した。「間もなく極秘任務を遂行することになっているから、容姿を変えたい」それはなかなかいいアイディアだった。現役時代に何度もテレビに出ていたことを考えても。スタッファン・ニルソンは用心深い男だし、ヨハンソンのような人物のことはきっと特に注視していたにちがいないのだ。それに、これまでに積み上げてきた歴史もある。ヨハンソンとヤーネブリングがストックホルム県警の捜査官として街に出ていた頃には、タクシー運転手や道路工事作業員、ホットドッグ売りなどに変装してきたものだ。

「それなら手伝うわ。長官の親友でさえも、それが長官だとわからなくしてあげる。必要なのはサングラスと変装にふさわしい服装ね。髪の毛はたっぷりのオイルで仕上げて」

「刺青《いれずみ》はいらんぞ」念のため、言っておいたほうがいい。

「耳に小さな輪っかもなしね」マティルダは笑った。「心配しなくても大丈夫よ、長官」

四十年も前のことだ。ホットドッグ売りに変装して、ヨハネスホーヴのアイスアリーナの外に立っていたのは。ヤーネブリングと二人で、当時一世を風靡《ふうび》した露出狂を張りこんでいたときだった。露出狂は、ホッケーへの情熱と自分のモノを振りたいという内面からの強い欲求をうまい具合に組み合わせたらしい。

ヤーネブリングがホットドッグ売りに化けるなど、もってのほかだった。ヤーネブリングは当時からおっかない面構えで、誰もそんな屋台には近づかなかっただろう。ましてや「ケチャップとマスタード増量で」などと頼む勇気のある客はいない。

だがヨハンソンが変装するぶんには、まったく問題なかった。

「マスタード増量でお願いします」露出狂がそう頼んだ瞬間、背後からヤーネブリングが現れてそいつの首根っこをつかんだのだ。

「どこにかけてほしいんだ、ああ?」ヤーネブリングがすごんだ。

二人は露出狂に手錠をかけ、パトカーが捕獲物を拘置所へと運ぶのを見送った。二人はそのあと、リング上でブリィネスがユールゴーデンを倒すのを見物した。

思い出——。記憶に残っている思い出もいくらかあった。

「ねえ、長官。ねえったら! こちら地球ですが、応答お願いしまーす!」

「すまん。ちょっと考え事をしていただけだ」

それからリハビリに行った。そこではもう考え事や思い出にふける余裕はなかった。求められるのは肉体的な奮闘だけ。ヨハンソンにとっては新しい、強制的な日常だった。毎日のように、失われた人生を苦々しく思い出す。それからマックスと一緒に散歩をした。散歩の間じゅう、二人とも何も言わなかった。話す必要などなかったからだ。こいつはずいぶん落ち着いたな――。ヨハンソンは歩きながら、深呼吸をした。

それから昼食を食べた。二杯の赤ワインは夜にとっておくことにした。ピアと夕食を食べるときに。もちろんマックスも一緒だ。マックスはすっかりこの家の子供のようになっていた。あの見た目だし、他の子供とはちがって――というか他の人間とはちがって――音を一切立てずに歩くものの。

書斎のソファに横になり、スタッファン・ニルソンが断れないようなオファーの内容を考えあぐねていると、携帯が鳴りだした。意外な人物からの、驚くべき内容の電話だった。

「どうも、長官」ストックホルムの県警犯罪捜査部のヘルマンソン警部だった。「お邪魔じゃないといいですが」

「平気だ」

「長官のほうは、お元気ですか」

「バリバリだ」さっさと用件を言え、この愛想のいい悪魔め。

「ちょっと面倒なことになりましてね。長官に貸し出したヤスミン事件の捜査資料を返してもらわなくてはいけなくなったんです」

「なぜだ。借りたばかりじゃないか」何かあったにちがいない――。ヘルマンソンとその義理の息子が自分たちの好奇心を満たしたいわけではなくて。

「複雑な話なんです」とヘルマンソンは言った。「国家警察委員会の研究責任者から連絡がありまして。どうもシカゴ郊外にあるノースウェスタン大学の有名な犯罪研究者から依頼があったようなんです。子供が被害者になった残忍な性犯罪を国際的に比較研究することになったらしい。その一環として、ヤスミン・エルメガン殺害事件の警察資料を借りたいと。人身取引に関する国連プロジェクトの一環らしいんです。ほら、女性を性奴隷として売りさばいたり、ときには子供も……」

「それはわかったが、それとヤスミンがどう関係あるんだ」

「どうやらそのプロジェクトに追加の補助金が出たらしく、プロジェクトを拡大して子供を殺した小児性愛者はすべて含めることになったらしい。調査対象はアメリカとヨーロッパだそうです」

ヨハンソンは自分の耳を疑った。とっくの昔に、普通の偶然を嫌うだけでなく、それ以外の奇妙な偶然を嫌うことも学んでいたからだ。

「もしよかったら、捜査資料の段ボール箱を引き取りにいこうと思うのですが。長官の手を煩わせる理由はありませんからね。いちばん簡単なのは義理の息子に取りにいかせることですが」

それはどうもご丁寧《ていねい》に。

「今夜はちょっと忙しいんだ」ヨハンソンは言った。「なので明日だな」

「もちろんです。それで結構ですよ」ヘルマンソンはなぜかほっとした声を出した。

「では明日の朝電話をくれ」

電話を切った瞬間に、ヨハンソンは状況を理解した。わしはまったく、切れ味を失いつつあるな――。ヤーネブリングがあの女をどう描写した？ 若い金髪の美女。二十五年前の夏、ヤスミン・エルメガンが強姦され殺された夏に、まだたった十九歳だった金髪の美女――。

89

二〇一〇年八月十九日（木曜日）の夜

その女の住所を調べるのにずば抜けた技能は必要なかった。電話帳に載っていたからだ。マティルダがまだいたから、無駄足にならないようにいたずら電話をかけさせた。

「自宅にいましたよ」マティルダが報告した。「姉ちゃんが、観たいテレビ番組の前に子供たちを寝かせてしまいたいときみたいな声を出してたけど」

「マックス！」ヨハンソンは大声で呼んだ。「出かけるぞ」マックスは常に手放そうとしないスポーツドリンクを手に、無表情で窓の桟にもたれていた。ヨハンソンはマックスにうなずきかけた。

マックスはうなずき返しただけで、部屋を出ていった。

「ピアにはなんて言えばいいの」マティルダは意味ありげにキッチンのコンロを見つめた。

「夕食はお預けだ。数時間後には戻る。だがお前さんは……」ヨハンソンはマティルダを見つめた。「よかったらここに残って一緒に食べてくれないか。ピアと二人でワインでも飲んで、わしとマックスが帰ってくるのを待っていてくれ」

「男どもが帰ってくるのを待ってろってわけね」マティルダは不機嫌に言った。「どこかで聞いたような話よね。でも、もちろんいいわよ」

「そうだ。男どもの帰りを待つんだ」男の帰りを待つ――。石器時代以来、西洋の女たちはその単純な慣習の奴隷にされてきた。しかし四、五〇年代に北オンゲルマンランド地方の農場で育ったヨハンソンには、ブルジョアのおばさんたちがそう主張する意味がよく理解できない。母エルナだって理解できなかったはずだ――。皆の尊敬を一身に集めていた母親はいつも忙しく動き回っていて、誰かを待つなどという時間は一分たりともなかった。ましてや彼女を取り巻く男たちを待つなんてことは。


カロリンスカ病院は一九四〇年開業だが、医者の住居は五〇年代に入ってから建てられた。病院の近くに住みたい上級医師や教授のための大きな一軒家が三棟。そして、まだ仕事人生の最終目的地にたどり着いていない下級医師のためのテラスハウスが十軒ほど軒を連ねている。イギリス建築を踏襲《とうしゅう》した重厚なレンガ造りの壁に、緑茂る中庭。南側に大病院、北にソルナ教会をひかえ、静かな佇まいをみせている。

おそらくテラスハウスのほうに住んでいるのだろう——。彼女に与えられた時間と経済状況、その他すべてを考慮すると。そういった要素が、彼女のような人間の人生を左右するのだ。

「心配しなくていい」ヨハンソンは笑みを浮かべてマックスに説明した。「若いご婦人に会うだけだ」

「でも、背中には気をつけてくださいい、ボス」マックスも微笑《ほほえ》み返した。

「まあ、あなただったの」ドアを開けたウルリカ・スティエンホルムは驚いた顔をしていた。「ここで何を？　自宅で診察はしないんだけど」

「患者として来たわけじゃない。話があるんだ。家の中でもいいし、そこに停めたわしの車の中でもいい」ヨハンソンは大きな黒のアウディと、その暗いウインドウの中でじっと座っているマックスのほうを顎で指した。

「入ってちょうだい。子供たちはまだ寝てないけれど。いったい、どうしたんです」

「わしに訊くな。お前さんがいちばんよく知っているはずだ」

五分後、ウルリカ・スティエンホルムは二人の息子をキッチンへと追いやった。見た目からして五、六歳で、母親と同じ金髪だった。アイスキャンディとゲーム機で買収して、やっと静かにさせたのだ。

リビングは床から天井まで本棚になっていて、床には年季の入った本物の絨毯《じゅうたん》が敷かれている。壁にはピエテル・ダールのリトグラフ。ソファに安楽椅子と足置き、ソファテーブル、それに大きなグランドピアノとステレオが部屋の半分を占めている。購入したときは高かったのだろう。当時と今の間には何年もの隔たりがあり、おそらく両親から譲り受けたものだ。もちろんピエテル・ダールのリトグラフは別として。モチーフからして、あの世代の聖職者が自宅の壁に飾るような絵ではない。ましてや娘にプレゼントするなど。

「何があったんです？」ウルリカ・スティエンホルムがヨハンソンの向かいのソファに腰を下ろした。「そうだ、何かお飲みになります？　コーヒーかしら」不安げな様子。あの細い白い首をまっすぐにする余裕もないほどに不安そうだ。

「いや。何もいらない。だが、ヤスミンの父親とどういう関係だったのかを教えてくれ。彼の娘が殺された二十五年前のあの週末から始めるか。お前さんたちが群島の別荘でセックスをしまくっていたところから」

そう言い終えたとたんに、ヨハンソンの頭の中で燃えていた白い炎が消え、急にちゃんと呼吸ができるようになった。同時にウルリカ・スティエンホルムが手で顔を覆い、泣きだした。

「ごめんなさい。ごめんなさい。でもみつけるとは思ってもいなかったの。あなたが、ヤスミンを殺した犯人を」

「話してくれ。さあ、鼻水を垂らすのはやめて」ヨハンソンはティッシュを差し出した。自分の丁稚《でっち》と同じ先見の明により、出かける前にポケットに入れてきたものだった。

ウルリカ・スティエンホルムは一九八四年にブロンマのニィヤ・エレメンタール高校を卒業した。当時十八歳、成績優秀で、なんの問題もなくカロリンスカ医科大学の医学科に入学できた。入学した翌年に夏休みのアルバイトをしたのが、ヨセフ・エルメガンとその叔父が所有する民間の医学研究所だった。その後間もなく娘を殺され、ジョセフ・シモンと改名し、アメリカへと移住するヨセフ・エルメガンのことだ。

彼は大学で、ウルリカが受講していた医化学の講義を受けもっていた。他の女子大生全員と同様に、ウルリカもヨセフ・エルメガンを神と崇めていた。年度末に、ウルリカは夏休みのアルバイトに興味はないかと誘われた。もちろん二つ返事で快諾し、アルバイト先で二日目にはすでに彼と関係をもった。

「わたしにとっては大恋愛だったんです」ウルリカ・スティエンホルムは涙を拭きながら言った。「結局、人生でたった一度の」

「それからどうなったんだ」ヨハンソンが先を促した。

それから雷に打たれた。その雷は、拾い集めることもままならないほど細かくウルリカを打ち砕いた。さっきまで付き合っていた男との未来はすべて崩れ去った。類を見ない大恋愛——それが人生の基盤になると信じて疑わなかったのに。おまけに彼女には同棲を始めたばかりの恋人がいた。二歳上の大学の先輩で、やはり彼も医者になる予定だった。その夏は、当時の他の男子医学生と同様に、兵役に就いていたのだ。万が一――万が一最悪なことになって、ロシアが攻めてきたときのために。こうして、その彼女たちだけが街にとり残された。

「息子たちの父親はその彼なんです」ウルリカは長い細い首をまっすぐ伸ばし、子供たちが座っているキッチンに続く閉まったドアのほうに頭を振ってみせた。「でも妊娠するまでに十五年もかかった。その三年後に別れたの。愛しているふりをするのに疲れたのよ、単に」

「その彼は今どうしてるんだ」すでに医者だと聞いたのに、ヨハンソンはまた尋ねた。

「フッディンゲの病院で上級医師をしてます。内科学の教授で。再婚していて、新しい奥さんとの間に小さな子供が二人いる。うちの子供たちの親権も共有しているけど」

「それから？」

彼女の大恋愛は地に落ちて粉々になった。ヨセフには話すことすら拒否された。やっと電話する勇気が湧いたのに、受話器を置かれてしまったのだ。彼女のほうは毎日のように自分を責めていたのに。自分とヤスミンの父親があの週末に別荘に行かなければ、こうはならなかったのではないか――と。起きてしまったことが、彼女の人生を大きく変えた。

「だって、もし……もし、あのとき別荘に行かなければ、あの子はまだ生きていたのよ」ウルリカ・スティエンホルムはまた鼻をすすりはじめた。

「何をバカなことを」そういう類《たぐい》の懺悔《ざんげ》も、仮定の話にも興味のないヨハンソンは言った。その上、まだ相手に対しての怒りは解けていなかった。

「しっかりしないか。お前さんが別荘に行かなかったとしたら、あいつは別の女を誘ったに決まっているだろうが」

　十年――そう少なくとも十年、ウルリカ・スティエンホルムはヤスミンのことで自分を責め続けてきた。相談できる相手もいなかった。恋人にはもちろん、父親にも――父親は大変なショックを受けるだろうし、同じ理由で恋人も心を打ち砕かれるだろうから。母親にも言いだせなかった。なんでもすぐに父親に伝えるからだ。姉さえも――姉はちょうど両親と縁を切り、家を出たところだったのだ。同性の恋人と暮らすのだと宣言して。牧師の父親が言うところの〝夫と妻が暮らすように〟その恋人と暮らすために。しかし自分の娘が女性を夫にするとなると別問題だった。それ以来、父と娘の交流は完全に途絶えた。

「十年経ってやっと、そのことを毎日は考えないようになったの」ウルリカ・スティエンホルムはヨハンソンにもらったティッシュで鼻をかみながら言った。「そのうちに、たまにしか考えることはなくなった。子供も授かった。そのとき考えたの。人はこうやって生きていくものなんだって。少なくとも夫のほうは幸せだったし、ヨセフとはあの夏の電話以来、一度も話していなかった」

「お前さんの父親は？」

「父からあの懺悔の話を聞いてから、まだ一年も経っていない。それ以来、人生が上下逆さまになったみたいだったわ。やっと落ち着いてきたと思ったところだったのに。まったく理解できなかった。一瞬、父がわたしを罰しようとしているのかと思ったの。実はずっとわたしのやったことを知っていて、長年黙っていたのかと。そして死に際になって、誰がヤスミンを殺したかを知っていると言いだし、おまけに懺悔で聞いたことだから教えられないって。そうやってわたしを罰しようとしているのかと」

「親父さんは知っていたのか？　それでお前さんを罰しようとしたのか？」

「いいえ」ウルリカ・スティエンホルムは首を横に振った。「そうじゃないの。それはありえない。父はそんな人じゃなかった。そういうことをするような人じゃないの。わたしとヤスミンの父親の間に何かあったと知れば、すぐにわたしを問いただしたはずよ。まずそうしたはず。これは単に、わたしの人生に起きた恐ろしい偶然なの。父はわたしがどんな思いで生きてきたのかはまったく知らない。彼は彼の苦しみを背負ってきた。わたしと同じ理由でね。でもお互いにそれを知らなかった」

「わしと出会ったとき、何を考えたんだ」お前を信じよう。二人を襲った偶然——。そんな偶然は、起きるとしても一度しか起きない。

「衝動につき動かされたような感じだったわ。いつも姉からあなたの話を聞いていたから。全部信じたわけじゃないけど。だって姉のアンナはどうしようもないロマンチストで、わたしは常に自分の性格からその要素を排除しようとしてきた。それなのに突然、あなたが目の前に横たわっていたんだもの。まるで死んだ父がわたしに語りかけてきたみたいだったわ。神様は、わたしたち人間には理解できないような采配をする。まただわ、と思った。まずわたし、そして父。そして突然あなたが現れた」

「わたしはあなたに一度も嘘をついていないわよ」ウルリカ・スティエンホルムは懇願するように頭を振った。「マルガリエータ・サーゲルリエドが関係しているなんて思いもよらなかったし、ヨセフと同じ通りに住んでいたことも知らなかったの。ヤスミンが殺された夜、別荘に向かう前にそこに寄ったのにね。タクシーで彼の家に行ったの。ヨセフがタクシーにわたしを迎えにこさせたのよ。そこからは彼の車で別荘に向かった。あの髪留め、今はヤスミンのものだとわかったけど、殺された夜にヤスミンがつけていたものだなんて、全然知らなかったし。あなたに言われなければ、みつけてもいないわ」

「そうか」お前を信じよう。

「本当よ。これは全部本当のこと」

「いつ昔の恋人に電話したんだ。ジョセフ・シモンに」

「あなたがヤスミンを殺した犯人がわかったと言った日よ。二十五年ぶりに話したの」

「それはまったく愚かなことをしたな。まったく愚かなことをした。まず、わしに話すべきだった」

「ごめんなさい。そんなつもりじゃなかったの。ごめんなさい」

「もう一度電話して、すぐにここへ来るように言え。わしから話があるとな。こちらは飛行機に乗れるような状態ではないんだ」それにジョセフ・シモンのような男なら、きっと専用機をもっているんだろう?

「本気なの？　本当に彼と話すつもり？」

「月曜だ。月曜にここに来ているなら、会うと約束する」

車に戻るとすぐ、ヨハンソンはマッテイに電話をかけた。自分の携帯から彼女の携帯へ。マッテイはマッテイだから、最初の呼び出し音で出た。

「きみに会いたい。今すぐにだ。問題が起きた」

「じゃあ職場に寄ってください。まだ職場にいるから」

90　二〇一〇年八月十九日（木曜日）の夜

あとは扉の上に双頭の鷲が足りないだけだな——クングスホルメンにある警察庁本部に足を踏み入れながら、ラーシュ・マッティン・ヨハンソンはそんなことを思った。広々とした大理石のエントランス。武装したガードマンが防弾ガラスのケースに入っている。鈍く光るスチールの二重ドア。スピーカー越しに話したガードマンは、ヨハンソンの現役時代からいたようだ。

「電話を入れたので、すぐに降りてくるはずです。長官、お元気ですか」

「プリマ・ライフだ」ヨハンソンはそう言って、道に停まっている大きな黒いアウディを親指で指さした。「あれはわしの車と運転手だから、心配しなくていい」

ガードマンはマイクを手で覆い、カウンターの上についた小さなガラスの窓を引き上げて、直接ヨハンソンに話しかけた。

「了解です。長官はまだ極秘任務に就いておられたんですね。そのくらい、皆すぐに気づくでしょうが」


五分後、ヨハンソンはリサ・マッテイのデスクの前で来客用椅子に腰かけていた。三年前に彼が引退する前に使っていた執務室にかなり近いサイズの部屋だ。

「こんな時間に、きみと赤ちゃんはもう寝ていなくていいのか」ヨハンソンは丸いお腹にうなずきかけた。

「この子とは同じシフトなんです」マッテイは微笑んだ。「今はお腹の中でサッカーをやってます。一時間後には一緒に寝ますよ」

「電話で言ったとおり、残念ながら問題が起きた。さらに残念なことに、その問題はわし自身が引き起こしてしまったようなんだ」

それからすべてを語ってきかせた。ウルリカ・スティエンホルムが語ったことをすべて。何もかも――ただし、ヤスミンを殺した男の名前以外。つまり、情報提供者の名前まで教えたのだ。親友にも教えなかったのに。ウルリカ・スティエンホルムとの会話から、数時間前にヘルマンソンからかかってきた電話のことまで。

「そういうわけで、わしの元にある捜査資料を返してほしいと言われている」

「あらま。でもそれは忘れてもらいましょう」

「どうする」

「なんとかします。何も心配しないで、ラーシュ。けりがついたらすぐに電話しますから」

「入口のガードマンはわしがまだ公安警察で働いていると思っているようだ」車に乗りこむとすぐにヨハンソンが言った。

「不思議はないでしょう」マックスが肩をすくめた。「親父はおれとそっくりの体型で、祖父からは、親父はKGBに勤めていたと聞かされた」

「KGBで何をしていたんだ」

「殺し屋です。祖父の話ではね」

「お前はそれで、どう思ったんだ」それ以外なんと言えばいいんだ——。

「すげえなって。でももちろん、まだガキだったからで」

ヨハンソンとマックスがキッチンに入ると、ピアとマティルダが座っていた。ヨハンソンの言いつけどおりに、もしくはそれが年齢や収入にかかわらず女の性《さが》なのか、白ワインを飲んでいる。

「二時間と言ったと思ったけど。少なくとも、ティルダからはそう聞いたけど」ヨハンソンの妻ピアは意味ありげな表情でコンロの上の時計のほうにうなずきかけた。

「だが三時間は経っていない」ヨハンソンは罪悪感を感じながら言った。念のため、自分の腕時計も確認する。

「お帰りなさい、あなた。夕食は、チキンのもも肉のグリルと、アボガドと豆とトマトと赤玉ねぎのサラダよ。ティルダの話では、あなたお昼の赤ワインを夜にとっておくほどお利口さんだったんですって？」

「愛する妻よ」お利口さんとはなんだ。わしのことをそう呼んでいいのは母だけだ。

「とにかく命を大事にね」

「ああ」ヨハンソンはあきれたように頭を振った。どの命だ。わしにはもう命などないじゃないか。妻とは一度じっくり話さなければ。


夕食のあと、ヨハンソンは独りでゆっくりコーヒーを飲むために書斎に戻った。ピアとマックスとマティルダはまだ一緒にワインを飲んでいる。ソファに腰を下ろし、もたれたとたんに、電話が鳴った。

「ラーシュ、まだ起きていました？」リサ・マッテイだった。

「ああ、かなり」

「GDと話したの。GDがさらにRPCと話して、RPCがLPMと話をつけてくれた。全員一致よ。この捜査はあなたの下にとどめておく。あなたに異存がなければ、資料は明日取りにいくわ」

小さなリサは大きくなったものだ——。この子は公安警察局長官に電話をして、公安警察局長官に警察庁長官に電話をかけさせ、警察庁長官にストックホルム県警本部長と話をつけさせたのだ。つまり全員が、リサの言うとおりにしたのだ。

「まったく問題ない。明日の朝、ここに誰かを寄越しなさい。ところで、エルナという名前はどうかね。わしの母の名前だ。ほら、サッカー選手のことだ——きみの腹の中で暴れている小さなサッカー選手の」

「エルナはわたしの大好きな名前です」

「旦那はなんと?」

「イングリッドがいいんですって。イングリッド・バーグマンにちなんで」

「ならわしと結婚しろ」なぜわしはそんなことを言うのだろう——。

その十五分後、ヨハンソンはすでに熟睡していた。キッチンから聞こえる楽しそうな笑い声もいとわずに。ヒュプノスが一瞬、緑の実でヨハンソンを目覚めと眠りの間にいざなった。悪いが、ちょっと遅すぎたな——。ヨハンソンは目をつぶると、自分の力で眠った。夢も見ずに。なんの助けも借りずに。ただ眠り続け、翌朝マックスがベッドの脇に立って左の肩を撫でたので目が覚めた。

「長官に会いたいというやつらが来ています。サツと女です」

「誰だ？」

「うちの親父とは似ても似つかないけど、同じような仕事に就いているやつらだと感じます。もちろん、スウェーデンでの話ですが」

91　二〇一〇年八月二十日（金曜日）

公安警察からやってきた二人の無口な職員は、五十代の男性と、それより十歳若い女性だった。長官だった時代に見覚えはないが、彼らのほうはヨハンソンが何者なのか、いや、正しくはどんな目に遭ったのかを知っているようだった。

「段ボール箱を受け取りに上がりました」

「わかっておる。今マックスにもってこさせる」

ヨハンソンはマックスを連れて書斎に入った。

「長官、忘れ物はありませんか」マックスが意味ありげに尋ね、床の三個の段ボール箱を見つめた。

「大丈夫だ」すでに昨晩、自分が発見した手がかりや考えをまとめた書類は抜いておいた。最後にスタッファン・ニルソンが赤のゴルフの所有者であるという車両登録の写しを抜き、すべてひとつのファイルにまとめて、金庫に鍵をかけたのだ。

「オーケー」マックスが答えた。「じゃあ」


その三十分後にヨハンソンの電話が鳴った。ヘルマンソンだった。

「いったい何が起きているんです」

「そんなことわしに訊かないでくれ」ヨハンソンの声は実際以上に不機嫌に聞こえた。

「今県警本部長の事務局から電話があって、あなたがヤスミンの捜査資料を保管することになったと言われました」

「そうだ。何かおかしいか」

「なんだかとても怪しいと思いますが」ヘルマンソンが警戒した声で言った。

「ちっとも怪しいことなどない。わしの捜査はまだ終わっていない。それだけだ」

「それでは、あなたがあの男をみつけたと思ったのは思い過ごしでしょうか」

「誰をだ」

「ヤスミンを殺した犯人です。長官はわたしのことを信頼してくれていると思っていたのに……」

「そのとおりだ。だが、知らないほうがいいこともある」

「はばかりながら、今回のことは……」

「はばかりながら、それはお前が自分でなんの話をしているかわかってないからだ」ヨハンソンはそう言って、携帯を切った。

まずはリハビリに行き、家に戻ると書斎のドアを閉めた。マッツ・エリクソンに電話をかけ、簡潔に指示を与える。もしニルソンに質問されても、わしの過去については一言も口にするな。わしはビジネスマンで、会社の共同経営者で、オーナーの弟だ。取締役でもある。金持ちで、偏屈で……と、スタッファン・ニルソンのような男がよだれを垂らすようなことを並べ立てろ。それだけだ。それ以上でもそれ以下でもなく。口頭のやりとりはマッツにすべて任せる。この状況にふさわしい質問をたくさんしてくれ。古今東西で取り交わされる金数え屋の質問だ。

「わしは黙っているつもりだ。バカなことを言わないようにな」というより、突然立ち上がって相手を殴り殺さないようにだ。

「気になりますね」マッツ・エリクソンが言った。「スタッファン・ニルソンはよほど悪いことをしでかしたらしい」

「そのとおりだ」

「なんなんです?」

「お前は知らないほうがいいくらい悪いことだ」

それからヨハンソンは昼食をとった。いつもの何種類もの薬、それに加えて小さな白い錠剤も一錠。実はもう一錠飲もうかどうか迷った。ヤスミンを殺した男が自分と同じ部屋に座ったときに、きちんと精神的な距離を保てるように。しかしやめておいた。というのも、まったく上の空になってしまうか、下手をすると眠ってしまう危険性があるからだ。

「長官、準備はオッケー?」マティルダが尋ねた。「世紀の大改造を始めるわよ」

「わしならいつでも準備万端だ」この子は、何をそんなに興奮しているんだ。


マティルダは必要なものをすべて、ヨハンソンのクローゼットからみつけだしてきた。ピアが、なんとしてでも週末のゴルフ旅行に夫を連れていこうとしたときに買ってきた赤のズボン。ヨハンソンはゴルフクラブを握ったことも、握ろうと思ったこともないのに。紺のブレザーは胸ポケットに何やら怪しげなエンブレムがついている。店に陳列されていたときからすでについていたのだ。それも妻からのプレゼントだった。ゆったりした白の麻のシャツ。首にはシルクのスカーフ。小さな革のタッセルがついた茶色のゴルフシューズ。これも赤いズボンと同時にプレゼントされたものだ。

まともな男なら、こんな格好で外を歩けるはずがない——。十五分後に鏡に映った自分を眺めたとき、ヨハンソンはそう思った。エーヴェルトに見られなくてよかった。ボーにも。

「男は服装よ」それを見ていたマティルダが、満足そうに断言した。

それからマティルダは髪にオイルをすりこんで作品を仕上げた。普段なら四方八方に散らばっている銀髪が、滑らかなヘルメットのようにオールバックになり、色も濃く見える。急に、顔つきがまったくちがって見えた。

「ストゥーレ広場スタイルよ。つまり、クラシックなトンカツ脂ヘア」マティルダが言った。

「これで出来上がりか？」

「あと少し」

ふたつだけやることが残っていた。まず、マティルダは強い香りの紳士用香水をヨハンソンの頬にすりこんだ。それから仕上げに、ふちなしのミラーサングラスをかけさせた。

「これは驚いたな」ヨハンソンは鏡の中の自分を見て、声を上げた。まったく自分ではないみたいだ。

「若い女が好みの、年寄りの社長さんよ。あたしもおへその見えるタンクトップを着て、一緒に行ってあげましょうか」

「それはご親切に、マティルダ。だがタクシーを呼んでくれるだけで充分だ」晩年のピノチェト（チリの軍人。第三十代大統領）のようだ――タクシーに乗りこみながらヨハンソンは思った。軍服を奪われたあとの。

ミーティングにはわざと十分遅れた。松葉杖をつきながら登場すると、会議室にはすでにマッツ・エリクソンとスタッファン・ニルソンが座っていた。

「遅れて申し訳ない」ヨハンソンが大声を響かせた。「この街の道路事情ときたら。まったく、表現のしようがない。やあやあ、座りたまえ」挨拶のために立ち上がったスタッファン・ニルソンに、麻痺《まひ》していないほうの手を振ってみせる。

「ラーシュ、まったく、お会いするたびに若返っていくようですね」マッツ・エリクソンが素知らぬ顔で挨拶する。

「それはどうも」ヨハンソンは長いテーブルの短い辺に座を占めると、手帳とペンを取り出した。ミラーサングラスをかけたままでうなずく。

「こんなところまで足を運ばせてしまい、申し訳ないね、スタッファン」頭痛も、胸の圧迫感もない。獲物とは適度な距離感だ。右の人差し指さえも意のままに動かせそうな気分だった。

男前で身なりのいい獲物だ——。邪悪を、もっとも好感のもてる形に擬人化するとこうなるのか。ヨハンソンのような紺のブレザーにネクタイ、皺《しわ》ひとつない白のワイシャツ。グレーのズボンに、ヨハンソンと同じような靴。優しい青い瞳。白い歯。鼻筋が通っていて、うちの丁稚に殴られてから一週間も経っていないはずなのに、腫れているわけでも色が変わっているわけでもない。

「ありがとうございます。お二人にお目にかかれて、このプロジェクトを紹介させてもらえるなんて実に光栄です」スタッファン・ニルソンはノートパソコンの画面を開きながら言った。

「素晴らしい」マッツ・エリクソンが椅子の背にもたれ、両手の指を合わせた。「では、始めてくれたまえ」

スタッファン・ニルソンはタイの楽園の写真を見せはじめた。三年後には現実に存在するはずのリゾート施設だが、今はまだお金の計算と建築家作戦のコンピューターアニメーションでしかない。イメージとして、それを取り巻く大自然の映像が続いた。どこまでも続く白と砂色の浜辺に、青い海、沖に浮かぶ小島。背後に聳えたつ山。

「この南側の海岸は、地球上でもっとも自然の美しい場所だと言っても大袈裟《おおげさ》ではありませんよ」スタッファン・ニルソンは優しい笑顔でうなずいた。


三十分かかった。マッツ・エリクソンが資金繰りや流動性、将来的な利回りについて、ヨハンソンが期待したとおりの金数え屋的質問をすべてし終えるまでに。それに加えて、建設中に起こりうるリスクや、そうなった場合どう対処するつもりなのか。ヨハンソンは何度かうーむとうなったくらいで、座ったまま相手の動作や表情を観察していた。その頭の中の思考、そして感情の表現をすべて読み取ろうとした。この男は自分の言っていることを本気で信じているようだ――。今演じている役が彼自身なのだ。演じる必要すらない。スイッチを入れたり切ったりすればいいだけ。大人になってからずっとそうやって生きてきたのだから。

その能力によって、スタッファン・ニルソンはまったく非の打ちどころのないプレゼンテーションを行った。よどみなく、謙虚で、感じのよいプレゼンテーションだった。まともでさえあれば、どれほど成功できたことだろうか――。その特殊な性的嗜好《しこう》さえなければ。お前の人生は結局、幼い女の子とセックスできるかどうかにかかっているのだから。

「どうだ、マッツ」ヨハンソンが口を開いた。「これは一度、じっくり検討してみなくてはな。

色々計算する必要がある。さっそく次のミーティングの約束もしておくか」

「ええ、間違いなく興味深いプロジェクトですね」マッツ・エリクソンも同意した。「ですがもちろん、おっしゃるとおりまずは検討しなくては」

「木曜の午後か、金曜の午前中」ヨハンソンが見栄えのために手帳をめくりながら言った。

「そのあとは旅行に出てしまうのでな。兄とヘラジカ猟だ」

「木曜は忙しいんですが、金曜の朝でよければ」

「ではそういうことで。金曜の九時に」そのミーティングのあとは、お前は人生の清算で忙しくなるぞ――。


セーデルマルムの自宅に着いてすぐ、ヨハンソンはマッツ・エリクソンに電話をかけた。

「どうだ、お前はスタッファン・ニルソンにどういう印象を受けた」

「いやあ驚きました。噂に聞いていた内容を考えると、非常に驚きましたよ。あのプロジェクトも、かなりいい線をいってますしね」

「じゃあタイにホテルを建てるか」

「そんな気は一切ありません」

「なぜだ。そんなにいい話なら」

「エーヴェルトに殺されますからね。ところで、あなたがなぜそんなにスタッファン・ニルソンに興味があるのかは、まだ教えてもらえませんか」

「だめだ」

「なぜです」

「教えたら、お前はあいつを殺すだろうからだ」

夜になるとウルリカ・スティエンホルムから携帯に電話があった。声から察するに、かなり切迫しているようだ。

「ジョセフと話したわ。あなたにすごく会いたがっている。月曜の午前中にグランド・ホテルでどうかって。ストックホルムには朝の八時くらいに着くはずだからと」

「わかった、それでいい」

受話器を置いた瞬間に、マッテイから電話がかかってきた。

「お元気ですか、ラーシュ」

「ばりばりだ。どうした？」

「スタッファン・ニルソン。現在は時効を迎えてしまった犯人。マルガリエータ・サーゲルリエドの夫の甥。これであなたが数日後に電話してくる手間が省けたかしら？」

「ご苦労さん。ずいぶん早かったな」

「あなたからあれだけ教えてもらったんだから、たいした技能は必要なかったわ。その男について、昔取り下げになった訴えがあるのはもちろんご存じよね？　児童ポルノの件で」

「知っておる。それに、きみの部下たちがウルリカ・スティエンホルムの電話を盗聴している気がするのはなぜだろうか。彼女の名前をきみに教えて以来」

「失礼。今のは聞こえなかったわ」

「リサ、きみに恥をかかせるつもりはないが、その種の情報入手方法に関してはコメントを避けるべきだと、わしもきみと同じくらいわかっている。だが月曜の朝――きみもすでに知っているとおり――わしはグランド・ホテルでジョセフ・シモンに会う。しかしもちろん手ぶらで返すつもりだ」

「それ以外のことは想像もしていなかったわ」

「だからニルソンの監視をするのは待ちなさい。まだしばらくは大丈夫だ。わしとシモンの話を盗み聞きする必要もない。予算を温存して、無駄に人員を使わないことだ。わしは言ったとおり行動すると約束するから」

「言ったとおり、あなたを盗聴するなんて夢にも思っていません。長官」

「それはよかった」長官――やっとその呼び方が出たか。


「長官、週末の予定は？　ピアはカンファレンスで出張だと聞きました」マックスが尋ねた。

「のんびりするさ。色々考えなければいけないからな」

「何かお手伝いできることがあれば、長官」

「ヤーネブリングに電話をして、明日一緒に昼食を食べないかと訊いてみてくれ。うちでだ。

そのほうが、ゆっくり話せるからな」

92　二〇一〇年八月二十一日（土曜日）から二十二日（日曜日）

土曜日には自宅で、ヤーネブリングとマックスと一緒に昼食をとった。料理は近所のレストランから配達してもらったものだ。ピアが安全な距離離れていることもあり、ヨハンソンとゲストは色々な料理を堪能した。しかし、食べながら、最近の進捗状況を説明し、スタッファン・ニルソンと会ったことも話した。ジョセフ・シモンとも会うことになっているのは伏せておいた。それは今は言わないほうがいいだろう。

「どんなやつだった」ヤーネブリングが尋ねた。

「ヤスミンの事件のことを知らなければ、まともで感じの良い男だと思っただろうよ。だからって罪が軽くなるわけではないが。とにかく、その点についてはうまく演じることを覚えたらしいな」

「おれを連れていかなくてよかったな」ヤーネブリングが言った。「殴り殺すところだったよ」

「ああ。だから誘わなかったんだ」

「とりあえずマックスが、やつの鼻っ柱を折ってやったんだろう?」ヤーネブリングは隣に座るマックスの肩を叩いた。「この世に正義は存在したか?」

「だからマックスも家で留守番だったんだ」

「で、どうするつもりなんだ」ヤーネブリングが尋ねた。

「わしの理解では、四つの選択肢がある」ヨハンソンが考え深げに口を開いた。美味しいイタリアのソーセージに噛みつきながら。彼のお気に入りのレストランが、今日の前菜にと、オイルサーディンとオリーブ、アーティチョークのマリネとともに選んだ一品だった。

「具体的には?」

「ひとつめは、すべてを忘れ去るというものだ。時効を迎えた事件なのだから」ヨハンソンは肩をすくめた。「とりあえず、このまま口を閉じて生きていくことに、法的な制限は一切ない」

「おい、それはないだろう、ラーシュ」ヤーネブリングが抵抗した。「本気なのか?」

「いいや。ある特定の事柄については、わしの辞書にもみすみす見逃すという文字はない。これはそれに該当する件だ。それに、ここに座っている我々三人が口を閉じていられたとしても、かなり無理がある」

「まったくそのとおりだ」ヤーネブリングが同意した。「遅かれ早かれ、昔の同僚たちが謎を解くだろう。廊下ではすでに噂になっている。角の向こうを見通せる男が、ヤスミンを殺した犯人をみつけたとな。だが名前を教えようとしない――そういう噂だらけだ」

「第二の選択肢は、メディアに直行して、その男を名指しにすることだ。それもたいして難しいことではない。どちらにしても、まずヘルマンソンか誰かに犯人を探させるよりは時間がかからないだろう」それには時間がかかるだろうからな。

「そうなったら、やつものんびりはしていられないだろうな」

「ああ。親愛なる犯罪組織の中には、すでに一般的な小児性愛者を名指しでホームページに載せているところもある。ことニルソンに関しては、この地上において正義の足りない部分を補ってやろうと思っている輩《やから》はかなりいるはずだ」

ヨハンソンはため息をつき、考え深げにワインをすすった。それから、頭がしっかり働くようにと、大きなオリーブの実とオイルサーディンを二切れ口に入れた。

「それを踏まえると、そいつを殴り殺しちまうのがいちばん簡単なんじゃないか？」

「それが第三の選択肢だ。だが、このテーブルを囲む者がそんなことを考えていないのを切に祈る」

ヤーネブリングは何も言わずに肩をすくめ、マックスと視線を交わした。マックスは別のことを考えていたようだった。

「四つと言ったな？　四つ目の選択肢はなんだ」

「そいつと話してみることだ。ニルソン本人と。現状を説明し、自ら罪を償《つぐな》うように勧める。ヤスミンに対してやったことは終身刑に値する。それは確実にそうだ。わしには確信がある。あいつに実際に会って、近距離で話してみて、あいつの場合、精神病棟に隔離という刑にはならないはずだ」

「お前の言いたいことはわかった」ヤーネブリングは肩をすくめた。「問題は、ヤスミンを殺しておいて、今では指でぱちんとはじかれるリスクすらないことだ」

「それについてだが……。どうやってやつを終身刑にするかな」

「そうなるよう祈ってるよ」

「終身刑にできた場合だが」ヨハンソンは繰り返した。「二十年後には刑務所から出ているだろう。だが、それはまあ許せる」

「終身刑って、なんの罪でだ」ヤーネブリングが口を挟んだ。「問題は、やつが犯した余罪をみつけられないことじゃないか。ネットで児童ポルノを観たりダウンロードしたりしたってか？　それで何年くらうんだ。半年プラス、肩をポンと叩いて終わりだろう。最長でも」

「わしは、あいつがヤスミンくらいの歳の少女と何人も寝たという確信がある。それを自白させることができれば、何年という話になる。でなければ、自分で何かみつけてもらうほかない。ほらあのトーマス・クイック——北欧の犯罪史上最悪の連続殺人犯——あいつは今服役して二十年目だったか？　豊かな想像力と、それを上回る間抜けな同僚たちのおかげで」

それとも、あの件もベックストレームが関わっていたんだったか——。

「きっとそうだな。お前の言いたいことはわかる。おれのほうは、ニルソンの母親が自殺したという話を思い出したんだ。あれはまだ時効を迎えていないだろう。それが殺人だったとしてだが。おれ自身はそうじゃなかったと思っている。自分で命を絶ったんだろう。自分の息子がヤスミンにしたことに気づいたときに。というわけで、あいつの良心に関して言えば……」

「残念ながらそういうことだ」ヨハンソンはうなずいた。「あの男はその件でもあの件でも、平気で生きていられるような男だ」

「ではなぜあいつが態度を改めると思うんだ」

「自分にとって何がいちばんいいかを説得できればと思ったんだ。ああいう男を閉じこめておくための穴倉に、自ら入ってもらう。生き延びるチャンスを与えるんだ。受けたはずの罰の値段と引き換えにな」ヨハンソンは今言った言葉に重みを与えるようにうなずいた。

「だが、それをわかろうとしないなら？」

「そうしたら最初の三つの選択肢しかない。それでも一応、選ぶ権利は与えたんだ。ヤスミンはそんな権利は与えられなかった」

「長官、おれにやってほしいことがあれば言ってください。おれの辞書には、生きる権利を悪用したやつが大勢載っています」

「お前の言いたいことはわかる、マックス。信じなくてもいいが、何もせずに忘れようと言ったとき、わしが考えていたのはお前のことだ」


日曜の午後を、ヨハンソンは故郷で生前整理と呼ばれている行為に費やした。まだ死んでいない人間が、地上での命の領収書をもらったときに、書類の整理をすることだ。例えばだが、彼または彼女に時間のあるうちに、残された親愛なる者たちのイメージを壊すようなものを処分するといったような。

だがヨハンソンの場合、探す価値のあるものを思いつかなかったので、愛する妻ピアに個人的な手紙をしたためた。それを遺言状に同封するつもりだった。基本的にそれは、普段からちゃんと整理整頓ができていることが、命をつないでおく手段のひとつだという演出だった。これまでの人生で契約してきた様々な生命保険と同じだ。支払われたときには、もう自分はそれを必要としないのだから。

現実から手を離してしまわないためでもある。常に頭痛がして、胸の圧迫感のせいで呼吸が苦しいのだから。逃避と忘却が唯一残された可能性だと感じるたびに、白い小さな錠剤をいくつも飲んでしまっているのだ。

わしは天国へ行けるのだろうか――ヨハンソンは急にそんなことを思った。最近ほとんどの時間を過ごしているソファに横になったときに。それが道理というものだろう。わしはなんの悪事も働いていない。公安警察にいたときでさえ。少なくとも覚えている範囲では。仕事では、人生の大半を費やして、他人を守ったり助けたりしてきた。理解不能なほど恐ろしい目に遭った人々を。

「マックス！」ヨハンソンは大声で呼んだ。

「はい、長官」その瞬間にマックスが書斎のドア口に立ち、返事をした。まったく理解できない。名前を呼べばそこに立っているのだから。古いランプをこする必要もなく。

「マックス、お前は神を信じるか」

「神様なんていないと思います」マックスが首を横に振った。

「なぜだ」

「だってもしいたら、おれをグラッダンカの孤児院なんかに入れなかったと思う。おれはほんの子供だったんだ。他人に対して何も悪いことはしていなかったのに」

93　二〇一〇年八月二十三日（月曜日）

月曜の朝九時に、ヨハンソンはグランド・ホテルのスイートルームでジョセフ・シモンと面会した。その一時間前に、ブロンマ空港から市内へ向かう車の中からシモンが自ら電話をかけてきたのだ。

「ジョセフ・シモンです。ヤスミンの父親の。今ストックホルムに着きました。あなたのご都合がつき次第、お会いできます。わたしはグランド・ホテルにいますが、別の場所のほうがよければもちろんそれでも構いません」

「一時間後にホテルで。九時だ」

「わかりました。車を迎えにやりましょうか？」

「結構だ。わしには運転手がいる」

完璧なスウェーデン語。これほどの年月が経っているのに、訛《なま》ってすらいない。おかげで現かった。


実的な問題が片付いた。ヨハンソンの英語は最近かなり鈍っているから。

「マックス」ヨハンソンが呼んだ。

「はい、長官」すぐに返事が聞こえた。

「出かけるぞ。ヤスミンの父親に会いにいく。ついてきてくれ」念のために連れていくのだ。なにしろヤーネブリングを連れていくなどということは、これまでの経緯を考えるとありえなかった。

体型はヤーネブリングのようだ――。ジョセフ・シモンに挨拶をしながら、ヨハンソンは思った。それ以外は親友とは似ても似つかない。容貌はイランの皇帝パフラヴィー二世によく似ている。写真でしか見たことはないが。

取り巻きに囲まれている。普段プライベートで旅行するときにも連れているのだろう。男四人に女一人。弁護士、秘書、そして三人のアシスタント。そのうちの二人は、その容姿とマックスが目に入ったときに交わした視線から察するに、ボディーガードのようだ。

「会っていただけて嬉しく思っています」ジョセフ・シモンが礼儀正しく、自分の椅子にいちばん近い椅子を勧めた。

「ああ。わしのほうも会わなければと思ってね。だが、この話はどうしても二人きりでお願いしたい」

「もちろんです」シモンが答えた。秘書のほうにうなずきかけただけで、取り巻きは部屋を出ていった。マックスもその意味を理解して、一緒に出ていった。

「これでいい」ジョセフ・シモンが言った。「知人から、あなたが娘を殺した男をみつけたと聞きましたが」

「ああ、そうだ。だから彼女に、あなたに会わせてくれと頼んだのだ」

「気を悪くしないでほしいのですが、この二十五年の間に、何人もの人が犯人を知っていると連絡してきたんです。娘を殺したのが誰だか知っていると。残念ながらどれも真実ではなかった。そのせいで父親として辛い思いをし、困った問題も起きた」

「よくわかります。そういう種類の人間のことはよく知っている。だがその点については安心していい。確かに犯人をみつけた」

「あなたがどなたかは存じ上げています」ジョセフ・シモンは微笑んだ。「ですが、なぜそこまで確信できるんです。もう二十五年も経っているのに」

「その男のDNAを採取したところ、犯人のものと一致したのだ。別人であるという可能性は十億分の一だそうだ。だが鑑定自体、確実にそいつだというのを確かめたくてやっただけのことだ。絶対に間違いのないように」

「ということは、すでにその男だとわかっていたんですね。DNA鑑定をせずとも」

「ああそうだ。当時わしが捜査に関わっていれば、DNA鑑定などしなくても起訴できたはずだ。お嬢さんが殺された当時は、まだそんな技術もなかったし」

「わたしたちと同じですね。つまり、わたしの業界と。そこには良い医者もいれば、悪い医者もいる。医者になどなるべきではなかったと思うくらい劣悪なのもいるんですよ」

「そうだな。あなたと奥さんは実に不運だった。捜査は一向に進まず、あなた方は警察に求めて然るべき正義を目にすることもなかった。それが、今わしがここに座っている理由のひとつでもある」

「名前を教えてください」

「残念だが……」ヨハンソンは首を横に振った。「あなたがどんな人間か知っているからには、それはできない」

「なぜです」

「あなたの悲しみは想像に絶する。想像しようなんて、厚かましいにもほどがある。だからこう言わせてくれ。もしわしがあなたと同じ目に遭ったら、もし我々の立場が逆だったら、わしは自分を信用しないだろう」

「わたしが犯人を殺すと思っているんですね」

「そうだ」

「それと引き換えに、あなたに対してやってさしあげられることはないでしょうか」

「ない。だが、ひとつ提案がある」

「なんでしょう」

「もし二十五年前に警察が犯人を逮捕できていたとして……」

「ええ」

「そうしたらやつは終身刑になり、最低でも十七、八年は服役していただろう。わしは実はすでにその男と会ったのだ。相手はもちろんわしが何者かを知らないし、犯人だとわかっていることも知らない状態だ。そしてまた近々会うことになっている。そのときに、提案するつもりだ。自ら罰を受けろと」

「どうやってそんなことを？　娘を殺した罪はすでに時効を迎えているんですよ。他にも何か時効を迎えていない余罪があるということですか」

「それについては詳しくは話せない。ただ、そいつが断れないような提案をするつもりだ」

「それでも断ったら？　どうするんです」

「それ以外の選択肢のことを考えれば、その提案を受け入れることを切に願うよ」

「それでも断ったら？」ジョセフ・シモンがまた訊いた。

「そのときには名前を教えよう。自ら罪を償うことを拒否したら、あなたに名前を教える」

「いつです」

「遅くとも来週の水曜日の十二時だ。事務的な手はずについては心配しなくていい。それはもうケリをつけてある。電話番号をもらえれば、わかり次第あなたに連絡しよう」

「あなたを信じましょう。わたしの電話番号を差し上げます。あなたの提案をのもうではありませんか。娘を殺したときに受けるはずだった罰をその男が受けるなら。九日後ですね」

「長すぎると思う気持ちはよくわかる。だが、その時間は必要なのだ」

「二十五年は長かった。九日などなんでもない。そのくらい待つことにはなんの問題もありませんよ」

「それでは、そういうことで」ヨハンソンは椅子から立ち上がった。

「何かできることがあれば言ってください。わたしの力でどうにかなることなら、あなたのために何かさせてください」ジョセフ・シモンはそう言って、意味ありげな顔でヨハンソンの右腕を見つめた。

「いや、わしのほうがあなたに借りがあってのことだ。だからそんなことは考えなくていい」

わしが兄貴のように狡猾《こうかつ》な人間じゃなくてよかったな。でなきゃ、ジョセフ・シモンは今頃一文無しになっていただろうよ——ヨハンソンは帰りの車でそんなことを考えていた。

94

二〇一〇年八月二十四日（火曜日）から二十六日（木曜日）

火曜、水曜、木曜と普段の生活が続いた。胸の圧迫感と頭痛。右手はだらりとしたまま。右手の人差し指の感覚はない。理学療法士の約束なら何度も聞いたが、おそらく最後の吐息を吐く瞬間までこのままなのだろう。その上、準備があった。スタッファン・ニルソンにヤスミンに対して犯した罪と向かい合わせるために、色々と準備する必要があった。

「金曜にはまた楽屋に入るぞ」ヨハンソンがマティルダに伝えた。

「また同じキャラでいいの？　超ミニの黒い革のスカートに短い赤のタンクトップを着た金髪娘は必要ないかしら？」

「マティルダ、それは実にありがたい。親切な申し出に感謝するよ。だが、髪にちょっと脂をつけて、あのサングラスさえあれば、それで充分だと思う。あとは、普段のスーツが着たい」

「問題ないと思うわ。そいつは長官とはすでに会ったわけだがね。気づかれないと思う。もうそのキャラが確立しちゃってるから」

「素晴らしい」

「そいつの目を爪でほじくる係は？」

「それについては、わしひとりで充分だ。ただ、ひとつ手伝ってほしいことがある。この写真を拡大してほしいんだ」ヨハンソンは捜査資料にあったヤスミンの写真を手渡した。

「この子、本当に可愛かったのね。すでに美しかったと言ってもいいほど。ネット上にも写真があった。これと同じ写真だと思うわ。Ａ４サイズでいい？」

「ああ、それでいい」


木曜の午前中、義弟が電話してきて他に何か手伝うことはないかと尋ねた。

「ここ数日兄上のお声を聞いていませんでしたから。その沈黙は、マルガリエータ・サーゲルリエドとその親戚筋に関して欲しかった情報はすべて手に入ったからと理解してよろしいですか？」

「非常に満足している。請求書を送ってくれれば、喜んで支払うよ」お前はその言葉が聞きたくて電話してきたんだろう?

「そういえば昨日の夜、マルガリエータ・サーゲルリエドの歌を聴いていたんですよ。シグルド・ベルリングらと一緒にトスカを歌ったときの古いLPが出てきてね。ベルリングがスカルピアの役だった。稀に見る素晴らしいバリトンだ。だが、サーゲルリエドも悪くなかった。なかなかいい喉をもつ女性ですよ。役柄も合っているし」オペラ愛好家のアルフはそう言った。

「彼女のレコードをいくつももっているのか?」ヨハンソンは急にあることを思いついた。単なるディテールのひとつではあるが、やってみる価値はある。

「そうですね、何枚かは」義弟はいつもの謙虚さで答えた。

「それを借りられないだろうか。サーゲルリエドが歌っているやつだ。聴いてみたいと思ってね」

「もちろんです」アルフの声は驚きを隠せていなかった。「もちろん。どれがよろしいですか?」

「彼女がレコードのジャケットになっているやつがいい」曲はなんでもいい。ああいう音楽はどうせどれも同じに聴こえるんだから。

「それではトスカがお薦めです。ジャケットは心打たれるようなマルガリエータ・サーゲルリエドの写真ですよ。それに、兄上の以前のお仕事を考えれば、うってつけだ」

「どういう意味だ」

「スカルピアは警官なんです。言っときますが、まったくいい警官ではありません。だがシグルド・ベルリングによるスカルピアの解釈は素晴らしい」

「それはいい。ここに届けさせてくれ。費用は請求書に含めてくれ。アルフ、色々と本当に世話になったな」まったくいい警官ではない――か。

午後になるとヨハンソンはマッツ・エリクソンに電話をかけ、スタッファン・ニルソンとのミーティングにはお前は出席しなくていいと伝えた。来ないことをニルソンに事前に連絡する必要もない。ただ、ニルソンがオフィスに来たときに、姿を見られないように注意してくれ。なお、今回は兄の部屋で会いたい。マッツ・エリクソンのほうは特に異存はなかった。

「まったく問題ありませんよ、他に何か?」

「あのエーヴェルトの古いレコードプレーヤーだが。まだ部屋に置いてあるのか?」

「もちろんです。会社でパーティーがあると、五、六〇年代の古い名曲をたっぷり聴かせられるんですよ。ほら、『コリーナ・コリーナ』『テル・ローラ・アイ・ラブ・ハー』『レッド・セイルズ・イン・ザ・サンセット』……」

さて、それでは――とラーシュ・マッティン・ヨハンソンは心の中でつぶやいた。最後の仕上げをすませるために、マックスとともに金曜の朝八時にはすでにエーヴェルトのオフィスに到着していた。何も知らないスタッファン・ニルソンが、ノルランド出身の金持ちでお人よしの田舎者から金を巻き上げようとやってくる前に。

95　二〇一〇年八月二十七日（金曜日）

最後の仕上げはヨハンソン自らやった。マルガリエータ・サーゲルリエドがジャケットを飾るレコードを、よく見えるように兄のデスクの真ん中に置いたのだ。自分と話すときにニルソンが座ることになる椅子は、彼が自分にとって何がいちばんいいのかを悟るのを期待して、最適な角度になるように三度も置きなおした。ヨハンソンの右腕であるマックスは、すでに隣の部屋へと続くドアの向こう側に座っている。万が一――万が一スタッファン・ニルソンが反抗的になり、鼻の頭にもう一発くらわせる必要が生じた場合のために。

あと五分か――ヨハンソンは時計を見つめた。それからスタッファン・ニルソンの伯母がタイトルロールを務めるレコードをかけた。願わくば、自分は同業者のスカルピアよりうまくやりたいものだ。昨晩ジャケット裏のあらすじを読んでおいたヨハンソンはそう願った。

この女は心配になるほど口を大きく開けているな――五分後にヨハンソンがそう思ったとき、遠慮がちなノックの音が客の来訪を告げた。

「ニルソン社長がお見えです」エーヴェルトの秘書イェードが告げた。

「やあやあ、かけたまえ」ヨハンソンはニルソンに向かって松葉杖を振り、来客用の椅子を指した。「イェード、レコードを止めてくれるか。それからドアを閉めてくれ」

「まったくこの歌い手は、素晴らしい喉をもっている」ヨハンソンはレコードのジャケットのほうにうなずいてみせた。

相手はすでに獲物のそばへ近寄って、臭いを嗅ぎはじめた。

「やあ、それは嬉しいな、ラーシュ。実はぼくの伯母なんですよ」

「なんだって！　きみの伯母さんなのか。まだ生きておられるのか？」

「残念ながら」スタッファン・ニルソンは悲しそうに頭を振った。「八〇年代末に亡くなりました」

それはお前でも当然覚えているだろうな。

「これは実に美しい絵ですね」ニルソンはデスクの後ろの壁にかかる大きな風景画を見つめた。

「オスルンドだ。『オーダーレンの初春』一九一〇年の作品だ。実家の農場からの眺めでね。家族内の言い伝えでは、画家は農場の前庭にイーゼルを立てたという。完成した絵を、祖父がその場で買い取ったらしい。わが家の言い伝えでは、百クローネで」

「ぼくは若い頃、レアンデル・エングストレームの絵を所有していたんです。それもノルランドの風景でした。狩人が描かれていた」

「ほう、そうかね」ヨハンソンは身を屈め、サングラスを鼻先にずらした。「音楽と芸術に拍手を。だが、そろそろビジネスの話をしようじゃないか。ところでマッツは他に用ができて同席できなくなったが、そのせいで話がまとまらないなんてことはないな？」

「ええ。もちろんです」スタッファン・ニルソンは微笑んだ。

まだ何も気づいていない――。そこに座って、口の周りを舐めているだけだ。

「興味本位で訊くが、わしと兄からどのくらいの金を期待しているんだ。二千万か、それとも五千万か？」

「そういうことは出資者の方にお任せしています」ニルソンは笑顔でそう答えた。

「実はだな、きみにある提案があるんだ。世界じゅうの金よりも価値のあるオファーだ」

「へえ、いったいなんでしょうか」ニルソンの笑顔がさらに広がった。

「お前に生き延びるチャンスを与えようと思う。少なくとも十五年か二十年は。お前が自ら罪を認め、スウェーデンの刑務所に入るという前提でだ。わしのほうも、お前が同じ性的嗜好をもつ仲間のいる刑務所に入れるよう最善を尽くそう。他の受刑者に殺されるのを防ぐためにな」

まだ意味を理解できていないようだ。ニルソンは、そんな話耳を疑うという表情だった。

「おっしゃる意味がよくわかりません。これは冗談ですか？」

ニルソンは心配そうに閉まったドアのほうに顔を向けた。その目の中に恐怖が忍びよっている。

「残念だが、ちがう」ヨハンソンはそう言って、ヤスミン・エルメガンの写真を差し出した。

スタッファン・ニルソンはマックスがナディアの話をしたときのように顔面蒼白になった。

マックスが走ってトイレに駆けこんだときのように。もしエーヴェルトの高価な絨毯に嘔吐《おうと》したとしても、あとでイェードに拭かせればいいだけのことだ。それには自白と同じ意味があり、最悪の場合わしが新しい絨毯を買って返せばいいだけの話だ。

「なんの話だか、さっぱり……」スタッファン・ニルソンは写真を投げ返した。檻の扉は閉まった。瞳は恐怖に支配されている。頭をひっきりなしに動かして、目が逃げ道を探している。

「幼いヤスミンの話だ。お前がエッペルヴィーケンの伯母の家の寝室で彼女を強姦し、枕で窒息死させたとき、まだ九歳だった。なお、それは一九八五年六月十四日金曜の夜のことだった。お前は伯母が別荘に滞在している間、家の管理と花の水やりを頼まれていたのだろう。すると突然ヤスミンが呼び鈴を押して、両親に電話をかけたいから電話を貸してくれと頼んできた。彼女とは顔見知りだったんだろう？　伯母の家に来たときに、何度も会っているはずだからな。それくらい覚えているだろう」

「自分の耳が信じられない」ニルソンは急に立ち上がった。「何ひとつ真実ではない。そんなグロテスクな話をあなたに吹きこんだのは誰です？」

「これはわしが自分で考えついたことだ。それに最近、お前のDNAとヤスミンの死体から採取した精液のDNAを比べる機会があった。だからお前がやったかどうかというのは、議論する必要もない」

「ぼくはどうやら、狂人に出くわしてしまったらしい。頭のおかしな自称探偵に。今あなたが言ったことは刑罰の対象ですよ。重大な名誉毀損《めいよきそん》だ。これはもう訴えて……」

「黙って話を聞け。わしがお前を殴り殺す前にな」ヨハンソンはそう言って、相手に反論の余地を与えない目つきで睨《にら》みつけた。「ドアから逃げ出すなんて無駄な考えだぞ。鍵がかかっている。警察に電話したければ止めはしないが、お前のためにやめておいたほうがいいだろう。今夜には新聞に自分の名前を載せたいと思うなら別だが。これを聞いて安心できるかは知らんが、わしは頭のおかしな自称探偵ではない。確かに今は年金生活を送っているが、この人生を警官という職業に捧げてきた。定年退職する前は国家犯罪捜査局の長官だった。それが癒しになるかはわからんが、現役時代にはお前のようなやつらに何百人も会ってきたんだ」

「あなたの言うことは一言も——一言も本当ではない」スタッファン・ニルソンの声にははっきりと変化があった。しゃがれ声に焦りがにじんでいる。まるで息ができないみたいに。視線が部屋の中をさまよい、ヨハンソン以外のすべてのものに目を配っている。

「お前が怯える気持ちはわかる。わしだって、ジョセフ・シモンの娘を強姦して殺したら、平気ではいられないだろう。この二十五年間お前の安眠を妨げてきた人間がいるとしたら、それはヤスミンの父親だ。何千億という資産をもつあの男が、お前をみつけた暁には自ら、もしくは部下を使って、何ができるのかを想像するだけでもな」

「誰の話だかさっぱり……」そう言いつつも、スタッファン・ニルソンの表情はまったく別の感情を表していた。

「嘘をつくな。さあ、二分でいいから黙ってわしの提案を聞け。よく聞くんだぞ。これは一生に一度のチャンスだ。お前には、断る余地などないはずだ」

こいつは失禁するかもしれんな――。ニルソンは今、椅子の中で頭をうなだれ、急にどこか遠くへ行ってしまったように見えた。

「数日前に、わしはヤスミンの父親と会った。そのときに犯人の名前を売り渡せと言われたが、断った。だから父親はまだお前のことを知らない。わしはまずお前と話をして、自ら刑罰を受け入れる機会を与えるつもりだと言っておいた。だからお前は警察に行き、机の上を清算するんだ。今までに寝た少女たちのことを洗いざらい話せ。力ずくで強姦したのか、その前に薬を盛ったのかは知らんが。それに加えて、金さえ払えばセックスできた少女たちのこともだ。それで二桁の年数の受刑期間に足りるはずだ。でなければ、母親を殺したと言えばいい。都合のいいことに、その件はまだ時効を迎えていないからな。ヤスミンの事件とちがって」

「ぼくは母を殺してなんかいない！　まったくひどい話だ」

「わしもお前が殺したとは思っていない。むしろ彼女が自ら命を絶ったと確信している。お前がヤスミンに何をしたか気づいた直後にな。それでも、裁判所はお前を殺人の罪で起訴してくれるだろう。母親から、警察に行ってすべてを話すと脅されたと言えばいい。だから大量の睡眠薬と酒を飲ませて死なせるしかなかったのだと。つまり、ヤスミンを殺したのはお前だと――その殺人自体は、警察にもすぐにお前の仕業だと確定できるはずだ。そして母親にばらすと脅された。そういうことにしておけば、お前の動機にはまったく問題がない。お前が受け取った、巨額の遺産のことを考慮にいれずにいてもだ」

少なくともわしの話を聞いてはいるようだ——。倒れないように、椅子の中で手すりにつかまってはいるし、首をうなだれ、目が落ち着きなく泳いではいるものの。

「つまり、話をまとめるとだ。わしの言うとおりにする場合、すぐに知らせてほしい。遅くとも、来週の水曜の十二時までにだ。お前が断ったり、連絡がない場合には、ヤスミンの父親にお前のことを話す。お前の名前、国民識別番号、住所、それにパスポートと免許証のコピー、パスポート番号と車のナンバーと、友人知人全員の名前もだ。そうすれば、父親はお前が何を考え、何を思い、何をしているのか、手に取るようにわかる。そうなればお前をみつけだすのは時間の問題だ。父親にとってはしごく簡単なことであって、お前にはこの地球上で身を隠せる場所はない。みつかったときに父親に何をされるかは、わしは考えたくもない」

「濡れ衣だ。あまりにもひどい」スタッファン・ニルソンは立ち上がった。「こういう冤罪《えんざい》が、ぼくのような完全に無実の人間を自殺に追いこむんだ」

「冤罪がお前となんの関係がある。まず第一にお前は完全に〝無実〟ではない。時効を迎えているという事実を無視すればだが。その上、お前は自惚《うぬぼ》れが強いから、自殺などするはずがない。その点においてわしが間違っていたとしても、お前を失った悲しみを受け入れて、前向きに生きると約束しよう。なお、わしは死刑反対派だ。だからお前に生き延びるチャンスと刑罰を受けるチャンスを与えているのだ。だが、ジョセフ・シモン——ヤスミンの父親は、わしと同じ考え方ではない。もっと旧約聖書的な物の見方をしている。目には目を、歯には歯を、というやつだ。だから、電話してこい。わしの番号はお前の自宅の留守電に入っている。現実的な問題も心配しなくていい。わしがお前を警察に送り届けてやるし、いい弁護士もつけてやる」

「そんなことどうでもいい」スタッファン・ニルソンの目には嫌悪感が溢れていた。この瞬間だけは、怒りが恐怖に打ち勝ったのだ。「そんなありえない話を口外したら、裁判所に訴えて、お前の財産の最後の一クローネに至るまで奪いとってやる」

「バカなことを。名誉毀損でわしを訴えたとしても、勝ち取れる損害賠償はせいぜい数十万クローネだ。それ以上は期待しないほうがいいぞ。それに、裁判所の判決が下るまでに、お前は死んでいるだろう。だいたいそんな額、わしや兄にとってははした金だ。それに、知っているか」ラーシュ・マッティン・ヨハンソンは、普段から極悪人のために温存してあるとっておきの目つきで相手を睨んでから、先を続けた。「実際のところ、お前はわしがこれまで出会った中でも最悪の部類の人間だ。それでも最後の力添えをしてやろうというのだぞ。自分の罪を償うことを選択するチャンスを与えているのだ。必ず電話してくるのだぞ、ニルソン。おや、もう立ち上がっているようだから、さっさと出ていくがいい。わしの気が変わって、お前を窓から放り出す前にな」

「長官さえよろしければ、おれが」マックスがいつの間にか部屋に入ってきていた。外で待っていろと言っておいたのに。その大きな手を開いたり握ったりしながら、狼《おおかみ》のような目ですでに獲物を八つ裂きにしている。角ばった無表情な顔は、ナディアの話をしたときのように蒼白だった。他の皆が幼い彼を搾取《さくしゅ》する中で、一人だけかばってくれた姉のようなナディア――大量に酒を飲まされ、強姦され、窒息死させられた。孤児院で、自分の嘔吐物が喉に詰まって。

そこから一緒に逃げて、自分たちの他には誰も知らない空き家に住みつき、たくさん子供をつくって、毎日一日じゅう抱きしめてキスをするはずだったのに。

「行かせてやれ。連絡してくるはずだ」

スタッファン・ニルソンは表に出るとすぐにタクシーを止め、それに乗りこんで走り去った。さあ、これでひと仕事終わった――。頭痛と絶え間ない胸の圧迫感はあるが、少なくともわしよりもっと気分の悪い人間がひとりはいる。それに充分な理由があるわけだが。そう思いながら、ヨハンソンはリサ・マッテイの携帯に電話をかけた。

「今スタッファン・ニルソンと話を終えたところだ」

「知ってるわ。タクシーで家に向かっているところみたいね、ラーシュ。もし知りたいなら」

「それはよかった」この子はまったくどこまで出世するのだろうか。

「あの男は自殺するようなタイプではないと思うわ」

「わしも同感だ。考えるとしたら、どこかへずらかろうという非常に悪いアイディアくらいだろうな」

「雲隠れできるような場所があるかしらね。でも、ええ、今の彼を見ていると、あまり理性的な行動はとりそうにないわね。だから見張りをつけることにしました。何かおかしなことを思いつくようなら、わたしが行って話をつけてくるわ。あなたもご存じのとおり、本人の意に反して拘束することはできないし、新しい名前を用意して身の安全を保障してあげようという意見はこの建物の中でもあまり聞かないしね」

「それについてはひとつだけ解決策がある。考えている間、拘置所に入れてやればいいんだ」

それからヨハンソンは、ニルソンがソルナを含むストックホルム県警西部地区管轄に出した被害届のことを話した。すでに保険会社には損害賠償の請求をすませているだろう。重大な保険金詐欺《さぎ》だが、今のニルソンにとってはすでに関心のない事項のはずだ。ましてや、さっきマックスと会ってからは。

「ニルソンがあなたの説得を聞きいれなかったら、それを利用する価値はあるかも。覚えておくわ。運が良ければ、少なくとも数カ月ぶちこめるでしょう」

「ああ。そうすれば拘置所の中でゆっくり新聞を読めるだろうしな。自分がヤスミンに何をしたのか、記事で読めばいいのだ。そこでのんびり落ち着いて考えるチャンスを与えよう。表に放り出されたあと、どうやって生きていけばいいのかを」

「あらあらラーシュ。最後のは聞かなかったことにするわ」

「だが、それが現実だろう？　罪を償わないのなら。きみたちが誰も責任を負いたくないのであれば、わし自身が最後まで見届けよう。チャンスは与えたんだ。そのチャンスを受け取らないなら、自分を責めるしかない。いくらなんでも、そこまでバカだとは思わないが」

「あなたが正しいといいけれど。ところで、ヘラジカ猟を楽しんできてくださいね」

お前はそんなことまで知っているのか――。ヨハンソンは通話を切りながら思った。まったくたいした女だ。なんの躊躇《ちゅうちょ》もなく、平気な顔で嘘をつくことができる。なにしろ、自分より倍の年齢の年寄りを十年以上、上司として指導者として仰いできたわけだからな。

96　二〇一〇年八月二十七日（金曜日）から八月二十九日（日曜日）

金曜の午後、ヨハンソンは妻と念入りに別れの挨拶を交わした。彼を取り巻くすべての状況と、すべての血圧の薬に可能な念入りさで。妻を抱きしめ、念のため唇と額の両方にキスをした。

「身体に気をつけると約束してよ」ピアが言った。

「約束する」間もなく故郷の農場に戻るのだ。そこでわしの身に何か起きるはずはない――。

それからマックスとともに車でブロンマ空港へ向かい、そのまま滑走路まで乗りつけ、自家用機に乗りこんだ。兄のエーヴェルトが、同じくらい金持ちの仲間と共同所有している飛行機だった。

一時間後クラムフォシュに着陸し、そこで待機していたヘリコプターに乗り換えた。セーデルマルムの自宅を出て三時間後、ヨハンソンは故郷である両親の農場に立っていた。

「ラーシュ、お帰り」エーヴェルトが玄関から出てきた。グリーンのスウェード素材のズボンにチェックのフランネルシャツという格好だ。兄から熊のような抱擁を受け、不思議なことにヨハンソンの胸の圧迫感が楽になった。

「兄さん、ありがとう」ラーシュ・マッティン・ヨハンソンは答えた。ああ、やっと家に帰れた——。

「さあ、これからは共に楽しもう。もちろん、ヘラジカの一頭や二頭も仕留めるぞ。お前とわしとマックスがこの実家に寝泊まりして、他の仲間には狩猟小屋のほうで好き勝手にしてもらおうと思う」

「他のメンバーはいつ到着するんだ」

「日曜だ。揃ったら打ち合わせを兼ねて、前夜祭だ。それまでは、わしらだけでなんとか生き延びようじゃないか」

「兄さんが食事を作らないという条件なら」

「お前は気でも狂ったのか」エーヴェルトは弟の肩に腕を回した。「そのことならすでに村のご婦人方に頼んである。もう準備を始めてくれているよ。今夜は酢漬けのニシンもブレンヴィーンも肉もジャガイモもある。だから安心しろ」

エーヴェルトは誓いを守った。だからヨハンソンもそうした——つまり三杯目の蒸留酒を断ったのだ。突然ピアの顔が目の前に浮かんだのだった。豚肩ロースのプルーン煮込みと一緒に赤ワインを二杯飲んだだけで、デザートのアップルパイについては完全に避けた。一杯のコーヒーとほんの少しのコニャックだけでよしとしたのだ。

「おい、ラーシュ。心配させるなよ」エーヴェルトがウインクを寄越した。

「なぜだ」

「まるで健康志向の人間みたいになってしまって。水も飲まんのか、そのブランデーグラスに入った」エーヴェルトはヨハンソンの手の中のコニャックにうなずきかけた。

「人は学ぶものだ。おまけに今日は早く寝ようと思っている」

それからヨハンソンは顔を洗い、寝床に入った。そして、古代ギリシャ出身の協力者の手も借りずに眠った。翌朝は、窓枠とロールカーテンの隙間から部屋に忍びこむ最初の朝日で自然と目が覚めた。

ヨハンソンは農場の前庭へと出た。裸足で草の上に立ち、東から顔を出した青白い太陽が、眼下を流れる川に立ちこめる朝靄を溶かすのを眺めた。

画家オスルンドはここに立って筆をふるったにちがいない――。早春だろうと早秋だろうと関係なかった。この地上に、これほど美しい場所は他に存在しない。

それからまた家の中に入り、薬を飲み、シャワーを浴び、服を着て、昔と同じように呼吸ができるようになった。やっと頭の霧が晴れた。やっと家に帰ってきた。それだけのことだ。

豪勢な朝食のあと、三人はエーヴェルトの射撃場へ向かい、ヨハンソンの新しい猟銃を試し撃ちすることにした。銃職人が手を加え、マックスがすでに慣らし撃ちをしておいた猟銃だ。期待以上だった。二十発ほど撃ってみて、もう左手の人差し指で問題なく撃てるようになった。上半身をねじり、前床と後床をしっかり支えることは今でもできるのだから。

「ラーシュ、やっとお前らしくなってきたじゃないか」エーヴェルトが嬉しそうにうなずいた。マックスですら驚きを隠せなかった。自分より撃つのがうまい人間には会ったことがないのに。

日曜の夜には猟仲間全員がエーヴェルトの狩猟小屋に集まった。便利なことに小屋は森の真ん中、つまり猟場の真ん中にあった。すべてがいつもとまったく同じだった。同じ顔触れに、同じエピソード、同じ笑い声。同じ料理に、いつもと同じく信じられない量のブレンヴィーンが消費された。ヨハンソンすらも三杯目に手を出し、グラスを掲げて乾杯をしたとき、妻のことはすっかり頭から消えていた。

「いやはや、おれたち金持ちというのは、まったくいい暮らしをしているな」三時間後、炎の上がる焚火の前で夜のグロッグを傾けながら、エーヴェルトが満足そうにつぶやいた。

「煤けた胸から弱気を追いだし、雪に覆われた棲家から悩みを追いはらう。ここには肉もあれば火もある。心のためにはブレンヴィーンが……。皆に乾杯!」エーヴェルトは乾杯の歌を歌うと、おぼつかない足で立ち上がった。

「さあ、家に帰って兄貴を寝かしつけるとするか」その場でもっともしらふに近いヨハンソンが言った。妻からは千キロも離れているというのに。もちろんマックスをのぞけばだが。マックスは一晩じゅう、一滴も飲んでいない。

「腕相撲はやらなくていいのか」エーヴェルトがぼやいた。

「明日にしよう」ヨハンソンはそう答えた。家に帰ってきた――。ここがわしの本当の家だ。五十年前にあとにしたものの意味を、頭に手厳しい一撃を受けるまで気づかなかったらしい。

97

二〇一〇年八月三十日（月曜日）

朝の最初のラウンドのスタート地点は、ヨハンソンが生まれ育った農場からほんの数百メートルの場所だった。森の斜面に現れる大きな空き地。川までは斜面を下れば数キロのところだ。毎年必ず、その空き地の角からスタートするのだ。ヨハンソンの記憶にあるかぎり、ここでのヘラジカ猟は実家の農場の下の斜面から川岸ぞいに獲物を追いこむようにして始まった。

「おい、わしの塔に何をした」ヨハンソンが、ここ二十年間毎年座ってきた木組みの物見台のほうにうなずきかけた。

いつもの木の梯子《はしご》が、脇に手すりのついた木の階段になっている。これじゃあまるでスポーツ施設じゃないか。ここは父から譲り受けた猟場だった。父は自分が歳をとりすぎたと思ったとき、それをヨハンソンに譲ったのだ。末の息子が、他の兄弟よりもずっと狩りが上手なことに気づいていたから。

「エーヴェルトに言われて」

「いつの話だ」

「長官が退院した日です」

「先見の明のある男だな」子供の頃にやったことに対して罪悪感を覚えはじめているのだろうか。

これならまったく問題ない。ヨハンソンは階段を上り、幅の広いベンチに腰を下ろした。

「おい、どこへ行くつもりだ」すでに階段を半分まで上ってきていたマックスに尋ねる。

「長官の隣に座ろうと……」

「それは忘れろ。口を閉じて静かにしていられるなら、物見台の下に座っていてもいいが……それができないなら勢子《せこ》（獲物を追いこむチーム）に交ざってこい」

「でもエーヴェルトに……」

「忘れろ」ヨハンソンが遮《さえぎ》った。「もうエーヴェルトはなしだ。これからは楽しむんだ。これは猟なんだぞ」

「オーケー、長官」マックスは肩をすくめ、言われたとおりにした。

この地上に、これ以上美しい場所はありえない。ラーシュ・マッティン・ヨハンソンはそう思った。清らかな朝の空気、そして秋という季節の鋭敏さに頰と顎をくすぐられる。これ以上の幸せはない——。そう思った瞬間に、誰かに肋骨を押された気がした。あまりに強く押されたせいで、息を吸うことができなかった。マックスよりも力の強い誰かが押したようだ。自分より強い人間に会ったことのないマックスは、今ヨハンソンの足の数メートル下あたりに座っているのだから。

今回はボーナスはなしか——。それが、ラーシュ・マッティン・ヨハンソンの頭に浮かんだ最後の考えだった。

第六部

いかなる慈悲をも与えるな。

（申命記十九章二十一節）

九月二十日月曜日、つまりラーシュ・マッティン・ヨハンソンの死から三週間後、公安警察局長と公安警察長官は、スタッファン・ニルソンの張りこみを終了する決定を下した。ニルソンにしてみれば、ラーシュ・マッティン・ヨハンソンの死により、状況が根本的に変わったのだろう。運が良ければ、公安警察以外でスタッファン・ニルソンが二十五年以上前にジョセフ・シモンの娘を殺したことを知っているのはヨハンソンだけだからだ。どちらにしても、ニルソンは以前の暮らしに戻ったようだった。もし警察に身柄の安全を保障してほしければ、あのいつものやり口で要求してきたことだろう。

「それとも、どう思うかね」国家警察長官がリサに尋ねた。「わしの理解が間違っていたら教えてくれ。どうも、もっと深刻な事件に予算を回したほうがいいような気がするのだが」

「わたしもまったく同感です」リサ・マッテイは答えると同時に、守るように丸いお腹に手をやった。ああ、可哀想なラーシュ――。

十月一日金曜日に、セーデルマルムのマリア・マグダレーナ教会の鐘が鳴り響いた。北オンゲルマンランド地方のオーダーレンからやってきた放浪の狩人が、一カ月前に地上での旅を終えたのだ。

妻のピアにとっては、悲しみとともに生きた一カ月だった。数日前にやっと、初めて、一瞬ではあったが、悲しみを振り払うことができた。怒りの力を借りてのことだ。もうずっと前から蓄積されてきた怒りの。

バカなラーシュ。なぜ一度もわたしの言うことを聞こうとしなかったの。一度でいいから、わたしの言うとおりにしてくれればよかったのに。

礼拝のあと、葬式の参列客はヨハンソンが贔屓《ひいき》にしていた自宅近くのレストランに集まり、景気づけにビュッフェ形式の遅い昼食をとった。ヨハンソンの大家族、ストックホルム県警、国家犯罪捜査局と公安警察局の元同僚たち。古参のワシミミズクが全員、ヤーネブリングを筆頭に集まった。

ほどなくして、かなり砕けた雰囲気になった。死んだ男の遺した言葉が常にその場にあり、ラーシュ・マッティン・ヨハンソンは無口なタイプの死人ではないことが判明した。彼にまつわるエピソードはあまりにも多く、誰もがもう一度それを話さずにはいられなかったのだ。

ピアさえも一緒に笑うしかなかった。今となっては大きすぎるマンションで、独り寂しく暮らしているのに。マンションを売ることはすでに決意していた。幸せだった人生を思い出させるだけだから。夫を埋葬した日には決めていた。また一晩、答えをもらえなかった問いにさいなまれて眠れないまま過ごしたあとに。わたしは笑えばいいの、泣けばいいの？　長年ヨハンソンの忠実な部下であったアンナ・ホルトとマティルダを脇に従えて、教会の真ん中の通路を最前列へと進みながら、ピアはそんなことを考えていた。

まずはもう一度泣いて——もう何度目かは覚えていないが——それから笑った。葬儀が終わってから。あれ以来、初めて笑ったのだ。こうやって彼女の人生は進んでいく。前とはちがう人生ではあるが、それはどうしようもない。

「まったくひどい話だった」長兄のエーヴェルトが言った。弟の親友と丁稚《でっち》に囲まれて、バーカウンターにもたれている。人生で初めて目を赤く泣き腫らし、あと数年で八十歳になるが、自分も死ぬ日が来るとは夢にも思っていない。今日か明日か、遅かれ早かれ誰もが死ぬ。しかしもちろん、エーヴェルト以外。エーヴェルトはそんなことは夢にも考えていない。ましてや丁稚が実家の農場に戻ってきた今では。

「まったく、まともに飲み食いもできないなんて、ひどい話だ。身体もろくに動かなかったんだぞ。もちろん、猟となると話は別だが。猟のときはすばしっこかった。まだ若かったんだ——たったの六十七歳だ。歳というほどの歳ではないだろう。うちの親父のエーヴェルトは九十三、お袋のエルナは九十六まで生きたんだ。わしは七十七だが、ぴんぴんしている」

「仕事を辞めて、がくりと具合が悪くなったんだと思う」ヤーネブリングが言った。「三年前のことだ。まるで決意したみたいだったよ。もう警官でないなら、生きていても仕方がないと」

「長官は善い人でした」マックスも言った。「善人だから苦しんでいた。最後のほうは特に」

悪い男が、長官を内側から蝕もうとしていたから。

「そう思うか」エーヴェルトはうなずいた。「ラーシュは昔からいささか風変わりだった。お前たちの言うことはわかったが、そんなに悪い塩梅《あんばい》だとは知らなかった。猟も森もあったのに、なんてことだ。それに農場もある。あれは今でもわしら二人——わしとラーシュが共同で所有しているんだ。だが今後はラーシュの息子のものになるのか。小ラーシュが受け継ぐんだ」

「だが、あいつがヘラジカ猟の初日に店じまいしたのは偶然だとは思わないでしょう」

「偶然ではなかったのかもしれん」エーヴェルトはその広い肩を震わせた。「弟よ、元気でな」

そう言って、頭上に広がる十月の灰色の空を見上げた。グラスを天に向かって掲げてから、一気に飲み干す。「ラーシュ、乾杯」

「乾杯、ラーシュ」ヤーネブリングもあとに続いた。いったいおれは何をしているんだ——。

「ナスダロヴィ！　長官の心に平安を！」マックスも叫んだ。長官の心に平安が訪れるよう、おれが必ずなんとかします——。

葬儀の日の夜中過ぎ、ストックホルム県警西部地区管轄の無線パトロール車が、メーラル湖に浮かぶ群島のひとつに乗り捨てられた車をみつけた。その車はフェリングスス島とストックホルムをつなぐ幅の広い道路の脇に停められた、中級クラスのグレーのルノーだった。外も中もきれいできちんとしていて、チンピラの乗るような車ではなかったが、念のため確認することになった。するとトランクから、超大型サイズの青いスポーツバッグに入った無残な死体が出てきた。そこからは、普段どおりの手順で進んだ。

翌朝にはもう死体の身元が割れた。五十代の男で、車の所有者本人だった。ソルナ署の鑑識班がフレースンダにある男の自宅に入ってみると、ここで命を奪われたのは一目瞭然だった。玄関にもキッチンにもリビングにもバスルームにも大量の血痕が残されており、人間の理解を超えるような激しい暴力を受けたようだった。被害者はほぼ最後まで意識があったとみられているのに、アパートの住民が何も聞いていないのは謎としか言いようがなかった。

ソルナ署鑑識課の責任者ピエテル・ニエミ警部は、同僚であるエーヴェルト・ベックストレームに電話をかけた。やっと電話に出たベックストレームの声は、驚くほど陽気だった。

「ベックストレーム、きみに死体のプレゼントがある。名前はスタッファン・ニルソンで、六〇年生まれの不動産仲介業者だ。独身で、妻も子供もなし。フレースンダ在住。パトロール警官が、本人の車のトランクに入った死体をみつけた。車はフェリングス島に続く道路に駐車されていた。今被害者のマンションに来ているんだが、すさまじい有様だから、ここが犯行現場だろう」

「そうかね」エーヴェルト・ベックストレームが答えた。新しい一日のスタートとしては悪くない。「で、どういう状態なんだ?」

「正直言って、こんなにひどいのは初めて見たよ。目には目を、歯には歯を、というやつだな。だが法医によれば、犯人は逆の順序でやったらしい。気の毒な被害者がなるべく長く生きていられるように」

独身男か――。ベックストレームは思った。ホモ殺人臭いな。あのソーセージ乗りどもときたら、仲がこじれると信じられないようなことをするのだから。

「典型的なホモ事件だろう」数時間後、集まった捜査班を前にベックストレームはそう断言した。ここに集まった中に頭の切れそうな警官はいないが、彼自身が任務を分担し、捜査を率いるわけだから、なんとかなるだろう。

「なぜわかるんです」生活安全課から借りてきた優秀な警官が訊いた。髪の長さから判断するに、急進的な思想を隠しもっていそうだ。

「被害者が昔、児童ポルノで捜査に上がった記録を発見した。そのときに、自分がホモだと明言している。それに、これは非常に期待できそうだが、昔の彼氏もみつけたぞ」こういう頭の悪そうなのがよく警官になれたもんだ、とベックストレームは心の中でつけ足した。

「その彼氏というのは、なぜ期待できそうなんです」長髪の若い警官はあきらめるつもりはなさそうだった。

「アラブ人だからだ」ベックストレームは警察隊の伝説の男として当然の重々しい声色で言い放った。「アリ・フセインという名前だ」お前のお友達かもしれんがな、とベックストレームは心の中でつけ足した。

十二月の初め、ヨハンソンの葬儀から二カ月経った頃、マックスはエーヴェルトの丁稚を辞め、アメリカへ渡ろうとしていた。新しい職を得たのだ。新しい雇用主がすでにマックスにグリーンカードを用意してくれていた。その上、働きながら勉強もさせてもらえるという。マックスは新しい仕事内容についてほとんど口にしなかったが、満足しているようだったので、エーヴェルトは無理に尋ねるつもりもなかった。空港で見送ったとき、エーヴェルトはとんでもない額の餞別《せんべつ》を渡し、昔風の熊のような抱擁をした。それ以上の感情は、本物の男二人の間には必要なかった。

「広い世の中に出て活躍できるとは素晴らしいことだ、マックス」エーヴェルト・ヨハンソンは言った。「新しい世界を見てこい。うちの田舎の農場でわしら夫婦を手伝うよりもずっといい。だが、後悔したらいつでも家に戻ってきなさい」

マキシム・マカロフはスンツヴァル空港からストックホルム経由でニューヨークへ飛んだが、最終目的地は誰も知らなかった。その同じ週の金曜、ストックホルム西部地区の管轄責任者アンナ・ホルトは、スタッファン・ニルソン殺害事件の捜査を終了した。

エーヴェルト・ベックストレーム警部はアリ・フセインを何人かみつけだしたものの、正しいアリはみつけられなかったようで、完全にやる気を失くした。

「仕方ないよ、アンナ」ベックストレームは上司にそう報告した。「遅かれ早かれ、みつかるさ。そうしたらぶちこむまでだ」

捜査の成果はゼロ――ホルトはベックストレームから渡された既定の書類に署名をしながら思った。彼女にはもっと大事なイベントが待っていた。この週末、人生で初めて名づけ親になるのだ。リサ・マッテイの二カ月の娘の名づけ親に。赤ん坊の名前はアンナ・リンダ・エルナだった。アンナ・ホルトのアンナに、リサの母親の名前リンダ、それにエルナはある人の思い出にちなんだらしいが、赤ん坊の母親はそれが誰なのかを話そうとはしなかった。

ヨハンソンは遺言状に妻への手紙を入れていた。たった三行。最後のサインから判断するに、その年の七月十一日以降に書いたものらしかった。〝泣くのはやめなさい。新しい男でも作って。元気でな〟そして〝ラーシュ〟というサイン。ピアは亡き夫のアドバイスに従い、年明けに新しい恋人をつくった。

再婚するつもりはさらさらないし、一緒に住むつもりもないが、人生はそれでも続いていくわけで、ピアさえもどこかでスタートを切らなければならないのだ。

その数週間後、一月も終わりに近づいた頃、ウルリカ・スティエンホルムもアメリカへと渡った。誰にも秘密で十六歳年上の男と結婚し、すでに妊娠していた。性別は女の子——両親からの愛を一身に受けて生まれてくる子のはずだった。ウルリカと新しい夫はその子をヤスミンと名づけることにした。しかしウルリカは七カ月で早産し、赤ん坊は病院へ向かう救急車の中で死んでしまった。

判事とその死刑執行人。目には目を、歯には歯を——。

解説

杉江松恋

時効が成立した事件の犯人を裁くことはできるのか。

それがレイフ・GW・ペーション『許されざる者』の主題である。

二〇一〇年七月五日に、ある男性がストックホルムのカールベリス通り六十六番にある〈ギュンテシュ〉（実在する）でお気に入りのホットドッグを買う場面から小説は始まる。直後、彼は脳塞栓の発作を起こし、危ういところで命を拾う。国家犯罪捜査局元長官のラーシュ・マッティン・ヨハンソンにとっては青天の霹靂ともいうべき出来事であった。

右半身に麻痺《まひ》が残ったほか、かつては部下たちに「角の向こう側が見通せる」と畏怖された頭脳にも以前ほどの切れが戻らない。病床で失意を嚙みしめるヨハンソンに、主治医のウルリカ・スティエンホルムが驚くべきことを打ち明けた。牧師だった彼女の父は、ある殺人事件の犯人を知っているという女性から懺悔《ざんげ》を受けたものの、聖職者の守秘義務ゆえに誰にも口外できず、悔いを残したまま亡くなったのだという。それは一九八五年六月にヤスミン・エルメガンという九歳の少女が殺害された事件で、警察の初動捜査が遅れたことなどが災いして、迷宮入りしていた。

スウェーデンでは二〇一〇年に法改正が行われ、殺人を含む重大犯罪については時効が廃止されたが、それも同年七月一日以降に時効となるもののみが対象である。ヤスミンの事件は一足早く時効が成立してしまっていた。つまり、ヨハンソンが犯人を突き止めたとしても法で裁くことはできないのだ。それでも彼は、ヤスミン事件を解決することを決意する。

「わが主が、二十五年前の古い殺人事件に正義をもたらすために、頭に血栓の詰まった意識不明の元警官をお前さんの元へ送ったとでも言うのか。さらには、たった数週間ちがいで新しい法律に間に合わず、時効を迎えさせたとでも?」

序盤で以上の状況が説明される。以降はヨハンソンによる執拗な犯人捜しが描かれるのである。怪我や病気で身動きがとれない探偵が協力者を介して集められた情報のみを用いて推理を行う謎解き小説を〈ベッド・ディテクティヴ〉と呼ぶ。代表例がジョセフィン・テイ『時の娘』(一九五一年　ハヤカワ・ミステリ文庫)だが、ヨハンソンはじきに退院して動き回るようになるので、このタイプからは逸脱する。ただし、後遺症のせいで、以前の超人的警官だったころの活躍は望めない。そこで、仲間を集めてチームを結成するのである。警官時代の元相棒で同じく年金生活者のボー・ヤーネブリング、義弟で元会計士のアルフ・フルト、介護士のマティルダ、兄エーヴェルトから派遣されたロシア人の若者マキシム・マカロフといった面々だ。すでに盛りを過ぎた老境の探偵がもう一花咲かせようとして頑張ると周囲の面々も活気づいてくる、という展開はL・A・モース『オールド・ディック』(一九八一年　ハヤカワ・ミステリ文庫)などを連想させる。設定から本書と同じ創元推理文庫の、ダニエル・フリードマンによる老人探偵小説『もう年はとれない』(二〇一二年)を思い浮かべる読者も多いのではないか。

物語の幹は太く、余計な枝葉はあまりない。主人公のヨハンソンこそ病身の老人らしく、見聞したものにいちいちけちをつけたり、自身の感覚と時代とのずれに驚いてみせたりしないと気が済まない様子なのだが、それを除けば、ほぼ一直線に結末へと向かって進行していく小説と言っていいだろう。その剛直さが魅力なのである。作中の関心は冒頭に掲げた時効の問題にほぼ集中する。読みながら、本書に弱点があるとすればまさにそこだろうと感じていた。というのは、「法で裁けぬ悪を裁く」という主題は自警団的な暴走を招くことになるからである。そうした傾向は一九八〇年代以降のアメリカ・ミステリに顕著《けんちょ》で、主人公による私刑が美化された形で描かれる作品が一時期は増加した。思考を放棄した事態の単純化というべきで、手放しに賛美すべきとは思えない。本書においても、果たしてヨハンソンは極端な結論に至ってしまうのか、それとも他の道を選ぶのか、という関心が全体を支配するのである。彼がいよいよ自身の選択を明らかにする第五部こそは、小説の肝《きも》というべき個所であろう。

余計な枝葉はない、と書いたが一点だけ本筋とは別に説明しておくべき事柄がある。二十五年前のヤスミン事件が迷宮入りした一因に、オロフ・パルメ事件があるとされていることである。現代スウェーデン史の汚点というべきこの事件は、一九八六年二月二十八日に起きた。スウェーデン首相として二期目を務めていたオロフ・パルメが何者かによって殺害されたのである。パルメは有能な宰相《さいしょう》だったが強引なやり方によって敵も作った。また、後に述べる閣僚絡みのスキャンダルもあり、内閣運営は決して順風満帆というわけでもなかった。実行犯とされた人物は逮捕され、裁判で終身刑が宣告されている。しかし控訴審《こうそしん》では無罪判決が出ており、以降も事件に関する新情報が出てくるなどして、現在でも全貌が解明されたとは言いがたい。自国の首相が暗殺されるという大事件を司法機関が解決できなかったという事実は、スウェーデン国民の心に大きな傷を残した。

本書においてはヤスミン事件の捜査が不完全だった理由として、パルメ事件に人員の大部分が割かれたことが挙げられる。それだけではなく、パルメ事件によって生じた黒い雲、法による統治に対する不信感とでもいうようなものが、関係者全員の心を覆っているのである。こうした形で虚構に実在の事件を絡める書きぶりに、作者の特質が現れてもいる。

レイフ・GW（Gustav Willy）・ペーションは一九四五年三月十二日、ストックホルムのオスカー地区で生まれた。大工であった父グスタフと母マルギットの間には、他に六歳下の妹マウド（愛称モー）がいる。ストックホルム大学に学び、一九八〇年に博士論文を提出、二年後には同大学の講師に、一九九一年に国家警察委員会（二〇一五年に現・警察庁に改組）から「警察の手法と諸問題に関する犯罪学」の教授に任命された。その間ずっと学究の徒として専念していたわけではなく、一九六〇年代後半からスウェーデン統計局のコンサルタント、社会省の科学アドバイザーなどの職に就いている。

特に心血を注いだのが一九六七年から在籍した国家警察委員会での仕事であり、長官であったカール・ペーションの補佐役も務めたことがある。にもかかわらず一九七七年に彼は解雇処分を受けた。これはパルメ政権の法務大臣を務めていたレンナルト・ゲイヤーがドリス・ホップの経営する売春組織の顧客であるとダーゲンス・ニーヒエテル紙が報道した、いわゆるゲイヤー・スキャンダルが原因である。ペーションは報道に関わったジャーナリスト、ペーター・ブラットの情報提供者とされたのだ。

解雇後にペーションは大学に戻って前述の通り博士号を取得するが、並行して一九七八年には初の小説 *Grisfesten* を発表する。これは売春宿を経営する検察官が話の中心人物となる警察小説で、ゲイヤー・スキャンダルを逆手にとったような内容だった。この本が売れたことがペーションにとっては追い風となり、一九八〇年には公職復帰を果たす。そしてかつて自分を追放した国家警察委員会にも迎え入れられたのである。以降現在に至るまで作家業と並行して犯罪学研究者としても多忙な日々を送っており、私生活では三度の結婚を経験して、六人の子供（うち二人は継子）と四人の孫を授かっている。

ペーションの作品が邦訳されるのは本書が初めてなので、簡単に作歴を振り返っておきたい。先に述べた *Grisfesten* と一九七九年の *Profitörerna*、そして一九八二年の *Samhällsbärarna* にはいずれも、現役時代のヨハンソンとヤーネブリングが登場する。そこからしばらく小説の著作が無いが、犯罪学に関する著作を大量に上梓しているほか、狩猟や料理に関する本も手掛けるなど執筆活動は旺盛に行っている。特に重要なのが映像作品の脚本執筆で、一九九六年から九九年にかけて十七本が制作されたのが、アンナ・ホルト刑事の登場するＴＶシリーズである。『許されざる者』でベテランの検察官として登場する彼女の、若き日の物語だ。

小説家としての活動に話題を戻せば、二十年の沈黙を破って二〇〇二年に発表した *Mellan*

sommarens längtan och vinterns köld、二〇〇三年の*En annan tid, ett annat liv*、二〇〇七年の*Faller fritt som i en dröm* の三部作は、ペーションの最も重要な著作である。パルメ暗殺と絡む事件を扱った内容であり、これらの作品でペーションは、現実と虚構を接続させるという、自身の作家としての特質を確立させたのである。

また、ペーションが創造したヨハンソンとヤーネブリングのコンビは大当たりし、一九八四年の映画Mannen från Mallorca（*Grisfesten* が原作。ヨハンソンをトマス・フォン・ブレムセン、ヤーネブリングをスヴェン・ヴォルターが演じた）他、何度も映像作品が制作されている。彼らやアンナ・ホルトと並ぶ第三の人気キャラクターとして登場したのが、エーヴェルト・ベックストレームである。本書をすでに読んだ方はご存じの通り、ヤスミン事件を迷宮入りに追い込んだ張本人として指弾される警察官だが、二〇〇五年の*Linda - som i Linda-mordet*、二〇〇八年の*Den som dödar draken*、二〇一三年の*Den sanna historien om Pinocchios näsa* の三長篇では堂々と主役を張っている。チビでデブで怠け者、おまけにひどい差別主義者という最低の男が、なぜか奇跡のように難事件を解決してしまう、というのがこれらの作品の骨子だ。英国作家ジョイス・ポーターの〈ドーヴァー警部〉シリーズ（ハヤカワ・ミステリ文庫他）を思わせる設定である。

以前スウェーデン大使館の広報文化担当官アダム・ベイェ氏と話した際、本国では人気があるのになぜか邦訳されない作品の筆頭としてこのベックストレームものを挙げておられたが、二〇一五年にアメリカではベックストレームのキャラクターを移植したＴＶシリーズ Backstromが制作され、好評を博している。「クレイジー刑事」の題名で日本でも放送されたので、ご覧になった方も多いのではないだろうか。

こうして振り返ると『許されざる者』という作品の位置づけが見えてくる。第一に本作は、時効を迎えた重大犯罪をいかに裁くべきかという重い主題によって現実に接続する物語である。犯罪学研究者ペーションが自らの専門領域からの問題提起を行った一作なのだ。同時に絶大な人気を誇るキャラクター、ヨハンソンにとっての「白鳥の歌」であり、ペーションが手持ちの登場人物を総出演させて探偵に最後の花道を飾らせたという性格もある。また、それによってデビュー以来の創作活動に区切りをつけ、以降の新しい展開を睨《にら》むに至った作者にとっての記念作という意味もあるだろう。

ペーションはスウェーデン推理作家アカデミーの最優秀長篇賞を三度獲得している。一九八二年の*Samhällsbärarna*（ちなみにこのときが同賞の第一回）、二〇〇三年の*En annan tid, ett annat liv*、そして『許されざる者』である。さらに本作は「ガラスの鍵」賞も二〇一一年に授与されている。これは国際推理作家協会北欧支部のスカンジナヴィア推理作家協会が毎年決めているもので、北欧圏では最も権威のあるミステリ文学賞である。〈ミレニアム〉シリーズの故スティーグ・ラーソンや〈特捜部Q〉シリーズのユッシ・エーズラ・オールスンなど錚々たる作家がこの賞を獲得しているが、意外なことにペーションにとってはこれが最初の受賞となった。さらに本作は三話連続のミニ・シリーズとしてドラマ化され、二〇一八年一月に本国で放送されている。ヨハンソン役は過去のTVドラマ版と同様ロルフ・ラスゴード、ヘニング・マンケル原作のドラマではクルト・ヴァランダーを演じた俳優でもある。余談だがこのドラマの冒頭、ホットドッグの屋台の場面にはペーション自身がカメオ出演しているらしいので、ご覧になる機会があればどうぞご確認を。

これまで訳されなかったスウェーデン・ミステリの大物の代表作を、じっくりと楽しんでいただきたい。重い主題を魅力的なキャラクターの活躍によって軽妙に書き上げた娯楽大作である。次に訳されるペーション作品は若き日のヨハンソン&ヤーネブリング・コンビの活躍か、それとも最低最悪の名探偵ベックストレームものか。期待は膨らむばかりだ。

検印
廃止

訳者紹介 1975年兵庫県生まれ。神戸女学院大学文学部英文科卒。スウェーデン在住。訳書にカッレントフト『冬の生贄』、マークルンド『ノーベルの遺志』、ランプソス＆スヴァンベリ『生き抜いた私 サダム・フセインに蹂躙され続けた30年間の告白』など。

許されざる者

2018年2月16日 初版
2021年5月14日 7版

著 者 レイフ・GW・ペーション

訳 者 久《く》山《やま》葉《よう》子《こ》

発行所 (株) 東京創元社
代表者 渋谷健太郎

162-0814/東京都新宿区新小川町1-5
電 話 03・3268・8231-営業部
03・3268・8204-編集部
URL http://www.tsogen.co.jp
DTP キャップス
旭印刷・本間製本

乱丁・落丁本は、ご面倒ですが小社までご送付ください。送料小社負担にてお取替えいたします。

ISBN978-4-488-19205-1 C0197